Sarah Raich
Equilon

Sarah Raich

EQUILON

Roman

dtv

Dieses Buch behandelt Themen,
die potenziell belastend wirken können.
Bitte dazu die Anmerkung der Autorin auf S. 398 beachten.

Originalausgabe
© 2023 dtv Verlagsgesellschaft mbH & Co. KG. München
Das Werk ist urheberrechtlich geschützt.
Jede Verwertung ist nur mit Zustimmung des Verlages zulässig.
Das gilt insbesondere für Vervielfältigungen, Übersetzungen und
die Einspeicherung und Verarbeitung in elektronischen Systemen.
Umschlaggestaltung: semper smile, München
Umschlagmotive: shutterstock.com
Gesetzt aus der Apollo MT Std und der Cronos Pro
Satz: Greiner & Reichel, Köln
Druck und Bindung: CPI books GmbH, Leck
Printed in Germany · ISBN 978-3-423-74088-3

Für Malte,
der die Beatles nicht ausstehen kann

1

Jenna

Das Meer liegt unter mir wie ein paillettenbesticktes Tuch. Das Licht der Sonne bricht sich auf den Wellen, die von hier oben gar nicht zu sehen sind, nur das Funkeln schafft es zu mir hinauf. Ich stelle mir vor, wie schön es wäre, hineinzuspringen, in ein aufgewühltes Meer aus glitzernden Wasserspritzern. Abzutauchen zwischen bunten Fischen, das Kitzeln der aufsteigenden Luftblasen auf meiner Haut.

Die Wahrheit ist, ich war noch nie am Meer. Ich war noch nie irgendwo. Also an irgendeinem Ort, der zählt. Alles, was ich vom Meer weiß, habe ich von den Lightscreens am Breitscheidplatz in meiner Heimat Old B., wo ich mit meinen Freundinnen manchmal war. Obwohl ›Freundinnen‹ ein großes Wort ist. Wir haben uns gemeinsam abgelenkt vom Alltag und der Jagd nach dem Score. Und danach waren wir wieder Konkurrentinnen. Natürlich mochten wir uns. Aber es gibt kaum Plätze und jede wollte einen. Wenn sie erfahren, dass ich weg bin, werden sie sich bestimmt das Maul zerreißen. Ich nehme es ihnen auch gar nicht übel. Ich würde es wahrscheinlich genauso machen. Irgendwie muss man ja sein kümmerliches Ego am Leben halten in Old B.

Aber jetzt, Jenna! Jetzt bist du hier, über den Wolken!, schießt es mir durch den Kopf und mein Herz macht einen Sprung. Ich muss meine Augen zusammenkneifen, um nicht laut zu schreien. Es passiert wirklich. Ich habe den Score geknackt. Ich weiß nicht, wie, aber es ist passiert. Und jetzt sitze ich im Hyper-Glider nach New Valley in Alascanada. Von allen möglichen, eigentlich unerreichbaren Orten auch noch der großartigste. Ich wäre auch mit jedem Ort in Ice-Skandia, North China oder Nova Sirbia glücklich gewesen. Natürlich. Von New Valley habe ich kaum zu träumen gewagt. In der Region aller Regionen ist er der herausragendste aller Orte. Und doch. Es ist passiert. Ich sitze hier.

Ich lasse meine Hand über die glänzend weiße Verkleidung meiner Kabine gleiten. Es gibt keine Kanten, keine Fugen, ich bin umgeben von einer geschmeidigen Kapsel. Selbst die Ablage, auf der mein Notizbuch und die Mappe mit meinen Zeugnissen und den Skizzen von meinem Root-Crawler liegen, ist aus einem Guss, eine vorspringende Welle im Fluss der Form. Das Material ist glatt und hart und fühlt sich gleichzeitig so weich und kuschelig an, dass mir ein Schauer über den Rücken fährt. Warm ist es, geradezu lebendig.

In Power History habe ich gelernt, dass das Design der Hyper-Glider und aller anderen Transportmittel von New Valley eine Hommage an Steve Jobs ist, einem der Vordenker der MegaGoods. Die Materialien sind energetisch aufgeladen und geben bestimmte Schwingungen ab. Das erhöht das Wohlbefinden, heißt es in der Reise-Info auf meinem neuen Brace-Connect, das für mich in der Kabine bereitlag. *Ein umfassendes EmotionManagement ist ein zentraler Pfeiler des guten Lebens in New Valley, deshalb wird das Tragen der dafür entwickelten Devices, besonders aber der BrainDots, all unseren Neuankömmlingen dringend ans Herz gelegt. Die schon länger dort Wohnenden wird man nie ohne antreffen*, lese ich. *Für den Anfang ist das ältere, weniger invasive BraceConnect eine Möglichkeit, um sich an die neuen Technologien zu gewöhnen.* Das mit schwarzgoldenen Schuppen besetzte Armband schmiegt sich jetzt um mein Handgelenk und bedeckt den halben Unterarm. In der Mitte ist der Screen, den ich bei Bedarf antippen kann, und dann projiziert er sein Bild in die Luft vor mich.

Natürlich wusste ich, dass es in New Valley diese Dinge gibt. Fotos davon habe ich im Unterricht gesehen, manchmal gab es auch Videos über das Leben, das uns Grenzlandleute bei der 1 Milliarde erwartet, aber ein BraceConnect und einen Hyper-Glider in echt zu sehen, sie zu fühlen, ist etwas ganz anderes. In Old B. haben wir mit gespendeten Tablets aus den 20er-Jahren gearbeitet. In New Valley weiß man wahrscheinlich gar nicht mehr, was das sein soll. Ein Screen, der nicht projiziert, der leicht zerbricht, den man nicht biegen kann ... mit so etwas gibt sich da sicher keiner mehr ab.

Ich muss an den Code denken, den ich nicht fertig gemacht habe, getippt auf einem alten Laptop. Ob sie es schaffen, die App ohne mich fertigzustellen? Ich weiß, es geht für mich jetzt um anderes. Old B. liegt hinter mir. Aber gerade das ist es ja, was mir zu schaffen macht. Bis vor ein paar Stunden war Old B. meine ganze Welt. Eine staubige, karge Reststadt. Aber eben alles, was ich kenne. Alles, was mir etwas bedeutet in meinem Leben, ist dort.

Ich streiche über das glänzende Weiß der Wand neben mir. Diese Freude, dieses Kribbeln, schießt es mir durch den Kopf ... ist die eigentlich ganz und gar meine? Oder haben die Schwingungen des BraceConnect auch damit zu tun? Müsste ich nicht ein bisschen besorgter sein? Oder trauriger? Ich denke an meine Großeltern, wie sie am Tisch sitzen. Bevor wir aßen, haben wir uns immer für ein paar Augenblicke an den Händen gehalten. Stumm. »Damit ein bisschen Liebe diesen Drecksfraß würzt«, hat meine Oma dann gesagt. Sie hat nie verwunden, dass ihr altes Leben vorbei ist. Sie war auch diejenige, die darauf bestand, das Bild meiner Eltern im Wohnzimmer hängen zu lassen. Ich habe an die beiden keine Erinnerungen, sie sind gestorben, als ich noch klein war. Opa wollte das nicht. Er fand, das hielte mich nur zurück, ich müsse an die Zukunft denken. Daran, wie ich wegkäme aus Old B. »Da ist ein alter Schmerz wie ein Klotz am Bein.« Oma hat dann immer geantwortet: »Der Mensch braucht Wurzeln, wie dein Quinoa und dein Kohl.« Und das Bild blieb hängen. Nur ich, ich bin jetzt weg.

Natürlich kommen mir die Tränen. War ja klar. Ich zwinge mich zu schlucken und presse mir auf den Nasenknochen. Das hilft mir fast immer, um die Tränen wegzudrücken. Ich habe Old B. ehrlich gesagt immer gehasst. Diese graue alte Stadt, die nichts mehr hat außer ihrer Vergangenheit. Und jetzt kriege ich auf einmal schreckliche Sehnsucht danach. Ich komme mir klein und dumm vor. Ich kenne doch nichts von der Welt.

»Hey, Jenna!« Die Glastür ist lautlos aufgeglitten und vor mir steht eine perfekt geschminkte Frau mit Hochsteckfrisur und lächelt mich an. Ihre Haut erinnert mich an Mondschein, ihr Haar durchziehen regenbogenfarbene Strähnchen. Sie glitzern so sehr, dass ich mich frage, ob sie tatsächlich kleine Lichter darin stecken hat.

»Ich bin Thea«, sagt sie, hebt die Hand und spreizt den Ringfinger seitlich vom Mittelfinger, der Vulkaniergruß. Ich grinse ein bisschen dämlich zurück und lasse meine Hände im Schoß. Ich habe einfach Sorge, dass ich die Finger nicht an der richtigen Stelle auseinanderbekomme. In Old Europe geben wir uns meistens noch die Hand. Thea lächelt noch immer. Auf ihre graublaue Bluse ist ein Eisvogel gestickt, das Zeichen der Transition-Helper.

Sie legt mir eine Hand auf die Schulter und lächelt noch ein bisschen breiter. Ich kann meinen Blick kaum von ihren Zähnen abwenden. Sie sind so weiß und gerade, fast wie Juwelen.

»Schön, dass EQUILON dich ausgewählt hat. Herzlichen Glückwunsch! Du hast die Score-Hürde überwunden! Das ist eine Leistung, auf die jeder, der es geschafft hat, wirklich stolz sein kann!« Das sagt sie so unendlich freundlich, dass ich gar nicht weiß, wohin mit mir. In Old B. sind die Menschen nie so nett zueinander. Aber es ist auch schwer, nett zu sein, wenn man immer hungrig, müde und erschöpft ist.

Ich nicke, während sich vermutlich rote Flecken auf meinen Wangen ausbreiten. »Ja«, stammele ich wie eine Zwölfjährige. »Ich freu mich wirklich sehr.« Einen Moment lang spüre ich Ärger in mir aufsteigen. Ich bin immerhin 19 Jahre alt, habe die New-Future-Akademie absolviert, ich habe den Root-Crawler entwickelt, mit dem die Feldbewässerung perfektioniert werden kann, und ich habe mir selbst zehn Programmiersprachen beigebracht. Warum, zur Hölle, fühle ich mich gerade wie ein dummes Kind? Jenna, hör auf, sage ich mir in Gedanken. Du weißt, in New Valley ist das EmotionManagement superwichtig. Keine Aggressionen, Friendly Behavior Rules. Ich schlucke und zähle dabei bis zehn. Ich lächele so, dass ich glaube, es sieht souverän aus, und sage: »Ich freue mich sehr darauf, mich in New Valley produktiv einzubringen.«

»Wohin geht's denn für dich?«, fragt Thea freundlich und legt ihren Kopf ein wenig schief. Jetzt sieht sie tatsächlich ein bisschen aus wie ein Vogel, der mich beäugt.

»Äh, nach New Valley?«, sage ich zögerlich, denn wir sitzen ja gemeinsam im Hyper-Glider, der auf dem Weg dorthin ist.

Thea lacht glucksend, was tatsächlich sehr nett klingt, aber ich weiß auch, dass ich wohl was ziemlich Dummes gesagt habe. Wieder schießt mir Blut warm ins Gesicht. Verdammt.

»Ich meine, welche Company, Jenna. Welcher von den MegaGoods hat dich ausgewählt?« Klar. Das will sie wissen.

Jetzt geht es nicht mehr um New Valley. Jetzt geht es darum, wo ich in der neuen Hierarchie unterkomme. Ich werde wirklich noch eine Menge üben müssen, damit ich da drüben nicht als Witzfigur ende. Wenn ich so weitermache, wird sie glauben, dass ich mir den Platz irgendwie erschummelt habe.

»Äh, ich komme ins Ausbildungsprogramm bei VERO«, antworte ich leise.

»VERO?!« Thea zieht die Augenbrauen hoch und einen Moment lang ist ihr Gesicht gar nicht mehr so professionell. »Wow.« Dann setzt sie wieder ihr warmes Lächeln auf. »Bei den Entwicklern von EQUILON selbst, DEM Algorithmus, dem Fundament unserer Weltordnung.« Sie nickt mir aufmunternd zu. »Das ist schon beeindruckend. Ich wünsch dir, dass du das packst.«

Und jetzt weiß ich gar nicht, was ich fühlen soll, Freude oder Angst. Aber dann gewinnt die Freude, weil: Wie geil ist das denn?! VERO, die wichtigste der New-Valley-Firmen, hat mich, Jenna Mills, ausgewählt. Ich strahle Thea an und sage: »Danke. Ich schaff das schon.«

Thea nickt freundlich. »Ganz bestimmt«, sagt sie und ihre Finger tupfen an ihrer Frisur, als gäbe es da etwas zu korrigieren. Dabei sitzt sie noch immer vollkommen perfekt.

»Kann ich dir denn sonst irgendwie helfen, Jenna?« Ich schüttele den Kopf und muss wieder ihre weißen Zähne anschauen. Ich kriege die Frage nicht aus dem Kopf, ob ihre Zähne sich wohl so glatt anfühlen, wie sie aussehen?

»Weißt du, es ist wichtig, dass du die wenigen Stunden Flug gut nutzt und dich bestmöglich entspannst.« Das Lächeln auf Theas Gesicht verschwindet, und sie schaut mich ernst aus ihren großen Augen an. »Die Uhren im New Valley ticken einfach anders, weißt du? Es gibt viel zu lernen, auch in Bezug auf die Gestaltung deiner Freetime.«

Das Lächeln huscht zurück auf ihre Lippen und mir ist wieder wohler. Ich will nicht, dass Thea schlecht von mir denkt. Sie schreibt bestimmt auch einen Report vom Flug. »Am besten, du fängst gleich damit an«, sagt sie und schaut auf das BraceConnect, das meinen rechten Arm umfasst. »Wie wäre es mit ein bisschen Musik?« Prüfend schaut sie meinen Kopf an. »Du musst dafür aber noch die BrainDots anlegen.«

»Oh ja, stimmt. Die hatte ich ja noch gar nicht gesehen.« Sage ich und lache verlegen.

Die Wahrheit ist, dass mir die Vorstellung von den BrainDots ein bisschen unangenehm ist. Man klebt sich je einen links und rechts an die Schläfen und sie verknüpfen sich dann mit den Gehirnwellen.

Ich weiß, in New Valley ist das ganz üblich. Trotzdem. Ich arbeite gern mit Computern. Überlege mir, wie man eine Software noch besser bauen könnte oder wie das Zusammenspiel mit der Hardware am besten gelingt. Wie man das meiste aus dem System herausholt. Ich hätte gern den Prototyp des RootCrawlers zu Ende gebracht. Hätte gern gesehen, ob er wirklich funktioniert und die Mikrobewässerung direkt an den Wurzeln klappt. Ich liebe Technik von ganzem Herzen. Aber meinen Kopf direkt mit einem Computer zu verbinden, diese Vorstellung ist mir doch unheimlich.

»Also, du solltest die Dots wirklich ankleben. Ohne die wird die Eingliederung in New Valley, nun ja, schwerer sein. Seit ein paar Jahren haben sie die BraceConnects fast vollständig abgelöst.« Sie zögert einen kleinen Moment. »Wusstest du, dass die BrainDots dir die passende Musik für dich und deine Stimmung heraussuchen können? Magst du das nicht mal ausprobieren, Jenna?« Wieder macht Thea diese ernsten runden Augen und ich nicke. Es ist vermutlich albern, sich anzustellen, immerhin ziehe ich gerade nach New Valley. Während ich das denke, hüpft mein Magen geradezu vor Staunen und Begeisterung. NEW VALLEY, JENNA! Die Erfüllung deiner allerallerkühnsten Träume!

Hastig krame ich die BrainDots aus der Verpackung und klebe sie mir an. In meinem Kopf ertönt ein freundlich bimmelndes Geräusch, das Wort CONNECTED projiziert sich hell leuchtend vor meine Augen. Einen Moment lang wird mir schwindelig und ich greife nach meiner Lehne.

Zuerst denke ich, das Ding ist kaputt, in meinem Kopf höre ich Kindergeschrei. Aber dann setzt doch Musik ein. Eine helle, klassische Elektromelodie, bald mischt sich dazu ein griffiger tieferer Sound, ein Schlagzeug hält den Beat. *You were a child, crawling on your knees toward it, making mama so proud ...* Singt ein junger Mann. Ein Grinsen breitet sich auf meinem Gesicht aus und am liebsten würde ich tanzen. Was für ein Song! Die BrainDots scheinen wirklich genau zu wissen, was ich will.

»Na, siehst du«, sagt Thea lächelnd und schaut auf mein BraceConnect. »*Kids* von MGMT.« Sie nickt anerkennend. »Ein bisschen altmodisch, aber wirklich gute Vibes. Solche Leute kann New Valley immer gut gebrauchen. Ich glaube, da hat EQUILON bei dir ein weiteres Mal bewiesen, wie gut es funktioniert.« Sie zwinkert mir zu. »Übrigens brauchst du das BraceConnect gar nicht unbedingt, wenn du die BrainDots hast. Es läuft eigentlich alles über die Hirnströme.« Sie lächelt so freundlich und aufgeräumt, dass ich mir gar nicht vorstellen kann, dass sie je auch nur einen einzigen negativen Gedanken hat.

»Danke«, antworte ich. »Ich schau mal.«

Thea nickt mir aufmunternd zu. »Ich glaube, zu deiner Music-Line passt am besten ein Vanilla-Milkshake, was meinst du?« Milch ... ich wusste es ja, dass es die hier gibt. Aber jetzt überwältigt es mich doch, dass ich tatsächlich welche haben kann.

»Soll ich dir einen bringen lassen?«

Ich räuspere mich. »Ja, danke«, sage ich, »das wäre nett«, und versuche, möglichst lässig zu klingen. Ich frage mich, warum wir eigentlich so wenig darüber gelernt haben, wie wir uns in New Valley verhalten sollen. Wenn wir es schaffen. Wir haben so viel gelernt. So viele Projekte vorangetrieben, Devices entwickelt, das Klima studiert. Aber wie ich hier mit erhobenem Haupt durchkomme, ohne mich wie die letzte Pfeife zu fühlen, weiß ich leider nicht. Ich lächle.

»Schöne Reise noch, Jenna«, sagt Thea und zwinkert mir zu. Lautlos gleitet die Glastür hinter ihr zu. Ich bin wieder allein.

Ich sinke in meinem Sitz zurück, der gleich reagiert und mich langsam in eine halb liegende Position bringt. Der Hyper-Glider hat seine Flugrichtung gedreht und nun sehe ich von meinem Fenster aus direkt in die Sonne, die jetzt knapp überm Horizont steht. Sie breitet ihr warmes Morgenlicht über alles vor ihr aus. Der Flieger ist nun so hochgestiegen, dass ich die Krümmung der Erde sehen kann. Auf einmal kann ich die Zerbrechlichkeit der Kugel unter uns erahnen. In Old B. schien mir die Welt wie eine gigantomanische Maschine, gegen die ich kämpfen muss, die uns langsam zermürbt und zerstört, mit ihren Stürmen, der Dürre, der verschmutzten Luft. Hier oben wirkt es ganz anders. Was für ein komplexes Geflecht das alles ist, die Welt.

Wie das grundsätzlich funktioniert, weiß ich natürlich schon lange. Klimamodellierung war in der Future Academy eines meiner Prime-Fächer und für das Projekt mit dem Root-Crawler musste ich auch viel über chemisch-biologische Zusammenhänge studieren. Aber beim Blick aus dem Fenster überkommt mich ein Gefühl, als könnte ich mein theoretisches

Wissen erstmals spüren. Die Komplexität all dieser Einheiten, die vorher vor allem Zahlen in Tabellen waren, ist jetzt überall um mich herum und ich kann sie zum ersten Mal wirklich sehen: die Wolken, die Winde, die Wellen, das Licht, das sich in ihnen bricht, die Wärme, die das Wasser zu Dampf werden lässt, der wieder zu Wolken wird. Die Erde, die das Wasser aufnimmt und wieder freigibt, Pflanzen, Tiere, Menschen, darin verwoben, in jeden Wassertropfen, jeden Funken Licht.

Ich schließe die Augen vor der blendenden Helligkeit dort draußen und es bleibt ein warmes Dunkelrot, das durch meine Lider dringt.

»Jenna, die Welt ist viel schöner, als du es dir vorstellen kannst, glaub es mir«, höre ich die Stimme meines Opas. »Auch jetzt noch. Du musst nur hinschauen.« Er hat es mir oft und oft gesagt. Ich habe jedes Mal die Augen verdreht und »Ja, ja, früher mal« gesagt. Aber jetzt, hier, von ganz oben, kommt mir der Gedanke, dass er recht hat.

Eine Erinnerung blitzt auf, hell und klar. Mein Opa, wie er mit mir im staubüberzogenen Gemüsebeet steht. Er lächelt, obwohl gerade einer der Sandstürme unsere Arbeit vernichtet hat. Die Sonne blendet mich, überall ist Wärme. Mein Opa, ich und das gelbe Licht. Wir wischen gemeinsam vorsichtig den Staub von den Pflänzchen, damit sie vielleicht doch noch weiterwachsen können. Trotz des Sturmes. Des Sandes. Der Trockenheit.

Vor dem Kollaps, bevor EQUILON die Welt reorganisiert hat und die MegaGoods die Führung der Menschheit übernommen haben, war mein Opa Wissenschaftler. Biologe. Gemeinsam haben wir in dem kleinen Gartenstück daran geforscht, wie man auch in der Steppe Pflanzen anbauen und Tiere ernähren kann. »Das Leben, Jenna«, hat er immer gesagt. »Das Leben findet immer einen Weg. Daran musst du denken, bei allem, was du tust.« Und tatsächlich haben wir ganz gute Techniken entwickelt und unsere Pflanzen haben überlebt. Kohlpflanzen, Quinoa, Erdnüsse, solche Sachen. Ich habe mir Programmieren beigebracht. Er mit seinem Wissen über Pflanzen, ich mit meinen Codes – zusammen waren wir einfach das beste Team. Er würde nicht wollen, dass ich traurig bin und an früher denke. »Du bist das Morgen, Jenna. Und wenn du hier rauskommst, dann verschwende keine Gedanken mehr an Old B. und an mich oder Oma, hörst du? Das musst du mir versprechen. Kein Blick zurück. Keine Tränen.«

Und plötzlich schlägt die Traurigkeit über mir zusammen, dass ich laut aufschluchze. Ich werde meinen Opa wahrscheinlich nie wiedersehen. Er ist viel zu alt, um im Algorithmus noch unter die 1 Milliarde zu kommen. EQUILON wird ihn niemals auswählen, egal, wie gut er ist, so viel ist klar. Und wer einmal in New Valley ist, oder einem anderen der Safe Places, der kehrt nicht mehr zurück. Besuche sind nicht vorgesehen. E-Mails, Telefonverbindung, Post oder irgend so etwas gibt es nicht für Privatmenschen. Alle Leitungen sind gekappt. Weil das zu viel Verwirrung stiftet. In New Valley zählt nur die Zukunft. Und ich werde ein Teil davon sein. Ich werde meinen Opa stolz machen. Auf jeden Fall. Er hat so viel dafür getan, dass ich hier sitzen kann.

Es klingelt freundlich, »Der Music-Stream wird deiner Stimmung angepasst«, sagt eine Stimme und ein neuer Song ertönt.

Ein tiefer Bass spielt eine ruhige Melodie, nach und nach finden andere Instrumente leise dazu, eine Frau mit rauchiger, sanfter Stimme ... *Nothing's gonna hurt you, baby*, singt sie und ich weine leise. Meine Finger streichen über die nahtlose, glanzweiße Verkleidung meiner Kabine und dann muss ich lachen, weil es ja so unendlich albern und so typisch Jenna ist zu weinen, wenn man gerade auf dem Weg nach New Valley ist.

»New Valley, Jenna«, flüstere ich. »Du hast es wirklich geschafft.«

Es war ja auch alles ziemlich viel, denke ich mir. Alles so schnell und plötzlich. Ich war gerade noch auf dem Weg zum Breitscheidplatz, um mit meinen Freundinnen einen Film auf den Light-Screens anzuschauen. Da fährt plötzlich der Truck vor und zwei freundliche Herren laden mich ein mitzukommen. Sobald du den nötigen Score erreichst und EQUILON dein Profil zu der 1 Milliarde hochlädt, geht es los. Irgendwo in den Tiefen des Quantencomputers macht es ›KLICK‹ und alles wird in Gang gesetzt. Dann gibt es kein Zurück. Ein Abschied ist nicht vorgesehen. Und es ist ja auch egal. Du kehrst eh nie zurück. Was bringen da die Tränen. Und ja, dieses unangenehme Gefühl von Trauer, es weicht mehr und mehr zurück.

»Du hast es geschafft«, flüstere ich noch einmal. Und dann gleitet die Tür auf, der Servicewagen steht dort und schiebt ein Tablett zu mir. Darauf steht ein verschnörkelter Becher mit weißer Creme darin. Mit Sahne und roter Kirsche. Der Vanilla-Shake sieht aus, als sei er direkt aus einem der Filme von früher hierhergebracht worden.

»Danke«, murmle ich, weil es mir komisch vorkommt, nichts zu sagen, auch wenn es ja eigentlich nur eine Maschine ist, und nehme das schwere Glas in meine Hände. Ich sauge an dem rot-weiß gestreiften Strohhalm und der Geschmack der cremigen Süße explodiert in meinem Kopf wie buntes Feuerwerk. »Wow, wie krass ist das denn«, sage ich vor mich hin und bin wirklich froh, dass ich gerade alleine bin und keiner sieht, wie ich mich auf das Getränk stürze.

Es dudelt wieder freundlich. »Sie wollen sich über die kulinarische Kultur in New Valley informieren«, sagt die Stimme.

Dann beginnt vor meinen Augen eine Sendung, in der ein junger Mann mit Schürze vor einer hohen Theke steht und sehr aufgeregt erzählt, dass er nun ein fantastisch frisches Kürbis-Gazpacho zubereiten wird. Er beginnt, die einzelnen Zutaten aufzuzählen. Ich habe zwar gar keine Ahnung, wovon er redet, aber ich schaue ihm begeistert zu und trinke den Rest von meinem Vanilla-Shake. Kürbis-Gazpacho. Das Wort allein klingt so aufregend.

Aus dem Augenwinkel sehe ich, wie hinter dem Meer das Land auftaucht, ein grüner Schimmer am Horizont. Es stimmt also wirklich. Hier gibt es Wälder. Da unter mir stehen Bäume dicht an dicht und ihr Grün leuchtet bis zu mir hinauf. Mein Herz macht einen kleinen Hüpfer und endlich ist sie wieder da, diese Freude, diese unbändige Freude. »Du hast es wirklich geschafft, Jenna«, sage ich noch ein letztes Mal zu mir.

2

Dorian

Mir ist vor allem eins: scheißkalt. Und ein bisschen enttäuscht bin ich auch. Ich hatte mir das Ganze irgendwie schöner vorgestellt. Schön ist vielleicht das falsche Wort, wenn man sich umbringen will. Ich meine eher sinnvoller oder erhellender. Deshalb stehe ich hier. Weil das alles keinen Sinn mehr macht. Und ich hatte gehofft, dass ich jetzt, auf den letzten Metern, einen Hinweis bekomme. Irgendwas, das ein schöner Schlusssatz wäre. Ich meine, wenigstens das könnte das Leben am Ende noch liefern. Einen guten Abgang. Als Ausgleich für all den Dreck davor.

Aber nein. War klar. Es ist einfach nur dunkel und kalt. Danke für nichts, scheiß Welt. Dann ist das Ende also genauso beschissen wie alles davor. »Tja, Dorian«, murmele ich zu mir selbst, »das war's dann wohl.«

Eine Wächterin zieht surrend über meinen Kopf. Ich kann die kleinen Kameraaugen sehen, wie sie hin- und herhuschen, alles aufzeichnen, was unter ihr passiert. Mich nimmt sie natürlich auch auf. Und wahrscheinlich sehen die Augen auch, dass ich auf der falschen Seite des Brückengeländers stehe. Passieren wird nichts. Das interessiert eine Wächterin nicht. Sie schaut nur, ob wir leben, wie viele von uns – und ob wir etwas Illegales tun.

Plastik verbrennen, um nachts warm zu bleiben, zum Beispiel. Selbstmord ist nicht illegal. Es gibt ja eh zu viele von uns. Wie gern würde ich ihr jetzt einen fetten Stein zwischen ihre miesen Roboterlinsen schmeißen. Nur bringt es nichts, sie hat natürlich einen Schutzschild. Und ich kriege noch einen Elektroschock verpasst oder sie alarmiert eine OrderUnit und die sammelt mich ein, und am Ende lande ich kurz vor Schluss noch in einem Wasteland und muss ein paar Monate Seltene Erden abbauen, bevor ich jämmerlich verrecke. Surrend verschwindet die Wächterin in der Dunkelheit, ohne weiter von mir Notiz zu nehmen. Drecksding.

Ich greife mit den Händen hinter mich ans Geländer und lass mich nach vorn hängen. Es ist dunkel, und ich kann die Schlucht unter mir nicht sehen. Das ist der Andreasspalt, da geht es locker ein paar Hundert Meter hinunter, vielleicht ein paar Tausend. Und da wartet dann kochendes Magma aus dem Erdinnern. Wer da runterspringt, der hat es wirklich hinter sich.

Das haben schon viele vor mir ausprobiert. Deswegen heißt das hier ja auch *Jumpin' Jack Flash Point*. Jedenfalls unter uns, die sich im New-Future-Plan abstrampeln, hier in ExCal, Old LA. Sonst kennt diesen Ort niemand und es interessiert auch niemanden. Denn dieser Ort ist verloren, und wir haben nur die Wahl, uns abzustrampeln und abzuwarten, ob wir es noch rechtzeitig hier heraus schaffen, oder den Exit über den Jumpin' Jack Flash Point zu nehmen.

Ich schaffe es jedenfalls nicht hier heraus. Das steht fest, auch wenn es mir keiner ins Gesicht sagt. Ich bin einfach zu weit unten. Ich habe nichts zu bieten. Kein Forschungsprojekt. Keine guten Noten. Keine Beziehungen ins New Valley. Keine Ideen. Kein gar nichts. Ich bin eine Null.

Eine warme Brise steigt plötzlich aus dem Graben auf. Der Atem der Erde, schießt es mir durch den Kopf, und ich merke, wie mir die Tränen kommen.

Ich will da nicht reinspringen. Ich will gar nicht tot sein. Aber das hier. Das Leben in so einem beschissenen Grenzland auf einem vollkommen fertigen Planeten, der keinen Platz für mich hat, das will ich auch nicht. Das ist eigentlich schon alles. Ich weiß einfach nicht, wohin.

»Das ist aber gefährlich, was du da machst! Da geht's ganz schön weit runter!«, schreit hinter mir eine helle Stimme.

Ich erschrecke mich so sehr, dass ich mit einer Hand vom Geländer abrutsche. Einen Moment lang hänge ich nur an einem Arm über dem dunklen Abgrund, aber meine Kraft reicht, ich ziehe mich zurück an die Brüstung.

»Hast du sie noch alle? Ich wäre da beinahe runtergefallen!«, brülle ich und hänge mich mit dem Oberkörper über das Geländer. Vor meinen Augen dreht sich alles. Ich kneife sie zu, Lichtfunken blitzen durch das Schwarz. Mein Herz schlägt so wild, dass ich Angst habe, es stößt mich gleich ein zweites Mal in Richtung Abgrund.

Ich atme tief durch und schaue hoch.

Vor mir steht ein dickliches Mädchen mit Brille. Sie ist vielleicht neun oder zehn, höchstens zwölf Jahre alt. Und sie starrt mich an, ihr Mund steht ein bisschen offen. Um das Bein hat sie eine seltsame Metallschiene.

»Siehst du? Hab ich doch gesagt, das ist gefährlich!«

Sie schiebt die Brille ein Stück hoch und beißt in den Nahrungsblock, den sie mit beiden Händen festhält, als wolle ihr jeden Moment irgendjemand dieses widerliche Ding wegnehmen.

»Soll ich dir helfen?«, fragt sie mit vollem Mund. Ich kann den Riegel riechen, Kohl und Erdnüsse, und muss würgen. Dieses Zeug ist einfach total ekelhaft. Wer sich das ausgedacht hat, der bräuchte für den Rest seines Lebens täglich ein paar Ohrfeigen. Um ehrlich zu sein, die Nahrungsblöcke allein wären schon Grund genug, in den scheiß Andreasspalt zu springen.

»Nein!«, schreie ich. »Bleib bloß weg! Da gehe ich am Ende nur bei drauf!« Sie bleibt stehen und kaut. Blödes Gör, denke ich. Ich hasse einfach alles.

Ich versuche, mich auf die andere Seite zu hieven. Aber ich krieg mein Bein nicht richtig hoch, und dann muss ich plötzlich heulen. Und zwar so richtig. Die Schluchzer purzeln nur so aus mir raus, mein ganzer Körper schüttelt sich. Was für eine Riesenscheiße das alles ist. Ein gigantomanischer Haufen stinkender, widerlicher Kacke. Und ich mittendrin. Ich würde gern schreien, aber stattdessen schluchze ich nur ein bisschen lauter.

Aus dem Augenwinkel sehe ich, wie das Mädchen sich den Rest des Riegels in den Mund stopft und zu mir läuft. Ihre schwarzen Korkenzieherlocken hüpfen bei jedem Schritt, ihr Blick ist fest entschlossen, ihre Schiene quietscht und klackert leise. Wie eine kleine, dicke Superheldin sieht sie aus, nur ohne Kostüm. Sie packt meine Jacke mit einer Kraft, die mich total überrascht, und zerrt mich über das Geländer, bis ich auf dem krümeligen Asphalt der Straße lande wie ein Sack voll toter Ratten.

»Danke«, keuche ich und heule noch ein bisschen. Aber plötzlich geht es mir besser.

»Magst du?«, fragt sie, als sei gerade gar nichts passiert, und hält mir einen frischen Nahrungsblock unter die Nase.

»Ne, danke. Lass mal«, sage ich und setze mich auf. Ich atme tief ein und rieche den Schmutz der Straße und sogar das Meer, das nur ein paar Hundert Meter von hier entfernt ist, auch wenn wir dort niemals hindürfen. Sperrgebiet. Mir ist wirklich nicht nach Essen. Aber nach Sterben ist mir auch nicht mehr.

»Wo wohnst du denn?« Das Mädchen hat mir eine Hand auf die Schulter gelegt und guckt mich forschend an. Als sei ich ein krankes Tier. Ich drehe meinen Körper so, dass ich ihrer fürsorglichen Hand entkomme, und richte mich auf.

Meine Klamotten sind ganz staubig und ich fühle mich, als wäre ich locker einen Marathon gerannt. Dass es das mal gab. Menschen, die den ganzen Tag rumgerannt sind. Einfach nur so. Und das für 40 Kilometer und mehr. Macht natürlich keine Sau mehr. Wahrscheinlich ist es sogar verboten. Energieverschwendung.

»Also, ich wohne da drüben«, sagt das Mädchen und zeigt über das ausgemergelte Feld, auf dem ein paar verstreute Quinoa-Pflanzen der Hitze und dem Sand trotzen. Dahinter sind Bretterbuden. Dort wohnen die Unsorted von Old LA. Die, die wirklich keiner mehr will. Die, die außerhalb von allem stehen.

Dahin muss man es erst mal schaffen. Denn eigentlich wohnen wir in den Collectives. Hochhäuser aus Containerboxen oder Häuser von früher, die noch stehen und sich umbauen ließen. Jedem stehen 3 Quadratmeter zu.

Und Zugang zu einem Feeding-Room, in dem die Nahrungsblöcke und ab und zu sogar echtes Essen ausgegeben werden. Reisflocken, Trockenmaniok, manchmal sogar Dörrfisch. Wer in einem Collective lebt, der bekommt genug zum Überleben. Damit wir uns um unsere Projekte kümmern können, um Weiterentwicklungen, die dieser Welt helfen sollen. Die Unsorted, die bekommen nichts.

»Komm, du kannst erst mal bei uns eine Pause machen, wenn du willst.« Das Mädchen fummelt an meiner Hand rum und zieht und zupft, bis ich schließlich doch zufasse und mich von ihr führen lasse. »Ich bin übrigens Margaret, aber alle nennen mich Maggie«, sagt sie. »Meine Mama hat mich nach irgendeiner Frau von früher benannt, eine Politikerin. Meine Mama sagt, die war genauso stur wie ich.« Sie lächelt mich schief an. »Aber ich bin netter, sagt meine Mama.«

Maggie steuert auf das Feld zu. Wir bahnen uns einen Weg durch die Quinoa-Pflanzen. Der letzte Sandsturm hat ihnen ziemlich zugesetzt. Sie stehen weit auseinander, wir können bequem zwischen ihnen hindurchgehen. Manchmal streift meine Jacke eine und ihre Blätter knistern wie Papier im Feuer.

»Wie heißt du denn?«, fragt Maggie in fröhlichem Singsang.

»Dorian«, flüstere ich halb. Ich hätte jetzt echt gern meine Ruhe. Vor meinen Augen blitzt immer wieder das Bild des gähnenden Abgrunds auf, und hin und wieder frage ich mich, ob ich vielleicht doch gesprungen bin und das hier ist jetzt das Leben danach. HAHA. Wenn ich mir mein scheiß Pech vorstelle, dann ist das gar nicht so unwahrscheinlich. Angekommen in der Ewigkeit. Der Moment deines Todes, nur für immer. Was für eine Horrorvorstellung. Ich schüttele mich kurz. Die kleine Maggie schnattert einfach weiter, als sei nichts weiter passiert und wir würden durch einen Park spazieren.

»Dorian …« Sie zieht das »N« in die Länge, als würde sie gleich anfangen, ein verdammtes Lied aus meinem Namen zu machen. »Klingt ganz hübsch. Hab ich aber noch nie gehört, glaube ich. Warum heißt du denn so?«

»WARUM HEIßT DU DENN SO?! Was für eine bescheuerte Frage!«, schnauze ich sie an. »Weil meine Eltern mich so genannt haben, du Superhirn!«

Ich mache mich von ihrer Hand los. Wir stehen mitten auf dem Feld und schauen uns an. Sie stemmt ihre Hände in die Seiten und schaut mich grinsend an, als hätte sie mein ganzes Geschrei nicht gehört.

»Ja, aber WARUM haben dich deine Eltern so genannt?«, fragt sie und reckt triumphierend ihren Zeigefinger in die Höhe, als hätte sie gerade die Relativitätstheorie neu berechnet.

Ich verdrehe die Augen und gehe einfach weiter auf die Baracken zu. »Keine Ahnung«, murmele ich mehr zu mir selbst. »Meine Eltern sind tot.« Und wenn Miss Maggie hier mich weiter so vollquakt, dann schmeiße ich sie eigenhändig in den Andreasgraben.

»Meine Eltern sind auch tot«, sagt sie nicht mehr ganz so fröhlich, aber doch ziemlich unbefangen.

»Hä? Du hast doch gesagt, du bringst mich zu deiner Mama?«

»Ja, na ja, das ist Hannah. Hannah ist schon meine Mama. Aber sie hat mich nicht geboren. Ich sage einfach Mama zu ihr. Das ist einfacher.« Sie zuckt mit den Schultern und ich schüttele den Kopf. Was für ein merkwürdiges Kind. Ich beschließe, mich auf meinen Weg zu konzentrieren, auf meine eigenen zwei Beine. Es ist eh am besten, für sich zu bleiben. Dann kann einem auch niemand im Weg stehen.

»Wir sind da«, ruft Maggie mir hinterher, und ich merke jetzt erst, dass ich an den Baracken vorbeigelaufen bin, immer schön zwischen dem Quinoa hindurch.

Maggie lehnt an einer Brettertür. Man kann dahinter funzelige Lichter erahnen.

»Hm«, grunze ich und gehe das kurze Stück wieder zurück. So lässig es geht. Obwohl ich mir schon ziemlich dämlich vorkomme. Was für ein absoluter Dreckstag.

3

Jenna

Ich fühle mich, als würde ich über meinem Körper schweben, meine Gedanken sind wie Watte. Das muss die Müdigkeit sein.
　Alles scheint mir so unwirklich. Als würde ich durch ein Bild laufen, in dem alles makellos ist, alle Farben aufeinander abgestimmt, jedes Licht perfekt gesetzt, auch die letzte Ecke weiß und rein. Immer wieder kneife ich die Augen zusammen, weil ich ihnen irgendwie nicht traue.
　»Welcome to the Airport of NEW VALLEY, the future of the world«, klingt eine sanfte Frauenstimme aus unsichtbaren Lautsprechern.
　Der Flughafen ist ein Gebäude aus Glas und Stahlrohren und wirkt so leicht, als wolle das Dach über mir gleich abheben und losfliegen. Die Metallstreben, die alles stützen, sind so dünn, dass es fast nicht zu glauben ist, dass das alles hält. So ein stabiles, leichtes Material würde in Old B. ziemlich helfen. Ich habe dort immer überlegt, wie man eine ultraleichte, zugleich aber starke Drohne bauen könnte, um Kranke zu unserer einzigen Medizinstation zu bekommen. Mit solchem Metall könnte es klappen. Ich fange an zu überlegen, wie man die Rotorblätter bauen könnte – wenn man das Metall dünn auswalzt, könnte es funktionieren, allerdings müssten die Rotorblätter mehrere Meter lang sein ... –, aber dann geht Thea an mir vorbei und sagt: »Husch, husch! Wir müssen uns beeilen,

dein Transport kommt bestimmt sehr pünktlich. Hier in New Valley sind alle immer on time! Da geht's nicht so locker zu wie bei euch im Grenzland. Je schneller du dich daran gewöhnst, desto besser!« Sie lacht und ich gehe ihr hinterher, den Gang entlang.

Obwohl wir drinnen sind, ist das Licht golden und warm. Ich schaue mich nach den Lampen um. Es dauert eine Weile, bis ich verstehe, dass es keine einzelne Lichtquelle gibt. Über uns schwebt eine Wolke aus winzigen goldleuchtenden Punkten. Beinahe glaube ich, ich träume, und kneife wieder die Augen zusammen, aber da sind sie noch immer, diese goldenen Mini-Sternchen. Wie winzige Feen, denke ich. Wie magische Wesen aus einer anderen, besseren Welt. Ich zeige hinauf und bringe nur ein »Was ...?« heraus.

Thea tritt neben mich und drückt sacht meinen Arm hinunter. Sie grinst mich an und zwinkert. »Wenn du dich nicht überall als NewEntry bloßstellen willst, dann musst du dein Staunen aber noch ein bisschen in den Griff bekommen.« Sie streicht mir sacht über die Wange. »Aber ich mag eure Unschuld, wenn ihr kommt«, murmelt sie, wie zu sich selbst. Wie meinst du das?, will ich erst fragen, aber das scheint mir unhöflich.

»Aber was ist das?«, frage ich stattdessen.

»Das?« Thea schaut nach oben und ich mit ihr, und es sieht noch immer so wunderschön aus, dieses Schweben aus Licht. »Das sind die Lights in the Sky«, sagt sie und zieht mich sacht weiter in Richtung Ausgang. »Seit fünf Jahren ersetzen sie nach und nach die meisten Lichtquellen in New Valley. Im Prinzip sind es Mikro-LEDs, die extrem leicht sind und mithilfe von Magnetismus und Luftströmungen aus den Klimaanlagen in der Schwebe gehalten werden. So ganz genau kann ich es dir nicht erklären.« Thea wirft noch einen letzten Blick nach oben. »Ja, sie sind wirklich sehr hübsch, aber man gewöhnt sich halt an alles.« Ich gucke noch ein bisschen länger. Ich meine, was für eine absolut fantastische Idee! Ich würde gern die Leute kennenlernen, die die Lights in the Sky entwickelt haben.

Wir treten aus dem Flughafengebäude. Nach den vielen Stunden in klimatisierten Räumen und dem Hyper-Glider ist die warme Luft wie eine Wand, gegen die ich laufe. Ich fühle feine Feuchtigkeit auf meiner Haut, wie ein Regen, aber viel, viel weniger. Und da fällt mir ein, dass ich ja jetzt am Meer bin und nicht mehr in der Steppe, die Old B. umgibt. In meinem Bauch kribbelt es.

Das Meer ... mein Leben lang habe ich vom Meer geträumt. Als Baby war ich wohl schon einmal dort, aber dann haben die MegaGoods die Welt neu organisiert und es wurden die Sektoren eingeführt. Seitdem kostet das Reisen Punkte im Score, und zwar viele. Also habe ich weiter nur vom Meer geträumt. Niemand in den Grenzländern reist. Denn niemand von uns würde Punkte opfern, solange wir nur die kleinste Chance auf die 1 Milliarde haben.

Aber jetzt werde ich hier leben, direkt am Meer. Ich kann es schon in der Luft spüren. Die Feuchtigkeit, das Salz. Ich höre ein Kreischen und drehe mich um. Hinter mir landet ein großer weißer Vogel auf dem Vordach des Ausgangs. Seine Flügel sehen aus wie aus dem kostbarsten Stoff gewebt. Der Schnabel ist knallgelb und hat einen roten Punkt.

»Eine Möwe«, sagt Thea lachend. »Nimm dich vor den Biestern bloß in Acht. Sie sind extrem diebisch. Und verwöhnt. Wie alle Wildtiere genießen sie die höchste Schutzstufe.« Ich nicke und freue mich schon darauf, wenn ich in einem unbeobachteten Moment einen dieser Vögel mit Futter zu mir locken kann. Vielleicht schaffe ich es auch, sein Gefieder zu berühren?

Als hätte die Möwe meine Gedanken gehört, hebt sie den Flügel, macht sich dort mit dem Schnabel zu schaffen, und eine zarte Feder schwebt zu mir herab. Ich strecke die Hände aus und fange sie auf. Sie hat tatsächlich kein Gewicht und ist vollkommen weiß. Hastig umschließe ich die Feder mit meiner Faust und stecke sie in die Tasche meines Kleides, dort, wo ich auch die BrainDots deponiert habe. Sie sind mir einfach noch ein wenig unangenehm. Ich schaue mich nach Thea um. Sie ist ein paar Schritte weitergegangen und scheint nach etwas Ausschau zu halten.

Ich versuche, meine Gedanken zu ordnen, aber sie schwirren in meinem Kopf umher, flatterhafte Geister, die sich auflösen, sobald ich sie greifen will.

Obwohl der Flug selbst nur 10 Stunden gedauert hat, bin ich seit über 24 Stunden wach. In Old B. wäre jetzt Nacht. Oder schon früher Morgen? Sosehr ich auch nachdenke, es fällt mir einfach nicht ein, wie die Zeitzonen funktionieren. Der fehlende Schlaf liegt wie Schleifpapier auf allem. Panik kriecht in mir hoch und schiebt sich dunkel und schwer vor die Aufregung und Freude in mir. Ich bin am anderen Ende der Welt und ich bin mutterseelenallein.

»Da ist es!«, ruft Thea in diesem Moment mit staunenden Augen. »Du hast ja wirklich die Wahrheit gesagt!« Ich blicke suchend ihrem Finger hinterher und schaue auf ein flaches Gefährt, das durch die Luft auf uns zuschwebt. »Das ist das Pickup-Taxi von VERO!«

Und nun sehe ich die Schrift, die über dem Taxi in die Luft projiziert wird: WELCOME JENNA MILLS.

Und dann ist es da. Das Meer. Nicht spektakulär. Weniger funkelnd und exotisch, als es vorhin schien. Und doch unermesslich und wunderschön. Wie kann man das beschreiben, das Gefühl, dass es nichts gibt, was im Weg steht? Dass man nur schauen kann, endlos schauen, und unter dem Blick wogt sanft das Wasser und rauscht an den Strand, wo die Wellen dann erschöpft auf den Sand taumeln und verschwinden.

Die Kabine des Flugtaxis ist aus gebogenem Glas, nur der Boden und der gewärmte Sitz erinnern mich daran, dass ich nicht frei in der Luft schwebe. Über mir wirbeln lautlos Dutzende Rotoren und halten das Gefährt in der Luft. Wenn ich mich an die Scheibe drücke, kann ich mir für ein paar Momente vorstellen, wie sich die Möwe fühlen muss. Frei, nur umgeben von Luft und unter sich die schier grenzenlose Welt. Und dann wird mir klar, ich bin ja eigentlich wie die Möwe. Ich bin hier, am Meer, und die Welt ist nun grenzenlos für mich. Endlich. Ich spüre, wie ein Lachen meine Augen zusammendrückt und meinen Mund in die Breite zieht. Ich kann nichts dagegen tun.

VERO ist die wichtigste Firma in New Valley, und deshalb hat sie wohl auch die schönste Location. Das Gelände liegt direkt am Meer auf einer kleinen Halbinsel, umgeben von Klippen, nur an der nordwestlichen Seite ist ein Sandstrand.

Das Taxi macht eine Drehung. Ein bisschen seltsam ist es schon, dass da niemand sitzt, der das Ding steuert – aber so sind die Dinge in New Valley eben. Eine Technik, die so perfekt ist, dass sie wirkt wie Zauberei. Daran werde ich mich schon gewöhnen. Vor allem freue ich mich darauf, dahinterzublicken. Zu verstehen, wie alles funktioniert. Und dann, wenn ich genug weiß, die Welt noch besser zu machen. Hier. Und vielleicht auch in den Grenzländern.

Das Taxi macht eine 180-Grad-Kurve und geht in den Sinkflug – und mir bleibt der Mund offen stehen. Vor mir liegt ein riesiges Gelände unter einer gigantischen gläsernen Kuppel. Die weißen Gebäude darunter wie geschliffene Steine, umgeben von Grün. VERO sieht unwirklich aus und wunderschön. Und dort, genau dort, werde ich arbeiten!

Ich möchte schreien vor Glück, aber ich bin nicht allein. Am Landeplatz begrüßen mich zwei junge Frauen.

»Willkommen, Jenna«, sagen die beiden. Sie winken herzlich zu mir herüber und lächeln so, als würden wir uns ewig kennen. Auch sie haben diese schrecklich weißen Zähne und blondes Haar mit glitzernden Strähnen darin. Ich gehe auf sie zu und strecke ihnen die Hand entgegen, aber ein tiefes Brummen ertönt und ich bekomme einen sanften Stromschlag, der nicht wehtut, aber vor Schreck reiße ich meine Hand zurück.

»Entschuldige, das ist ein Distancer. Wir bringen dich erst zur AnkunftsWellness, danach ist er nicht mehr nötig«, sagt die etwas Größere und beide erheben die Hand zum Vulkaniergruß. Ich nicke stumm und frage mich, wie man es schafft, dass sich die Spannung dieses Distancers nicht weiter überträgt. Denn eigentlich ist Elektrizität ja nicht aufzuhalten, wenn sie erst mal freigesetzt ist. Es muss ihnen also gelungen sein, die Übertragung zu stoppen, wahrscheinlich mithilfe eines nicht leitfähigen Gases? Aber vielleicht funktioniert es auch ganz anders. Von Nano-Technologie habe ich eher wenig Ahnung. Meine Stärke ist das Programmieren.

»Mein Name ist übrigens Mary«, schiebt die Größere hinterher und geht langsam vorweg. »Und das ist Katie.« Katie lächelt mich an. Sie sieht aus wie die etwas niedlichere Version von Mary. Sie ist kleiner und hat eine Stupsnase, aber sonst sehen sie sich ziemlich ähnlich. Beide haben hellbraunes Haar, rosig glänzende Wangen und herzförmige Gesichter. Ob sie Schwestern sind?

Womöglich denke ich das aber auch, weil sie so gleich gekleidet sind. Beide tragen hellgraue, eng anliegende Oberteile, hochgeschlossen und an der Schulter geknöpft. Marys hat enge, lange Ärmel, und Katies weite, kurze. Der Stoff schimmert sanft bei ihren Bewegungen. Beide tragen schmale dunkle Hosen. An den Seiten ist ein netzartiges Material eingearbeitet. Und dazu Turnschuhe, wieder in Hellgrau. Bis auf ihre Frisuren und ihr Make-up sehen sie aus, als könnten sie gleich losjoggen – und gleichzeitig wirken sie so stilvoll dabei, als seien sie Filmdivas aus vergangenen Zeiten.

Die feinen Stoffe umspielen ihre Körper, während sie vor mir hergehen, ihre Bewegungen präzise und elegant zugleich.

Mir wird mein adrettes Kostüm bewusst. Am liebsten würde ich es herunterreißen. Meine Oma hat dafür extra eines ihrer alten Kleider umgearbeitet. Aus der Zeit von vorher ist der Stoff, Wolle und Seide, was wohl schon damals etwas Besonderes war. In Old B. war ich so stolz darauf, es schien mir todschick. Nun komme ich mir darin altbacken und verloren vor. Seltsam, wie mein altes Ich hier zerbröselt. Ich war eigentlich immer die Coole. Die, die wusste, wie es läuft. Die, die immer eine Lösung hatte. Hier bin ich vor allem klein und unwissend.

Die beiden lassen sich nichts anmerken, obwohl ich aussehen muss wie das fehlerhafte Teil, das man aus einer harmonischen Reihe heraussortieren muss. »Komm«, sagt Mary. Ihre Stimme ist jetzt ganz sanft. »Wir zeigen dir den Weg.«

Wir gehen durch ein Tor in die durchsichtige Kuppel, die das Grundstück von VERO umgibt.

Drinnen ist die Luft ganz ruhig, ich höre die Geräusche von Vögeln, exotisch und geheimnisvoll. Ich habe bisher selten Vögel gehört, und diese klingen ganz anders als die, die ich schon kenne. Einer macht ein melodisches Geräusch, das in einem hohen Quietschen endet. Der Nächste singt ein langes, kompliziertes Lied, klangvoll und ein bisschen traurig. Zwischen den Gebäuden wachsen hohe Büsche mit riesigen kelchförmigen Blüten. In der Luft liegt ein feiner süßlicher Geruch. Schmetterlinge schweben umher. Es muss ziemlich aufwendig sein, diese fast tropische Welt aufrechtzuerhalten. Und eigentlich scheint es mir ein bisschen übertrieben. Warum reicht nicht das Meer vor der Tür? Aber natürlich ist es schön. Sehr, sehr schön. Wie ein Zauberland. Und vielleicht ist das ja der Grund: dass wir uns hier alle ein wenig wie magische Wesen fühlen sollen. Magische Wesen, für die alles möglich ist. Damit wir dann wirklich alles möglich machen. Wir sollen hier schließlich die Welt retten, hat man uns auf der Future Academy beigebracht.

Ich lasse meinen Blick schweifen. Das Glas über uns ist kaum zu erahnen. Und dennoch kann ich es spüren. Warum, weiß ich nicht. Vielleicht ist es der fehlende Wind. Vielleicht liegt es daran, dass sich Geräusche verändern, wenn sie in einem geschlossenen Raum sind. In einem solch großen umschlossenen Areal fällt es wahrscheinlich nicht stark auf. Aber es muss doch einen Effekt haben, dass der Raum nicht offen ist, bis hinauf zum Weltall.

Ein Gefühl von Geborgensein breitet sich in mir aus. Alles hier fühlt sich so sanft und mild an. Ich kann mir nicht vorstellen, dass an diesem Ort je etwas Unangenehmes passiert. »Und das ist jetzt dein Zuhause«, murmelt eine Stimme in meinem Kopf, und ich muss unwillkürlich grinsen.

»Eigentlich hat New Valley ein recht angenehmes Klima«, sagt Mary und zeigt nach oben. Sie muss meinen Blick bemerkt haben. »Aber unser Gründer wollte die perfekte Atmosphäre schaffen, die für die menschliche Natur beim Arbeiten am angenehmsten ist. Darauf sind Temperatur, Luftfeuchtigkeit und Licht genau abgestimmt. Bei VERO ist nichts zufällig. Deshalb das Glas.«

Nach wenigen Metern bleiben wir vor einer Tür stehen, ein

Blumenkranz hängt über dem Rahmen. Ich spüre den kurzen, aber heftigen Impuls, sie herunterzureißen und ihnen Wasser zu geben. Blumen! Und so wunderschöne! Gelb und rosa sind sie, in verschiedenen Schattierungen. Jemand hat sie mit dunkelgrünen Blättern zu einer Girlande gewunden. Warum hängt man sie so auf, ohne Wasser, sodass sie kaum einen Tag durchhalten können? Das will mir nicht in den Kopf. Aber vermutlich gibt es hier in New Valley auch dafür eine Erfindung, irgendetwas, das die Blumen wie durch Zauberhand am Leben erhält.

»Willkommen, Jenna. Sprich, Freund, und tritt ein«, säuselt eine dunkle Männerstimme aus dem Nichts. Mary zwinkert mir zu. »Ein kleiner Scherz unseres Entwicklungsleiters. Dahinter ist die AnkunftsWellness. Du musst ›Mellon‹ sagen. Dann geht die Tür auf.«

»Mellon?«, wiederhole ich langsam. Was für ein merkwürdiges Wort.

»Ach, nicht so wichtig. Das hat er aus einem alten Buch. Sag es einfach. Wir holen dich in einer Stunde wieder hier ab.« Ihr Blick wandert für den Bruchteil einer Sekunde an mir hinab. Aber ich weiß sofort, was los ist. »Neue Kleider bekommst du natürlich auch«, sagt sie und lächelt milde. Das Blut schießt mir in den Kopf. Aber bald habe ich das ja hinter mir.

Kaum bin ich durch die Tür gegangen, nehmen mich zwei ältere Damen in Empfang. Ihre Haare sind kurz und schwarz, ihre Haut erinnert mich an die Kastanien, die wir in Old B. früher gesammelt haben. Sie führen mich in eine Art Umkleidekabine. Das Licht ist sanft und gedämpft, auch hier schwebt eine schimmernde Wolke der Lights in the Sky über uns und ihr Licht bricht sich in den glatten beige-goldenen Wänden. Es duftet würzig und schwer, so, wie ich mir den Geruch eines Waldes vorstelle.

Bevor ich verstehe, was los ist, beginnen die beiden Frauen, mir die Kleider auszuziehen.

Ich kann mich vor Überraschung und Scham kaum rühren. Es dauert einen Moment, aber dann verstehe ich, dass die beiden Roboter sind. Woran ich es merke, ist nicht leicht zu sagen. Ihre Bewegungen sind ein klein wenig mechanisch. Sie schauen mich und einander nicht an. Zwischen ihnen scheint es gar keine Bindung zu geben, keine kleinen Blicke, keine Reaktionen aufeinander. Und dabei sind nur sie beide hier. Sie müssten sich in- und auswendig kennen. Jedenfalls entspanne ich mich sofort, als mir klar wird, dass das eben Maschinen sind, wenn auch sehr, sehr hoch entwickelte. Maschinen ist es egal, ob ich nackt bin oder ob ich ein hässliches Kleid trage.

»Bitte heben Sie die Arme!«, sagt die eine und ich gehorche ihr. Die Stimme klingt ganz und gar menschlich, aber wie sie mit mir redet, mich anschaut und eigentlich doch nicht ansieht, ist einfach nicht so, wie es mit einem Menschen wäre.

Dass in New Valley jede risikoreiche Tätigkeit von Robotern übernommen wird, habe ich schon oft gehört. Dass mir das mal passieren würde, das hätte ich nie gedacht.

Natürlich bin ich ein Risiko. Weil ich aus einem Grenzland komme. Bei uns gibt es immer wieder Ausbrüche neuer Krankheiten, wiederkehrende Seuchen, die jedes Jahr viele Menschen das Leben kosten. Die wollen sie hier natürlich nicht. Ich entspanne mich und lasse mich von den beiden entkleiden, als wäre ich ein kleines Kind, bis ich schließlich ganz nackt vor ihnen stehe.

Die beiden Roboterfrauen nehmen mich in ihre Mitte und führen mich in einen Raum mit glatten Wänden ohne Fenster. Es ertönt eine beruhigende Musik, die hauptsächlich aus vollen Gongklängen besteht und den lang gezogenen Tönen einer Flöte.

Es hat etwas Heiliges. So stelle ich mir die Kirchenmusik von früher vor, von der mir meine Oma erzählt hat. Wie es ihr wohl geht? Ich kämpfe gegen die Erinnerung an. Lass dich nicht von der Vergangenheit aufhalten, Jenna, sage ich zu mir.

Auf einmal fühle ich meinen Herzschlag im ganzen Körper. Ich bin mir sicher, gleich wird etwas Besonderes passieren. Ein wohliger Schauer überfällt mich. Ob es hier auch diese Schwingungen gibt, die das Wohlbefinden steigern? So wie im Hyper-Glider?

Das Licht wird plötzlich dunkler, es bleibt nur ein rötlicher Schimmer, und einen Moment lang überkommt mich Panik, wie ein stummer Schrei. Ich drehe mich zur Tür, doch die ist zugeglitten, die Roboter sind fort.

»Lass los, Jenna«, wispert eine Stimme. Ich bin mir nicht sicher, ob sie aus meinem Inneren kommt oder von außen. Dampf steigt vom Boden auf, ein seltsam scharfer Geruch liegt darin. Mein Körper beginnt vor Angst zu zittern. Ich versuche, ihn wieder unter Kontrolle zu kriegen. Ich sage mir, dass alles in Ordnung ist. Wenn mich jemand umbringen wollte, dann hätte er das in Old B. wirklich leichter haben können. Dafür muss man keinen Menschen um die halbe Welt fliegen, noch dazu im Hyper-Glider. Aber es hilft nichts, ich zittere und zittere, Angst schnürt mir die Kehle zu, ich kann kaum schlucken.

»Lass los, Jenna, lass los«, wispert die Stimme erneut, und dann rieselt Wasser von der Decke. Ein warmer Regen, wie ein Streicheln. Der Geruch verändert sich, wird milder und schließlich blumig und zart. Von der Musik bleibt nun ein voller Ton, der sich zu einer Ewigkeit auszudehnen scheint. Meine Haut kribbelt, als wolle sich mein Inneres nach außen kehren oder sich auflösen oder beides auf einmal. Meine Zähne klappern aufeinander, ich krieg sie einfach nicht unter Kontrolle, sosehr ich auch versuche, meine Kiefer aufeinanderzupressen. Dann kann ich meine Blase nicht mehr kontrollieren und Tränen fließen aus meinen Augen, ich kann sie in dem Wasser schmecken, das mir in den Mund rinnt.

Gerade als ich denke, jetzt halte ich das alles nicht mehr aus, tut es in mir einen stummen Knall, wie eine umgekehrte Explosion, und alles wird ganz ruhig, sogar meine Gedanken. Stille breitet sich in mir aus, wie ein weiter, dunkler See.

Und dann ist plötzlich alles vorbei. Die Musik verstummt, das Licht wird wieder hell und freundlich, es regnet kein Wasser mehr auf mich herab. Zurück bleibt wohlig warmer Dampf. Die Türen gleiten lautlos auf, stumm hüllen mich die beiden Roboter in dicke Handtücher, als sei nichts passiert. Sie sagen wie mit einer Stimme: »Willkommen, Jenna Mills. Wir werden Sie nun einkleiden.«

Ich genieße es, wie sie zu zweit um mich herumhuschen, mich mit gekonnten Griffen eincremen, mir die Haare föhnen, als könnte ich das nicht selbst. Natürlich könnte ich das alles selbst. Aber es ist einfach ein schönes Gefühl, so ganz und gar geborgen zu sein, versorgt von zwei Robotern, denen jeder Makel an meinem Körper gleichgültig ist, die keinen Neid und keine Enttäuschung kennen, vor denen ich mich nicht schlecht fühlen muss, dass sie sich um mich kümmern, anstatt um sich selbst. Denn sie brauchen ja nichts, sie wollen nichts und sie fühlen nichts.

Auch ich bekomme eine blassgrau schimmernde Bluse. Meine hat Puffärmel, die an den Unterarmen eng zugeknöpft sind. Und auch die Hosen und Schuhe gleichen denen von Katie und Mary.

Schließlich macht mir eine der Roboterfrauen eine Frisur, während die andere sich an meinem Gesicht zu schaffen macht. Im Spiegel kann ich zuschauen, wie ich mich auf eine seltsame Art verwandle, wie sich Strich für Strich und Tupfer für Tupfer ein neues Gesicht zusammensetzt.

Ich ähnele mir noch, aber ich erkenne mich kaum. Meine Haut wird ebenmäßig bemalt, die blassen Wangen werden rosig gepudert. Ich muss an ein Ferkel denken, als ich mich betrachte. Aber nein, Jenna, versuch es positiver, vielleicht erinnert meine Gesichtsfarbe jetzt auch an eine Hibiskusblüte. Darunter setzt der Roboter sehr präzise eine dunkle Markierung, ein Rotbraun wie erdverschmierte Rüben, und die Form meines Gesichts scheint sich seltsam zu verändern. Weniger pausbäckig. Erwachsener.

Meine Wimpern werden mit schwarzer Farbe gebürstet, die Augenbrauen zurechtgezupft, die Lider mit glänzenden Farben betupft, dunkle näher ums Auge herum, zu den Brauen hin wird die Farbe rosig hell. Mein Blick bekommt etwas Hungriges, die Müdigkeit fällt kaum noch auf. Die Lippen bestreichen sie mit einem mattdunklen Rot, das mich an das Märchen von Schneewittchen erinnert. Als hätte ich gerade aus meinem Mund geblutet, muss ich denken, fast unheimlich. Meine Haare werden in Wellen gelegt und bekommen auch diese glitzernden Strähnchen, die einfach mit einer Art Stift hineingemalt werden.

Jede einzelne dieser kleinen Veränderungen würde für sich vermutlich kaum etwas ausmachen, vielleicht sogar lächerlich wirken. Doch alles miteinander fügt sich zu einem Bild. Am Ende kann ich es kaum fassen, was aus mir geworden ist. Ich trete an den Spiegel und betaste sacht mein Gesicht. Mein Spiegelbild tut dasselbe. Es ist real. Und doch fällt es mir schwer zu glauben, dass das wirklich ich bin, als habe mir jemand eine neue Haut übergezogen, ein neues Ich.

Ich wusste natürlich von Make-up. Aber in Old B. ist das schon lange eine überflüssige Maßnahme. Auf dem Schwarzmarkt kann man welches bekommen, klar, doch niemand, der sich Chancen auf den EQUILON-Score ausrechnet, würde jemals welches tragen. Denn es weiß ja keiner, wie das genau bewertet wird. Wir werden regelmäßig gefilmt, in den Bildungseinrichtungen, unseren Projektarbeitsplätzen, sicher auch an anderen Orten. Warum sollte die KI, die die Bilder auswertet, nicht auch einen Make-up-Scanner installiert haben? Es wäre ja ein klarer Verstoß gegen die geltenden Gesetze, und das gibt immer einen Punktabzug.

Ich wusste, dass es möglich ist, sein Äußeres zu beeinflussen. Aber dass es solch eine Veränderung sein würde, das hätte ich nicht gedacht. Ich sehe aus, als lebte ich in einem Märchen.

»Ihre AnkunftsWellness ist abgeschlossen, Jenna Mills«, sagt einer der Roboter und dreht den Spiegel zur Seite. Ich werfe mir einen letzten Blick zu, ein wohliger Schauer überfällt mich. Hier bin ich, es kann beginnen. Meine Zukunft hat angefangen.

Sie führen mich zum Ausgang. Meine Kleider, will ich sagen, was wird aus denen? Und ich denke an die kleine, gewichtslose Feder, die ich mir vorhin in die Tasche gesteckt habe. Aber dann schweige ich und lasse mich fortführen, denn eigentlich ist es ja auch egal. Was soll ich hier mit den alten Fetzen.

4

Dorian

»Mama, ich bin zu Hause!« Ich zucke zusammen. Die Kleine hat ein ziemliches Organ. Vorsichtig tapse ich hinter Maggie in die kaum beleuchtete Hütte.

Die Luft nimmt mir fast den Atem. Nicht, dass es in Old LA sonst wahnsinnig gut riechen würde. Aber das hier, das ist krass. Es riecht nach Moder und ungewaschenen Menschen. Nach altem Essen, nach Schimmel und irgendetwas, das ich kaum benennen kann, aber das noch schlimmer ist als alle anderen Gerüche zusammen. Es riecht nach Tod.

»Wo bleibst du denn?« Maggie zerrt mich am Ärmel in die Hütte. Ich unterdrücke ein Würgen und gehe weiter ins Dunkel hinein.

»Ich will dir Mama vorstellen!«, sagt sie und klingt dabei so stolz, dass mir gleich wieder zum Heulen ist. Mit ein paar Schritten haben wir die Hütte durchquert.

Überall stapeln sich alte Kisten, Berge von Klamotten, schiefe Schränke. Maggie muss meinen Blick bemerkt haben. »Mama sagt nie Nein. Sie nimmt jedes Geschenk an, auch wenn es eigentlich nur Mist ist.« Sie zuckt mit den Schultern. »Und dann liegt das Zeug hier halt rum.«

»Ah«, sage ich, obwohl ich keine Ahnung habe, wovon sie da redet. Aber vielleicht ist das auch egal.

Was mache ich hier eigentlich? Ich sollte auf dem Hacken umdrehen und zusehen, dass ich wegkomme. Ich bin auch einfach zu dämlich, kein Wunder, dass ich nicht klarkomme. Anstatt entweder in den Andreasgraben zu springen oder an meinem verdammten Score zu arbeiten, schlurfe ich durch eine stinkende Bretterhütte bei den Unsorted. Es geht das Gerücht um, dass man registriert wird, wenn man sich mit Unsorted abgibt. Das gibt Abzüge beim Score, und zwar heftige. Genau weiß ich es natürlich nicht, niemand weiß genau, was alles Punktabzüge gibt. Aber bei meinem Glück ist man für immer aus dem Score raus, wenn man mit Unsorted erwischt wird.

Maggie schiebt eine Art Vorhang beiseite. Es sind aneinandergeheftete Stofffetzen, die zusammen groß genug sind, einen Teil der Baracke abzutrennen.

Hinter dem Vorhang brennt eine kleine, aber sehr helle Lampe. Sonst ist es dunkel. Ich erkenne ein Lager. Das Licht bescheint ein fahles, eingefallenes Gesicht, das auf einigen ausgestopften Säcken ruht. In mir zieht sich alles zusammen.

»Hallo, Mama!«, flötet Maggie und hüpft auf das Bett zu. »Hast du gut geschlafen?«

Das fahle Gesicht bewegt sich auf dem Kissen und die Augen öffnen sich.

»Hilfst du mir, mein Kind?«

Maggie weiß offenbar, was zu tun ist. Sie zieht an den Armen der Gestalt, bis sie aufrecht sitzt.

»Schau mal, ich habe wen mitgebracht. Dorian heißt er. Ich glaube, er könnte ein bisschen Hilfe gebrauchen.« Maggie zeigt auf mich. »Stell dir vor, er war so dumm und ist bei der Brücke fast in den Andreasspalt gefallen.«

Sie schüttelt heftig den Kopf, als könne sie wirklich kaum glauben, wie dumm ich bin.

Hilfe? Denke ich. Wer soll mir denn hier helfen? Die können sich doch selbst nicht helfen!

»Ich wollt gar nicht stören«, sage ich und versuche, sehr, sehr fröhlich und heiter zu klingen. »Mir geht's prima. Ist ja nichts passiert.«

»Soso«, sagt die Gestalt und lächelt. »Du wärst also fast in den Andreasspalt gefallen.« Ich kann jetzt ihre Augen sehen, sie sind sanft und dunkel, fast schwarz. »Das kann natürlich mal passieren.« Sie zwinkert mir zu. »Wie wäre es, wenn du mir einfach mal erzählst, wer du bist und was dich dorthin gebracht hat. Vielleicht kann ich ja wirklich etwas für dich tun.«

Die. Mir helfen? Sie ist also nicht nur ans Bett gefesselt, sondern auch verrückt. Was ja verständlich ist.

Andererseits, ich weiß gar nicht, wann mich zuletzt mal jemand gefragt hat, wer ich eigentlich bin. Und warum ich dort bin, wo ich bin. Und plötzlich habe ich einen so starken Drang, einfach loszureden, dass ich mich hinsetze zwischen all den stinkigen Kram und sage: »Guten Abend. Ich bin Dorian.«

»Freut mich, Dorian«, sagt sie, und ein warmes Lächeln hellt ihr erschöpftes Gesicht auf. »Ich heiße Hannah.«

Sie schiebt sich noch ein bisschen höher und schaut mir in die Augen. Forschend, aber freundlich. Es ist seltsam, von Ferne sah sie aus wie eine lebende Tote. Aber jetzt, so nah, sind ihre fehlenden Haare, der aschefarbene Ton ihrer Haut nur noch Nebensache. Sie hat so unfassbar lebendige, liebevolle Augen. Trotzdem muss ich wegschauen. Es ist lange her, dass mich jemand so genau angesehen hat.

»Maggie hat dich also auf der Brücke getroffen«, sagt sie schließlich.

Ich sage »Ja« und höre, wie heiser meine Stimme klingt, müde und ausgelaugt. Und dann schaue ich wieder Hannah an, und sie schaut mich an, und ich sehe, sie weiß, was das bedeutet, dass ich da auf der Brücke stand. Aber, na klar. Außer Maggie weiß wahrscheinlich jeder Mensch in ExCal, was das heißt, wenn jemand am Jumpin' Jack Flash Point rumhängt.

»Wohnst du in einem der Collective Häuser?«

»Ja«, sage ich wieder und räuspere mich. »Unten am Hollywood Boulevard.« Ich sage das, damit sie mich nicht für einen Snob hält. Am Hollywood Boulevard, das sind zwar Collective Häuser, aber die sind ein bisschen schlechter als die in Downtown oder bei Guggenheim in den Hügeln. Denn kurz hinter dem Hollywood Boulevard beginnt die No-go-Area, der Streifen Land zwischen Old LA und dem Meer. Wer da wohnt, der ist auf jeden Fall keiner von den Erfolgversprechenden.

Maggie rumort irgendwo zwischen den vielen Kisten und Haufen herum.

»Mama, haben wir noch Nahrungsblöcke mit Erdnuss? Ich hab so Hunger.«

»Süße, du hast die Letzten gegessen, glaube ich. Wir haben noch welche mit Taffmehl und Steckrübe.«

»Bah, ne! Ich will aber die mit Erdnuss drin!«

Hannah zuckt die Schultern und schaut mich mit einem Lächeln an.

»Es ist, wie es ist, mein Kind.« Es ist seltsam, wie ihre Stimme gleichzeitig schwach und fröhlich klingt. »Wie wär's, du sammelst draußen Quinoa und wir kochen?«

Maggie grummelt etwas Unverständliches, stampft durch die Hütte und knallt die Tür hinter sich zu. Hannah lacht schwach.

»Maggie hat die bewundernswerte Gabe, sich selbst in dem Abgrund, in dem wir leben, wie das verwöhnte Einzelkind aufzuführen, das sie auch ist.«

Ich stelle mir vor, wie Hannah vielleicht gelacht hätte, wenn sie nicht so schwach und ausgemergelt wäre. Sicher laut und mitreißend. Sie muss eine Erscheinung gewesen sein. Das Herz jeder Party. Denke ich mir.

Wir schauen uns in die Augen, für die längste Zeit, wie mir scheint, und dann sagt sie: »Warum willst du nicht mehr leben, Dorian?« Und anstatt zu antworten, kommen mir wieder die Tränen.

»Weil es sinnlos ist«, sage ich schließlich. »Weil ich diesen Ort nicht mehr ertrage. Diese ständigen Evaluations. Jeden Monat zu sehen, wie mein Score fällt und ich weiter und weiter absinke. Und in ein paar Jahren bin ich zu alt für den New-Future-Plan und dann bin ich eh tot.« Ich lache bitter auf. »Oder ich gehe ins New Horizon Programm, auf die absurde Expedition in Richtung Gamma-Erde. Mit Millionen anderen eingezwängt auf Mega-Raumschiffen, für 20 Jahre.« Ein bitteres Lachen entfährt mir. »Oder ich lass mich im New Dawn Plan einfrieren! Als ob irgendwann irgendetwas besser würde! Oder …«

Ich kann nicht weitersprechen, weil ich kurz davor war, über ihr Leben zu reden. Ich würde mich am liebsten irgendwo in den Müllbergen verkriechen vor Scham. Aber in Hannahs Augen funkelt nur der Schalk. »Ja, oder du lebst so wie wir. Was ich tatsächlich nicht besonders empfehlen kann. Aber es hat auch seine Vorteile.« Sie greift nach einem Becher neben sich und trinkt einen

Schluck. »Meinen monatlichen Score muss ich mir jedenfalls nicht vorhalten lassen.« Sie setzt sich noch weiter auf und lässt ihre Beine aus dem Bett gleiten. Jetzt ist zu sehen, wie dünn sie wirklich ist.

»Ich werde den Ofen anmachen, Maggie kommt bestimmt gleich mit dem Quinoa.« Sie schlingt einen Mantel um sich und bindet sich ein Tuch um ihr schütteres, kurzgeschorenes Haar. Wie alt sie wohl ist? Vermutlich irgendwas zwischen 40 und 60, es ist aber wirklich schwer zu sagen.

»Und warum sinkt dein Score?« Sie fragt mich so beiläufig, als wolle sie wissen, was es heute als Nahrungsration gibt.

»Ich …«, fange ich an zu stottern. »Ich bin nicht gut in Tests«, sage ich schließlich. »Und ich habe kein …« Es ist mir so unendlich unangenehm alles. Aber schließlich sage ich: »Kein verwertbares Projekt. Keins, das die 1 Milliarde interessieren würde.« Ich lasse mich auf einen zerfetzten Sessel in der Ecke neben dem Ofen sinken. »Ich war mal in einem Team für einen Ocean-Cleaner. Aber sie haben mich rausgewählt, weil ich keine vorzeigbaren Ergebnisse geliefert habe. Und damit hatten sie wohl auch recht.« Seltsam, wie befreiend es ist, einfach zu erzählen, wie man versagt hat.

»Egal, was ich mir vornehme, wie sehr ich mich anstrengen will, es kommt nichts dabei raus.« Ich rede weiter und weiter, ich bin richtig in Fahrt, denn es ist ja auch total egal jetzt. Ich bin am Arsch und die Frau weiß es, warum also noch irgendwas für mich behalten.

»In meinem Kopf fangen Gedanken an, und dann denke ich manchmal, AH! Jetzt geht es los! Aber dann verknotet sich irgendwie alles, und ich muss daran denken, wie lächerlich und sinnlos das alles ist. Denn wie viele von uns schaffen es wirklich raus? Und wir wissen doch gar nicht, wo der Score steht, den wir erreichen wollen, wie viele Plätze es überhaupt gibt. Gibt es denn überhaupt Plätze? Und wer hat diese Kackscheiße überhaupt entschieden? Ich mein, ich weiß, es ist eine große Katastrophe, ich lebe ja mittendrin. Aber wer hat eigentlich entschieden, dass das der richtige Weg ist? Dass das fair und gerecht ist?«

Ich staune selbst ein wenig, wie die Worte aus mir herausprudeln. Als sei eine Leitung geborsten.

»Die MegaGoods haben einfach das Ruder übernommen oder die Regierungen haben einfach hingeschmissen, was weiß ich. Und wir sollen das jetzt ausbaden?« Ich halte inne. Jeder Satz wäre wohl genug, um aus dem Programm zu fliegen. Aber wie gesagt, jetzt ist das ja vollkommen gleichgültig. Und Hannah sieht nicht aus wie jemand, der irgendwen verpfeift.

»Tja«, sage ich schließlich in ihr Schweigen hinein. »So geht das dann in meinem Kopf immer im Kreis und hin und her, und dann ist wieder nix passiert. Ich komme wieder nicht voran. Und mein Score fällt und fällt und fällt …« Mit meiner rechten Hand mache ich einen Sinkflug nach und lasse sie schließlich in meine Linke krachen. »Boom!«

»Hmm«, macht Hannah. Nicht ganz so sehr beeindruckt, wie ich es mir erhofft hatte. Aber gut. Ich bin halt ein kleiner Dödel an einem Kack-Tag in einem Kack-Leben in einer Kack-Welt. Wen sollte das schon beeindrucken? Ein Versager mehr.

»Aber irgendwas wirst du ja können, oder?«, fragt sie ganz beiläufig und kramt einen verbeulten Stieltopf hervor. Sie sagt das so, als wolle sie wirklich eine Antwort darauf. Und als sei sie fest davon überzeugt, dass es eine Antwort gibt.

Soll ich es ihr erzählen? Es gibt eigentlich nur eine einzige Sache an mir, die ich nicht sofort zu 100 Prozent hasse.

»Ich …«, stammele ich, während Hannah in ihrer provisorischen Kochecke rumkramt und so tut, als führten wir ein ganz und gar normales Gespräch.

»Ich …«, fange ich noch mal an, aber dann kommt nichts mehr. Ich kann einfach nichts mehr sagen. Und dann hört sie auf, nach Dingen zu suchen, und setzt sich auf ihr Bett.

»Sprich ruhig«, sagt sie und schaut mich wieder so an mit diesen Augen, die viel zu freundlich und fröhlich sind für diesen Ort.

»Ich …«, setze ich ein drittes Mal an und räuspere mich. »Ich mache manchmal so Dinge mit Worten.« Am liebsten würde ich mir eine runterhauen. Viel dümmer hätte ich das wohl nicht sagen können.

»In meinem Kopf entstehen manchmal Texte. Gedichte«, fange ich noch einmal an. »Und manchmal schreibe ich sie auch auf.« Ich schaue Hannah an und sie schaut mich an. Aber sie sagt nichts. »Und manchmal mag ich sie auch. Auch wenn ich weiß, dass es mir nichts bringen wird.« Ich zucke mit den Schultern.

»Hast du eins im Kopf?«, fragt sie.

»Ja«, sage ich. »Auf dem Weg hierher. Also, zum Jumpin' Jack Flash Point. Da ist mir eines in den Sinn gekommen.«

»Würdest du es mir vortragen?« Sie sagt das ganz beiläufig und feierlich zugleich. So, dass mir ein kleiner Schauer über den Rücken fährt.

»Okay«, antworte ich. Einen Moment schweige ich, vielleicht, um zu testen, ob das ernst gemeint war. Aber sie sitzt da, die Hände in den Schoß gelegt und ist ganz bei mir. Ja, sie will es wirklich hören. Also fange ich an:

»Schwarz. So ist die Nacht
weit über mir
und in mir ist sie auch,
sie hat sich ausgebreitet,
wie ein Tuch aus dunklem Samt,
bis in alle Kapillare.
Der Andreasgraben, tief,
noch tiefer
als ich denken kann.
Hätte ich Flügel,
ich hätte ein Leben.
So bleibt mir nur die Nacht.«

Danach ist es still in der Hütte. Nur meine Worte scheinen noch im Raum zu schweben, und es ist, als gehörten sie gar nicht mehr mir, als seien es jetzt Hannahs Worte geworden.

»Das ist wirklich sehr schön«, sagt sie schließlich. »Danke, dass du das mit mir geteilt hast.«

Ich nicke nur.

Und dann fliegt die Tür auf und Maggie trampelt herein.

»Ich bin zurückgekehrt aus den Fernen des Alls und muss euch sagen: Ich habe Quinoa!«, ruft sie mit tiefer, bedeutungsschwangerer Stimme und reckt eine alte Plastiktüte in die Höhe. Hannah und ich müssen beide grinsen.

»Kannst du noch einmal losgehen, meine Weltraumreisende? Ich habe kein Süßungspulver mehr. Und ohne schmeckt der Quinoa ja doch etwas fad. Nimm eine Dose von dem Sojakonzentrat und geh zu den Nachbarn. Sie haben wahrscheinlich noch welches und tauschen mit uns.«

Maggie murrt, aber dann nimmt sie sich eine Dose aus der Küchenecke und geht wieder.

»Ich wollte etwas mit dir besprechen«, sagt Hannah, sobald sie aus der Tür ist. »Ohne Maggie. Du siehst ja, dass es mir nicht sehr gut geht. Ich habe vermutlich nur noch ein paar Wochen.« Sie sagt das ganz beiläufig.

»Nein!«, platzt es aus mir heraus. NEIN! Sie ist vermutlich der netteste Mensch, den ich in meinem ganzen Leben kennengelernt habe. »Kann man da nicht was machen?« Ich spüre die Tränen kommen.

»Ach, mein lieber Dorian«, sagt sie und lächelt mich nachsichtig an. »Ich bin eine Unsorted. Natürlich kann man da nichts machen.« Sie atmet tief und lange aus.

»Ich wünschte, es wäre anders. Aber ich bin mir ziemlich sicher. Ich bin selbst Ärztin. Vermutlich ist es Leberkrebs. Von den Giften, die hier im Boden, im Wasser, in der Luft sind. Die Symptome passen jedenfalls.«

Mir fällt nichts ein, was ich dazu sagen könnte.

»Wenn ich nicht mehr bin, dann braucht Maggie jemanden. Sie hat einen Vater. In New Valley.« Sie saugt die Luft hörbar ein, und dann weiß ich schon, dass jetzt ein Knaller kommt.

»Ich möchte dich bitten, sie dorthin zu bringen und ihn zu finden.« Sie lässt mich nicht aus den Augen. »Oder es wenigstens zu versuchen. Seit Monaten überlege ich, was mit ihr werden soll. Wen ich fragen kann. Und jetzt kommst du hier hereinspaziert.« Sie lächelt und steht auf. Dann holt sie etwas unter ihrer Matratze hervor, ein kleines schwarzes Kästchen aus Pappe. Sie reicht es mir. Ich sehe erst jetzt, dass ihr der rechte Zeigefinger fehlt. Sie muss schon so viel durchgemacht haben. Ihre Hände sind rissig vor Trockenheit. Auch ihre Lippen sind trocken und schuppig.

»Ich habe alles vorbereitet. Nur wusste ich nicht, wem ich es geben könnte«, sagt sie und lächelt. »Dir jetzt alles zu erklären, dauert zu lange. Maggie ist gleich zurück, und ich möchte mit ihr in Ruhe sprechen.«

Ich nehme das Kästchen zögerlich. Seine Lackschicht ist abgegriffen. In erhabenen Goldbuchstaben steht darauf: *Rhythm is gonna get you – the ultimate 80ies Collection*.

»Ich glaube nicht, dass ich der Richtige bin«, sage ich und schlage die Augen nieder. Wärme breitet sich in meinem Gesicht aus. Ich will ihr wirklich ungern etwas abschlagen, aber die Vorstellung, ein überdrehtes, sich selbst überschätzendes, leicht übergewichtiges Mädchen mit Beinschiene und Brille illegal nach New Valley zu schmuggeln, scheint mir an sich schon vollkommen wahnsinnig. Und dann kommt noch dazu, dass ich überhaupt keine Ahnung hätte, wie ich das anstellen sollte, uns zwei ein paar Tausend Meilen Richtung Norden zu verfrachten. Wenn's gut läuft, finde ich gerade mal die richtige Himmelsrichtung.

»Keine Sorge«, sagt sie. »Du musst dich nicht jetzt entscheiden. Du nimmst das Päckchen mit, schaust es dir an und entweder bringst du es mir morgen wieder, oder … ich schicke Maggie zu dir, wenn es so weit ist.« Sie lächelt mir zu und ich nehme das Paket an mich. »Und wenn du Fragen hast, kannst du natürlich auch jederzeit kommen.« Einen Moment lang schweigen wir beide.

»Es liegt bei dir. Eins solltest du vielleicht noch wissen. In dem Paket findest du etwas, das dir den Schlüssel verschafft, wenn du es geschickt anstellst.«

»Den Schlüssel zu was?«, frage ich.

»Den Schlüssel zur 1 Milliarde.«

5

JENNA

Es ist wie ein Rauschen, ein freundliches Rauschen von Wasser oder von Wind. Ich schließe für einen kleinen Moment die Augen. Aber wirklich nur kurz, denn ich will nichts verpassen, will alles in mich aufsaugen und in meiner Erinnerung speichern. Darauf habe ich mein ganzes Leben lang hingearbeitet. Eigentlich, seit ich denken kann. Dafür bin ich um Mitternacht ins Bett gegangen und um 5 Uhr wieder aufgestanden. Habe gelernt, bis mir die Augen vor Müdigkeit zugefallen sind, habe trotz meines Fiebers am Bewässerungssystem des Root-Crawlers programmiert, als es um die Final Competition ging. Und nun bin ich hier.

Ich stehe vor dem Tisch im Besprechungsraum und alle klatschen. Sie stehen da – alle sind wegen mir aufgestanden – in ihren sportlich-eleganten grauen Hemden, mit ihren frisch gewaschenen, perfekt frisierten Haaren, lächeln mich an und klatschen mir zu. Mir. Jenna Mills. Mein Gesicht tut schon fast weh, so sehr muss ich grinsen. »Danke«, sage ich. Und dann noch mal: »Vielen Dank.«

Ich bin hier, und alle freuen sich so sehr. Das will ich mir für immer merken, bis ans Ende meines Lebens. Der Moment, an dem ich in meinem echten Leben angekommen bin. Ich könnte platzen vor Glück. Ich schiele auf mein BraceConnect, das wie ein schönes Tier um meinen Arm liegt. Es ist 20:23 Uhr.

Aus dem Augenwinkel sehe ich, wie ein Mann hereinkommt und direkt auf mich zusteuert. Er hat schwarzes, gewelltes Haar und einen feinen Bart. Auch er trägt ein Oberteil aus diesem grauseidenen Stoff. Nur sind die Bündchen an seinem Sweatshirt golden. Und die Sneaker an seinen Füßen auch.

Er lächelt mich an, warm und neugierig zugleich, und reicht mir einen Strauß Blumen. Weiße, die aus einem einzelnen eingerollten Blütenblatt bestehen, und blaue, aus drei Blütenblättern, in einem Halbkranz, und mit einer kleinen dunklen Öffnung darunter. Daraus ragt ein kleines Blatt wie eine ausgestreckte Zunge hervor. Noch nie habe ich solche Blumen gesehen. Und noch nie habe ich einen Strauß Blumen bekommen. In Old B. wäre das eine vollkommen verrückte Idee. Blumen abschneiden! Zum Anschauen!

Einen Moment lang erstarre ich. Sie sehen so perfekt aus. So schön sind sie, dass ich den Strauß beinahe von mir werfe, weil ich es nicht aushalten kann.

»Willkommen bei VERO, Jenna Mills!« Der Mann strahlt mich an. Er hat dunkelblaue Augen, und ich glaube, er ist das Zweitschönste auf der Welt. Nach dem Blumenstrauß in meinen Händen.

»Wir freuen uns sehr, dass sich deine harte Arbeit ausgezahlt hat und du nun zu uns gehörst!« Sein Lächeln scheint noch ein bisschen strahlender zu werden. »Ich bin übrigens Cory. Der Leiter der Entwicklung von EQUILON.«

»Danke«, sage ich. »Ich freue mich auch sehr.« Und ich wünsche mir sofort, ich hätte etwas Schlaueres gesagt. Aber was sollte das schon sein? Ich bin hier. Ich habe es geschafft. Natürlich freue ich mich wie wild.

»Nun wollen wir mit der Arbeit beginnen. Gleich ins kalte Wasser springen halten wir bei VERO einfach für das Beste.« Er zwinkert mir zu, als wüsste er, dass wir ohnehin einer Meinung sind. Und ja, ins kalte Wasser springen, das kann ich. Was anderes blieb mir noch nie übrig. In Old B. hat auch keiner drauf gewartet, ob ich für irgendwas bereit bin. Und niemand hat gefragt, ob ich Hilfe brauche. Entweder du schwimmst in Old B. ... Oder eben nicht. Und ich entscheide mich immer fürs Schwimmen.

»Keine Sorge, wir sind hier eine große Familie. Wir werden dir beim Eingewöhnen helfen. Nicht wahr?«, sagt er und blickt in die Runde. Ein eifriges Nicken und Lächeln als Antwort. Mein Blick wandert zu Katie. Ihr Lächeln wirkt kühl und schmallippig. »Und da mache ich gleich den Anfang und bringe dich nachher zu deiner NewEntry-Wohneinheit. Und wenn du magst, gehen wir noch 'ne Kleinigkeit essen. New Valley ist berühmt für sein tolles Street Food.«

»Oh, klingt super!«, antworte ich. Und komme mir noch ein bisschen dümmer vor. Irgendwas muss mir doch einfallen. Ich erinnere mich an das Video über Essen in New Valley, das ich im Flugzeug gesehen habe.

»Vielleicht ein Kürbis-Gazpacho?«, sage ich und sehe an dem Zucken in seinen Augenbrauen, dass das Kürbis-Gazpacho meinen Coolness-Faktor nicht gerade erhöht hat. Mist. Aber ich hoffe sehr, dass er trotzdem mit mir essen geht. Das klingt so wunderbar exotisch und luxuriös. Außerdem möchte ich ihm gern zeigen, was in mir steckt. Ich will ihnen allen beweisen, dass ich es wert bin.

Ich spüre, wie mein Kopf langsam heiß und rot wird vor Scham, und sehe, dass Cory das auch sieht, und das macht es natürlich kein bisschen besser. Mist. Er lacht kurz auf, aber nicht gemein, sondern sehr freundlich.

»Komm, setz dich hierher«, sagt er und ich bin ihm sehr dankbar, dass er meine Trotteligkeit nicht weiter kommentiert. »Bringt mal jemand der Jenna einen Coffee?«, ruft er in die

Runde und irgendjemand springt auf und bringt mir ein Glas mit einer schwarzen Flüssigkeit, die schmeckt wie ausgekochte Bitterwurzeln. Aber ich verziehe keine Miene und trinke das Glas bis zum letzten Tropfen aus, während die Menschen um mich herum Videos in die Luft projizieren und sehr viel reden. Sicher lauter wichtige Dinge. Leider verstehe ich kaum ein Wort. Ein ziemlich neues und ziemlich ätzendes Gefühl. So krass hätte ich mir das nicht vorgestellt, den Wissensunterschied. Ich verstehe, dass es auch ums Coden geht, aber von den Programmiersprachen, die sie hier nennen, habe ich noch nie etwas gehört. Kurz muss ich eine Träne wegblinzeln. Ich werde ganz von vorn anfangen müssen. Es ist, als hätte jemand alles, was ich gelernt habe, mit einem gelangweilten Handstreich weggewischt. Irrelevant! Noch mal! Ständig fallen Begriffe, modular AI, cellular Algorythms, proximate analysis und viele andere, die offenbar wichtig sind und deren Bedeutung ich nur vage ahnen kann. Ich kann mich kaum konzentrieren, mein Kopf schwimmt vor Müdigkeit.

Der Besprechungsraum hat riesige Fenster, hinter denen man in das üppige Grün des Campus schaut. Hin und wieder sehe ich Menschen zu zweit oder in kleinen Gruppen zwischen den Gebäuden entlanglaufen und staune bei dem Gedanken, dass ich bald genauso hier herumspazieren werde, mit meinen neuen Freundinnen und Freunden plaudernd. Und vielleicht schmeckt mir sogar irgendwann dieser Coffee. Und das Programmieren ... Ich muss mich nur reinhängen. Ich muss zeigen, dass ich es wirklich will. Dann wird das auch. Ich muss einfach weitermachen. Ich habe es ja auch bis hierher geschafft.

Die Nacht wölbt sich über uns wie eine mit Sternen besetzte Decke, samtig und weich sieht sie aus. Ich muss daran denken, dass an vielen anderen Orten im Weltall der Sternenhimmel fast so hell wie der Tag ist. Aber weil unsere Sonne – und mit ihr die Erde – an einem kosmischen Ausläufer des Spiralarms unserer Galaxie hängt, sehen wir nur wenige Sterne. Und das ist doch irgendwie sehr interessant. Dass es hier bei uns nachts so dunkel ist. Und auf den meisten anderen möglichen Planeten knallhell.

Die Fotos, die ich von der GammaErde zum Beispiel gesehen habe, sind faszinierend. Da gibt es ein Zwillingssonnen-Phänomen. Die nächsten Sterne, neben der dortigen Sonne, liegen so nah, dass sie die Nacht fast so hell erleuchten wie den Tag. Es muss sehr beeindruckend sein. Aber auch sehr anstrengend. Für die Energieversorgung ist es natürlich ein Segen. Es kann dort niemals Komplikationen geben, Solarenergie ist rund um die Uhr ausreichend vorhanden.

Einerseits macht mir der Weltraum Angst. Andererseits stelle ich es mir auch toll vor, zur GammaErde zu reisen. Der Beginn von etwas ganz Neuem zu sein. Das Projekt New Horizon finde ich deshalb eine echt faire Möglichkeit für alle, bei denen es nicht ganz gereicht hat für den Score, für die 1 Milliarde. Sozusagen ein zweiter Hauptpreis.

Ich sehe, wie das BraceConnect sanft pulsierend leuchtet; ein wohliger Schauer breitet sich über meine Haut aus.

Cory hat die Fenster des Gefährts offen gelassen, und so fühle ich den Wind und kann die Luft riechen. Es ist ein lautloser Wagen, der sich selbst fährt, aber das kenne ich ja schon vom Taxi. Innen ähnelt er dem Hyper-Glider sehr – aber von außen sieht er aus wie ein Auto aus alten Filmen. »Hör mal«, sagt er und drückt einen Knopf. Ein dumpfes Wummern ertönt, ein Geräusch wie von einem sehr großen brummenden

Tier. »Cool, oder?« Cory zeigt auf die Schnauze des Autos. »Du wirst es nicht glauben: Das ist der Originalsound von diesem Baby. Ich hab ihn umbauen lassen auf Elektroantrieb. Aber das Motorengeräusch hab ich aufgenommen. So schön.« Er lächelt versonnen.

Ich muss lachen. Eine sehr seltsame Idee, finde ich. Aber seine Begeisterung dafür ist irgendwie niedlich. Fast wie ein Kind mit seinem Spielzeug.

»Ein Ford Crown Victoria«, sagt er und klopft auf die Tür. Als würde mir der Name irgendetwas sagen.

»Aha«, sage ich, und wir lachen.

Wir gleiten durch die hügeligen Straßenzüge, und ich kann mich gar nicht sattsehen an den wunderschönen Häusern, die es hier gibt. Jedes sieht anders aus. Jedes ist bunt und perfekt wie eine einzigartige Blume. All die unterschiedlichen Formen! Viele haben kleine Treppen zur Haustür, andere Erker oder hervorspringende Ecktürmchen, manche Gebäude sind halbrund und sehen selbst fast wie Türme aus. Aber allesamt sind sie mit Schnitzereien und Verzierungen versehen, ja, ich sehe sogar eines, das geschnitzte Meerjungfrauen, Fische und Seesterne als Schmuck hat.

Cory kennt diese Häuser sicher in- und auswendig, aber ich bin so verzaubert, dass mir immer wieder ein: »Schau mal da!« oder einfach nur ein »Oh« herausrutscht. Ich bin hin- und hergerissen zwischen Begeisterung und Fassungslosigkeit über den absurden Aufwand, den diese Häuser bedeutet haben müssen. Die ganze Arbeit, die diese Schnitzerei, diese Farben gemacht haben. Aber vielleicht habe ich mir nur abgewöhnt, mich an schönen Dingen zu freuen? Vielleicht ist das ein Teil dessen, was ich lernen muss? Dass hier die Dinge eben anders sind? Schöner? Weil es möglich ist?

»Die Häuser sind genau, wie sie vor etwa 20 Jahren in Old SF waren. Also, vor dem großen Beben und den Feuern, natürlich.« Cory lacht, wovon er auf der linken Wange ein Grübchen bekommt und um die Augen ein klein wenig Falten, aber auch das sieht schön aus. Wie alt er sein mag? Vielleicht 30? Vermutlich noch nicht ganz.

»Wir gehen da drüben hin, da gibt es eine feine Pizza. Ist vielleicht nicht das ausgefallenste Essen – aber ich mag lieber die einfachen Dinge«, sagt Cory, und er sagt das so leichthin, dass ich ihm sofort glaube.

Er zeigt auf ein schwarz gestrichenes Gebäude mit knallblauen Fensterrahmen. Auf einer leuchtenden Weltkugel steht *Nello's Pizza*.

»Magst du Pizza?«, fragt mich Cory, während er mir die Tür aufhält. Ich nicke und lächle und wundere mich im Stillen über seine Frage. Woher soll ich wissen, ob ich Pizza mag? Ich habe noch nie welche gegessen. Andererseits, woher soll er das wissen? Er war sicher noch nie in Old B.

»Es gibt auch Rotwein. Aus New Noe. Die Rebstöcke sind hier zwar noch recht jung. Aber so langsam klappt es mit dem Wein.«

Ich lächle und sage: »Ach, schön«, und fühle mich wieder schrecklich. Ich hatte nur an das ganze Wissen für die Arbeit gedacht, das mir fehlen könnte. Und das mir ja auch fehlt. Aber nach und nach geht mir auf, dass der Rest hier, das Leben in New Valley, fast noch komplizierter ist. Lauter Codes, lauter Wissen – und ein Fettnäpfchen nach dem anderen. Mir wird ein bisschen schlecht bei dem Gedanken, es ist, als stünde ich auf einem winzigen Stein und um mich herum nur tosendes Wasser. Mein BraceConnect summt beruhigend.

Ein Kellner führt uns an einen Tisch. Auch bei ihm merkt man, dass er ein Roboter ist, auch wenn er geradezu perfekt menschlich aussieht. Er schaut uns nicht in die Augen und er wirkt seltsam desinteressiert an uns. Es sind die Kleinigkeiten. Und es ist erleichternd, dass es wieder eine Maschine ist, die uns hier bedient. Sonst würde ich mir noch komischer vorkommen. Wie er uns umsorgt, als seien wir hilflose Babys, Wasser in unsere Gläser schüttet, das Besteck auflegt, später unser Essen bringen wird und wir nur dasitzen und gar nichts tun. Obwohl wir es doch sind, die essen werden.

Ich schließe einen Moment lang die Augen und versuche, das Gefühl aus dem Hyper-Glider zurückzubekommen. Als ich mich durch und durch gefreut habe. Manchmal habe ich die Tendenz, Sachen kaputtzudenken. Und das nützt niemandem was. Ich bin doch jetzt hier. Es ist doch alles gut. Ich muss mich nur an alles gewöhnen.

Der Raum ist erfüllt von einem goldenen Licht. Auf den Tischen, dem Tresen, den kleinen Simsen an der Wand, überall stehen Kerzen. Das Leuchten, das von ihnen ausgeht, ist warm und lebendig. Auf allen Gesichtern scheint ein Glanz zu liegen.

»Kerzen?«, sage ich. Ich kann es kaum glauben. »Sind die echt?« Kerzen und offenes Feuer sind in Old B. streng verboten. Jede Emission gilt es zu vermeiden, was vor allem in den kälteren Monaten schwer ist, wenn eigentlich alle immer frieren, aber man kein Feuer anzünden darf.

»Ja, schön, nicht wahr?« Cory blickt im Zimmer umher mit einem gewissen Stolz. So, als gehöre ihm das alles hier. »Die Lights in the Sky sind ja ganz praktisch. Aber manchmal muss es eben Kerzenlicht sein.«

»Ich dachte …«, fange ich an.

»Ja, ich weiß, in den Grenzländern sind sie verboten. Aber

wir haben hier in den Restaurants Filteranlagen und außerdem Ausgleichsprogramme, das macht das bisschen Emission wieder wett, verstehst du? Das ist nur fair.« Cory nickt aufmunternd. »Hier laufen die Dinge einfach ein wenig anders. Aber das wirst du schon herausfinden. Du bist ja ein helles Köpfchen.«

Er zwinkert mir zu, mit diesem Grübchen und den schwarzen Locken, und mir steigt Wärme bis in die Haarwurzeln, meine Haut kribbelt. Ich muss mich wirklich mehr unter Kontrolle bringen, sonst hält er mich für einen Totalausfall.

Der Kellner bringt zwei Gläser mit rotem Wein. Cory hebt sein Glas: »Auf deinen ersten Abend in New Valley und eine hell erleuchtete Zukunft.«

»Ja«, sage ich und hebe auch mein Glas. Mit einem feinen Klirren stößt er seines an meines. Ich erschrecke so sehr, dass etwas Wein auf die rot-weiß karierte Tischdecke schwappt. Die dunkle Flüssigkeit breitet sich sofort in dem Stoff aus und hinterlässt einen hässlichen Fleck.

»Entschuldigung«, murmele ich.

»Ach, das macht doch nichts.« Cory deckt seine Serviette darüber und tatsächlich ist nichts mehr zu sehen.

»Ich bin wirklich froh, dass EQUILON dich zu uns gebracht hat, Jenna«, sagt er. »Du wirst uns bestimmt voranbringen und für noch ein bisschen mehr Gerechtigkeit sorgen.« Er hebt sein Glas, als wolle er EQUILON zuprosten, oder der Gerechtigkeit. »Auch wenn wir schon viel geleistet haben, wir wollen immer besser werden. Dafür brauchen wir engagierte Menschen wie dich. Menschen, die wissen, worum es geht.«

»Ich werde mein Bestes geben«, sage ich und komme mir dabei ganz klein vor. Denn gerade habe ich überhaupt nicht das Gefühl, auch nur die kleinste Kleinigkeit beitragen zu können. Die letzten Stunden haben von meinem Stolz auf mein

Wissen nicht viel übrig gelassen. Wenn ich ihm jetzt den Code zeigen würde, den ich für den Root-Crawler geschrieben habe, Cory würde sich vermutlich kaputtlachen.

Weil ich nicht weiß, was ich sonst tun soll, betrachte ich die dunkel angemalten Wände, die aussehen, als wären sie mit Holz verkleidet. Es hat etwas Gemütliches, dieses Restaurant, wie eine Höhle aus längst vergangenen Zeiten.

»Hey, Jenna«, sagt Cory und ich schaue zu ihm. Er lächelt, warm und freundlich. »Mach dir keine Sorgen. Natürlich ist das alles neu und manches bestimmt verwirrend und überwältigend. In ein paar Tagen sieht die Welt schon ganz anders aus. Glaub mir!« Und er zwinkert wieder, so verschwörerisch und lustig zugleich, dass ich grinsen muss. »Wir bei VERO sind wie eine große Familie. Außerdem wird dir das EmotionManagement beim Eingewöhnen helfen. Und bald wirst du dich hier wie ein Fisch im Wasser fühlen!« Ein drittes Mal hebt er sein Glas, nickt mir aufmunternd zu, und ich hebe meins auch hoch. Mit einem sanften Klirren stoßen wir sie aneinander. Jetzt weiß ich ja, wie das geht. Wir sagen im selben Moment: »Auf Fische im Wasser« und schauen uns an, und da bleibe ich an seinen Augen hängen, die im Licht der Kerzen zu funkeln scheinen. Aber nur kurz. Der Kellner-Roboter kommt und bringt die Pizza.

Der Moment zerplatzt, als hätte es ihn nie gegeben, und vor mir steht ein dampfender Teigfladen mit einem Durcheinander an Dingen darauf. Ich erkenne Mais und etwas, von dem ich hoffe, dass es keine Würmer sind, die mag ich nämlich nicht so gern. Außerdem sind da noch rote und dunkelgrüne Fitzelchen. Ich habe keine Ahnung, was das sein soll. Aber es riecht so betörend, dass ich das Ding am liebsten mit beiden Händen packen und mir in den Mund stopfen würde. Mache ich natürlich nicht. Sondern nehme brav Messer und Gabel in die Hand und warte, dass er anfängt. Auch in Old B. wissen wir, was sich gehört.

»Ich habe dir meine Spezialkreation bestellt. Pizza Cory mit Krabben, Mais, Chilli und Kapern. Guten Appetit!«

Keine Würmer also. Sehr gut.

Die Müdigkeit in meinem Kopf ist etwas gewichen, was an ein helles Surren erinnert. Am liebsten würde ich jetzt zum Meer und dort hineinspringen und schwimmen, bis zum Mond.

»Soll ich dich bei deinem Haus absetzen?«, fragt mich Cory, und ich schüttele heftig den Kopf. Er lacht und das Grübchen blitzt wieder auf. »Du musst doch hundemüde sein!«

»Das müsste ich vielleicht«, sage ich. »Aber gerade bin ich einfach überhaupt nicht müde, und ich will so gern noch mehr sehen von der Stadt! Bitte!«

»Kein Problem!« Er breitet die Arme aus. »Ich habe in den letzten 24 Stunden nicht einen Ozean und einen Kontinent überquert und einen neuen Job angefangen! Von mir aus können wir ganz New Valley durchwandern.«

»Na ja, das wäre vielleicht doch ein bisschen viel«, antworte ich und lache. »Zeig mir doch erst mal die Orte, die dir am besten gefallen – und dann sehen wir weiter.«

Cory hält mir seinen Arm hin und ich hake mich ein. »Ihr Wunsch ist mir Befehl, Madam. Wenn Sie mir bitte folgen wollen.«

Wir schlendern durch die Straßen. Ich kann nicht glauben, wie anders sich eine Stadt anfühlen kann. Es gibt Häuser, Straßen und Menschen, genau wie in Old B. Und doch haben sie so wenig miteinander gemein. Es ist, als hätte mein Leben bis heute keine Farbe gehabt, und jetzt strahlt alles im Licht des Regenbogens.

Die Häuser sind bunt und voller warmem Licht, die Straßen aufgeräumt, sauber, gesäumt von Bäumen und Blumentöpfen. Ich bleibe einige Male stehen und berühre die Pflanzen, weil ich es nicht fassen kann. Aber sie fühlen sich ganz echt an. In Old B. gibt es vor allem Staub, der aus den versteppten Landstrichen drum herum reingeweht wird. Ja, hier und da findet man auch in Old B. Pflanzen und Parks. Aber die Bäume und Pflanzen dort sehen genauso bekümmert aus wie die Menschen. Und das ist vielleicht der größte Unterschied: Die Menschen hier lachen. Vielleicht nicht die ganze Zeit. Aber sie strahlen eine Leichtigkeit und Fröhlichkeit aus, dass sie mir vorkommen, als würden sie die ganze Zeit tanzen. Und ihre Kleidung! Alles sauber und perfekt passend.

Ich schäme mich ein bisschen vor mir selber, es zu denken, aber es erleichtert mich so sehr, dass es hier keine Bettler und Obdachlosen gibt, keine Unsorted! Nirgends diese Schattenwesen, die man in Old B. überall sah. Die, die in keinem Plan sind, für die es keine Zukunft gibt. Kaum lebendig, aber trotzdem noch da, ausgemergelt und ohne Hoffnung, dass sich für sie je etwas ändern könnte, schleichen sie durch die Straßen, lebende Geister in einer sterbenden Welt. Ständig in Angst davor, dass sie nicht mehr toleriert werden von EQUILON – und vor dem, was dann mit ihnen passiert. Denn bisher sind sie ein ungelöstes Problem, von dem alle wissen, dass die MegaGoods es irgendwann angehen müssen. Es muss Abermillionen von ihnen geben. Und eines Tages wird man sie in eines der Lösungsprogramme einsortieren. Ich glaube, man wird über die Kinder gehen. Den älteren Unsorted eine Aufnahme der Kinder in den NewFuture-Plan in Aussicht stellen, mit ein paar Extra CreditPoints – wenn sie dafür in den Final Aeon-Plan einwilligen und sich mit einem angenehmen Drogencocktail ein paar Wochen Rausch mit anschließendem Exitus genehmigen. Jedes Mal, wenn ich sie sehe, muss ich daran denken, was wohl aus ihnen wird.

Ja, ich weiß, es ist grausam von mir. Aber ich bin gerade einfach froh, dass ich sie hier nicht sehen muss. Dass ich durch diese Straßen gehen kann, frei von ihrer Last. Frei von dem Gefühl, helfen zu wollen, aber es nicht zu können.

Ich schaue mir alles ganz genau an. Junge Bäume säumen die Straßen. Sie haben weiße Blüten, die wie Trauben herabhängen und einen sanften Geruch verströmen. Solche habe ich noch nie gesehen. Was für Früchte sie wohl tragen? Ich muss an Opas Johannisbrotbäume denken. Ihm ist es gelungen – das war vor meiner Geburt –, mehrere in unserem Garten zu ziehen. Denn ursprünglich war es den Bäumen in Deutschland zu kalt. Aber sie halten fast unbegrenzt Trockenheit aus und die Früchte des Baumes sind sehr nahrhaft.

Später bin ich mit Opa durch Old B. gezogen und wir haben überall in der Stadt Setzlinge gepflanzt. Überall, wo wir dachten, der Boden gibt noch genug her. Die meisten Setzlinge sind eingegangen. Denn am Anfang hat das Bäumchen ja noch nicht so viele Wurzeln und es ist eine kritische Zeit, wenn sie neu eingepflanzt sind. Aber einige haben überlebt, jedes Jahr ein paar mehr. Und im Herbst sieht man überall in der Stadt Menschen, die die Früchte der Bäume sammeln. Mein Opa hat einen Antrag gestellt und ich habe für das Pflanzprojekt Extra CreditPoints bekommen. Natürlich hat mich das gefreut. Aber schöner war es noch, jeden Herbst zu sehen, wie die Menschen die Früchte der Bäume in den Straßen sammelten.

Cory und ich spazieren durch die Straßen und ich staune über die kleinen Geschäfte und Restaurants, wo man alles bekommt, was man sich nur vorstellen kann. Neue Kleider, neue Schuhe, Eiscreme, an fast jeder zweiten Ecke diesen Coffee, Bücher. Es gibt ganze Geschäfte voller Fläschchen und Döschen und Tiegelchen mit Make-up und Parfum. Jedes ist sauber und hübsch eingerichtet. Es ist, wie durch ein Zauberland zu spazieren, in dem ganz nebenbei alle Wünsche in Erfüllung gehen.

Ich merke, dass Cory mich immer wieder aufmerksam betrachtet, aber es ist mir nicht unangenehm. Es ist schön, dass sich jemand für mich interessiert. Irgendwann verschwindet er in einem der Geschäfte und kommt gleich darauf mit einer Eiswaffel heraus, auf der Streusel in allen Regenbogenfarben glänzen. »Du hattest ja noch gar keinen Nachtisch«, sagt er und reicht sie mir. Es schmeckt so ähnlich wie der Vanilla-Shake im Hyper-Glider, aber hier, in den Straßen von New Valley, ist es noch ein bisschen besser.

Für einen kurzen Moment muss ich an meinen Opa denken und es tut ziemlich weh. Denn wir sind keine Familie mehr. Jedenfalls nicht mehr richtig. Aber ich weiß, dass er sich so sehr freuen würde, wenn er mich sehen könnte. In diesen Straßen, zwischen diesen Menschen. Wenn er wüsste, dass ich nun eine Ahnung habe, wie schön das Leben sein kann. Und einen Moment lang bin ich mir ganz sicher, dass er weiß, wie gut es mir geht. Dass er fühlen kann, wie glücklich ich hier bin.

Wir kommen zu einem kleinen Platz, in dessen Mitte ein Brunnen steht. Daraus fließt tatsächlich Wasser, das im Schein der umherschwebenden Lichtpunkte glitzert. Und man hört Musik.

Das Zentrum des Brunnens ist eine Skulptur, eine Gruppe von Menschen.

»Diesen Ort wollte ich dir unbedingt zeigen«, sagt Cory. »Das hier ist der Hippie-Fountain. Wir erinnern damit an die Generation, die den Geist von San Francisco zum Leben erweckt hat. Und die wichtigsten Dinge in dieser Zeit waren Musik und Freiheit.«

Jetzt sehe ich, dass sich die Figuren, von denen ich dachte, dass sie aus Stein sind, bewegen. Nur ein wenig, aber die Münder gehen auf und zu und die Arme, die die Instrumente halten, bewegen sich sanft, als würden sie leise spielen. Es sind zwei Männer mit Gitarren, ein Mann an einem Mikrofon und vor ihnen hockt eine Frau in einem langen Rock und mit offenem Haar, auf dem ein steinerner Blumenkranz sitzt. Sie hält ein Tamburin in der Hand.

»Die Hymne!«, ruft Cory und sofort ändert sich die Musik, wird lauter und kräftiger, nicht mehr nur ein feines Klingen im Hintergrund.

If you're going to San Francisco, singt eine sanfte Männerstimme, *be sure to wear some flowers in your hair.*

Bunte Lichter beleuchten das Wasser, in Blau und Rot und Violett. Die Figuren bewegen sich zum Takt der Musik.

»Gefällt es dir?«

»Ja, sehr«, sage ich. Das Licht und wie es mit dem Wasser spielt, ist wirklich wunderschön. Die Figuren schaue ich mir nicht so gern an. Sie wirken irgendwie grausam und kalt in ihrer Steifheit.

»Es war eine große Herausforderung, dass die Figuren sich bewegen und gleichzeitig aus weißem Stein sind.«

»Warum sollte das so sein?« Für mich macht das nicht wirklich einen Sinn.

Cory zuckt die Schultern. »Es schien uns einfach die richtige Aussage. Der Stein für die Ewigkeit und die Bewegung für die Freude, den Aufbruch.« Er zeigt auf die Figuren. »Weißt du, darum geht es ja in der Kunst. Gegensätze vereinbaren. Das Unmögliche versuchen.«

Ich schaue ihn an. Mir scheint es eine seltsame Idee, etwas wie Freude mit sich bewegendem Stein ausdrücken zu wollen. Und ich bin mir ziemlich sicher, dass es bei Kunst um etwas anderes geht, auch wenn ich das jetzt nicht in Worte fassen kann.

»Wer ist denn *uns*?«, frage ich deshalb und bin froh, dass ich mal etwas anderes sagen kann als »Oh« und »Schön!«.

»Wir von den MegaGoods. Ich bin mit ein paar anderen Leadern für Kultur zuständig. Wir entwickeln die Ideen, wie diese hier für die Statue. Wir entscheiden, was für Kunst wir hier brauchen. Welche wir konservieren. Was für ein Kulturprogramm die 1 Milliarde bekommt. Denn Kultur braucht der Mensch, weißt du? Aber Kultur braucht auch viel Energie, und die wollen wir weise einsetzen und nichts dem Zufall überlassen. Deshalb kontrollieren wir, was da passiert.«

»Mhhh«, murmle ich und lächle. Ich weiß einfach nicht, was ich dazu sagen soll.

»Komm, ich will dir etwas zeigen! Hast du noch ein bisschen Kraft übrig?«

Ich nicke. Zwar spüre ich doch langsam die Müdigkeit. Aber am liebsten würde ich für immer durch diese Straßen laufen und nie wieder schlafen müssen.

»Und dann bringe ich dich zu deinem neuen Zuhause. Morgen ist wieder ein langer Tag.«

Der Weg windet sich den Berg hinauf, die Fahrt dauert lange und ich muss aufpassen, dass ich in dem sanften Schaukeln nicht einschlafe. Um mich wach zu halten, denke ich darüber nach, wie man noch den Berg hochkommen könnte. Man könnte gehen oder Fahrrad fahren. Man könnte natürlich auch in einem dieser Flugtaxis hochkommen. Vielleicht könnte man auch eine Seilbahn bauen. So etwas habe ich mal in einem Buch gesehen. Endlich stoppt das Auto.

»Warte, es soll eine Überraschung sein!« Cory springt aus dem Auto, macht mir die Tür auf und hält mir die Hände vor die Augen. »Ich möchte, dass du es genau im richtigen Moment siehst.« Er führt mich vorsichtig vor sich her. Es ist sehr seltsam, nichts zu sehen und sich von einem fast Fremden führen zu lassen. So nehme ich die Gerüche viel stärker wahr. Der salzige Geruch des Meeres dringt auch hierher, dazu kommt der Geruch von aufgewühltem Staub, von würzigen Kräutern, die hier wohl wachsen. Und Corys Geruch ist da, ich rieche ihn jetzt klar und deutlich, fein und edel. Bestimmt duscht er jeden Tag.

Ich höre das Knirschen kleiner Steinchen unter unseren Schritten und weiter weg ein helles, gleichmäßiges Zirpen, ein bisschen wie ein eintöniges Lied. Sonst ist es still. Keine Musik, keine Stimmen. Wir müssen uns ein ganzes Stück von den Straßen von New Valley entfernt haben.

Grashalme kitzeln meine Beine. Corys Hände, die auf meinen Augen liegen, sind trocken und zugleich weich. Ich möchte sie gern anfassen, aber ich traue mich nicht.

»Wir sind da«, flüstert er und reißt dann ganz plötzlich die Hände von meinen Augen. »Tadaaa!« Einen Moment lang glaube ich, ich schwebe in einem Sternenmeer.

Wir sind auf einer Hügelkuppe. Über uns leuchten die Sterne und unter uns leuchten die Lichter von New Valley.

»Es ist wie Zauberei«, sage ich nach einer Weile.

»Ich wusste, dass du einen Sinn dafür hast«, sagt er. Dann schauen wir gemeinsam auf das ganze Leuchten um uns herum. Ein schönes Gefühl, Dinge miteinander zu teilen, für die man keine Worte hat.

Ein leichter Windzug kommt auf und lässt mich frösteln. »Komm, lass uns fahren. Du brauchst endlich Schlaf«, sagt Cory. »Du kannst ja jetzt jederzeit hierherkommen.«

Es fällt mir schwer, mich loszureißen von diesem Ort voller Sterne, vielleicht auch, weil ich genau das noch kaum glauben kann. Das hier ist jetzt mein Zuhause, und ich kann jederzeit herkommen.

Als ich endlich in meiner Wohneinheit ankomme, kann ich kaum noch die Augen offen halten. Aber sobald ich mein Zimmer betrete, bin ich wieder hellwach. So etwas habe ich noch nicht gesehen.

Mein Zimmer ist groß, der ganze Raum scheint wie aus einem Guss, Wände, Decke und Boden, alle glatt und weiß, mit einem leichten Schimmern. Eine der Wände ist mit Moosen und Farnen bewachsen und dazwischen plätschert ein winziger kleiner Bach die Wand hinab. Ich höre Vogelgezwitscher, kann aber keinen entdecken. Vielleicht ist es eine Audiodatei?

Das Licht kommt direkt aus den Wänden. Auf dem Boden liegt ein großer Teppich und ich muss mich einfach hinknien und ihn anfassen. Meine Hände versinken in seinen weichen Fasern. Aus was für einem Material er wohl ist? Er fühlt sich ganz natürlich an, ich kann mir richtig vorstellen, dass darunter mal ein Tier geatmet hat. Aber das ist nicht möglich. So was würde heute keiner mehr tun. Vermutlich eine Nanofaser, die Fell imitiert. Oder er ist sehr alt?

Am Fenster steht ein Schreibtisch mit einem Beaming-Device und einer dieser Tastaturen, die in der Luft schweben und sich den Bewegungen anpassen. Ob ich mich daran gewöhnen werde, mit so etwas zu arbeiten? Es sieht wirklich seltsam aus. Ich vermisse meinen klobigen Klappcomputer.

Es gibt sogar eine kleine Küche. Und das größte Bett, das ich je gesehen habe, mit mindestens zwei Dutzend Kissen drauf. Wofür braucht man so viele Kissen?

Aber das Allerbeste ist das Badezimmer. Ich habe eins ganz für mich allein. Alles glänzt und schimmert und funkelt, neben dem Waschbecken stehen Körbchen voller Döschen und Tiegel, genau wie in den Geschäften vorhin. Und das Make-up hat genau die Farben, die ich jetzt trage.

Die Dusche ist so groß wie in Old B. mein ganzes Bett, und es ist nicht ein trauriges, braunes Rinnsal, das aus einem Schlauch tropft, es ist ein warmer Regenschauer, der auf mich niedergeht. Sobald ich die Dusche anstelle, dimmt das Licht, wird sanft und wechselt die Farben, von Orange zu Rot, zu Lila zu Blau und Grün. Ich bin mir nicht ganz sicher, aber ich glaube, ich kann so oft duschen, wie ich will. Heute höre ich erst auf, als ich wirklich Angst habe, dass ich vor Müdigkeit umfalle. New Valley, du bist einfach großartig, ich liebe dich, denke ich und stelle mir vor, wie die Stadt zurückflüstert: »Wir dich auch.«

6

JENNA

»Listen up, everybody!« Cory klatscht in die Hände. Ich stehe hinter ihm in einem lichtdurchfluteten riesigen Raum, in dem sich Arbeitsplätze, Couches, dicht umstellt mit Pflanzen, und Spielgeräte abwechseln. Sogar eine Schaukel hängt von der Decke, deren Seile mit Blumengirlanden und kleinen blinkenden Lichtern umwunden sind.

Ich unterdrücke ein Gähnen und lächle vor mich hin. Mein erster richtiger Arbeitstag. Ich habe wie ein Stein geschlafen, aber wenn ich meine Augen schließe, fühlen sich meine Lider immer noch an wie Sandpapier. Mir scheint alles wie in einem Traum. Als mich eine Welle von Müdigkeit überfällt, frage ich mich für einen kurzen Moment, ob das vielleicht alles gar nicht echt ist. Aber Cory steht neben mir und ist sehr real. Bevor er weiterredet, lächelt er mir aufmunternd zu. Ich bin so gespannt auf die Arbeit, die ich bekomme. Ich werde neue Programmiersprachen lernen müssen, so viel ist mir schon klar. Aber mittlerweile freue ich mich drauf.

»Wie ihr alle wisst, ist Jenna seit gestern bei uns. Und wir wollen ihre Talente und Fähigkeiten bestmöglich nutzen. Deshalb wird sie ab heute Katies Beraterin für die Grenzland-Kampagne werden und die Kommunikationsideen weiterentwickeln.«

Ich habe das Gefühl, der Raum friert einen Moment lang ein. Darauf war ich nicht vorbereitet. Und mir scheint, die anderen auch nicht. Wieso Kampagne? Wieso Kommunikationsideen? Ich bin Coderin! Ich programmiere Computerprogramme! Am besten maschinennah. Deshalb wollte ich zu VERO. Deshalb bin ich bei VERO. Dachte ich.

»Aber sie ist doch gerade erst angekommen«, sagt Katie, die mit einer Tasse in der Hand neben einer der Pflanzeninseln steht. »Null persönlich gemeint.« Sie lächelt mir dünn zu.

»Meine Entscheidung steht fest und ist auch durch das Risk-Evaluation-Programm validiert.« Auf einmal klingt Corys sanfte Stimme messerscharf und eisig. Wieder scheint alles einen Moment lang zu erstarren. Besonders Katie. Dann dreht er sich zu mir und lächelt, als sei nichts gewesen. Er drückt mir kurz den Arm und mit einem Zwinkern sagt er: »Go get them, tiger!« Ich streiche über mein BraceConnect, nicke und tapse zu Katie hinüber. Cory nickt kurz, dann geht er mit dem Großteil der Gruppe, vermutlich zur nächsten Besprechung. Er hat sicher viel zu tun.

Katie mustert mich skeptisch.

»Weißt du überhaupt, was die Grenzland-Kampagne ist?«, sagt sie anstatt einer Begrüßung. Ich schüttele den Kopf.

»Wir entwickeln einen neuen Approach, der sich im Prinzip an Leute wie dich wenden soll.« Sie zieht die Augenbrauen hoch und lächelt wieder dieses dünne Lächeln. Unsicher lächle ich zurück. Was wohl mit ihr los ist?

»Ah … ich …«, bringe ich heraus. Ich höre, wie meine Stimme zittert. Das hat nichts mit dem zu tun, was ich mir als meinen Job vorgestellt hatte.

Sie verdreht die Augen, spricht dann aber weiter.

»Die Grenzland-Kampagne besteht aus zwei Teilen. Erstens erarbeiten wir einen Vorschlag, wie man den Auswahlmechanismus von EQUILON noch präziser machen kann, sprich: Auf welche Handlungen sollten wir bei Grenzländern wie dir achten? Was sollen wir mit Plus- beziehungsweise Minuspunkten versehen?« Sie guckt mich über die Tasse hinweg an. »So weit klar?«

»Ja. So weit klar. Danke.« Ich versuche, meine Verunsicherung zu verstecken, und lächle.

Katie nickt kurz. »Der zweite Teil ist dafür da, Grenzländer zu motivieren.« Sie räuspert sich. »Wir wussten schon, dass du unser Testimonial sein wirst. Das ist unser übliches Procedure. Du verstehst schon. À la: HEY, ICH WAR MAL GRENZLÄNDERIN! JETZT BIN ICH IN NEW VALLEY!!! YAAAYYYY!!« Katie hat ihr Gesicht zu einem grimassenhaften Grinsen verzerrt und fuchtelt mit ihren Händen in der Luft herum, als wolle sie damit Fliegen verscheuchen. Dann lässt sie die Hände sinken, das Grinsen verschwindet. »Personification hilft einfach.« Sie verschränkt die Arme vor der Brust. »Es ist ein sicherer Weg, die Menschen im Grenzland bei der Stange zu halten. Du weißt schon, damit sie beim Score weitermachen. Aber die größte Herausforderung ist, die besten Emotional Touchpoints zu identifizieren. Also: In welchen Momenten konfrontieren wir die Leute in Grenzländern mit unserer Kampagne, wie triggern wir ihr Involvement ...«

Für einen Augenblick schaut sie konzentriert in die Ferne, als würde sie da die Antwort finden. »Ja, das war's. In Kürze. Da sollst du wohl helfen«, murmelt sie schließlich.

Einen Moment lang stehen wir schweigend voreinander und beäugen uns. Vermutlich sind wir beide ähnlich überrumpelt von der Situation. Sie will mich nicht hierhaben, warum auch immer. Aber es ist deutlich. Wahrscheinlich weiß sie nicht, was sie mit mir anfangen soll. Ich hatte mir was ganz anderes vorgestellt, was ich bei VERO machen würde. In Old B. haben alle, die ich kannte, davon geträumt, an EQUILON zu arbeiten. Immerhin ist dieser eine Algorithmus quasi das Zentrum von allem. Der Punkt, von dem alles ausgeht. EQUILON berechnet, wie viele Menschen jedes Grenzland aushält und für wie lange. EQUILON legt fest, wie viele Menschen ins New Valley und in die anderen Future Places dürfen. EQUILON wird mit so ziemlich allen Daten gefüttert, die es auf dieser Welt gibt. EQUILON ist unser Garant für Gerechtigkeit. Und keiner weiß so gut, was Gerechtigkeit bedeutet, wie wir Menschen aus dem Grenzland. Das wollte ich machen. Und das will ich machen.

»Ich programmiere eigentlich«, sage ich schließlich. »Ich habe für meine App zur Bewässerung von Steppenfeldern in Old B. den Excell-Award bekommen.« Ich weiß wirklich viel über Klimadaten und was für Auswirkungen sie haben, wie man sie am besten überwacht – und wann man versucht einzugreifen. Und natürlich, wie man ein Computerprogramm dazu bekommt, das alles zu tun.

»Das weiß ich natürlich«, sagt Katie und schnalzt mit der Zunge. Dann atmet sie tief durch und lächelt mich an. »Sieh es doch mal so: Du bist eben auch unser neuester Zugang aus den Grenzländern. Und das macht dich gerade einmalig.« Ihre Stimme wird etwas freundlicher. Und was sie da sagt, macht Sinn.

»Cory hat natürlich absolut recht. Wir sollten erst mal sehen, ob du uns mit Insights helfen kannst. Findest du nicht auch?« Sie lächelt mir zu, die Augenbrauen hochgezogen, ihr ganzes Gesicht strahlt nun Optimismus aus. Und auch wenn ich enttäuscht bin, ist es wahrscheinlich eine super Chance. Ich muss einfach nur zeigen, was ich draufhabe.

»Das mit dem Programmieren kommt schon noch. Bestimmt. Komm, ich bring dich in unseren War Room.«

»In unseren was?«

»War Room«, wiederholt sie und geht mit schnellen Schritten vorweg. »Der Raum, wo wir für unser Goal kämpfen, sozusagen. Wo wir all unsere Ideen sammeln.«

»Ah«, sage ich und sehe zu, dass ich mit ihr Schritt halte. Sie wirft mir einen Blick von der Seite zu. »Trägst du deine Brain-Dots gar nicht?«

Ich betaste beschämt meine Schläfen. »Nein, die hab ich irgendwie vergessen«, antworte ich, was nur die halbe Wahrheit ist, denn ich hatte sie schon auf meinem Tisch liegen sehen, aber es nicht über mich gebracht, sie anzulegen. Ich fühle mich einfach seltsam, wenn ich sie trage.

»Hm. Unorthodox.« Katie zieht die Augenbrauen zusammen. »Ich glaube, das solltest du in Zukunft besser im Blick haben. BrainDots trägt hier jeder, sie sind einfach fester Bestandteil unserer Kultur.« Sie redet, ohne ihr Tempo zu drosseln. »Und dann kannst du auch dieses BraceConnect ablegen, das ist schon ziemlich outdated, die Technik, to be honest«, sagt Katie beiläufig, während ich hinterherhechte und »Mhhmm« mache, weil ich nicht auch noch Worte formen kann, während ich ihr zuhöre und gleichzeitig versuche, mir den Weg einzuprägen und die vielen Eindrücke zu bewältigen. Überall stehen Spielgeräte oder Sessel herum, Menschen gehen durch die Gänge, die in den riesigen Flächen von bunt leuchtenden Bällen markiert sind, während sie mit ihren BrainDots Texte diktieren oder ihnen irgendetwas vor die Augen projiziert wird, was ich zwar nicht erkennen kann, aber man sieht es an ihrem Blick, der ins Leere geht und gleichzeitig hin- und herzuckt.

»Coffee?«, fragt Katie, während sie eine Tür aufstößt und nach rechts zeigt, wo ein Service-Roboter bereitsteht.

»Hello, beautiful people!«, ruft sie in den Raum.

»THE BEAUTIFUL PEOPLE! THE BEAUTIFUL PEOPLE!«, kommt ein Ruf wie aus seiner Kehle zurück. Ich bleibe einen Moment lang stehen. So etwas habe ich noch nie gehört.

Katie lacht kurz auf. »Keine Angst, NewEntry. Das ist nur unsere Begrüßung.«

Ich stehe acht Leuten gegenüber, die in der Mitte des großen Raumes auf einer Art Couchlandschaft versammelt sind. Sie heben nach und nach die Hand zur Begrüßung.

»Das ist Jenna, ihr habt es ja alle mitbekommen. Frisch aus Old B. hergekommen und nun unsere Beraterin. Ihr wisst schon: direkt von der Front.« Sie zwinkert mir zu und ich zucke zusammen. Die anderen heben die Hände zum Vulkaniergruß und ich lächle zurück. Dann erklärt Katie ein paar Änderungen im Präsentationsformat, die ich nicht verstehe, weil ich nicht weiß, worum es geht.

Front. So sehen sie uns hier? Aber vielleicht stimmt das auch. Es ist ja ein bisschen so etwas wie ein Kampf, in Old B. Ein Schauer fährt mir über den Rücken. Ich werde jetzt dieses Kommunikationsprojekt schaffen, mir die hiesigen Programmiersprachen beibringen – und dann wird mich keiner mehr belächeln. Dann werde ich ihnen ihr abfälliges Grinsen vom Gesicht wischen.

Ich schaue mich um. Alles ist sauber und bunt und schön. Es gibt diesen Coffee, daneben stehen jede Menge Snacks, Obst und Süßigkeiten. »Wie absolut großartig!«, muss ich denken. Es ist echt das Paradies hier. Schnell greife ich nach ein paar bunten Pastillen, die ich mir in den Mund schiebe. Die Hülle zerbricht unter meinen Zähnen und cremige Süße trifft mich wie ein angenehmer Faustschlag. Das muss diese Schokolade sein.

Die vier Wände des Raumes sind über und über behängt mit Bildern, Zetteln, alten Zeitungsausschnitten. Dazwischen kleben hier und da Buttons. Ich kann nicht widerstehen und drücke auf einen. Ein lautes Plärren ertönt, ich zucke zusammen. In den Raum wird eine alte Werbung projiziert. Lachende Kinder, die über eine Wiese laufen, eine Kuh, Berge.

Katie drückt wieder auf den Button und der Film verstummt.

»Portable Data-Buttons«, sagt sie schmallippig. »Für alles Digitale.«

»Ah. Cool«, sage ich und versuche zu verbergen, wie peinlich mir mein Missgeschick ist.

»Wie wäre es, wenn du dich erst mal da drüben hinsetzt und zuhörst? Da fühlst du dich bestimmt wohl. Ist unsere Grenzland-Emotion-Ecke. Dann kannst du dich langsam einfinden und es geht nichts kaputt.« Ein leises Kichern zieht durch die Gruppe. Sie zeigt zu einer weiteren Sitzecke hinten im Raum. Ein altertümlicher abgewetzter Ohrensessel mit Stehlampe daneben. An die Wand dahinter haben sie eine verblichene Tapete geklebt. Tatsächlich sieht es einem Wohnzimmer in Old B. irgendwie ähnlich. Gleichzeitig auch gar nicht, weil alles fehlt, was es lebendig macht.

Ich fühle mich wie das neue Kind, das die anderen erst mal beäugen, bevor sie es mitspielen lassen. Und ob das je passiert, ist noch kein bisschen sicher. Aber ich nicke, lächle und verziehe mich in den Sessel.

Was erwartest du, Jenna?, sage ich mir. Du bist gerade angekommen. Du musst erst mal lernen, worum es hier geht. Vielleicht kann ich hier irgendwen nach den Programmiersprachen fragen. Dann kann ich sie abends schon mal zu Hause lernen. Ich betrachte mein BraceConnect. Veraltete Technologie. Schade. Mir ist das Ding irgendwie sympathisch und ich finde es hübsch.

»So, let's do some magic!«, ruft Katie in den Raum. Warum ruft sie eigentlich immer? So viele sind es ja auch wieder nicht. »Kurzes Flashlight auf eure Arbeit? Was gibt es Neues?«

Ein junger Mann hebt die Hand, er hat silberne Ohrstecker

und eine Nickelbrille. »Also, ich hab versucht, die Emotional Levels in den verschiedenen Grenzländern auszuwerten. Es ist echt megaschwer, an saubere Daten heranzukommen.« Er blättert in einem Stapel Notizen. Dann guckt er kurz hoch. »Ah, by the way, ich glaube, ExAussie ist endgültig kollabiert. Seit zwei Wochen nichts von dort abzugreifen. Ich habe mal Satellitenbilder angefragt. Aber das war eh nur eine Frage der Zeit.« Er zuckt die Schultern und verzieht seinen Mund, während er weiterblättert. »Bei der Witterung mussten die in ExAussie ja irgendwann abkratzen.« Dann scheint ihm plötzlich einzufallen, dass ich ja da bin, und schaut zu mir rüber.

»Sorry«, sagt er. »Ich hoffe, du kanntest da keinen.«

»Nee«, sage ich. »Vielleicht überraschend, aber wir 7 Milliarden Grenzländer kennen uns nicht alle persönlich.« Ich ernte ein paar Lacher, und das freut mich, obwohl mir eigentlich gerade schlecht ist. Nein, ich kenne niemanden in Australien. Aber vermutlich würden sie über Old B. und Old Europe nicht anders reden, wenn es so weit wäre. Klar, in Old Europe stehen die Dinge nicht so schlimm wie in ExAussie. Aber es ist ja alles nur eine Frage der Zeit, sagen sie uns immer. Ich denke an meinen Opa und meine Oma in ihrem Garten und wie der Sand sie langsam unter sich begräbt. Ich kneife meine Augen zusammen, um das Bild loszuwerden. Noch ist es ja nicht so weit. Und vielleicht finde ich ja hier in New Valley einen Weg für die anderen in den Grenzländern. Das Climate Reverse, von dem wir im Grenzland träumen. Einen Weg, das Klima wieder zurückzudrehen. So, wie es vor 50 oder 100 Jahren war.

Ich weiß, es ist ein kühner Traum. Aber ich kann nicht aufhören, ihn zu träumen. Den Weg raus. Den Weg zurück. Es heißt immer, die 1 Milliarde forscht mit Hochdruck daran. Allerdings sind die besten Programme dafür angeblich in North China, heißt es. Vielleicht finden sie dort einen Weg.

Und wenn es diesen Weg nicht gibt ... Zum Glück gibt es die Programme. Jeder bekommt den richtigen Platz. Das sagen sie. Und es ist ja auch vernünftig. Natürlich können nicht alle in die 1 Milliarde kommen. Ist ja klar. Aber die »zweite Menschheit« auf der GammaErde aufzubauen ist eigentlich ein Kompliment, wenn man es recht bedenkt. Jeder, der dorthin geschickt wird, prägt schließlich den ganzen Genpool des besiedelten Planeten mit.

Katie klatscht kurz in die Hände. Nach meinem Witz hat sich eine gewisse Unruhe breitgemacht, doch sofort sind wieder alle bei der Sache.

»Also, Arvin. Hast du noch etwas Konkretes?« Katie lächelt, aber ihre Stimme klingt streng. Sie hat den Laden hier ziemlich im Griff, scheint mir. Und vielleicht stehe ich eines Tages da, wo sie steht. Cool, stark und alles springt, wenn ich rufe. Das wünsche ich mir. Und es ist tatsächlich möglich, wenn ich meine Sache gut mache, denke ich mir.

»Ja, klar, sorry, wollte nicht so unfocused werden.« Arvin räuspert sich und schaut auf das von den BrainDots vor ihn projizierte Bild. »Also, mal ganz allgemein gesprochen: Grenzländer sind emotional sehr imbalanced. Und meist in der negativen Ecke. Ist ja nur verständlich, dort gibt es kein EmotionManagement und nur rudimentäre BodyMaintenance.« Er zieht die Stirn kraus.

»Grundsätzlich hilft uns das vielleicht. Wir müssen nur herausfinden, welcher Moment welche Gefühle auslöst. Dann ermitteln wir, an welchen Orten das den meisten passiert, und dann«, er haut mit der linken Faust in seine ausgestreckte Rechte, »platzieren wird dort unsere Kampagne und sie trifft im richtigen Moment.« Er lächelt einen Moment lang strahlend, was ihm einen ziemlich kindlichen Ausdruck verleiht. Dann verfinstert sich seine Miene wieder. »Das Problem ist, die

Patterns zu entdecken. Es ist einfach ein großes Durcheinander. Ich weiß nicht, wie man da die Logik findet.«

Eine Stille breitet sich aus. Offensichtlich hat keiner eine Idee, wie man die Logik findet.

»Hoffnung«, sage ich in das Schweigen hinein. Ich weiß nicht, was es genau an seinen Worten ist, aber plötzlich ist mir vollkommen klar, was passieren muss. Ich kann mich wieder sehen, in den Straßen von Old B., auf dem Weg zur Academy, zu meinen Projekttreffen, einen Schal um mein Gesicht gewickelt, gegen den Staub, der alles durchdringt und oft sogar die Sonne verdunkelt. Wie ich den ausgemergelten Gestalten der Unsorted ausweiche und Angst bekomme, es nicht zu schaffen und eines Tages so zu werden wie sie. Und immer wieder die kreisenden Gedanken: Gibt es einen Weg hier heraus? Gibt es wirklich eine Welt, die anders ist als das hier? Besser?

Einen Moment lang spüre ich genau, wie ich mich in Old B. gefühlt habe. Wie meine Hoffnung dahinschmolz und die Angst mit jedem Tag wuchs. Ich weiß, was mir geholfen hätte.

»Ihr müsst gar nicht den richtigen Moment finden. Ihr könnt ihn ganz leicht herbeiführen.«

Ich stehe von meinem Sessel auf. Ich will, dass sie mich sehen. »Ihr müsst nur Hoffnung schaffen. Echte Hoffnung. Die man fühlen kann. Die man glaubt. Eine Hoffnung, die Wirklichkeit werden kann. Was ihr dann erzählt, wird bestimmt ankommen.«

»Ach«, sagt Katie und schaut mich durchdringend an. »Und hast du vielleicht auch noch eine Idee, wie wir das mal so eben machen sollen? Hoffnung schaffen? Im Grenzland? Ich meine …«, sie schnaubt und lacht trocken auf. »Es ist das Grenzland.« Wieder das zustimmende Gekicher der anderen.

Aber ich lasse mich nicht so leicht abschütteln. Das kann sie vergessen. Ich denke an den gestrigen Abend. An das Gefühl dieser unendlichen Leichtigkeit. Die wunderschönen, bunten Häuser, das warme Licht in der Nacht. Der geschmolzene Käse auf der Pizza. Der Geruch des frischen Meeres in der Dunkelheit.

»Ihr müsstet so etwas wie ein Stück New Valley zeigen. Eine kleine Insel Licht. Irgendetwas, das es fühlbar macht, was für ein Zauber hier wartet. Mit Gerüchen vielleicht. Musik. Vielleicht sogar einer Kleinigkeit zu essen.«

Ich sehe es in Katies Gesicht, dass sie etwas sagen will, um meinen Gedanken in der Luft zu zerreißen.

Da steht Arvin auf und dreht sich zu mir. »Ey, das ist richtig gut, Jenna! Kennt ihr diese Dinger, die es früher gab? Im letzten Jahrhundert? Telefonzellen hießen die. Da konnte man sich reinstellen und irgendwie einen anderen Menschen kontaktieren. Wie genau das technisch funktioniert hat, weiß ich gerade nicht, aber das ist jetzt auch vollkommen egal. Was ich meine, ist«, er lacht mich an, bevor er weiterspricht. »Was du da gerade gesagt hast, Jenna, von der Lichtinsel, das passt genau dazu. Vielleicht könnte man so ein paar Zellen in den Grenzländern aufstellen, und da drin fühlt man sich ein bisschen wie in New Valley. Wir versprühen Duftstoffe, gemischt mit Pheromonen, um die Wirkung zu verstärken. Lassen eine Visualisierung laufen ... die Straßen von New Valley bei Nacht ... und ja, vielleicht bekommt man noch etwas zu essen ... Oder wenigstens ein paar Geschmacksimpulse fürs Gehirn.« Er guckt in die Runde. »Ich meine, wusstet ihr, dass die in den Grenzländern Insekten essen? Ist das nicht krass?« Er streckt seine Zunge raus und schüttelt sich demonstrativ.

Ja, natürlich. Wir essen Insekten. Sie sind leicht zu züchten und eine super Quelle für Eiweiße. Es sind genau genommen Delikatessen für besondere Anlässe. Ich mag am liebsten frittierte Heuschrecken. Würmer nicht so gern. Aber ich sage nichts. Ich will die gute Stimmung nicht stören. Und ich bin auch ein bisschen froh, dass sie offenbar immer wieder vergessen, dass ich aus dem Grenzland komme.

Eine kleine Frau mit langen schwarzen Haaren und einer kleinen, knallroten Schleife darin dreht sich auf ihrem Stuhl zu mir und spinnt die Idee weiter. »Und wir machen eine Challenge daraus. Wer an einem Tag seinen Score besonders krass erhöht hat, der kriegt den Entry-Code und darf ein paar Minuten ins New Valley schnuppern.« Ihre dunkelbraunen Augen blitzen förmlich vor Begeisterung.

»Große Idee, Mayling!«, sagt Arvin. »Und davon machen wir ein Video und zeigen es den anderen Leuten in den Grenzländern. Dann haben wir einen richtigen EchoEffect! Das motiviert doch ohne Ende, sich noch mal richtig reinzuhängen!«

Ich muss lächeln, so schön ist es, wie die Ideen eine nach der anderen hervorpurzeln, so vollkommen aus dem Nichts.

»THE BEAUTIFUL PEOPLE! THE BEAUTIFUL PEOPLE!«, rufen auf einmal alle im Raum und dann klatschen sie.

»Ja, gut«, sagt Katie. »Wenn ihr meint. Es ist vielleicht wirklich ein Anfang.« Sie zwingt sich zu einem schmalen Lächeln. »Schauen wir mal, was daraus wird.«

Und ich kann nicht anders. Mein Mund verzieht sich zu einem breiten Grinsen. Ich fühle mich einfach wunderbar, warm und gesehen. Ich werde New Valley für mich gewinnen. Ich weiß es.

»Guter Job, den du da gemacht hast, Jenna!« Cory hat mich im Hof abgefangen, als ich gerade versucht habe, die Schmetterlinge genauer anzuschauen, die hier umherfliegen. Ich hatte schon von diesen Tieren gehört. Gesehen habe ich in Old B. nie einen. Ihre Art zu fliegen ist sehr interessant. Sie taumeln mehr, als dass es wie ein bewusster Vorgang aussieht. Es sieht sehr unkonzentriert aus, unlogisch. Aber auch schön. Verträumt. Und dennoch scheinen sie immer dort anzukommen, wo sie wollen. Oder nehmen sie einfach nur hin, dass sie irgendwohin hingetragen werden, und machen dann das Beste draus? Das würde vielleicht erklären, warum sie fast ausgestorben sind. Es ist schon besser, wenn man einen Plan hat, den man verfolgt und bei dem man bleibt. Dann geht man nicht verloren und die Chancen steigen, dass man bekommt, was man möchte. So wie ich.

»Ich habe die Videozusammenfassung bekommen. Wir sind sehr beeindruckt.« Ich drehe mich zu Cory um, und der Schmetterling, den ich gerade bestaunt hatte, flattert fort.

»Heute Abend bin ich eingeladen zu einem Event. Ich glaube, es wäre eine gute Gelegenheit für dich, mehr von unserer Welt kennenzulernen.« Er macht eine übertriebene Verbeugung vor mir. »Jenna Mills, würdet Ihr mir die Ehre geben und mich begleiten?«

»Ja, von Herzen gern«, sage ich mit einer näselnden Stimme und verbeuge mich ebenfalls, vielleicht ein bisschen schwungvoll, denn beinahe stoßen wir mit den Köpfen aneinander, aber eben nur beinahe, und dann lachen wir schon wieder gemeinsam. Ich weiß nicht, was es ist, aber es sind dieselben Dinge, die uns zum Lachen bringen. Und das ist wirklich schön.

Ich kann nichts sagen, nur staunen. Wir stehen in einem Raum aus Gold und Spiegeln. Von der Decke hängen gläserne Gebilde, über und über bestückt mit leuchtenden Kerzen, und jetzt erst sehe ich, dass dort oben Gemälde sind in unendlich bunten Farben und Gold. Ich sehe eine Frau auf Wolken schweben und Engel überall. Ich versuche zu umreißen, wie viel Arbeit das gewesen sein muss. Selbst wenn man weiß, was man tut, das muss ja Jahre dauern, all die Farben an die Decke zu bekommen, mit so einer Präzision. Ob das wirklich Menschen gemalt haben? Oder können die Roboter in New Valley schon so malen? Aber die Gemälde rufen Erinnerungen wach. Bildbände, die meine Oma in ihren Schränken aufbewahrt hat. Und ich sehe mich als Kind. Staunend, dass es mal Zeiten gab, in denen wir Dinge nur getan haben, weil sie Schönheit erschaffen haben. In denen wir Kraft und Zeit für so etwas hatten.

Cory trägt einen schwarz-roten hautengen Anzug, an der Brust ein unten eingedrücktes silbernes Dreieck.

Ich habe ein Kleid an, dessen Rock aus verschiedenen Lagen hauchdünnem Stoff besteht und aussieht, als ob ich in einem riesigen zerknäulten Taschentuch stecke, nur in schick. »Star Trek und Cinderella« sei das Motto des Abends, hat Cory erklärt. Ich weiß nicht so genau, was das ist, irgendwelche Bücher oder Filme von früher, aber Cory hatte schon alles vorbereitet. Es sei einfach Tradition, sich zu besonderen Anlässen zu verkleiden. Bald würde ich es besser verstehen und es würde mir sicher Spaß machen, meinte er. Ich musste das Kleid nur noch aus einer Schutzhülle nehmen und anziehen.

Ich komme mir ein bisschen komisch vor in meinem Kostüm, aber die anderen Frauen haben ähnlich voluminöse Roben an. Zu dem Saal voller Gold und Spiegeln und bombastischen Gemälden passen diese Kleider tatsächlich ganz gut.

In meinem Haar steckt sogar ein kleines Krönchen. Es ist besetzt mit glitzernden Glassteinchen. Aus dem Augenwinkel suche ich mein Abbild in einem der unzähligen Spiegel und beobachte mich für ein paar Augenblicke. Ja, ich könnte tatsächlich eine Prinzessin in ihrem Schloss sein.

»Das ist der Spiegelsaal aus Versailles«, flüstert mir Cory zu und lässt seinen Blick durch den Raum schweifen.

»Versailles?«, flüstere ich zurück. »Aber das liegt doch in Old Europe?«

Cory reckt seinen Zeigefinger in die Höhe, als hätte ich etwas sehr Kluges gesagt. »Ja, ganz genau! Diesen Saal haben wir dort kartografiert, abgebaut und dann in aller Sorgfalt wieder hier aufgebaut. Wir haben einige der wichtigsten Kulturgüter aus Old Europe geborgen. Sie waren dort einfach nicht sicher.«

Er schiebt mich vorsichtig ein bisschen weiter in den Saal hinein. »Aber das versteht hier wohl kaum jemand besser als du.«

Ich zucke mit den Schultern. So genau hatte ich nicht darüber nachgedacht. Irgendwie macht es mich sauer, was er sagt. »Meinst du, wir Menschen im Grenzland würden so etwas Schönes beschädigen?«

»Vielleicht nicht absichtlich, aber aus Unwissenheit zum Beispiel«, antwortet er. »Hier kommt er doch viel mehr zur Geltung, findest du nicht? Außerdem können wir uns vernünftig darum kümmern. Weißt du, so alte Materialien brauchen viel Pflege.« Er schaut sich um, betrachtet die Malereien an der Decke und dann die vielen Menschen im Raum. »Und es wäre doch schade, wenn er nicht für solche Anlässe genutzt werden könnte. Denn dafür ist er ja schließlich gebaut, oder?«

Ich lächle ihn an. Obwohl es mich trifft, was er über Old Europe sagt. Er weiß doch eigentlich nichts von uns. Aber andererseits, er hat EQUILON programmiert. Dann muss er uns doch gut kennen. Wahrscheinlich weiß er mehr über die Grenzländer und die Menschen dort als wir selbst. Denn immerhin vereint EQUILON alles in sich, was man an Menschen messen kann. Unsere Intelligenz, unsere Gesundheit, unsere EmotionLevel, was wir essen, wie lange wir schlafen. Ja, vermutlich hat Cory recht. Vermutlich hätte niemand in Old Europe die Kraft, auf so etwas Prachtvolles wie diesen Saal aufzupassen. Geschweige denn in ihm Feste zu feiern. Und dafür ist er ja schließlich da.

»Hier.« Cory reicht mir ein schmales, hohes Glas, in dem eine hellgelbe Flüssigkeit schimmert. Feine, glitzernde Kügelchen tanzen darin an die Oberfläche. Es sieht aus wie flüssiger Edelstein.

»Champagner«, flüstert Cory mir zu. »Gibt es hier nur zu wirklich besonderen Anlässen. Wir haben noch kein Gebiet gefunden, das die alte Champagne ersetzt.« Er hält das Glas gegen das Licht und nimmt dann einen Schluck. »Jeder Schluck ist also unwiederbringlich verloren.« Er lacht. »Ich weiß, es wirkt ein bisschen unpassend. Aber es gibt noch einige Vorräte davon. Und ihn verkommen zu lassen, das wäre wirklich traurig.« Er stößt sein Glas ganz sacht an meines. »Lass es dir schmecken, Jenna Mills.«

Ich lächle ihm zu, dann wandert mein Blick über seine Schulter und ich schaue genau in Katies Augen, die mich unverwandt und eiskalt anschaut. Ich schaue schnell weg, nehme hastig einen Schluck und muss beinahe husten, so sehr kribbelt es in meinem Mund. So richtig gut schmeckt es mir nicht, ehrlich gesagt. Trotzdem meine ich zu spüren, was Cory an dem Getränk gefällt. Es hat etwas Zartes und Spektakuläres zugleich.

Ein heller Ton erklingt. Ein älterer Herr mit weißen Schläfen schlägt mit einem Löffel gegen sein Champagnerglas.

»Liebe MegaGoods«, setzt er an. Seine Stimme ist samtig und selbstgewiss. Ich frage mich, ob ich je so werde klingen können. Ich wünsche es mir so sehr! Vielleicht eines Tages, wenn ich schon lange hier lebe.

»Wie schön, die Elite unserer Gemeinschaft an diesem Ort versammelt zu sehen. Wir haben allen Grund, stolz auf uns zu sein. Darauf lasst uns erst einmal das Glas erheben!«

Der ganze Saal ruft »THE BEAUTIFUL PEOPLE! THE BEAUTIFUL PEOPLE!« und hebt die Gläser. Ich lasse beinahe meines fallen vor Schreck, so laut rufen sie, so plötzlich. *The beautiful people* ... es klingt überwältigend. Ein ganzer Saal voller Menschen, geeint in ihrer Mission für die Welt.

Der Mann mit den weißen Schläfen lächelt. Er trägt eine schwarze Hose und ein goldschimmerndes Oberteil. Darauf prangt in Schwarz das gleiche unten eingedrückte Dreieck, das auch Cory trägt.

»Das ist übrigens Marc Gerber, unser Chief Imagination Officer«, raunt mir Cory zu. »Wir nennen ihn nur Marco Polo. Ganz großer Geist, der Mann. Und mein Vater.«

»Wow! Das ist dein Vater?!« Ich kann es kaum glauben.

Cory lächelt und macht eine leichte Verbeugung. »Ja, gestatten, Cory Gerber, und ich kann sagen, ich habe ein bisschen was von ihm geerbt.« Sacht legt er einen Finger an die Lippen. »Und jetzt lass uns zuhören. Er hält wirklich gute Reden.«

Marco Polo spricht weiter. »Unser Planet steht am Rande des Abgrunds. Aber wir haben viel erreicht in den letzten Jahren. Neue Technologien werden unsere Lebensweise ...«

Weiter kommt er nicht. Scheppernd fliegt hinten im Saal ein Tablett zu Boden. Das Klirren Dutzender zerbrochener Gläser. Ich zucke zusammen, versuche auszumachen, wo die Gefahr herkommt. Mein Herz haut wie mit Fäusten gegen meinen Brustkorb.

»Lasst mich!«, schreit jemand. Alle blicken sich suchend um. Ein Raunen geht durch die Menge und dann sehe ich es auch. Von hinten stürzt ein Mann in einem Smoking in den Saal. Er fällt gleich auf, weil seine Kleidung ganz anders ist als die der Gäste. Hinter ihm mehrere Menschen, auch in schwarzen Anzügen, sie jagen ihn. Vielleicht sind es auch Roboter? Es fällt mir schwer, das zu erkennen. »Lasst mich durch!«, schreit der

Mann noch mal und stürzt auf die Bühne zu. Fast haben ihn die Verfolger.

»LAUF!«, denke ich und bin erschrocken über mich selbst. Warum denke ich das?

Die Menschen weichen zurück, als hätte er eine ansteckende Krankheit.

»LAUF!«, denke ich wieder. Was ist eigentlich los mit mir? Es ist ja ganz offensichtlich, dass er etwas verbrochen haben muss, oder? Ich fühle, wie mein BraceConnect an meinem Arm brummt. Als wolle es mich warnen.

Unsere Blicke treffen sich. Er mustert mich, einen Sekundenbruchteil nur, aber ich spüre es genau. Unwillkürlich berühre ich meine Schläfen, wo auch jetzt meine BrainDots fehlen. Einen Moment lang verhaken sich unsere Blicke ineinander, und ich sehe noch, wie er kaum merklich nickt. Dann kracht sein Körper in meinen, während die anderen Männer sich auf ihn stürzen. Es fühlt sich an, als würde mich ihr Gewicht zermalmen. Ich falle rückwärts auf den steinernen Fußboden. Ein spitzer Schmerz fährt durch meine Knochen. Panik kriecht in mir hoch: All die Menschen auf mir, ich will schreien, bekomme aber keine Luft. Die Körper nehmen fast alles Licht.

Der Mann presst sich an mich, seine Hände umklammern meinen Kopf. Einen Moment lang schaut er mir in die Augen, die Pupillen sind so groß, dass das Goldbraun seiner Iris kaum zu sehen ist. Ich kann sehen, dass er Angst hat, große Angst. Aber da ist auch noch etwas anderes, Warmes, Starkes.

»Pass darauf auf! Bitte!«, flüstert er mir ins Ohr, »Und schweig!« Dann reißen ihn die anderen Männer fort. »SECURED!«, schreit einer von ihnen.

Plötzlich wieder Luft und Licht. Ich atme tief ein. Die goldgerahmten Bilder an der Decke scheinen zu tanzen, der Boden unter mir schwankt, auch wenn ich weiß, dass er es natürlich nicht tut.

PASS DARAUF AUF! Hallt seine Stimme in meinem Kopf, während Hände nach mir greifen, mich aufrichten, an meinem Kleid zupfen. Was hat er nur gemeint damit?

»JENNA!« Corys Stimme. Er umfasst mein Gesicht und schaut mich an. Ich sehe, dass er sich Sorgen macht. Echte Sorgen. »Geht es dir gut? Hat er dir was angetan?« Sein Blick sucht mich ab, als ob ich von diesem Sturz schlimme Wunden davongetragen haben könnte.

»Jaja, alles in Ordnung, es ist ja nichts passiert«, sage ich und schaue mich um. Wo haben sie den Mann hingebracht? Es ist nichts von ihm zu entdecken. Als wäre er nie da gewesen.

Aber sein Gesicht hat sich mir eingebrannt. Die dichten Brauen, die Augen darunter, eindringlich und wild, das hagere, angestrengte Gesicht, die schmale Nase, die Falten auf der Stirn. Wer er wohl war?

»Mach dir keine Gedanken.« Cory greift sanft meine Schultern und sucht meinen Blick. »Vermutlich war der Mann einfach überarbeitet. Oder hat ein belastendes Erlebnis gehabt, das ihn durcheinandergebracht hat. Das kann selbst hier bei uns passieren.« Er streicht sachte über meinen Rücken. »Er hat auch keine BrainDots getragen.« Cory tippt mir mit einem Zwinkern sacht an meine Schläfen. Ich nicke, ich bin viel zu durcheinander, um etwas zu sagen.

»Brauchst du irgendwas?« Corys Blick tastet mich noch einmal ab, dann lächelt er mich an.

»Nein, nein, wirklich. Alles in Ordnung.« Ich spüre, wie meine Hände zittern. *Pass darauf auf ...* Was hat der Mann damit nur gemeint? Vielleicht hat Cory recht und er war einfach verwirrt.

»Bringst du mich trotzdem bitte nach Hause? Ich glaube, für heute hatte ich genug Action«, sage ich und lache ein bisschen.

Cory und die anderen, die um mich herumstehen, lachen mit, erleichtert und vielleicht ein bisschen zu laut.

In meinem Zimmer stürze ich sofort auf den Balkon und atme tief ein. Noch nie musste ich so dringend atmen. ATMEN! Frische, freie Luft. Ich kann von hier das Meer sehen. In der Dunkelheit ist es nur ein Schimmern der Lichter auf der Wasseroberfläche, aber es beruhigt mich. Es scheint mir, dass ich sogar das Rauschen hören kann, aber sicher bin ich mir nicht. Aus dem Zimmer klingt das Vogelgezwitscher zu mir und das Geräusch des Wassers, wie es sanft zwischen den Pflanzen die Wand hinuntertröpfelt. Atmen, einfach atmen, Jenna.

Ich schließe die Augen und sofort sehe ich sein Gesicht, spüre den Aufprall seines Körpers auf meinem. Wie er meine Schläfen abtastet, wie um sicher zu sein, dass dort keine Brain-Dots kleben. Das Gefühl, zerdrückt zu werden. *Pass darauf auf ...* Übelkeit steigt in mir auf.

»Was ist nur mit dir los, Jenna?«, murmele ich und schüttele meinen Kopf. »Warum musst du nur immer alles so kompliziert machen?« Noch einmal atme ich tief ein, lasse die Luft durch meine Nase strömen, rieche das Salz und die Feuchtigkeit, die darin liegen. Ich gehe rein. Ich will nur noch ins Bett. Das Grübeln bringt jetzt auch nichts.

Es ist gar nicht so leicht, mich aus diesem Cinderellakostüm herauszuschälen. Ich komme kaum an den Reißverschluss an meinem Rücken. Wer denkt sich nur so unpraktische Kleider aus?

Seufzend greife ich in mein Haar. Na gut, dann andere Reihenfolge. Ich nehme erst das BraceConnect ab. Es hinterlässt eine leichte Rötung und ich kann die Dellen in der Haut erkennen, dort, wo die Connectoren saßen. Vermutlich läuft darüber das EmotionManagement. Irgendwann muss ich mal nachlesen, wie das genau funktioniert.

Dann wende ich mich dem Krönchen zu. Ich ziehe die Nadeln heraus, mit denen es festgesteckt ist, und schaue mir im Spiegel dabei zu. Müde sehe ich aus. Blass. Das Make-up verwischt, was meine Augenringe noch hervorhebt, das Kleid fleckig, eins der Ärmelchen ist abgerissen. Das schöne Gefühl, das mich in den letzten Tagen begleitet hat, es ist auf einmal wie weggewischt. Ich schaue mich an, klein, hässlich und dumm komm ich mir vor. Wem mache ich eigentlich etwas vor? Was will ich hier überhaupt?

»Na? Old-Europe-Jenna? Wieder mal auf Besuch?«, sage ich zu meinem Spiegelbild und strecke ihm die Zunge raus. Ich ziehe noch eine Nadel heraus, die ganze Frisur sackt in sich zusammen und lässt mich aussehen wie einen zerknautschten Wischmopp. Ob Cory das wohl auch gerade gesehen hat, dieses kleine, dumme, zerzauste Mädchen unter dem Make-up? Er hat ja nie die Jenna gesehen, die aus dem Hyper-Glider gestiegen ist. Er kennt nur das Ergebnis nach der AnkunftsWellness.

Ich ziehe die nächste Nadel. Klirrend fällt etwas in das Waschbecken vor mir. Es liegt da, glänzend, hellgrün und fast durchsichtig. Ich stutze und starre ins Becken vor mir. Das habe ich noch nie zuvor gesehen.

Ich nehme es in meine Handfläche und betrachte es genauer. Es ist eine winzige Kuh aus Glas. *Pass darauf auf und schweig.* Wieder schießen mir die Worte des Mannes durch den Kopf. Einen Moment lang blitzt das Bild seines Gesichts auf. Dann betrachte ich wieder das grüne Ding auf meiner Handfläche.

Das muss er damit gemeint haben, diese kleine Kuh. Als er mich so festgehalten hat, da muss er sie mir in mein Haar gesteckt haben. Ich betrachte das kleine Ding. »Schweig«, murmele ich. »Schweigen soll ich. Aber wozu?« Die Kuh muss ein Geheimnis haben. Aber sie liegt nur auf meiner Handfläche und funkelt ein wenig, wenn ich sie drehe. Sie hat eine hellgrüne Farbe und sieht aus, als sei sie aus gefrorenem Wasser.

Ein Schreck durchfährt mich, kalt und scharf, meine Haut zieht sich zusammen. Ich muss genau jetzt Cory Bescheid geben oder sonst irgendwem. Das ist es, was Cory von mir erwarten würde. Und, ich bin mir sicher, er geht ganz bestimmt davon aus, dass ich ihm so etwas sofort melden würde.

Was würde passieren, wenn sie herausfänden, dass ich ihnen nicht Bescheid gesagt habe? Ich weiß gar nicht, wie Bestrafungen hier funktionieren. Aber vermutlich wäre ich schneller auf einem Raumschiff zur GammaErde, als ich mir vorstellen kann.

Ich setze meine BrainDots an die Schläfen, um den Call zu machen. Aber als ich kurz überlege, ob ich die OrderUnits rufen soll oder lieber erst mal Cory, dämmert es mir.

Wie erkläre ich eigentlich, dass ich mich erst jetzt melde? Ich meine, wie glaubwürdig ist es, dass mir jemand eine gläserne Mini-Kuh ins Haar steckt – und ich merke nichts? Und die Wahrheit ist ja, der Typ hat mit mir gesprochen. Nicht viel. Aber trotzdem. Und ich habe es mit keiner Silbe erwähnt. Stattdessen wollte ich so schnell wie möglich nach Hause. Wollte alleine sein.

Kann ich die Geschichte so erzählen, dass man sie mir abkauft? Würde ich mir glauben? Denn genau genommen habe ich ja schon jetzt gelogen. Ich habe nicht erzählt, dass er mir etwas zugeflüstert hat. Würde ich einer Befragung standhalten?

Meine Hände fangen an zu zittern, Schweiß tritt mir auf die Oberlippe. Ich habe in Old B. ein paar Befragungen hinter mich gebracht. Wenn eine auf der Schule etwas ausgefressen hatte. Ich bin jedes Mal fast gestorben. Dankbar, dass ich nicht versuchen musste zu lügen. Könnte ich diesmal lügen? Oder wenigstens die Wahrheit ein kleines bisschen biegen? Verschweigen, dass der Mann mit mir geredet hat und ich es nicht erwähnt habe?

Ich reiße mir die BrainDots herunter und versuche erst mal, ruhig zu werden. Risikoabschätzung. Das ist es, was ich jetzt tun muss. Was macht am meisten Sinn? Anrufen? Nicht anrufen? Ich gehe im Zimmer umher, um ein bisschen runterzukommen. Aber es hilft nicht. Ich bekomme meine Gedanken nicht geordnet.

Okay, noch mal von vorn.

Was würde mein Opa tun? Was würde er mir raten? Ich schlucke die Tränen weg, weil ich ihn nicht anrufen kann. Dabei wäre ich jetzt am liebsten bei ihm und Oma, und wenn ich dafür für den Rest meines Lebens geschmacklose Kohlpampe essen müsste. Aber dafür habe ich nicht all die Arbeit gemacht.

Opa würde erst mal sagen: Ruhig bleiben. Nachdenken. Fakten sammeln.

Ich gehe ins Bad und wasche mir mein Gesicht mit kaltem Wasser. Also. Zuerst die Fakten.

1. Du warst auf einem festlichen Empfang mit sehr vielen anderen Menschen.
2. Du warst die einzige Neue.
3. Es kommt zu einem mysteriösen Zwischenfall mit einem Mann.
4. Der Mann flieht und hat sich auf dich gestürzt. Auf niemand sonst. Das haben alle mitbekommen.
5. Er hat dir etwas zugeflüstert. Was du niemandem erzählt hast.
6. Du hast die Party sehr zügig, geradezu überstürzt verlassen. Auch das haben alle mitbekommen.
7. Der Mann hat dir die gläserne Mini-Kuh in deine Frisur ge-

steckt. Hat keiner gemerkt. Du hast es auch nicht gemerkt. Aber das kann keiner bestätigen, und ob sie dir das glauben, ist keinesfalls sicher.
8. Du hast die gläserne Kuh erst im Bad entdeckt. Aber das hat außer dir keiner mitbekommen.

»Okay«, murmele ich. »Jetzt mal logisch.« Wenn ich jetzt also anrufe, die Geschichte ganz ehrlich erzähle, wird man mir glauben? Hm. Würde ich diese Geschichte glauben? Vielleicht. Aber ich wäre skeptisch. Definitiv skeptisch. Und vielleicht würde ich mir auch nicht glauben.

Nächste Frage: Mache ich etwas schlimmer, wenn ich jetzt nichts sage? Es wird schwieriger zu erklären, falls es doch noch einmal herauskommt. Aber nicht viel schwieriger. Das Risiko erhöht sich für mich nur minimal.

Allerdings, ich muss Cory anlügen. Das ist mir unangenehm.

Und dann fällt es mir ein. Eine sehr wichtige Frage, die sich auch alle stellen werden, denen ich von der Glaskuh berichte.

Warum hat mich der Mann überhaupt ausgewählt? Er ist direkt auf mich zugerannt. Er wusste, er schafft es nicht, zu fliehen. Und ist stattdessen genau in mich hineingerannt. Warum? Wie konnte er überhaupt auf die Idee kommen, dass er die Glasfigur vielleicht bei mir in Sicherheit bringen könnte?

Ich sehe ihn wieder vor mir, wie er mich mustert. Und dann fällt es mir auf. Ganz automatisch fasse ich an meine Schläfen. Die BrainDots. Ich war die Einzige, die keine BrainDots getragen hat. Außer ihm. Und er war offensichtlich ein Verräter. Und dass ich keine BrainDots trage, das ist auch schon anderen in New Valley aufgefallen.

Nein. Ich sage erst mal nichts. Damit minimiere ich mein persönliches Risiko drastisch. Ich verstecke das Ding und warte ab. Das ist das Klügste. Das ist ganz bestimmt das Klügste.

7

DORIAN

Die schwarze Schachtel liegt glatt und glänzend in meinen Händen. Sie sieht fremd und irgendwie fehl am Platz aus, hier im Gemeinschaftsraum meiner Collective-Einheit. So schön und einzigartig. Ich streiche mit den Fingern über die Goldbuchstaben. Jetzt mach ich sie auf, denke ich mir. Und dann entscheide ich, was ich mache.

Mit einem Knall fliegt die Tür auf. Boris. Schnell nestle ich die Schachtel in meine Jackentasche.

»Dorian, du alter Schlonz! Was machst du denn schon wieder Unanständiges, he?« Er lacht lang und keckernd. »Hast du Angst, ich nehm dir deine schmutzigen Pornobildchen weg?«

Natürlich werde ich rot. Ich hasse es. Aber ich kann nichts dagegen tun.

»Ich interessier mich nicht für Pornos«, sage ich, obwohl ich weiß, dass es am schlausten ist, einfach nichts zu sagen. Dabei ist es die Wahrheit. Ich interessiere mich nicht für Pornos und nicht für Sex. Ich weiß, das gilt als unnormal. Aber mit mir macht das einfach nichts. Sex. Weder als Bild noch der Gedanke, selber welchen zu haben.

»Dorian, mein Freund.« Boris setzt sich unangenehm nah neben mich und klopft mir auf die Schulter. Ich spüre seinen feuchten Atem auf meiner Wange, ich rieche etwas Süßlich-Billiges, vermutlich irgendein Duftwasser, das er auf dem Schwarzmarkt gekauft hat, weil er glaubt, so bekommt er leichter Menschen ins Bett. »Lüg mich nicht an. Das verletzt doch meine Gefühle.«

Wieder lacht er dieses merkwürdige Lachen. Seine Haut ist narbig von den vielen Sonnenbränden. Denn wo die Sonne nicht hinkommt, ist Boris weiß wie ein Geist, als hätte er keinen Tropfen Blut im Leib. Ist halt ein Problem, wenn man so helle Haut hat und in ExCal lebt, und er würde mir ja auch leidtun, wenn er nur nicht so ein unfassbares Arschloch wäre. Ich würde gern sagen, dass ich nicht lüge. Aber das wäre natürlich unklug. Es wird ihn höchstens noch mehr reizen.

»Du warst ja gar nicht beim Scoring dabei!« Er schaut mich mit gespieltem Erstaunen an. »Ich hätte gern mit dir gefeiert, mein Lieber.« Seine Hand landet auf meinem Schenkel. »Ich hab' meinen Score nämlich so richtig schön hochgeschraubt.«

»Toll«, sage ich und schiebe seine Hand weg. In Old LA wird gemunkelt, dass es Extra CreditPoints gibt, wenn du andere verrätst. Die, die etwa auf dem Schwarzmarkt eingekauft haben oder nachts ein wärmendes Feuer angezündet haben. Ich glaube, das stimmt, und ich glaube, Boris ist da ganz vorne mit dabei. Leider erfährt man ja nie, wofür genau die Leute ihre Points bekommen haben.

»Und als Belohnung nehm ich jetzt dein kleines Geheimnis, was du dir da in die Tasche gesteckt hast«, flüstert er mir ins Ohr und fängt an, an meiner Jacke rumzufummeln. Er atmet keuchend. Bestimmt glaubt er wirklich, ich hätte Pornos. Ich springe auf und versuche, von ihm wegzukommen. Aber Boris ist ziemlich fit und schnell. Er macht morgens und abends Combat-Yoga, weil er mal gelesen hat, dass einer der MegaGoods-Gründer das auch macht. Ach ja. Mit Body Fitness kann man seinen Score natürlich auch ein kleines bisschen boosten. Die MegaGoods wollen keine Schlaffis wie mich. Sie wollen Typen wie Boris.

Ich springe auf und laufe um den Tisch herum, aber Boris stellt mir ein Bein, und bevor ich richtig merke, was los ist, knalle ich mit dem Gesicht auf den Boden. Aua.

»Tststs«, schnalzt Boris. »Dorian, du solltest wirklich mal ein wenig auf deine Performance achten. Kein Wunder, dass dich keine von den Mädels bumsen will. Ich mein, schau dich doch mal an, Dorian! Und jetzt gib mir die Pornos.« Langsam drehe ich mich zur Seite und sehe, dass er mit den Fingern in meine Richtung grabscht. »Komm, jetzt mach. Ich hab nicht den ganzen Tag Zeit.«

»Das sind keine Pornos«, sage ich noch mal und da schlägt er mir wortlos so hart ins Gesicht, dass ich fast ohnmächtig werde. Boris reißt mir die Schachtel aus der Tasche und ich stammele noch »Nein, nicht« oder irgend so etwas, aber wehren kann ich mich nicht. Ich wedele mit den Händen hilflos in der Luft und hoffe einfach, dass er nicht noch mal zuschlägt. In meinem Kopf brüllt es wie ein Tornado, meine Ohren klingeln und in meinem Mund sammelt sich Blut und sickert mein Kinn hinab. Ich habe Boris nichts entgegenzusetzen, also rühre ich mich nicht mehr und warte einfach, bis es vorbei ist.

Irgendwas vor sich hin grunzend, das ich nicht verstehe, reißt er die Schachtel auf, wühlt darin herum und knallt sie schließlich auf den Tisch. »Bah! Alter, Dorian! Was bist du denn für ein krass widerlicher Typ?«, schreit er, kickt mir mit voller Wucht in die Rippen, dass mir erneut die Luft wegbleibt, und rennt raus. Die Tür knallt ins Schloss. Stille.

Ich bleibe noch ein bisschen auf dem Boden liegen. Erst, weil ich vor Übelkeit und Schmerz nicht aufstehen kann, dann, weil ich nicht aufstehen will. Weil ich einfach nicht weiß, wie es dann weitergeht. Was ich machen soll. Solange ich auf dem Boden liege, ist alles noch ein Stückchen weit weg.

Irgendwann stemme ich mich aber doch hoch, stehe auf und krame meinen Waschlappen und die Ration Reinigungsgel für morgen raus. Dann wische ich mir vor dem Spiegel das Blut aus meinem Gesicht, meinen Ohren, meinen Haaren. Danach kommen meine Hände dran, das Blut ist schon angetrocknet und ich muss ziemlich rubbeln, bis es einigermaßen ab ist. Dann wische ich den Boden, ich habe keine Lust auf Ärger mit dem Reinigungsdienst.

Die Schachtel steht noch immer auf dem Tisch. Ich trau mich kaum, sie anzuschauen.

Ich bin so ein Versager. Ein vollkommen jämmerlicher, armseliger, trister Versager. Hannah hat mir die Schachtel anvertraut und ich habe es keine drei Tage geschafft, sie zu beschützen. Ich brauch mich gar nicht zu entscheiden, Boris hat für mich entschieden. Ich werde Maggie keine fünf Meter weit irgendwohin bringen können, ich bin einfach zu unfähig. Zu allem. Und dann einen Kamikaze-Trip mit einem Kind machen? Da kann ich sie ja gleich selbst um die Ecke bringen, dann sparen wir uns Zeit.

Die Schachtel liegt offen da, ein Stück schwarzes Satin-Papier lugt heraus, ich kann einen gefalteten Zettel sehen, vermutlich ein Brief, mit Erklärungen und so weiter. Es ist, als klage das kleine Kistchen mich an.

Ich lege den Deckel auf die Schachtel, ohne noch einmal hinzuschauen. »Es tut mir leid, Hannah«, murmele ich und stopfe mir die geschlossene Schachtel in die Jacke. »Du wirst wen anderes finden müssen.«

Wenn ich gleich losgehe, dann bin ich noch vor Einbruch der Dunkelheit bei der Hütte.

Es ist ein normaler Nachmittag, um mich rum hasten die Menschen irgendwohin, um Dinge zu erledigen. Ich habe nie verstanden, was die immer so machen, aber in Old LA hetzen alle herum, als ginge es ständig um ihr Leben. Und, na ja, vielleicht ist das auch so und nur ich habe das noch nicht kapiert.

Kurz vor dem Abend wird es immer besonders hektisch in der Innenstadt. Bis es dunkel wird, muss jeder in seinem Compound sein. Night Activity versuchen alle zu vermeiden, weil es Energieverschwendung ist und man munkelt, dass es Punkteabzug im Score gibt. Aber vielleicht ist es auch nur ein Gerücht. Und für mich macht es auch keinen Sinn, denn ob ich im Dunkeln durch Old LA wandere oder im Dunkeln in meiner Drei-Quadratmeter-Box im Compound sitze, das ist ja eigentlich vollkommen egal. Aber ich muss mich an die Regeln halten, das ist das Einzige, was mir bleibt. Kopf runter, mitlaufen und schauen, wie lange es gut geht. In ein paar Jahren entscheide ich dann, ob ich mich auf die GammaErde schicken oder mich einfrieren lasse. Oder halt doch zum Jumpin' Jack Flash Point. Da kann ich immer noch hin, wenn gar nichts mehr geht. Auch ein beruhigender Gedanke.

Ich steige in den Gate-Train, der Old LA durchquert, dann die Hügel hinauf bis zu den Feldern am Ende unserer Siedlung. Dort, wo der Andreasspalt die Erde zerrissen hat.

Der Gate-Train ist eigentlich für die, die sich auf den Quinoa-, Erdnuss- oder Maniok-Feldern CreditPoints verdienen wollen oder die Projekte im Farming haben.

Jetzt ist der Gate-Train schön leer, eigentlich fährt er nur, um die Erschöpften abzuholen, die fertig mit ihrer Arbeit sind, raus will jetzt keiner mehr. Deshalb sitze ich ganz allein in einem Wagen, dessen Fenster eingeschlagen sind. Der Fahrtwind angenehm kühl und sanft auf meiner Haut, hinter mir die Sonne über dem Meer, die die Welt in ein orangefarbenes Nachmittagslicht taucht.

Ich schaue aus dem Fenster und versuche mir vorzustellen, wie es hier vor ein paar Jahrzehnten aussah. Highways voller Autos. Villen mit Pools, Schnellrestaurants, Parks. Neulich hat mir eine im Compound erzählt, dass es früher hier Bäume gab, die jedes Frühjahr komplett lila waren vor Blüten. Und in einem bestimmten Licht, kurz vor Sonnenuntergang, sah es manchmal aus, als würden sie leuchten. Die Frau hatte einen Text darüber in einer alten Zeitschrift gelesen, die sie in einem Keller entdeckt hat.

Ich schaue über die staubige, hügelige Weite, auf der kein einziger Baum steht, und mein Herz zieht sich zusammen. Ich kann mich an diese Welt davor nicht erinnern, und trotzdem vermisse ich sie so sehr, dass es wehtut.

Hier und da sehe ich die eingesunkenen Gestalten von Menschen, die mit Harken die Erde auflockern oder Sonnen- und Verdunstungsschutz über den empfindlicheren Pflanzen anbringen. Eines unserer Probleme ist, dass Feuchtigkeit so schnell wieder verdunstet. Eine Hauptaufgabe ist es deshalb, Wasser möglichst effizient zu den Wurzeln der Pflanzen zu bekommen. Was hier einmal verdunstet, kommt eigentlich fast nie wieder als Regen zurück. Wir müssen mit dem klarkommen, was uns von Norden als Wasser geschickt wird. Und viel ist das nicht.

Solange ich kein Projekt habe, werde ich wohl wieder hier zur Arbeit müssen. Ich kriege schon beim Gedanken daran einen staubigen Mund. Schade, dass sich keiner für Geschichten interessiert. Ich würde gerne eine schreiben. Über Tage auf dem Feld, einen Jungen im Kampf mit dem Staub, der sich auf alles legt, nach und nach in alle Körperöffnungen des Jungen kriecht, ja, eines Tages merkt der Junge sogar, dass der Staub ihm in die Poren seiner Haut dringt. Zuerst versucht er noch, sich dagegen zu wehren, aber nach und nach gewöhnt er sich daran, ja, er beginnt, es sogar zu genießen. Der Staub wird sein Freund, er redet zu ihm, wenn er durch die ausgemergelten Pflanzen streift und ihnen tröpfchenweise Wasser gibt, die Erde um ihre Wurzeln erst auflockert und dann mit einem Schutz bedeckt. Seine Liebe zum Staub wird immer größer, und eines Tages, als die Sonne am höchsten steht und die Luft in ihrer Hitze flirrt, kommt eine starke Windböe und der Junge wird erfasst, zerfällt Stück für Stück zu Staub und lässt sich vom Wind davontragen, in jedem Körnchen ein Lächeln.

Könnte man Projekte für Gedichte und Geschichten anmelden, ich könnte den Score schaffen. Na ja. Vielleicht. Jedenfalls hätte ich wirklich etwas zu geben, bis meine Zeit im New Future Projekt abgelaufen ist.

So bleibt mir die Arbeit auf dem Feld. Und wer weiß. Vielleicht werde ich mich irgendwann auflösen, so wie der Junge in meiner Geschichte, die ich nie schreiben werde.

Die Schachtel liegt kantig und sperrig in meiner Tasche. Ich halte sie mit meiner Hand fest. Sie muss sehr wichtig sein, sonst hätte Hannah sie mir nicht mitgegeben und so eindringlich auf mich eingeredet. Was soll ich nur sagen, wenn ich ihr gegenüberstehe? Vielleicht stecke ich ihr auch einfach nur die Schachtel durch eine der Ritzen in der Hütte? Ich weiß nicht, ob ich das aushalte, ihr gegenüberzustehen und zu sagen: »Du hast dich in mir getäuscht. Du musst jemand anderen finden.«

Der Zug wird langsamer, wir kommen zur Endhaltestelle, kurz hinter SanClar, von hier ist es nicht mehr weit zum Andreasgraben. Und zur Siedlung der Unsorted.

»Bitte, Junge, hast du was, irgendwas?«, flüstert ein älterer Mann, der am Gleis steht, heiser und hält die Hände vor mir auf, noch bevor ich aus dem Zug raus bin. Er trägt nur noch Lumpen am Körper, Haar und Bart sind verfilzt, ich kann die Flöhe darin sehen und versuche, ein Würgen zu unterdrücken. Ich krame in meinen Taschen und hole das Tütchen mit Erdnüssen raus, die eigentlich mein Abendessen sein sollten. Ich drücke sie ihm in die Hand und gehe schnell weiter, um nicht sehen zu müssen, wie er reagiert. Bestimmt weint er und würde sich bedanken wollen. Für eine Handvoll Erdnüsse. Oder er stopft sie sich gerade in den Mund, hastig und gierig wie das verhungernde Tier, zu dem ihn diese Welt gemacht hat. Ich kann es einfach nicht ertragen, das zu sehen.

Ich komme durch eine ruhige Seitenstraße und nutze die Gelegenheit, die Worte einmal probehalber auszusprechen: »Du hast dich in mir getäuscht. Du musst jemand anderen finden.«

Es hört sich ausgesprochen noch viel brutaler an und ich muss schlucken. Ein trockenes, würgendes Schlucken. Mein Mund schmerzt noch immer von Boris' Schlag. Hannah war so nett zu mir. Ich enttäusche sie nur ungern, und doch bleibt mir nichts weiter übrig. Was soll eine wandelnde Enttäuschung anderes tun, als andere zu enttäuschen?

Die Siedlung endet, die meisten Häuser sind nichts als unbewohnte Ruinen, Fenster und Türen schon lange fort, der Putz abgeschlagen und grau. Es gibt hier nur ein paar Menschen, die den Farmbetrieb organisieren. Wer es noch zu etwas bringen will, der lebt in Old LA, in den Compounds. Oder ist in einem Raumschiff auf dem Weg zur GammaErde.

Nun ist es nicht mehr weit bis zum Jumpin' Jack Flash Point. Und zum Haus von Hannah. Ich befingere die Schachtel, die harten Ecken, deren Pappe schon leicht zerfasert, die feinen Hubbel der Schrift.

Ein bisschen schade ist es schon, dass ich doch nicht hier herauskomme. Ja, ich gebe zu, ich habe ein paar Momente damit geflirtet, auf die Reise zu gehen und Maggie zu ihrem Vater oder wohin auch immer zu bringen. Das Ticket hier raus. Das, worauf ich immer gewartet habe. Eigentlich muss ich Boris fast dankbar sein, dass er mir eins auf die Fresse gegeben hat. Jetzt sehe ich die Dinge wenigstens klar. »Du solltest einfach nicht so viel träumen, Dorian«, murmele ich. Eine vage Erinnerung kommt hoch, irgendwer hat das mal zu mir gesagt, früher, und wahrscheinlich hatte dieser Mensch recht. Immer ist mein Kopf irgendwo, nur nicht im Hier und Jetzt, bei den Problemen, die ich lösen müsste.

Ein schriller Alarm brüllt mir entgegen: »WARNING! WARNING!« Ich taumele ein paar Schritte zurück und falle rückwärts auf den staubigen Trampelpfad. Ich bin zu nah an die Transporttrasse gekommen, die Richtung Norden führt und an der ich mich grob orientiere, um zur Hütte von Hannah und Maggie zu kommen. Näher als fünf Meter darf man nicht heran. Sonst kommen per Distancer Elektroschocks. Immerhin gibt es ein Warning Alert vorher. Dann hat man 30 Sekunden, um sich aus der Contact Zone zu entfernen. Von so einem Elektroschock stirbt man nicht, aber es tut ziemlich weh und man erholt sich nur langsam.

Auf der Transporttrasse werden Nahrungsblocks und irgendwelche Spenden angeliefert – abgelegte Kleider und alte Elektrogeräte der 1 Milliarde. Und es gibt Gerüchte, dass auf dem Weg zurück alles transportiert wird, was man von hier in New Valley und den anderen Orten gebrauchen kann. Was das genau ist, weiß allerdings keiner. Vermutlich Bodenschätze. Sicher auch einiges, was aus den Wastelands weiter südlich kommt. DeadAmazon, zum Beispiel. Dort gibt es Seltene Erden. Es wird gemunkelt, dass es tiefer in den Grenzländern, in den Wastelands, Produktionsstätten für Bauteile und andere Materialien gibt. Aber was stimmt, weiß niemand.

Bevor die Distancer installiert wurden, haben ziemlich viele versucht, mit den Transporten in den Norden zu kommen, in die Gebiete der 1 Milliarde. Keine Ahnung, ob es jemand geschafft hat. Jedenfalls hat man sich einiges einfallen lassen, um uns hier unten zu halten. Distancer, Freezing Tunnels, wo die Hülle des Transporters schockgefrostet wird, damit blinde Passagiere abgetötet werden, solche Sachen. Irgendwer versucht es bestimmt trotzdem.

Ob Hannah vorhat, Maggie mit einem Transport herauszubekommen? Vermutlich enthält der Brief in der Box entsprechende Anweisungen. Keine Ahnung, welche Wege es sonst gibt. Es sind ja sogar Landkarten und Navigationssysteme verboten und der Zugang zum Meer ist gesperrt.

Ich habe keine Ahnung, wie Hannah sich das eigentlich gedacht hat. Aber es ist ja auch egal. Ich würde Maggie nur den Tod bringen, da ist es besser, sie bleibt hier.

Die Sonne steht schon schräg am Himmel, als ich vor der Bretterbude stehe. Sie sieht noch kleiner und schäbiger aus, als ich sie in Erinnerung hatte. Der Geruch des Andreasgrabens liegt hier auf allem wie eine schwere, stickige Decke, das ist mir beim letzten Mal gar nicht aufgefallen. Schweflig, metallisch und heiß riecht es.

Seltsam, es ist still hier. So still, dass es sich komisch anfühlt. Ich nehme all meinen Mut zusammen und klopfe. »Hannah?«, sage ich, denn ich weiß, dass man mich durch die Bretter hören kann. Und dass ein Klopfen in dieser Gegend nicht gerade was Gutes heißen muss. »Hannah, hier ist Dorian. Ich …« Ja, was?, denke ich und weiß nicht, was ich weiter sagen soll. In der Hütte bleibt es stumm. Vielleicht sind Hannah und Maggie unterwegs? Aber das kann eigentlich nicht sein. Dafür war Hannah zu schwach. »Hannah«, sage ich noch mal und klopfe wieder.

»HAU AB!«, schreit jetzt jemand von drinnen. »VERPISS DICH!« Maggie. Ganz eindeutig. Ihre Stimme klingt hoch und verzweifelt. Ich drücke die Tür auf, langsam und vorsichtig, als müsste ich zu einem wilden Tier in die Höhle. Und so fühlt es sich auch an. Denn was auch immer hier auf mich wartet, ich kann mir kaum vorstellen, dass es was Gutes ist.

Kaum habe ich einen Fuß hineingesetzt, fliegt mir Maggie entgegen, ihre kleinen Fäuste trommeln auf mich ein. »Ich hab gesagt, du sollst dich verpissen, du Arsch!«, schreit sie und ich sehe, dass ihr Gesicht verschwollen und von Tränen überströmt ist. »HAU ENDLICH AB!«, schreit sie noch einmal. Ich halte ihre kleinen Hände fest und wundere mich, wie stark ich bin, wenn ich es sein will. Sie zappelt und versucht, mich nun zu treten, aber ich halte sie auf Abstand.

»Maggie«, sage ich betont ruhig. »Was ist denn los? Wo ist Hannah?« Sie antwortet nicht, sondern jault auf, als hätte ich sie geschlagen, und da weiß ich, was los ist.

Scheiße, denke ich. Was für eine unfassbare Scheiße, und nehme Maggie in den Arm, die mich sofort weiter haut, aber das ist mir jetzt egal und schließlich lässt sie es auch und weint nur noch, ihr Gesicht verborgen in meiner Jacke.

»Komm«, sage ich. »Lass uns erst mal reingehen.« Auch wenn die Hütte mich echt anekelt, ich brauche den Schutz, den sie bietet. Vielleicht kann ich uns einen

Tee machen, irgendwas, was guttut, und dann überlege ich mir was, damit sich Maggie verabschieden kann, bevor die Bodytransformer kommen. Oder waren sie schon da?

Wir treten ins Dämmerlicht der Hütte und ich sehe Hannah dort liegen, auf ihrem Bett, und es trifft mich wie ein Schlag. Maggie hat auf dem Rahmen lauter Kerzen aufgestellt, der Himmel weiß, wo sie die herhat!

»Maggie«, fange ich an. Und dann sehe ich die Schatten der Leichenflecken am Hals. Ich stürze zum Bett. Hannahs Gesicht ist im Tod noch schmaler und verletzlicher. Ich greife ihren Arm und versuche, ihn zu mir zu ziehen. Er lässt sich kaum bewegen. Blut rauscht mir in den Kopf, mein Herz beginnt, schwer und grob gegen meinen Brustkorb zu hämmern.

»SHIT!«, schreie ich. »MAGGIE! Seit wann ist Hannah tot?!«

Sie heult einfach noch mehr und schmeißt sich auf die tote Hannah, kriecht in ihre Armbeuge und schreit: »Ich geb sie nicht her!«

»Bitte, Maggie! Sag es mir, seit wann?«, frage ich noch mal, während ich hektisch die Kerzen mit den Fingerspitzen ausdrücke. Eine ungemeldete Tote und brennende Kerzen. Was für ein Clusterfuck. Der sichere Weg, um in ein Wasteland deportiert zu werden. Aber vielleicht haben wir Glück. Ich glaube, sechs Stunden sind das Zeitfenster zum Melden. Oder sind es acht? Ich habe keine Ahnung.

»Maggie, bitte«, ich versuche, ganz freundlich und leise zu sprechen. »Wann ist Hannah denn … gegangen?«

Maggie reißt den Kopf hoch und starrt mich an. »Hä? Gegangen? GEGANGEN? Sie ist TOT, du Arsch!«

Ich trete einen Schritt zurück. Noch mehr Prügel würde ich gern vermeiden. »Okayokay. Ja, sie ist tot. Seit wann denn?« Vielleicht haben wir ja noch ein bisschen Zeit, das zu melden. Sonst müssen wir Hannah, so schnell es geht, von hier fortschaffen und die Spuren verwischen, damit keiner weiß, wer sie nicht gemeldet hat. Bei einer Unsorted könnte das sogar klappen.

Maggie heult hell und laut auf. »Gestern. Ich hab draußen Quinoa gesammelt, sie hat mich rausgeschickt, und als ich zurückkam ...« Ihre Worte ersticken.

Gestern. Fuck. 24 Stunden. Oder mehr. FUCK.

»Okay, wir müssen schnell sein«, sage ich noch und dann bricht die Hölle los.

Es beginnt mit einem hellen Surren aus der Ferne. Aber Bodytransformer sind sehr schnell und OrderUnits auch. Wahrscheinlich kommen sie gemeinsam. Es ist eigentlich ein Wunder, dass es so lange gedauert und erst jetzt eine Wächterin die unangemeldete Wärmequelle und die Leichengase detektiert hat.

»Maggie«, ich packe ihre Hand und reiße sie aus dem Bett. »Wir müssen hier weg!«

»ICH BLEIBE HIER!« Sie versucht, sich loszumachen, bohrt ihre Fingernägel in meine Hand, tritt nach mir.

Das Surren ist langsam ein helles Dröhnen geworden, ich kann es schon spüren, als Vibrieren in der Luft.

Diese verdammte Göre! Will sie sterben, oder was?

»Maggie!«, sage ich, aber ich weiß auch, dass es keinen Sinn hat. Sie ist völlig außer sich. Also packe ich sie, so gut es geht, und klemme sie mir unter den Arm.

»OVERDUE BODY DETECTION! UNPERMITTED CARBON EMMISSION! MAJOR CRIME ALERT! CLEAR FIELD! CLEAR FIELD!«, schnarrt eine Notification und gleich darauf reißt eine Explosion das Dach der Hütte weg.

Nun können wir sie sehen. Vier Bodytransformer. Fliegende Leichentransporte, Auto-groß, schwarz, mit vier Tentakelgreifarmen und Scanner-Augen, um tote Körper zu finden und zur Verwertung zu bringen. Tote müssen zügig gemeldet werden, denn sie sind wertvoll. Sie werden irgendwo in ihre chemischen Einzelteile zerlegt. Sie sind vor allem ein begehrter Dünger, es ist ein absolutes Major Crime, sie der Verwertung zu entziehen. Und das haben wir jetzt wohl begangen. FUCK. Die Kamera-Augen haben Maggie und mich registriert. Wir müssen weg. Auf Major Crime steht Arbeitsknast in einem Waste Land.

Ich renne einfach drauflos, was anderes fällt mir nicht ein, und ich glaube, wir haben ein paar Sekunden. Denn die Prio der Bodytransformer ist jetzt vermutlich Hannahs Leiche.

»ILLEGAL HEAT SOURCE DETECTED! MAJOR CRIME ALERT!« Scheiße. Die Kerzen haben sie natürlich auch gefunden. Aber vielleicht beschäftigt sie das etwas. Unsere Chance ist, dass Bodytransformer nicht für Strafverfolgung programmiert sind. Aber die OrderUnits sind bestimmt schon auf dem Weg.

Ich versuche, noch etwas schneller zu rennen, unter meinem Arm die jetzt völlig bewegungslose Maggie. Meine Lunge brennt, mein Atem pumpt schmerzhaft. Es flackert vor meinen Augen. Maggie ist absurd schwer. Ich bleibe kurz stehen und wuchte sie mir auf den Rücken. Noch immer ist sie vollkommen still. Nur ein leichtes Zittern und Schluchzen zeigt, dass sie lebendig ist.

Wenn ich nur ein Ziel hätte. Aber hier ist nur Steppe. Und vor mir der Andreasgraben und der Jumpin' Jack Flash Point. Oder doch die Transporttrasse? Vielleicht muss man die Elektroschocks einfach nur aushalten und weiter hinrennen, bis man bei einem Transporter aufspringen kann?

Ein tiefes Brummen reißt mich aus den Überlegungen. Das ist neu. Das müssen die OrderUnits sein, um uns festzunehmen. Oder gleich zu liquidieren, wenn wir's zu kompliziert machen. Praktischerweise sind die Bodytransformer ja schon da. »Fuck«, keuche ich hervor. Das wird verdammt eng. Vor mir im Staub sehe ich auch schon die Laserpunkte, die uns markieren. »IMMEDIATE STOP! IMMEDIATE STOP!«, tönt der Befehl der OrderUnit hinter uns.

»Nach links!«, schreit Maggie plötzlich und strampelt so, dass ich stolpere und sie loslasse. »Da hin!« Sie zeigt aufgeregt nach links und rennt los. Ich schaue in die Richtung, in die sie zeigt, aber da ist rein gar nichts. Überhaupt gar nichts. Ein paar winzige Felsen, ein paar Büsche. Nichts, was uns helfen könnte.

Aber ich renne hinterher. Es ist ja fast egal. Schnell bin ich wieder neben ihr, sie ist mit ihrem geschienten Bein viel langsamer als ich.

»Einfach weiterlaufen!«, schreit sie. »Genau neben mir!«

»IMMEDIATE STOP! IMMEDIATE STOP! SECOND WARNING!«, schrillt die OrderUnit hinter mir. Nach dem dritten Mal knallt's und wir sind tot. Ich hab das schon mal in Old LA gesehen. OrderUnits fackeln nicht lange. Wir haben vielleicht noch zehn oder zwanzig Sekunden. Und hier ist nichts. Mein ganzer Körper brennt und will sich nur noch hinschmeißen. »Ich kann nicht mehr«, will ich gerade sagen, da falle ich plötzlich. Der Boden ist einfach weg, stattdessen raschelt unter meinen Füßen eine Plane.

Der Aufprall drückt mir sämtliche Luft aus den Lungen und ich schwöre, meine Knochen knacken. Meine Augen brennen fürchterlich, der Boden unter mir ist weich. Loser Sand. »Maggie?!«, schreie ich.

»PSSSSSST!«, herrscht sie mich an und drückt mir einen Stab in die Hand. »Das ist zum Atmen! Und jetzt eingraben!«

Ich habe tausend Fragen, aber ich weiß, wir haben keine Zeit und ihr Plan ist besser als nichts. Hannah, denke ich. Das ist Hannahs Plan. Das war ihr Notausgang. Ich grabe mich ein wie ein Besessener, die Augen fest zusammengepresst und das hohle Rohr im Mund. Es klappt tatsächlich. Ich bekomme einigermaßen Luft. Mein Herz klopft und klopft. Ob die OrderUnit das nicht sofort hört? Ich versuche, mich zu beruhigen. »Das ist deine einzige Chance, Dorian«, sage ich mir immer wieder. Und dann spüre ich im Sand etwas, das nach meiner Hand greift. Maggies Hand. Warm und schwitzig. Sie ist noch so klein und liegt hier neben mir und hat mindestens genauso viel Angst wie ich. Ich drücke sie fest und versuche, alles Vertrauen, alle Ruhe, die ich irgendwie in mir finden kann, in dieses Drücken zu legen. Und so warten wir, regungslos und für den Moment blind und stumm und fast taub, dass die OrderUnit an uns vorbeizieht. Aber wir haben uns, wir haben unsere Hände. Wir werden das schaffen. Ganz bestimmt. Bitte, bitte. Lass es uns schaffen.

Ein tiefes Brummen. Das muss der Flugroboter der OrderUnit sein. Mein Herz beginnt wieder wie wild zu schlagen. Ich sauge Luft durch das Rohr in meinem Mund, aber es scheint mir zu wenig, viel, viel zu wenig. Ob es verstopft ist? Scheiße. Mein Atem wird immer schneller, und mein Kopf weiß, dass das nicht gut ist, ganz und gar nicht gut. Ich muss ruhig bleiben. Ruhigruhigruhig. HAHAHAAA! SEHR LUSTIG, DORIAN! RUHIG BLEIBEN! Während eine verdammte OrderUnit über mir rumschwebt und mich jede Minute entdeckt und packt und in ein Arbeitslager schickt in einer Gegend, in der man eigentlich nicht überleben kann. Obwohl, nach drei ignorierten Warnings halten die sich wahrscheinlich gar nicht damit auf, sondern erledigen uns an Ort und Stelle.

Ich höre das Surren eines Scan-Moduls. Okay. Gleich war's das. Beim Scan werden sie uns unter dem Sand erkennen. Ich würde so gern losheulen, meine Brust platzt fast und schmerzt. Ich versuche, mir noch ein paar schöne Dinge vorzustellen. Was so in meinem Leben Gutes passiert ist – das schöne Licht auf der Fahrt hierher, Hannahs Gesicht, als ich ihr mein Gedicht vorgetragen habe … Das Surren wird lauter und leiser, manchmal höre ich noch Klick-Geräusche, ich kann den Roboter förmlich sehen, wie er den Raum abtastet, seine Tentakelarme griffbereit, das rote Licht des Scanners im Raum umherschwenkend … Mir wird fast schwindelig vor Angst …

»Was Schönes, Dorian, denk an was Schönes«, rede ich mir beruhigend zu. Und mir fällt das rote Eis ein, das ich mal am Strand gegessen hab. Meine Eltern sind da, wir sitzen auf einer Betonmauer am Strand, ich in der Mitte, die Möwen schreien über uns, die Sonne scheint freundlich und warm, das süße Eis tropft auf meine Knie und hinterlässt eine rote Spur. Eine Hand, die durch mein

Haar fährt, zwei Hände, die sich sanft auf meinen Rücken legen, eine von links, eine von rechts, und wir müssen gar nichts sagen, wir schauen aufs Meer, zusammen. Und irgendwann flüstert eine Stimme aus der Ferne »Dorian, ach, mein Dorian«, und jemand küsst sacht mein Haar.

Etwas reißt heftig an mir und ich will schreien vor Angst, aber ich habe ja dieses scheiß Rohr im Mund und über mir ungefähr zwei Zentner Sand. NEIN! ICH WILL NICHT STERBEN! ICH WILL IN KEIN ARBEITSLAGER!

»Mann, Dorian! Jetzt beruhig dich! Sie sind weg!«

Das ist Maggie. Sie hat an mir gezogen. Wir haben es geschafft. Warum haben wir es geschafft?

Ich wühle mich mühselig aus dem Sand hervor. Er ist merkwürdig feucht und unangenehm schwer. Die Körner kleben überall an mir, ich huste und spucke, aber irgendwann geht's.

»Wieso sind sie weg?«, bringe ich schließlich hervor.

»Soll ich sie zurückrufen, oder was?«

»NEIN! Ich mein ja nur, die hätten uns doch finden müssen. Mit ihren Scannern und so«, sage ich. »Oder?«, schiebe ich hinterher. Denn genau genommen weiß ich ziemlich wenig Konkretes über die OrderUnits. Ich bin einfach davon ausgegangen, dass sie quasi alles können.

»Ja, hätten sie.« Sagt Maggie lässig. »Aber das hier ist Knochenmehl, gemischt mit magnetisiertem Eisenstaub. Das stört die Sensoren für Menschen.«

Ein Schauer überfährt mich. »Das. Ist. Was?!«

»Knochenmehl«, sagt Maggie noch mal und klopft sich das Zeug aus den Haaren. Ich habe mich also nicht verhört. »Das hier war mal ein Düngerlager. Dann ist es irgendwie umgekippt oder marode geworden, keine Ahnung, und sie haben den Rest hiergelassen. Hannah hat es mir gezeigt und erklärt, was ich im Notfall machen muss.«

Sie redet erst ganz cool daher. Und dann schaut sie mich an und irgendwas in ihren Augen bricht.

»Dorian«, sagt sie. »Dorian ... Hannah ... sie ist ...«, und dann kann sie nicht mehr weiter und ich bringe den Satz für sie zu Ende.

»Ja, sie ist nicht mehr da, Maggie. Es tut mir so leid.«

Ich nehme sie noch mal in den Arm, halte sie, während sie mir in den Jackenärmel heult, und überlege währenddessen fieberhaft, wie es jetzt weitergeht für uns. Ich weiß nicht, wie diese Dinge laufen, es ist ja nicht so, dass uns hier jemand erklärt, wie die OrderUnits genau arbeiten. Aber ich kann mir nicht wirklich vorstellen, dass sie so schnell aufhören, nach uns zu suchen.

Ich fasse mir in den Nacken, wo irgendwo mein Score-Chip sitzt, auf dem all meine relevanten Aktivitäten getrackt werden. Ob sie wissen, dass ich das bin, der vor einer OrderUnit geflohen ist? Können sie meinen Standort tracken? Oder könnte ich wieder zurück? Könnte ich Maggie irgendwie mit in den Compound schmuggeln oder sie registrieren? Ist das überhaupt vorgesehen, neue Leute zu registrieren? Ich habe noch nie davon gehört. Als der System-Change durchgeführt wurde und wir alle registriert wurden für den Score, da war ich erst fünf. Aber sie unentdeckt im Compound wohnen zu lassen, ich glaube nicht, dass das geht. Abgesehen davon, dass Boris uns sofort verpfeifen würde.

»Wir müssen los«, reißt mich Maggie aus meinen Gedanken und schnäuzt sich einmal kräftig in ihren Ärmel. »Hannah hat gesagt, wenn die OrderUnits nicht gefunden haben, wen sie suchen – dann suchen sie einfach alles noch mal ab.«

»Dann kommen sie also wieder«, wiederhole ich, als müsste ich es erst mal kapieren, und irgendwie ist es auch so. Ich komme mir vor, als stünde ich neben mir und das alles hier wäre nur ein Film.

»Zurück können wir nicht?«

Maggie schüttelt den Kopf. »Sie wissen ziemlich sicher, wer du bist – und ich habe hier sowieso nichts mehr verloren.« Maggie zuckt die Schultern. »Old LA ist für uns erledigt.« Sie sagt das so leichthin, als würde sie mir mitteilen, dass es heute leider keinen Nachtisch gibt.

Sie fasst sich an ihren Bauch. »Hast du auch so Hunger? Ich habe schrecklichen Hunger.« Ohne meine Antwort abzuwarten, klopft sie noch etwas Sand aus ihrer Beinschiene und rutscht den Haufen Knochenmehl runter, in dem wir uns vergraben hatten. »Komm, hilf mir mal«, ruft sie zu mir rauf, während ich noch versuche, damit klarzukommen, dass es das jetzt war mit Old LA. Kurz will ich mich aufregen, will schreien und heulen. Und dann, PUFF, löst sich irgendwas in mir auf. Und ich denke nur, ja, Old LA ist für mich erledigt. Ein für alle Mal. Und es fühlt sich erstaunlich gut an, keinen Weg zurück mehr zu haben.

»Warte, ich komme.« Ich rutsche Maggie hinterher hinunter und versuche, nicht daran zu denken, wie viele Knochen von wie vielen Menschen das wohl sind, die sich hier auftürmen. Und dass Hannahs Körper bald ganz genauso aufgelöst werden wird.

Maggie macht sich am Fuß des Hügels zu schaffen. »Zieh mal mit«, sagt sie und ich sehe, dass da ein Griff herausragt von etwas, das darunter eingegraben ist. Gemeinsam ziehen und reißen wir, und schließlich holen wir eine verbeulte, angerostete Eisenkiste heraus. Leider rutscht auch der halbe Hügel ab und wir sitzen für ein paar Momente in einer Wolke aus Knochenstaub.

Ich huste und klopfe auf die Kiste: »Proviant?«

Maggie nickt. »Eine komplette Ausstattung.«

Sie dreht an dem Zahlenschloss, das die Kiste verschließt, und klappt den Deckel auf. Darin liegen zwei Rucksäcke, prall gepackt. Und obendrauf liegt etwas, das ich nicht gleich erkenne, und dann kann ich es nicht glauben, aber es ist wahr: eine Landkarte. Ich muss mal als Kind eine gesehen haben, denn irgendwie erkenne ich sie. Ich nehme sie hoch, falte sie auseinander und betrachte staunend die vielen Linien und Flächen, grüne und hellgraue und eine große blaue, die die ganze linke Seite einnimmt. Das Meer. Das ist bestimmt das Meer.

»Kannst du sie lesen?«, stammele ich.

»Natürlich«, nuschelt Maggie hervor, sie kaut auf einem Nahrungsblock herum, den sie aus dem Rucksack gezerrt hat. »Willst du auch mal?« Sie hält mir das stinkende Ding hin.

»Ne, lass mal«, sage ich und ziehe den größeren der Rucksäcke zu mir. Der kleinere ist pink und hat Hasenohren an die Deckelklappe genäht und dazwischen steht *Maggie*. Der I-Punkt ist ein Herz. Fast muss ich heulen, als ich das sehe.

Ich will die Deckelklappe von meinem Rucksack aufmachen und reinschauen, aber Maggie schüttelt unwirsch den Kopf und schultert ihren Rucksack. »Wir haben nicht viel Zeit, bis die OrderUnits zurück sind, hat Hannah gesagt. Wir müssen los.«

Ich nicke und eigentlich ist es ja auch egal. Wir haben,

was wir haben. Und wie weit wir damit kommen, werden wir dann sehen. Eine Welle von dunkler Angst schlägt über mir zusammen. Ich weiß nichts von der Welt. Wohin sollen wir überhaupt?

Maggie schnappt sich die Karte und setzt erst sich und dann mir die zwei Hüte auf, die noch in der Kiste liegen. Zum Schluss drückt sie mir noch ein Paar dünner Handschuhe in die Hand. »Sonnenschutz«, sagt sie und macht ein so ernstes Gesicht, dass es eigentlich schon wieder komisch ist. »Superwichtig. Müssen wir auf der Reise dabeihaben.«

»Wo sollen wir denn jetzt hin?«

Maggie zeigt in die Schatten und ich kann erahnen, dass es da weitergeht. »Darüber geht's zur Kanal-Röhre des Santa Clarita River. Und der führt bis zum Meer.« Sie grinst triumphierend. Nur ihre geschwollenen Augen erinnern noch daran, dass sie vor ein paar Minuten Rotz und Wasser geheult hat.

Und dann dreht sie sich um und geht einfach los.

»Zum Meer?«, rufe ich. »Was machen wir am Meer? Es ist doch verboten, zum Meer zu gehen!« Ich stolpere hinter Maggie her, die unbeirrt weiterstapft und sich den restlichen Nahrungsblock in den Mund stopft. »Na ja, jetzt ist es doch auch egal«, sagt sie mit vollem Mund. »Oder?«

Und da hat sie vermutlich recht.

»Hilf mal mit«, raunzt sie, als wir vor dem Eingang zum Tunnel stehen. Sie zerrt an einer Art Wand-Attrappe.

Es ist eine ziemlich geschickte Konstruktion, deren eine Seite mit zusammengeknülltem grauen Plastik beklebt ist und ein bisschen aussieht, als sei sie aus Stein. »Ihr habt wirklich an alles gedacht, oder?«, frage ich.

Maggie zuckt mit den Schultern. »Keine Ahnung, ob das klappt. Weiß ja keiner so genau, was die OrderUnits können.«

Wir ziehen die Barrikade vor den Durchgang und es wird dunkel um uns. »Moment«, murmelt Maggie und dann flackert eine kleine Laterne auf. Es ist ein schwächliches Licht, gelb und blass zeichnet es mehr Schatten an die Wände, als dass es den engen Gang vor uns erhellt.

»Na, dann los«, sage ich und klopfe Maggie aufmunternd auf die Schulter. »Auf zum Meer.«

Dafür, dass sie diese komische Schiene an ihrem Bein trägt, ist Maggie ziemlich schnell. Oder ich bin ziemlich unfit, keine Ahnung.

In der Röhre fließt ein feines Rinnsal, das, was vom Fluss noch übrig ist. Die Röhren waren eins der Schutzprojekte, bevor der Systemwechsel kam. Die Idee war, die Flüsse mit den Röhren vor der Verdunstung zu schützen und das Wasser gezielt dorthin zu leiten, wo es gebraucht wird. Hat uns halt auch nicht so richtig geholfen. Soweit ich weiß, hat es vor allem das Artensterben noch einmal so richtig angeheizt.

Die Luft hier drinnen ist angenehm kühl und feucht. Ich habe schon lange nicht mehr so etwas gefühlt. Hier und da ist die Decke eingebrochen und ein wenig spätes Licht fällt hinunter zu uns, zum Wasser. An jeder dieser Stellen wachsen Pflanzen, sogar kleine Bäume, in der wenigen Erde, die hinabgefallen ist.

*Grüne Inseln im ewigen Staub,
ein Aufatmen der Welt in der steigenden Glut.
Und ist das Hoffnung, was ich fühle?*

Ich atme tief ein. Vage Erinnerungen. Meine Füße, die in kaltem Wasser baumeln, die Sonne zeichnet ein tanzendes Netz aus Licht darauf. Warmer Regen, der auf mich niedergeht, wie ein Schauer sanfter Küsse. Eine Hand, die die meine fasst, und jemand sagt: »Komm, mein Dorian, Zeit, nach Hause zu gehen.«
Ich betrachte das Licht, das mit jedem Schritt weniger wird, goldener, wärmer, bald wird die Nacht kommen.
»Weißt du, wie weit es ungefähr ist?«
Maggie zuckt die Schultern. »Zehn Stunden ungefähr.«
»Ah, okay«, sage ich und denke: Scheiße.
Und so stapfen wir durch die immer dunkler werdende Röhre in Richtung Meer, die Schuhe sind schon lange durchnässt und ich bin so viel Bewegung einfach nicht gewöhnt. Der Wind pfeift in die Bruchkanten in der Decke und erzeugt ein pfeifendes Geräusch. Und da muss ich an ein Lied denken, das wir im Compound immer wieder gehört haben. Es beginnt mit einem hohen, schiefen Summen, so, wie der Wind gerade klingt. Und im Refrain singt ein Mann immer wieder: *Where is my mind?* Und ja, das frage ich mich auch gerade. Denn ich weiß, dass ich hier bin. Ich spüre das Wasser an meinen Beinen hochspritzen, die Schmerzen in meinen Muskeln, ich höre meinen keuchenden Atem und ich rieche die Feuchtigkeit und die sprießenden Pflanzen in der Luft. Aber es kommt mir so unendlich unwirklich vor.

Mein Kopf tanzt über dem hier,
verknotet im Gestern,
In dem, was war,
was mich nicht hielt und niemals freute
Und doch, hier zu sein,
where is my mind

Zum Glück leuchten die Sterne am Himmel, und so können wir nach einem langen, mühseligen Marsch durchs Dunkle sehen, dass die Röhre vor uns bald zu Ende ist. Es müsste bald die Sonne aufgehen, aber das tut sie in unserem Rücken, hinter den San Gabriel Mountains. Ich bin hundemüde und brauche einen Moment, um zu checken, dass wir wirklich am Ziel sind. Am Ende unserer Wanderung. Oder am Anfang. Denn irgendwie muss es ja von hier aus weitergehen.

Ein seltsames Geräusch dringt zu mir, und ich brauche einen Moment, bis ich verstehe, dass es das Meer ist, das vor uns, am Ende der Röhre rauscht.

Maggie und ich stehen für ein paar Momente still nebeneinander und schauen in die endende Nacht.

»Und jetzt?«, flüstere ich schließlich und scanne den Himmel nach Wächterinnen oder etwas ab. Es scheint mir ein bisschen zu einfach zu sein, dass wir jetzt schon hier sind. »Ist hier keine Bewachung?«

»Hannah sagt, sie haben die eingemauerten Flüsse einfach vergessen. Aber auf dem Meer gibt es sicher hier und da Suchtrupps.«

Und nicht zu vergessen die Wächterinnen, die in einer für uns unergründlichen Logik Tag und Nacht über uns alle hinwegfliegen, immer auf der Suche nach Abweichungen, immer auf der Suche nach Vergehen.

»Wächterinnen?«, frage ich.

Maggie schüttelt den Kopf. »Hinter den Grenzen gibt es nur wenig Überwachung. Vermutlich hat mal irgendjemand von diesen MegaGood-Leuten ausgerechnet, dass sich das nicht lohnt. Denn kaum einer schafft es aufs Meer.« Und die, die es schaffen, werden ziemlich sicher auf dem Weg in Richtung Norden sterben, denke ich Maggies Satz zu Ende.

Ich krieche auf allen vieren zum Rand der Röhre. Ich kann in der Dunkelheit das Wasser nur erahnen. Es muss ein paar Meter unter uns sein.

»Unten ist eine Art Boot versteckt«, sagt Maggie. »Oder Fließ, oder so ähnlich.«

»Fließ?«, frage ich.

»Na ja, ein Boot, nur einfacher.«

»Floß?«

»Ja, kann sein.«

Ich schaue mich um, kann aber weder Leiter noch Seil entdecken. »Und wie kommen wir dann da runter?«, frage ich.

»Springen«, antwortet Maggie.

»Springen?«

»Ja«, sagt Maggie, zieht die Gurte an ihrem Rucksack fest und dann verschwindet sie in der Tiefe. Einen Moment lang kann ich die pinkfarbenen Ohren an ihrem Rucksack flattern sehen wie winzige, unfähige Flügel. Mein Herz bleibt stehen. Ich lege mich flach auf den Boden der Röhre und hänge meinen Kopf über den Rand. Ich kann Platschen und Prusten hören. »Maggie, alles klar bei dir?« Ich flüstere, so laut ich kann.

»Mann, jetzt spring endlich«, ruft sie hoch.

Ich bin noch nie irgendwo runtergesprungen. Jedenfalls kann ich mich beim besten Willen nicht daran erinnern. Und ich finde das auch sehr vernünftig. Denn warum zur Hölle sollte man das tun? Außer man will sterben.

»Jetzt scheiß dir mal nicht ins Hemd, Dorian«, flüstere ich mir selbst zu. Und dann springe ich.

Das Wasser dringt mir in Mund und Nase und Ohren, und für ein paar Momente verliere ich vollkommen die Orientierung. Aber mein Rucksack zieht mich nach oben, fast wie eine Schwimmweste. Und das ist gut. Denn besonders gut schwimmen kann ich nicht. Ich muss es als Kind mal gelernt haben, aber das ist ewig her. Ich blicke mich um, und schließlich entdecke ich einen Schatten unter der Röhre. Maggie. Hoffentlich.

Ich paddele zu ihr.

»Ich glaube, es ist noch in einem ganz guten Zustand«, sagt sie und dann sehe ich das Gebilde neben ihr. Das Boot besteht aus zusammengebundenen Paletten – und einer Schicht zusammengebundener Palmwedel. Wenn wir die über uns ziehen, sehen wir aus wie ein Haufen Treibgut.

»Okay«, antworte ich und versuche, das Salzwasser aus Nase und Mund zu bekommen. Aber egal, wie viel ich schnäuze und spucke, es hängt einfach überall. »Dann lass uns das Ding mal aufs Wasser ziehen und schauen, ob es schwimmt.« Was wir machen, falls es nicht schwimmt, darüber denke ich jetzt lieber nicht nach.

Ich greife das flache Gestell und ziehe es zu mir ins Wasser, Maggie schiebt von der anderen Seite. Und es schwimmt tatsächlich.

Selbst als Maggie und ich beide raufklettern, schwankt es nur etwas und bleibt sonst ruhig. Zum Glück ist es fast windstill heute.

Wir legen uns bäuchlings auf die Platte und paddeln, so gut es geht, mit den Händen hinaus in Richtung Meer. Je weiter wir hinauskommen, desto mehr müssen wir gegen die Wellen und die Strömung ankämpfen. Salzwasser spritzt mir in die Augen, was höllisch brennt.

»In deinem Rucksack müsste der Motor sein«, sagt Maggie, und tatsächlich finde ich einen kleinen Motor mit einem Propeller und Solarzelle, der an der Rückwand des Rucksacks steckt. »Deshalb war das so ein Geschleppe«, sage ich.

»Quatsch, der ist doch voll leicht! Aus Karbon oder so. Mama hat dafür einige Behandlungen gemacht bei so Leuten aus der Organisation. Du weißt schon, die hier unten für Ordnung sorgen sollen.«

»Was denn für Behandlungen?«, frage ich und bereue es gleich wieder.

»So Krankheiten, die man von Sex bekommt«, sagt Maggie. »Damit sind sie zu Hannah gekommen und haben gut bezahlt.« Stille senkt sich auf das Floß. Hannahs Tod hat sich zu uns gesellt und nimmt uns fast die Luft zum Atmen.

»Ich vermisse sie so, Dorian«, sagt Maggie schließlich und schluchzt auf.

»Ich weiß«, antworte ich und streichle ihr den Rücken und die Haare. »Ich weiß.« Sonst fällt mir nichts ein, was ich sagen soll, und schließlich verebben die Schluchzer.

»Na ja, jetzt also immer die Küste hoch«, murmele ich schließlich. »Kann ja nicht so schwer sein.« Ich halte den Motor ins Wasser. Er funktioniert, doch leider finde ich nichts, woran ich ihn befestigen kann. Also werde ich ihn festhalten müssen.

Maggie zieht die Karte noch einmal hervor. »Wir sind hier«, sagt sie und tippt auf einen eingekringelten Fleck darauf. »Und wir müssen nach hier«, ihr Finger fährt eine ziemlich lange Strecke nach oben und bleibt auf einem Punkt ruhen, wo die blaue Farbe des Meeres weit in das Grau und Grün, das für Land steht, hineingeht. *San Francisco* steht neben einem dicken Punkt.

»San Francisco? Das gibt es doch gar nicht mehr«, sage ich.

»Keine Ahnung«, sagt Maggie und gähnt. »Irgendwas gibt es wohl schon da. Hannah hat gesagt, dort müssen wir hin.«

»Okay, hast du noch irgendwelche Details?« Ich weiß, für ein Kind macht sie das echt gut, aber insgesamt fühle ich mich wirklich schlecht vorbereitet für eine so halsbrecherische Reise ins Nirgendwo.

»Hannah hat mir nur erklärt, da gibt es ein Camp. So jemanden, der Leuten hilft, die wegmüssen. Von der 1 Milliarde weg, oder aus Old LA, irgendwie so.« Sie gähnt herzhaft und reckt sich. »Ach, Dorian, ich bin so müde.«

»Okay, ich pass auf«, sage ich. Was soll ich sonst sagen? »Dann schlaf mal.«

Maggie murmelt nur ein vages »Hmmmmmm«. Sie hat sich neben mir zusammengerollt, wie ich verborgen unter den Palmwedeln, die Kleider nass, das Gesicht kreidig und erschöpft vom Weinen. Und innerhalb von Sekunden ist sie eingeschlafen.

Ich schaue der Sonne zu, wie sie langsam über uns aufgeht. Wie Gold ergießt sie sich über das Wasser, unser winziges Boot, ihre Strahlen bohren sich hier und da durch die Palmwedel bis zu mir hindurch. Ich kann ihre Wärme spüren, die bald zu einer extremen Hitze werden wird.

Ich schaue zur Küste, die karg und rau an uns vorübergleitet. Verbrannte Baumreste ragen in den Himmel, eine Böe treibt eine Staubwolke vor sich her, wirbelt sie durcheinander, sodass sie als Säule hinaufsteigt, bis sie wieder in sich zusammenfällt und der Wind den Staub auseinandertreibt, bis nichts mehr von ihm bleibt als ein feiner Schleier, der die Sicht trübt.

»Kann ja wirklich nicht so schwer sein«, seufze ich und greife den Motor noch ein bisschen fester.

8

JENNA

Das Zwitschern des RiseAlarms weckt mich, die Jalousien gehen hoch und Sonnenlicht bescheint mein Gesicht. Mein Kopf brummt, ich hatte schon gehört, dass man sich von Alkohol so fühlt. Vielleicht dauert es auch deshalb, bis mir die Sache mit der Kuh wieder einfällt.

Und plötzlich wird mir klar, was ich nicht berechnet habe. Es könnte sein, dass ich überwacht werde. Oder? Also, überwacht ist so ein negatives Wort. Aber es würde ja Sinn machen, alle zu kontrollieren, die neu hierherkommen. Um zu überprüfen, ob sie wirklich hierher passen. Um sicherzugehen, dass sich keine Kriminellen einschleichen. Oder, ich weiß nicht. Mein Herz fängt in meiner Brust zu hämmern an. POWPOWPOW. Warum habe ich daran nicht gedacht?!

Okay. Aber jetzt ist es passiert. Die Frage ist, was hätte jemand bei einer Überwachung gesehen? Ich atme tief ein und schließe die Augen. Was genau ist gestern passiert? Ich gehe die Situationen in meinem Kopf durch.

Situation im Bad: Ich ziehe die Nadeln aus meiner Frisur. Irgendetwas fällt ins Waschbecken. Ich schaue mir an, was in meinem Haar steckt. Laufe ein bisschen kopflos herum.

Was habe ich dann gemacht? Mir die BrainDots aufgesetzt. Nichts gemacht. Sie wieder abgesetzt. In meinem Schrank rumgekramt. Ins Bett gegangen.

Okay. Wenn es eine automatisierte Überwachung ist, irgendeine KI, die die Videoaufnahmen nach Unregelmäßigkeiten im menschlichen Verhalten analysiert, dann müsste das eigentlich unbemerkt durchgehen. Es wirkt wahrscheinlich ein wenig erratisch, das Verhalten. Aber ich bin eine NewEntry mit Schlafmangel und zu viel Stress im Anpassungsprozess. Da kann es schon mal passieren, dass jemand etwas wirr handelt. Absolut im Toleranzbereich.

Wenn aber ein Mensch das Video anschaut, dann könnte es schwierig werden.

Aber wer auch immer es sehen würde, es fehlt ein entscheidendes Puzzlestück. Dass der Mann mir etwas zugeflüstert hat.

Falls jemand also zugesehen hat, wie ich etwas in meinem Haar gefunden habe und dann etwas hektisch rumgelaufen bin: halb so schlimm. Ich kann immer noch sagen, dass ich mich einfach gewundert habe, als ich das Ding in meinen Haaren gefunden habe – und mich dann entschlossen habe, es einfach nicht so ernst zu nehmen. Das wäre absolut glaubhaft. In Stresssituationen neigen Menschen dazu, Problematisches auszublenden, um sich nicht weiter zu überlasten. Total okay. Das ist absolut erklärbar.

Nur die Mini-Kuh, die muss ich loswerden. Wer weiß, was das für ein Ding ist. Vielleicht sendet es sogar irgendwelche Signale aus. Und wenn das jemand bei mir entdeckt, dann verliere ich am Ende wirklich die Kontrolle über meine Situation.

Ich ziehe mich so schnell wie möglich an, es ist Zeit, zur Arbeit zu kommen. Ich muss pünktlich sein, ich will nicht mehr Aufmerksamkeit als nötig erregen. Und ich will zeigen, was ich draufhabe. Ich will nicht bei diesem seltsamen Kampagnen-Team versauern. Ich will programmieren. Ich will zu EQUILON.

Bevor ich in die Hyperloop-Station hinabgehe, von wo mich der Train zum Office von VERO bringen wird, halte ich an einer dieser wunderschönen Baumpflanzungen. Der Baum ist jung und kräftig und seine Blüten duften auch jetzt am Morgen wunderbar. Ein Vibrieren auf meinem Arm. Ich schaue auf mein BraceConnect. Eine Nachricht von Verbl, dem Messenger hier:

Good Morning, Superstar! Wollte nachher über ein paar Entwürfe mit dir sprechen. Magst du Zimtschnecken? Mayling

Mein Herz hüpft. »Siehst du, Jenna, es wird alles gut. Nur noch kurz das Ding loswerden. Und dann legst du los«, sage ich mir.

Ein letzter Blick auf mein BraceConnect. Es ist 8:41 Uhr, um mich herum sind lauter Menschen auf dem Weg zu ihren Companies. Manche gehen in Gruppen, reden miteinander, aber die meisten haben ihre BrainDots an und haben diesen Blick, etwa einen Meter vor sich, dort, wo die BrainDots ihren Content hinprojizieren, was die Außenstehenden nicht sehen können. Keiner nimmt Notiz von mir. Ich bücke mich, als müsste ich mir den Schuh zuknoten. Die Glas-Kuh habe ich in eine leere Kaugummibox getan und drücke sie, so schnell ich kann, in die weiche Erde unter dem Baum. Ich suche mir eine Stelle unter einer großblättrigen Pflanze, dann wird es wirklich keiner entdecken.

Ich stehe auf, streiche mir die Hose glatt und fühle mich gleich viel leichter. Es ist doch alles gut, irgendwie. Denn, hey! Ich bin in New Valley! Gleich gibt es Zimtschnecken und eine Besprechung mit Mayling! »Good Morning, Superstar!«, sage ich zu mir selbst und lächle. Die Sache gestern, die ist einfach Pech gewesen. Nun hole ich mir den Job bei EQUILON. Und jetzt lege ich mir die BrainDots an und freue mich über die Musik. Irgendwas Schnelles mit Gitarre.

I don't know what you're looking for
You haven't found it that's for sure

Singt eine Frau und ich denke mir: Ne, aber bald. Ich bin auf jeden Fall ganz nah dran.

Ich merke gleich, als ich bei VERO reinkomme, dass irgendetwas anders ist. Alle sind seltsam hektisch, diese überirdische Ruhe fehlt, die hier herrschte, diese, ich weiß nicht, Selbstgewissheit. Ich überlege, ob das was mit mir und der Mini-Kuh zu tun haben könnte, aber das ist sehr unwahrscheinlich. Sonst wäre ich gar nicht bis hierher gekommen, eine OrderUnit oder sonst irgendwer hätte mich schon längst eingesammelt. Und hier scheint mich auch keiner zu bemerken.

Es ist keiner in Panik, das nicht. Aber die Gesichter sind ernst, und auch wenn keiner schreit, ist es unruhig, überall gehen Menschen zügig hin und her. Ich gehe in den War Room, in dem mein Team sonst arbeitet, aber da ist keiner. Ich schicke eine Message in den Verbl Teamchat. Es antwortet keiner. Also lasse ich meine Sachen da und gehe durch die Zimmer und Flure. Die Unruhe bleibt. Ich habe das Gefühl, wie eine Unsichtbare durch das Gebäude zu laufen, und fange an, das zu genießen.

Unbeobachtet habe ich mich, ich weiß nicht, vielleicht noch nie in meinem Leben gefühlt. Aber gerade interessiert sich definitiv kein Mensch für mich, so viel ist sicher. Und das beruhigt mich. Die Aufregung hat also nichts damit zu tun, dass jemand was von dem Ding gemerkt hat, das mir der Mann gestern zugesteckt hat. Aber vielleicht hat die Aufregung doch etwas mit ihm zu tun. Dass er einfach nur ein Verwirrter war, das kann ich mir nicht so richtig vorstellen. Eher so etwas wie ein Terrorist. Aber ich kann auch verstehen, dass Cory mir das lieber noch nicht erzählt, falls es hier Terrorismus gibt.

Ich betrachte die Spielgeräte, die hier herumstehen. Da ist zum Beispiel ein HoverPod. Der Info-Screen erklärt, wie man mithilfe eines magnetischen Anzugs und eines Magnetfeldes in einer Art Schwerelosigkeit gehalten wird. Es gibt eines, das heißt Light Ball, bei dem man in einem virtuellen Raum mit leuchtenden Punkten beschossen wird, die man dann mit Händen und Füßen abwehren muss. Wird der Körper getroffen, gibt es Minuspunkte, gelingt die Abwehr, Pluspunkte. Goya aus dem BackEndCoding hält den Rekord mit 23,518 Points. Beliebt sind offensichtlich auch historische Spiele. Es gibt Tischkicker und ein seltsames Spiel, wo zwei Menschen mit riesigen Schaumstoffrollen aufeinander einhauen sollen.

Schließlich begegne ich Arvin aus meinem Team und stelle mich ihm lächelnd in den Weg. So schnell wird mich hier keiner mehr los. Wenn wir Leute aus dem Grenzland etwas können, dann hartnäckig sein.

»Hey, was ist los, wo seid ihr denn alle?«, sage ich so aufgeräumt wie möglich. »Mayling hatte mir noch Zimtschnecken versprochen – und nun ist keiner da.« Ich verziehe mein Gesicht zu einer dramatisch gespielten Schnute.

»Hey …« Er sucht ganz offensichtlich nach meinem Namen, aber er fällt ihm nicht ein. »Du, gerade ist es ganz schlecht«, sagt er und fingert etwas nervös an seinem Ohrring herum. Er blickt sich suchend um, ganz offensichtlich will er sich lieber nicht mit mir unterhalten.

»Ja, ist mir schon aufgefallen, dass was los ist, dah!« Ich grinse und versuche, irgendwie locker zu sein, aber es prallt an ihm ab wie ein Nahrungsblock an einer Hauswand.

»Hey, du bist erst ganz neu hier, du hast die Clearances überhaupt nicht«, raunzt er mir zu, um gleich ein »Sorry, das war ein bisschen unfreundlich. Mein EmotionManagement ist gerade nicht das beste« hinterherzuschieben. Dann rauscht er ab und lässt mich stehen. So ein Mist.

Ich gehe zurück in den War Room und nehme mir eins der Schreib-Pads. Ich mache das Beste draus, dass mich keiner beachtet. Dann arbeite ich mich halt in die Programmiersprachen ein, die hier in New Valley genutzt werden. Jetzt stört mich wenigstens keiner dabei und keiner will meine Meinung zu irgendwelchen Grenzland-Themen.

Erst mal verstehe ich natürlich keine Zeile von dem Code. Aber im Ordner »Being a NewEntry« finde ich irgendwann, ganz tief vergraben, ein Tutorial, wie die wichtigsten drei Sprachen aufgebaut sind. Slyther, Huffle und Griffin heißen sie.

Es dauert ein bisschen, bis ich hinter die Logiken gestiegen bin, aber schließlich erkenne ich, dass sie eigentlich viel einfacher sind als das Java, mit dem wir uns in Old B. rumschlagen. Und für meinen Root-Crawler habe ich Assembly Language lernen müssen, sonst hätte ich die Maschine gar nicht zum Laufen gekriegt. Dagegen sind Slyther, Huffle und Gryffin ein Witz. Was mir seltsam vorkommt. Aber vermutlich ist das die Kunst. Die Dinge sehr einfach zu halten und es läuft trotzdem geil. Wo man erst mal dahinterkommen muss, ist, dass sie manchmal kleine Bilder statt Worte benutzen. Aber wenn man die Systematik erst mal verstanden hat und die Bilder-Codes kennt, dann kann man es vermutlich ziemlich schnell tippen. Denn die Bilder-Codes transportieren offensichtlich komplexere Informationen. Eine ziemlich gute Idee. Denn das ist natürlich ein riesiger Vorteil, der Zeit spart und Komplexität verbirgt.

Diese Sprachen könnte man deshalb in den Grenzländern gar nicht schreiben, unsere Tastaturen geben das gar nicht her. Aber hier kann man sich quasi unendlich viele virtuelle Layers anzeigen lassen, es gibt sogar Querverbindungen, die man in den Bilder-Codes verbergen kann. Wenn man zum Beispiel dem Dachs, der für »search marked Data Area« steht, eine Sonnenbrille aufsetzt und sie entsprechend markiert, kann ein anderes Programm auf denselben Suchprozess zugreifen. Nach einer Weile weiß ich ungefähr, wie das geht. Es ist sehr faszinierend. Und natürlich auch extrem albern. Aber es funktioniert tadellos.

Ich tippe einfach spaßeshalber ein paar Seiten Code im Trainingsprogramm und schreibe mir ein Spiel mit zwei Tennis spielenden Schlangen.

Gerade als ich mir überlege, ob ich den Schlangen noch ein paar Punkte verpassen und Hüte aufsetzen soll, lacht jemand hinter mir kurz auf.

»Was machst du denn da?«

Ich fahre herum. Cory steht hinter mir und mustert mich. Ich werde knallrot. »Ich ... hier war keiner. Und dann dachte ich ... Ich übe mal eure Programmiersprachen ...«

»Das sehe ich!«, sagt er. »Und du bist ja ganz gut vorangekommen. Nicht schlecht, muss ich schon sagen.« Er räuspert sich. »Aber warum tippst du das denn?«

»Ja, wie denn sonst?«

»Na, du musst dir nur die BrainDots aufsetzen.« Er spricht jetzt ganz sanft mit mir. Als wäre ich ein verschrecktes Kätzchen. »Und dann einfach denken, was du coden willst.« Es ist, als hätte jemand das Dach weggerissen und ich würde plötzlich zum ersten Mal die Sterne sehen. Es sprengt schier mein Vorstellungsvermögen, was durch so ein Coding möglich wird. Wie schnell ich sein werde! Gleichzeitig will ich eigentlich nicht zugeben, dass ich mir so was noch nicht mal vorstellen konnte.

»Ah«, sage ich so cool wie möglich. »Ja, das geht vermutlich schneller.« Ich denke kurz nach. »Und deshalb auch die Bilder. Sie lassen sich leichter denken, als immer die Formulierungen in Gedanken durchzugehen. Richtig?«

Er setzt sich neben mich und lächelt mich an. »Ganz genau! Ist es nicht wunderbar? Es ist wirklich ein Quantensprung in unserer Arbeit. Der nächste Schritt wird sein, dass keiner mehr programmiert und wir der entsprechenden KI nur noch sagen, was wir als Ergebnis erwarten.« Er schnalzt mit der Zunge. »Das Programm ist noch nicht ganz ausgereift – aber wir machen schon sehr gute Fortschritte.«

Ich reiße ungläubig die Augen auf. Eine selbst programmierende KI. »Das geht?«

»Klar, warum nicht? Versuche dafür gibt es schon lange, mit unseren Programmiersprachen haben wir wahrscheinlich den endgültigen Durchbruch geschafft«, antwortet Cory und lächelt mich an. »Es tut mir leid, wir vergessen manchmal, wie schwer der Einstieg für die NewEntry hier ist. Wie viele Dinge anders sind, wie ungewohnt unser Lebensstil für euch ist.« Er seufzt. »Es ist einfach schwer, eure Perspektiven einzunehmen.« Er legt mir sacht seine Hand auf die Schulter. Sie fühlt sich warm und angenehm schwer an. »Aber ich glaube, du bist trotzdem auf einem ganz guten Weg, dich hier einzufügen.«

Ich nicke und merke, dass ich gar nicht weiß, was ich dazu sagen soll, auch wenn mir klar ist, dass es als Kompliment gemeint ist. Ich schaue zum Fenster und sehe, dass es schon fast dunkel ist.

»Wollen wir vielleicht was essen gehen?«, frage ich stattdessen und weiß selbst gar nicht, woher ich diese Unverfrorenheit nehme.

»Ja, gern«, sagt Cory und zwinkert. Er bekommt wieder diese Grübchen und mein Herz hüpft einen kleinen Abgrund hinab, bevor ich zurücklächele und sage: »Wie schön.«

Diesmal gehen wir etwas essen, was Kobe-Steak heißt. Es soll irgendwie japanisch sein, also ursprünglich. Was ist eigentlich in Japan zurzeit? Ich glaube, das haben wir nie gelernt in der Future Academy.

»Laborzucht«, sagt Cory und lächelt stolz. »Wir haben es geschafft, Fleisch im Labor zu züchten – ohne Methanausstoß, ohne gequälte Tiere. Eine unserer größten Errungenschaften, wenn du mich fragst.« Vor mir liegt ein dunkler Lappen Fleisch, der blutig und seltsam grob schmeckt und mich ein bisschen ekelt, aber der Reis ist sehr gut und außerdem schmeckt mir das Bier, das es hier gibt, wesentlich besser als Wein oder Champagner. Es erinnert mich an das Kaktus-Gebräu, das mein Opa zu Festtagen gemacht hat. Herb, wässrig und pricklig, aber auf eine gute Weise.

Als wir beim letzten Stückchen Fleisch angekommen sind und der Roboter-Kellner gerade zwei Glückskekse für uns bringt, nehme ich meinen Mut zusammen und frage: »Sag mal, was war heute eigentlich los bei VERO? Warum wart ihr alle so ... aufgescheucht?« Als ich sehe, wie Corys Miene sich verfinstert, bereue ich meine Frage. Was, wenn die Aufregung doch etwas mit gestern Abend zu tun hat?

»Das war eine ernste Angelegenheit heute«, murmelt er und ein kaltes Kribbeln läuft mir über den Rücken.

Ich schüttele mich ein wenig und streiche meine Haare aus dem Nacken. Nervosität breitet sich in mir aus. »Was meinst du damit?«, frage ich und merke, dass ich mich schwer konzentrieren kann. Nicht nur wegen meiner Angst, doch noch entdeckt zu werden, sondern auch, weil er mir meine klaren Gedanken durcheinanderbringt, wenn er so vor mir sitzt. Diese Locken, diese Wimpern. Diese dunklen Augenbrauen, die ich gern einmal berühren würde, weil sie so schwarz und glatt sind, als hätte eine Künstlerin sie ihm dorthin gemalt.

»Diese schöne Welt, die wir hier erschaffen haben, die ruft Leute auf den Plan, die uns das alles neiden.« Cory atmet tief ein. Er schaut mir lange und ernst in die Augen. »Weißt du, Jenna, die Welt ist sehr viel komplizierter, als es für dich den Anschein hat. Und ich möchte gern, dass du deine freie, frohe Sicht auf die Dinge noch eine Weile behältst.« Sein Blick wird weicher. Erleichterung macht sich in mir breit, denn anscheinend weiß keiner, dass ich die Kuh zugesteckt bekommen habe.

Cory hat die goldenen Bündchen seines Sweaters hochgeschoben. Seine Unterarme sind frei, kräftig und fein geformt zugleich. Ich kann der Versuchung nicht widerstehen und lege ihm meine Hand auf den Arm.

»Es tut mir leid, dass es gerade so schwierig für dich ist«, sage ich und wirklich würde ich ihm gern etwas nehmen von seiner Last. Mein BraceConnect brummelt leicht.

Und da lächelt er, ganz fein, streicht mir eine Haarsträhne aus dem Gesicht und sagt: »Danke, Jenna, das ist wirklich süß von dir.« Und in meinem Kopf küsst er mich jetzt, lang und innig, aber stattdessen greift er nach einem Glückskeks und reißt die Verpackung auf.

»Ich liebe Glückskekse«, sagt er und bricht ihn mit einem Knacks auseinander. »Komm, mach deinen auch auf!«, fordert er mich auf und nun leuchtet sein Gesicht wieder mit diesem verschmitzten Lächeln. Ich nicke und breche auch meinen auseinander. »Aber du schaust zuerst rein, okay?«

Er nickt und entrollt den winzigen Zettel feierlich.

»Bleib hungrig und bleib töricht«, liest er mit lauter Stimme vor. »Steve Jobs«, sagt er und nickt stolz. »Gefällt mir. Ich kriege meistens Steve Jobs.« Er schaut mich herausfordernd an. »Jetzt du!«

Ich rolle meinen Zettel auf und bin sehr gespannt, denn ich

habe noch nie in meinem ganzen Leben einen Glückskeks aufgemacht. Wie cool.

Ich versuche, ebenso feierlich vorzulesen wie er: »Die Blumen sind nicht böse. Vanya.«

Ich schaue Cory verdutzt an. Der Name klingt seltsam.

»Ist das auch eine Vordenkerin? Aus dem alten Silicon Valley?«, frage ich, aber ich kann es mir wirklich nicht vorstellen.

Cory schüttelt den Kopf. Sein Gesicht hat sich vor Zorn gerötet. Er schaut sich ärgerlich um. »Was soll denn so was! In einem Glückskeks! Ein Satz der Vanya! Wie, um alles in der Welt, kommt der in einen Glückskeks? Und was für ein absoluter Schwachsinn, so ein Satz! *Die Blumen sind nicht böse.*« Er sagt das in einem Ton, dass ich nicht weiß, ob er mich damit nachäfft oder diejenigen, die diesen Satz geschrieben haben.

»SOLCHE FEHLER!« Nun schreit er plötzlich. Stille überfällt das Lokal. Die drei anderen Tische, an denen zwei Pärchen sitzen und eine Gruppe von vier Frauen, schauen betreten in unsere Richtung. Einen Moment lang scheint alles wie eingefroren. Ich glaube, alle wissen, wer Cory ist. Und alle haben Angst vor ihm.

Cory greift sich seine Bierflasche und schmeißt sie gegen die Wand hinter die Theke. »ES KOTZT MICH AN, DASS GERADE SO WAS PASSIERT! MACHT VERDAMMT NOCH MAL EUREN JOB!«, schreit er.

Ich spüre, wie mein Herz einen Schlag aussetzt, und einen Moment lang fühle ich mich ganz starr. Der sanfte, lächelnde Cory ist wie weggewischt. Ich will etwas sagen, aber ich weiß nicht, was, ich will nicht, dass er noch wütender wird. »Die Blumen sind nicht böse« – ein merkwürdiger, für mich aber vollkommen harmloser Satz. Doch das ist er wohl ganz und gar nicht, wenn er Cory, der sonst so ausgeglichen und freundlich ist, dermaßen aus dem Konzept bringt.

Der Service-Roboter hat sich geduckt, die Flasche ist tatsächlich knapp an seinem Kopf vorbeigesegelt. Einen Moment lang treffen sich unsere Augen. Und, es ist ganz seltsam, ich meine, in seinen Augen so etwas wie Angst zu erkennen. Sie scheinen tatsächlich schon an mitfühlenden Robotern zu arbeiten. Wie beeindruckend.

Cory greift meine Hand und holt tief Luft. Dann schaut er mich an, verstört und irgendwie traurig. »Komm, Jenna«, murmelt er. »Ich brauche frische Luft.«

»Ja, lass uns gehen.« Ich streichle ihm kurz über seinen Arm. Eigentlich würde ich gern noch sagen, dass es doch nur ein dummer kleiner Satz war. Aber ich lasse es lieber. Am besten, wir lassen das Ganze hinter uns. Die Situation ist angespannt, als könnte mit einem falschen Wimpernschlag alles zerspringen wie dünnes Glas. Stattdessen drehe ich mich noch mal um und sage vorsichtig ein: »Bye« in den Raum. Der Roboter winkt und ein Lächeln huscht über sein breites Gesicht.

Wir schlendern schweigend durch die Straßen. Der Weg zu meiner NewEntry Unit ist nicht weit und Cory hat sein Gefährt ums Eck geparkt. Ich merke, wie mit jedem Schritt etwas mehr Anspannung von ihm abfällt. Er hält meine Hand und ich halte die seine.

Wir kommen an seinem Auto an, der schwarz-weiße Lack schimmert im Licht der Straßenlaternen. Ein wenig ratlos stehen wir voreinander. Ich traue mich nicht wirklich, etwas zu sagen. Ich möchte nichts Falsches sagen und habe Angst, aus Unwissenheit den zarten Frieden wieder zu stören.

Schließlich spricht Cory zuerst. »Es tut mir leid, Jenna. Der Abend gestern und der Tag heute haben einfach mein EmotionManagement komplett zerhauen. Das musst du bitte verstehen. Sonst bin ich nicht so. Weißt du, es ist manchmal einfach so viel. Eine so große ... Last, New Valley am Laufen zu halten, EQUILON am Laufen zu halten, darauf zu achten, dass unsere Werte respektiert werden. Unsere Lebensweise zu verteidigen, dies alles zu schützen. Manchmal überfordert mich das alles.« Ich merke, wie schwer ihm jedes einzelne Wort fällt. Das alles muss sehr unangenehm für ihn sein.

Er schaut mich an, sein Blick dunkel und verletzlich. Und jetzt, da er so vor mir steht, gar nicht mehr der Übermensch, der Chef-Entwickler von EQUILON, sondern nur noch Cory, fällt mir wieder seine Schönheit auf. Wie ebenmäßig seine leicht gebräunte Haut ist, die den köstlichen Ton von Sahnekaramell hat, wie fein seine Nase und wie perfekt geschwungen sein Mund.

»Es ist mir wichtig, dass du mich ... nicht schrecklich findest.« Sagt er etwas ungelenk.

Er blickt auf den Boden und sieht so betreten und gleichzeitig so schön aus, dass ich nicht anders kann. Ich nehme sein Gesicht in meine Hände und küsse ihn. Nur sanft. Und doch explodieren in meinem Kopf tausend Leuchtraketen, mein Magen schnurrt zusammen und schickt elektrische Blitze durch meinen ganzen Körper. »Ich könnte dich niemals schrecklich finden«, sage ich, so cool es gerade noch geht.

Und nun lächelt er wieder. Gibt mir einen kurzen, sanften Kuss zurück und sagt: »Danke, Jenna Mills. Es ist wirklich schön, dass du hier bist.« Dann lacht er kurz auf. »Ja, ich bin richtig froh, dass ... na ja, du den Score geknackt hast.« Und jetzt zwinkert er mir wieder auf diese Cory-Art zu. »Soll ich dich nach Hause fahren?« Und erst will ich Ja sagen, damit ich noch ein paar Minuten mit ihm habe. Aber dann denke ich mir, dass es klüger ist, jetzt aufzuhören. Es nicht zu übereilen.

»Nein«, sage ich. »Fahr lieber und erhol dich. Ich gehe, ehrlich gesagt, ganz gern ein paar Schritte zu Fuß.«

»Okay.« Er schaut mir in die Augen, bis wir beide grinsen müssen, und dann steigt er in dieses merkwürdige, wuchtige Auto und fährt mit einem Winken davon.

»Bis morgen!«, rufe ich, und als er um die Ecke verschwunden ist, mache ich einen kleinen Luftsprung.

Es ist wie ein Traum. Ein völlig verrückter, fantastischer, wundervoller Traum. Ich hätte nie gedacht, dass Cory, DER CHEF DER ENTWICKLUNG VON EQUILON!!!, mich, die kleine Jenna aus Old B., auch nur eine Sekunde interessant finden könnte. »Es ist mir wichtig, dass du mich ... nicht schrecklich findest«, wiederhole ich seine Worte und muss auflachen. Wie süß er war.

Dann fällt mir der merkwürdige Tag bei VERO wieder ein. Und dass ich mir heute die erste New-Valley-Programmiersprachen beigebracht habe. Was auch immer das heute war, das alle so in Aufruhr versetzt hat, bald werde ich helfen können. Ein Bild flackert in mir auf, Cory und ich, wie wir gemeinsam an EQUILON arbeiten, es besser machen, gerechter als je zuvor. Und New Valley zu einem noch besseren Ort. Und vielleicht finden wir dann Wege, auch das Leben in den Grenzländern besser zu machen. Vielleicht, wenn wir noch effizienter werden und auch in New Valley mehr Einsparungen schaffen, dann können wir die 1 Milliarde vergrößern und mehr Menschen ein gutes Leben bringen.

Wenn mein Opa und meine Oma mich nur sehen könnten! Wie ich hier meinen Weg mache. Sie wären unendlich stolz. Vielleicht wird mir Cory eines Tages helfen, eine Nachricht an die beiden zu schicken. Nur eine kleine. »Hier ist Jenna. Ich habe es geschafft. Mir geht es gut. Ich liebe euch.«

Ich könnte den kurzen Weg zu meiner Unit tanzen. Aber das

traue ich mich dann doch nicht. Stattdessen mache ich hüpfende Schritte und summe ein wenig das Lied vor mich hin, das die BrainDots heute Morgen für mich rausgesucht haben. Dändääandändään. »*I don't know what you're looking for, you haven't found it, that's for sure*«, singe ich und denke bei mir: Doch, doch. Hab ich wohl. Ich hab's gefunden. Aber ich werde noch viel, viel mehr finden. Das weiß ich.

Ich bin ganz in Gedanken, wahrscheinlich merke ich deshalb so spät, was los ist. Ich sehe aus dem Augenwinkel ein Huschen und dann packt mich schon die Hand. »Gib mir das Data-Glas, schnell!«, zischt eine tonlose Stimme.

Es ist eine seltsame Gestalt, die da vor mir steht. In einer Art weißem Anzug, der aussieht, als sei er ganz und gar mit Gras und Pflanzen bewachsen, Blumen ragen zwischen grünem Plastikgras hervor. Überall hat der Anzug Wülste und Beulen, es muss schwer sein, darin zu gehen. Aber wer auch immer da vor mir steht – er oder sie hat Übung, sich in dem Ding zu bewegen.

»Ich muss mich beeilen! Wo ist es?«

Ich mache ein paar Schritte zurück, und mir dämmert, dass die Gestalt die Mini-Kuh meinen muss.

»Ich ... ICH WEISS NICHT, WOVON SIE REDEN!«, brülle ich. Mein Herz klopft wie rasend.

»PSSSSST! NICHT SO LAUT!«, herrscht mich die Gestalt an und gibt sich gleichzeitig Mühe, leise zu sein. »Sonst fliegt meine Tarnung auf!«

»Wer bist du? Was willst du von mir?«, zische ich zurück.

»Mann, gib mir das Ding! Es geht um Leben und Tod!« Hektisch blickt die Gestalt sich um, die Stimme ist heiser und kratzig. Dann schaut er auf ein Device an seinem Handgelenk, auf dem ein Timer zu Ende geht und die 00:00 grell aufleuchtet. »Scheiße!«, flucht er und rennt los, um die nächste Straßenecke.

»HE!«, brülle ich. »Wer bist du?« Ich renne hinterher, ich will jetzt wissen, wer das war. Ich sehe den weißen Anzug um die nächste Ecke biegen und renne weiter. Mein Glück ist, dass dieser Anzug beim Laufen ziemlich hinderlich sein muss. Mir fällt die Unruhe bei VERO ein, der Angriff, von dem Cory gesprochen hat. Meinte er die Attacke von gestern? Ob dieser Mensch was damit zu tun hat? Bestimmt, wie soll es anders sein? Es passieren ja nicht zweimal solche Dinge! Und ich habe es verbockt! Ich hätte hier eine riesige Hilfe für VERO sein können, wenn ich Alarm geschlagen hätte! Dann wäre die Gestalt bestimmt schon längst von OrderUnits gefasst worden. Aber Alarm schlagen, das sagt sich so leicht. Wer in einem Grenzland aufgewachsen ist, hat gelernt, dass das gefährlich ist. Du weißt nie, ob es nicht gegen dich verwendet wird. Ob nicht am Ende du in ein Wasteland transportiert wirst. Ob nicht jemand stirbt, weil du Alarm schlägst. Aber hier, Jenna, hier ticken die Uhren anders. Du bist jetzt in New Valley! Du musst ein Teil davon werden.

Ich renne, so schnell ich kann. Als ich um die Ecke laufe, sehe ich gerade noch, wie das Wesen in der nächsten Straße verschwindet. Von Ferne kann ich die Schritte des Gummianzugs auf dem Asphalt hören. Ich versuche, noch schneller zu werden, biege ab. Wieder sehe ich den Anzug aufblitzen, jetzt am Ende einer dunklen Sackgasse vor einem riesenhaften Zaun. Es ist nur noch wenig Licht hier – und plötzlich ist die Figur verschwunden. Wie vom Erdboden verschluckt.

Ich halte an und ringe um Luft. Schweiß läuft mir den Rücken hinab. O nein, denke ich. Nein, nein, nein.

Und in dem Moment ertönt hinter mir ein Alert-Ton. Eine Warnung erster Stufe. Noch nicht laut, aber eindeutig. »HALT! KONTROLLE! HALT! KONTROLLE!« Ruft die Stimme laut. Mein Magen zieht sich zusammen. Eine OrderUnit. Es fühlt sich an, als würde alles Blut in mir versacken, meine Nerven zu Staub zerfallen und übrig bleibt nur eine tumbe Hülle.

Ich drehe mich um und blinzele in das grelle Licht, das mich von oben anstrahlt.

»Hände heben. Identity Scan«, säuselt die etwas zu gleichmäßige Stimme aus der OrderUnit.

Ich hebe die Hände, so vorsichtig und langsam ich kann, und versuche, mein Zittern zu kontrollieren. Biofunktionen, die aus dem Takt sind, können einen bei OrderUnits schnell in Schwierigkeiten bringen.

»Jenna Mills, Worker bei VERO, NewEntry-Status«, sage ich so ruhig wie möglich. Jedes Kind in den Grenzländern weiß, was es tun muss mit OrderUnits. Ruhige, gleichmäßige Bewegungen, sich sofort selbst identifizieren.

Die OrderUnit umschwebt mich und scannt mich ab. Ein Licht flackert auf und das freundliche Gesicht einer jungen Frau wird vor mich projiziert. »Dies ist eine Restriction Border Area, Jenna Mills. Die Definition ist wie folgt: Bürger von New Valley dürfen sich aufhalten. Erhöhte Frequenz von Überprüfungen. Zur allgemeinen Sicherheit.« Säuselt die Stimme der Projektion weiter. »Haben Sie meine Aussagen verstanden, Jenna Mills? Dann bestätigen Sie mir bitte die Aufnahme der Informationen.«

»Ja«, sage ich zögerlich. Diese OrderUnit verhält sich erschreckend freundlich. So bin ich das aus Old B. nicht gewöhnt.

»Zum Vorgang gehört, den Grund Ihres Aufenthaltes an einer Restriction-Border-Area zu erfassen.« Der Tonfall der

Stimme hat etwas beinahe Einschläferndes, was mich fast noch ängstlicher macht. »Sie können die Hände bis auf Weiteres herunternehmen.« Das Hologramm-Gesicht lächelt breit und nickt mir aufmunternd zu. Sie sieht mir auf eine fast absurde Art ähnlich, ohne eine Kopie meines Gesichts zu sein, fällt mir auf, und ich frage mich, ob das so generiert wird. Sinn würde es ja machen. Wenn uns jemand ähnlich sieht, dann fassen wir leichter Vertrauen, hab ich mal gelesen.

»Danke«, sage ich und nehme die Hände runter.

»Den Grund für Ihren Aufenthalt in der Restriction-Border-Area, Jenna Mills?«, wiederholt die Stimme mit dieser leeren Freundlichkeit.

»Ich ... äh ...«, stammele ich und überlege. »War joggen«, platzt es schließlich aus mir raus. »Ein bisschen Sport machen.«

»Für Sport sind üblicherweise FitnessUnits vorgesehen.« Die Hologramm-Frau zieht die Stirn kraus. »Outdoor-Sport ist sehr ineffizient und mitunter gesundheitsschädlich.«

»Das ist eine Grenzland-Gewohnheit«, sage ich und lächle etwas verlegen. »Sie wissen ja, alte Gewohnheiten sind schwer abzulegen.«

Das Hologramm-Gesicht nickt freundlich, als hätte es tatsächlich eine Ahnung, wie sich eine Gewohnheit oder überhaupt irgendetwas anfühlt.

»Als nachvollziehbarer Grund validiert. NewEntry in Anpassungsphase«, sagt die Stimme der OrderUnit. »Sie haben darüber hinaus die Möglichkeit, bis zum Abschluss Ihrer Anpassungsphase eine Outdoor-Sport-Registration zu beantragen, dann sind wir informiert.« Das Gesicht strahlt, als hätte es mir gerade einen Goldpokal überreicht.

»Alles klar«, sage ich. »Danke für den Tipp.«

»Der Kontroll-Prozess ist abgeschlossen«, sagt die Stimme mit gleichbleibender Freundlichkeit. Die Projektion verschwindet. Für ein paar Momente schwebt die OrderUnit noch vor mir.

»Okay, dann ...«, sage ich vorsichtig, ohne zu wissen, ob meine Worte noch registriert werden. »... einen schönen Abend noch«, und laufe die Straße zurück, langsam und federnd, so, wie ich mir Joggen vorstelle. Denn natürlich bin ich noch nie in meinem Leben gejoggt. Mit einem Surren verschwindet die OrderUnit.

Was mache ich jetzt? In meinem Kopf rasen die Gedanken durcheinander. Der Mensch in dem absurden Blumenanzug wollte die Kuh. Aber wozu? Wer war das? War es derselbe wie gestern? Und der Glückskeks – das muss eine Botschaft an mich gewesen sein, aber das hieße, es gibt so eine Art Verschwörung oder Revolte oder wirklich Terroristen. Und sie wissen, wer ich bin. Ich habe das Gefühl, mein Kopf explodiert, während ich in einen bodenlosen Abgrund stürze. Meine Euphorie von vorhin ist wie weggewischt, übrig bleiben Nervosität und Angst. Nichts scheint mehr sicher.

Bin ich wirklich in Gefahr?, denke ich. Ich sollte Cory davon erzählen, unbedingt. Es ist eigentlich das einzig Richtige, das, was ich tun muss. Ich sollte am besten jetzt zu ihm laufen und alles erzählen oder ihn anrufen. Oder wenigstens gleich morgen als Erstes, wenn ich ins Büro gehe.

Und während ich das alles denke, weiß ich schon, dass ich es nicht machen werde. Denn ich will wissen, was hier los ist, was hinter der allgemeinen Unruhe steckt und hinter der Sache mit der Kuh. Ich will nicht in Watte gepackt werden von den Alteingesessenen. Und da mir niemand was erzählt, muss ich es selbst herausfinden.

9

DORIAN

Als ich merke, was los ist, ist es schon zu spät. Ich muss eingenickt sein und der Motor ist mir aus den Händen gerutscht. Ich fühle sein Davongleiten, es reißt mich aus dem Schlaf, den ich gar nicht bemerkt hatte. Aber es ist nicht mehr zu ändern. Wir sind mitten auf dem Meer. Und wir haben unseren Motor verloren.

Ich beiße mir auf die Zunge, um nicht zu heulen. Ich würde verdammt gern heulen. Aber leider bringt es uns nicht in Sicherheit. Und ich möchte Maggie keine Angst machen. Sie liegt neben mir und schläft wie eine Tote. Wie lange wir jetzt wohl unterwegs waren? Ich schaue mich um. Es ist noch hell, aber die Sonne scheint schon sehr tief zu stehen. Der dritte Tag auf dem Meer geht zu Ende. Genau sehen kann ich es nicht, der Himmel ist bezogen und hat eine schwefelgelbe Farbe, die mir, ehrlich gesagt, ziemlich Sorgen macht. Wenn ich nicht so vollkommen fertig wäre, würde ich vermutlich total in Panik geraten.

Das Meer ist nicht mehr so ruhig wie bei unserer Abfahrt. Riesige Wellen klatschen gegen unser Floß und schließlich spritzt eine davon Maggie ins Gesicht und weckt sie auf. Sie schüttelt sich und hustet. Dann gähnt sie herzhaft und schaut sich um. »O nein, hier sind wir.«

Sie schaut mich an. »Mir ist ein bisschen schlecht«, sagt sie kleinlaut. Und nach einer Pause: »Ich vermisse Hannah«, und dicke Tränen tropfen aus ihren Augen. Ich klopfe ihr ein bisschen auf den Rücken und murmele »Ist schon gut« und so Sachen, was mir eben gerade durch den Kopf schießt, und nebenbei versuche ich, eine Lösung für unsere absolut beschissene Lage zu finden. Ohne Motor. Mitten auf dem Meer. Bei aufziehendem Sturm.

Cool bleiben, Dorian. Du wirst einen Weg finden. Du musst einen finden.

Also, das Ufer kann ich noch sehen. Das ist schon mal ein Anfang. Wir sind also wenigstens nicht orientierungslos. Aber wie sollen wir dorthin kommen? Wir könnten unser Schutzdach abbauen und die Palmwedel als Ruder benutzen, aber sie haben ja gar keine Fläche. Es hätte ungefähr so viel Wirkung, wie den Ozean mit einem Zahnstocher umzurühren.

Ich gehe in Gedanken unsere Sachen durch, versuche, mich umzuschauen, während ich Maggie tröste. Aber ich sehe nichts, was wie ein Ruder funktionieren könnte.

»Dorian«, murmelt Maggie schließlich. »Wo ist der Motor?«

»Äh, der …«, fange ich an. »Also den …«

»Du hast ihn verloren?« Sie ist ruckartig wach und starrt mich mit einem wütenden Glitzern in den Augen an.

»HEY! Ich bin die ganzen Tage wach geblieben und hab ihn gehalten, bis mir fast die Finger abgefault sind.« Ich verhaspele mich in meinen eigenen Worten und versuche, irgendwie ruhig zu bleiben. »… bis ich … JA, SCHEISSE! ICH HAB IHN VERLOREN!«, schreie ich und Panik steigt in mir hoch. »UND WIR HABEN NICHTS,

MIT DEM MAN RUDERN KANN! UND DAHINTEN ZIEHT EIN STURM AUF!« Ich spüre, wie schwer ich atme. Komm runter, Dorian. Komm runter. Du darfst hier nicht einfach durchdrehen. Du hast Hannah versprochen, auf Maggie aufzupassen. Na ja, nicht ganz. Aber jetzt ist es so und du musst cool bleiben. Ich atme ein paarmal ein und aus, so langsam ich kann, und dann geht es. Ein bisschen. Weil, scheiße, ich habe immer noch keine Ahnung, was wir machen sollen.

»Wir könnten schwimmen«, sage ich hilflos. »Dahinten ist das Ufer. Keine Ahnung. Vielleicht ein oder zwei Kilometer? Das kriegen wir doch hin, oder?« Ich versuche, irgendwie fröhlich zu klingen, aber ich mache mir echt fast in die Hosen, denn ich kann nicht wirklich gut schwimmen. Keine Ahnung, wann ich das letzte Mal in einem Wasser war. Und ob Maggie mit ihrer kiloschweren Beinschiene so richtig gut vorwärtskommt, wage ich auch zu bezweifeln. Sich einfach nur über Wasser halten, reicht hier nicht.

Aber Maggie hört mir gar nicht mehr zu. Sie macht sich an den Palmwedeln zu schaffen, zieht die Schnüre aus den Rucksäcken, was das soll, verstehe ich nicht. Als sie anfängt, mit dem Messer die Deckelklappe von meinem Rucksack zu säbeln, schreie ich doch ein. »Hey, was soll das denn?«, raunze ich sie an und halte ihre Hand fest.

»Mann, du Blitzmerker! Ich bau uns Ruder! Oder hast du 'ne bessere Idee?«

Zögerlich lasse ich ihre Hand los und schaue zu, was sie macht. Und tatsächlich entsteht unter ihren Händen eine Art Ruder. Sie biegt und bindet jeweils zwei Palmwedel so, dass sie ein Oval bilden, und spannt darin mit Bändern die Stoffe der Deckelklappen, bis das Ding Ähnlichkeit mit einem überdimensionierten Tennisschläger hat. »Okay ...«, sage ich, weil ich nicht zugeben will, wie beeindruckt ich bin. Offensichtlich lernt man als Unsorted eine Menge darüber, wie man ohne jede Hilfe klarkommt.

»So«, sagt Maggie schließlich und drückt mir eins der Ruder in die Hand. »Du rechts, ich links.«

Es wird erst mal ein ziemliches Gestochere. Wir patschen völlig hilflos mit den Dingern im Wasser rum, drehen uns im Kreis, weil wir in ganz falschem Takt eintunken und nicht dran denken, dass ich natürlich mehr Kraft habe als Maggie. Aber schließlich rufe ich: »Immer auf mein Kommando! Ich sage EINS! Und dann tauchen wir ein und du ruderst, so stark du kannst – und ich ein bisschen weniger doll. Okay?«

Und nach ein paar Zügen klappt das tatsächlich ganz gut. Ich sage »Eins« und wir rudern und es geht in die richtige Richtung vorwärts. Es wird langsam dunkel, Wind und Wellen werden immer stärker. Wenigstens treiben sie uns vor sich her, der Wind drückt uns Richtung Ufer. Ich glaube, sonst würden wir es nicht schaffen.

Der Himmel über uns wird grau und schwer und große Tropfen fallen auf uns herab. Regen. Wie sehr wir uns immer nach Regen sehnen. Aber jetzt könnte ich echt kotzen. Er strömt aus den Wolken wie ein Fluss, bald sind wir nass bis auf die Haut und ein seltsames Gefühl überfällt mich. Ich friere in der Nässe und dem Wind.

Wenigstens kommt die Küste greifbar näher, diese merkwürdigen Paddel tun wirklich ihren Dienst. Wir rudern auf eine Art Bucht zu, merkwürdige, riesige Gestelle ragen dort aus dem Wasser, es sieht aus, als sei ein gigantischer Vogel ins Meer gestürzt und seine Knochen würden nun noch immer in den Himmel ragen. Ich staune so sehr, dass ich fast das Rudern vergesse, und dann wird mir klar, auf was ich da schaue. Es sind die Reste der Golden Gate Bridge. Wir haben es tatsächlich geschafft! Wir sind bis nach San Francisco gekommen.

Das nördliche Ende der Brücke ist verschwunden, das Ufer dort ist ein dampfender Haufen erkalteter Lava. Überhaupt steigt nun mehr und mehr Dampf um uns auf, und plötzlich kreischt Maggie neben mir auf, die verbissen und stumm gerudert hatte.

»Dorian!«, schreit sie. »Das Wasser ist total heiß!«

»Keine Panik!«, rufe ich, fasse ins Wasser – und zucke zurück. Es ist tatsächlich heiß wie in einem Kochtopf. Ich schaue mich hektisch um, das Wasser drückt sich überall durch die Ritzen des Floßes. »Knie dich auf deinen Rucksack!« Ich schmeiße ihr das Ding hin und mache dasselbe. Es sind nur noch ein paar Hundert Meter, aber die Wellen werden immer stärker, und ich weiß nicht, wie wir durch eine kochend heiße Brandung kommen sollen. Eigentlich könnten wir die letzten Schritte laufen – aber wir würden uns dabei verbrühen. Mit dem Floß kommen wir aber auch nicht bis an den Strand, ohne dass uns die riesige Brandung überspült.

Maggie heult. »Ich hab Angst!«, sagt sie.

»Wir schaffen das«, sage ich, so fest ich kann, und habe keine Ahnung, wie ich das wahr machen soll.

Maggie nickt, die Tränen rollen weiter ihre Wangen hinunter. Ich schaue mich um. Lange können wir es hier nicht aushalten, sonst wird uns eine der immer größer werdenden Wellen über Bord spülen und das Meer kocht uns wie ein paar Kohlstücke.

Durch die Dampfwolken sieht die Golden Gate Bridge fast lebendig aus, sie scheint sich zu bewegen in den hin-

und herwabernden Nebelfetzen. Und dann kommt mir die rettende Idee. Also, vielleicht rettet sie uns. Aber immerhin. Ein Vielleicht ist besser als nichts.

»Maggie, alles wird gut!«, rufe ich. »Wir müssen nur ein bisschen weiter rudern als gedacht, okay? Nur ein kleines Stückchen! Siehst du die komischen Gestelle im Wasser? Dort müssen wir hin.« Sie nickt wieder tapfer und schluckt die Tränen hinunter. »Also, auf Eins!«, rufe ich. »Eins! Und Eins!«, und langsam arbeiten wir uns vor zur Brücke.

Es ist anstrengend zu navigieren und meine Arme zittern vom Rudern. Wie Maggie das durchsteht, weiß ich nicht. Aber sie hält mit verbissenem Gesicht durch. Kochend heiße Tropfen treffen uns immer wieder, zum Glück rauscht der kühle Regen auf uns nieder, er nimmt dem Meerwasser die schlimmste Hitze. Wir schaffen das. Wir schaffen das. Sage ich mir immer und immer wieder wie ein Mantra.

Dann sind wir endlich am Ende der Golden Gate Bridge. Wie ein erschlagenes mythisches Tier ragt sie vor uns auf. Und tatsächlich taucht die abgerissene Straße fast wie eine Rampe ins Meer. Nur sind die Wellen so stark, dass wir nicht direkt draufsteuern können.

»Wir haben es fast geschafft Maggie! Yaaaay!!!«, rufe ich, als wäre ich Animateur in der Future Academy.

Sie starrt mich an, müde und zornig.

»Mach einfach, was ich dir sage, okay? Ich habe einen Plan. Auf *ACHTUNG!* schmeißen wir die Ruder weg, setzen uns, so schnell es geht, die Rucksäcke auf. Bei *FERTIG* stehen wir beide auf, und wenn ich *LOS* rufe, springst du, so weit es geht, auf diese Straße, die da ins Wasser hängt, okay? Wir müssen alles möglichst schnell und ruhig machen. Und gleichzeitig. Verstehst du?« Ich schaue sie eindringlich an und sie nickt wieder. Sie hat kein Wort mehr gesagt, seit sie entdeckt hat, dass das Meer kocht. Ich schaue auf die vor uns schwankende Straße. Wir haben eine Chance. Wir haben definitiv eine Chance. Wir schaffen das. Wir schaffen das. Wir schaffen das.

»*ACHTUNG!*«, schreie ich und wir schmeißen die Ruder weg, hocken uns hin, zerren die Rucksäcke auf. Das heiße Wasser verbrüht mir die Schienbeine, aber ich beiße die Zähne zusammen und Maggie tut dasselbe.

»*FERTIG.*« Wir stehen auf, Maggie schwankt und taumelt, und mir wird klar, dass sie vielleicht gar nicht genug Kraft hat für den Sprung. Also packe ich ihre Hand und schreie, so laut ich kann: »*LOS!*« Und gleichzeitig stoße ich mich mit aller Kraft vom Floß ab. Maggie hängt an meiner Hand wie ein nasser Sack. Ich reiße den Arm, an dem ich sie halte, mit aller Kraft in die Höhe, schleudere sie nach vorn und mache einen Satz nach oben auf die Straße. Ein höllischer Schmerz durchschießt meinen Körper, als wir auf dem harten Asphalt aufprallen. Aber ich rappele mich sofort auf und reiße Maggie ein Stück weiter, weg von den Wellen, die sich hungrig und heiß auf die Brücke stürzen. Auch der Asphalt ist unangenehm warm, also ziehe ich Maggie noch ein Stück weiter, und dann noch ein Stück, über den Dampf hinaus, und schließlich erreichen wir einen Punkt, der mir erträglich scheint, irgendwie. Aber vielleicht habe ich auch einfach keine Kraft mehr. Wir lassen uns auf die Straße sinken.

»Siehst du«, sage ich und schließe vor Erschöpfung die Augen. »Hab ich doch gesagt. Wir schaffen das. Gar kein Problem.«

Maggie sagt nichts. Sie hat die Augen geschlossen und rührt sich nicht. Ich halte mein Ohr an ihr Gesicht, und da kann ich ihren Atem hören – das ist erst mal das Wichtigste.

Noch immer regnet es in Strömen. Wir sind hier vollkommen schutzlos, und ich weiß nicht, wie instabil das hier alles ist. Am Ende kracht noch die ganze Straße mit uns ins Meer.

Ich schaue mir meine Schienbeine an, sie sind knallrot und tun weh, aber ich glaube, schlimm verbrannt sind sie nicht.

Wir müssen weg, ja, ich weiß. Aber ich kann einfach gerade nicht. Ich kann nicht mehr. Ich lege mich neben Maggie auf den Rücken und lasse den Regen auf mich prasseln. Kalt wird mir nicht, die Straße ist hier angenehm warm von dem kochenden Meer darunter. Ich wusste ja, dass San Francisco vom Andreasspalt quasi verschluckt wurde. Dass hier deshalb das Meer knallheiß ist, das wusste ich aber nicht. Allerdings macht es Sinn, wenn man nur kurz darüber nachdenkt. Der Andreasspalt spuckt ständig tausend Grad heiße Lava in das Wasser. Kein Wunder, dass es hier kocht.

Aber wir haben es geschafft. Haben dem Schicksal eins ausgewischt. Ich freue mich einen Moment lang einfach darüber, nicht tot zu sein. Ich meine, ist ja auch was. Nicht tot sein. Immer noch atmen. Immer noch die Hitze spüren. Und die Kälte der Regentropfen. Den schweflig metallischen Geruch in der Luft riechen.

Ein seltsames Gefühl überkommt mich. Ich fühle mich mutterseelenallein und geborgen zugleich. Wie wenn man eine Klippe hinabstürzt und dabei merkt, dass man fliegen kann.

*Die Gedanken wie Flügel schlagen
suchen
Nach einem geträumten Gefieder.
Kreise ziehen
weite
Bin mein eigener Vogel,
bin der Sturz hochgetürmter Worte ...*

»Dorian?«, murmelt Maggie. »Bist du da?«

»Ja«, flüstere ich.

Maggie macht die Augen auf und schaut mich an. »Dorian, ich hab Hunger.«

Ich muss grinsen, weil ich mich so freue, dass sie das sagt. Denn wer Hunger hat, dem kann es so schlecht nicht gehen.

»Alles klar«, sage ich und setze mich auf, als hätte ich gerade ein kleines Nickerchen gemacht. Und es fühlt sich auch ein wenig so an. Unsere Floßfahrt kommt mir schon Minuten später vollkommen unwirklich vor. »Dann suchen wir uns jetzt mal ein gemütliches Plätzchen.« Wenn noch Reste von der Golden Gate Bridge übrig sind, dann wird sich hier wohl etwas finden, wo wir unterkriechen können. Fürs Erste.

Ich ziehe Maggie auf die Füße und mustere sie. Auch sie sieht heil aus. Ich kann jedenfalls keine Wunden entdecken und sie bewegt sich ziemlich normal. Nur ihre Brille sitzt ganz schief auf ihrem Gesicht. Ich fasse ihr vorsichtig an die Schläfe, rücke das Gestell gerade und sie lässt es geschehen. »Geht's mit deiner Schiene?«, frage ich. Sie nickt nur.

»Wir gehen erst mal die Straße hier hoch und oben sehen wir dann weiter.«

Wir schleppen uns Schritt für Schritt die hängende Straße hoch, was wirklich ziemlich anstrengend ist. Es ist mehr klettern als gehen. Als wir die Steigung hinter uns haben, stehen wir vor der Bruchkante der Straße. Ein Spalt liegt vor uns. Der Asphalt ist einfach abgeknickt wie ein trockener Keks, die Straße hängt an einbetonierten Eisen, vor uns gähnt der Abgrund.

Ich hab kurz Sorge, dass Maggie jetzt aufgibt, rumschreit oder weint. Aber wir sagen beide gar nichts, sondern klettern einfach hoch und hangeln uns an den Eisenstäben entlang. Wir sind zwei Roboter aus Fleisch und Blut, die unerschütterlich ihren Weg verfolgen.

Es regnet noch immer und der Wind wird langsam zu einem Sturm und deswegen denken wir nicht weiter nach, als wir den halb eingestürzten Tunnel vor uns sehen. Wir kriechen hinein, einige Meter, bis uns der Wind nicht mehr erreicht. Die Dunkelheit umschließt uns. Ich hole die Taschenlampe hervor, die glücklicherweise noch funktioniert.

Und jetzt?, schießt es mir durch den Kopf. Hier irgendwo, in diesem Schlachtfeld aus Lava, zerrissenen Straßen und kochendem Wasser, sollen wir jemanden treffen, der uns hilft, nach New Valley zu kommen? Wie sollen wir den finden? Ich will den Kopf schütteln, so unwahrscheinlich kommt mir das vor. Aber ich bin zu müde. Und jetzt ist es ja egal. Morgen, denke ich. Morgen.

Maggie zerrt einen Nahrungsblock aus ihrem Rucksack, bricht ihn entzwei und beißt in ihre Hälfte. »Teff und Alge«, sagt sie tonlos und kaut. »Finde ich eigentlich total zum Kotzen.«

»Ich auch«, sage ich, beiße in mein Stück und kaue.

Und dann sagen wir nichts mehr.

10

JENNA

Es gibt wieder ein Fest. Überhaupt, es gibt so viele Feste hier. Diesmal ist das Thema »Ancient Exotic« und überall laufen Verschleierte mit weiten Pluderhosen, Leute mit Federn im Haar, Lederanzügen mit Fransen und künstlichem Fell um Hüften und Brüste, aber auch ein paar bunte Vögel, Tiger und Leoparden herum. Alles sehr aufwendige, edle Kostüme.

Ich bin eine Art Paradiesvogel, so stand es auf der Verpackung, die ich in meine Unit geliefert bekommen habe. Aber das Kostüm ist so gemacht, dass es eher wie ein sexy Abendkleid aussieht. Auf dem Gesicht trage ich eine Halbmaske mit angedeutetem Schnabel, und das Kleid ist an den Armen so befestigt, dass meine Bewegungen ein wenig wie Flügelschlagen aussehen.

Ich hätte eigentlich gern etwas anderes angezogen, am liebsten etwas Normales. Ich verkleide mich ungern. Ich habe Katie per Chat gefragt, ob ich was anderes anziehen kann. Aber sie hat geantwortet, das sei der Dresscode und die Kostüme seien für uns vom New Valley-Algorithmus ausgewählt worden, damit sie auch perfekt zu unserem Aussehen und unserer Persönlichkeitsstruktur passen.

»Abweichungen sind leider nicht vorgesehen«, hat Katie in ihrer Videoreply lächelnd erklärt. »Stört die Harmonie.«

Und jetzt, während ich durch die Gärten von VERO wandele,

verstehe ich, was sie meint. Dieses Fest lässt wirklich alles aus einem Guss erscheinen, die Kostüme ähneln einander auf eine seltsame Art, alles ist mit allem verbunden auf diesem Fest, denke ich. Wir sind wie ein großer Code, der nur gemeinsam funktioniert.

Plötzlich knurrt es hinter mir und jemand nimmt meinen Arm. Es ist Cory, der als Panther verkleidet ist und nun so tut, als beiße er in meinen Arm. »Es tut mir leid, ich muss es tun, ich bin eine wilde Katze.« Und dann faucht er, irgendwie sehr niedlich, und es fühlt sich an, als würde mein ganzer Körper innerlich hüpfen, als er mich angrinst.

»Genau genommen, kannst du mich gar nicht essen. Ich bin ein Paradiesvogel, die lebten auf Papua-Neuguinea – und du müsstest ein Panther sein. Die waren im Amazonasgebiet zu Hause, bevor sie ausgestorben sind. Jedenfalls nicht auf Papua-Neuguinea«, sage ich und mache meinen Arm los.

»Oho! Da hat aber jemand aufgepasst in der Future Academy!« Cory greift zwei Drinks von einem vorbeigehenden Service-Roboter und reicht mir einen. Sie sind rosig und die Gläser haben einen funkelnden Rand aus Zucker. Cory nimmt einen Schluck. »Was aber, wenn ich dir sage, dass wir gerade dabei sind, Regionen für die Besiedelung von Regenwald mit Panthern UND Paradiesvögeln vorzubereiten?«

»Wie? Gibt es die Tiere denn noch?« Ich kann es kaum glauben.

»Ein paar, hier und da. Und das Beste ist: Von allen haben wir das Erbgut. Ich weiß von Papageien, die in Gänseeiern ausgebrütet wurden.« Cory nimmt einen weiteren tiefen Schluck.

»Das klingt fantastisch!« Und es freut mich wirklich so sehr. Die Geschichten darüber, welche Tierarten verloren gegangen sind in den letzten zwei Dekaden, die haben mich immer besonders traurig gemacht. Tiere mochte ich schon immer ganz besonders. Und ich hätte die vielen Tierarten, die es mal gab, so gern gerettet.

Cory lächelt mich unverwandt an, und ich stelle mir vor, ihn wieder zu küssen. Aber dazu fehlt mir der Mut. Es scheint auch gerade schon wieder so weit weg, dass ich mich frage: Habe ich ihn wirklich geküsst? Oder habe ich mir das nur gewünscht? Außerdem ist hier nicht der richtige Ort. Wir sind auf dem Gelände von VERO und feiern irgendeinen Entwicklungsschritt bei EQUILON. Um uns herum also lauter Menschen, mit denen ich jeden Tag arbeite. Ich lasse meinen Blick umherwandern, möglichst langsam, damit niemand merkt, wie nervös ich bin, und dann fange ich Katies Blick auf, sie starrt mich unverwandt und kalt an. Als sie bemerkt, dass ich sie entdeckt habe, setzt sie ein Lächeln auf und winkt übertrieben fröhlich zu mir herüber. Mich fröstelt. Warum ist sie so seltsam zu mir? Ob sie mir irgendwie auf die Schliche gekommen ist?

Aber ich lasse mir nichts anmerken. Ich winke zurück, nehme einen Schluck von meinem Drink und wippe zum Takt der Musik.

»Bald gibt es ein Feuerwerk«, sagt Cory und sein Finger streicht ganz beiläufig über meine Hand, die ich zwischen den Falten meines Kleides halte. Es ist wie ein Stromschlag. Ich würde gern zugreifen, seine Hand festhalten, aber ich bremse mich. »Magst du Feuerwerk?«

»Ich liebe Feuerwerk«, sage ich. Dabei kenne ich es nur aus den Filmen in Old B. Aber in echt wird es ja wohl mindestens so schön sein. »Wir können nach draußen schleichen und es dort anschauen.« Er zwinkert mir zu. »Unter freiem Himmel ist es einfach noch schöner. Was meinst du?«

»Ja, gern«, sage ich möglichst beiläufig. Vermutlich ist es superverboten, oder zumindest unüblich, denn ich sehe nie jemanden im Außengelände. Alle halten sich entweder in den Häusern oder im überdachten Park auf. Vielleicht dürften sie auch raus und wollen es nur nicht, weil sie hier alles haben, was sie sich wünschen.

Ich will gern ins Freie. Und wenn Cory dabei ist, wird es schon in Ordnung sein. Außerdem wäre ich wirklich gern mit ihm allein.

Wir schauen uns einen Moment lang an, der vermutlich viel zu lange dauert, um noch irgendwie als »normal« durchzugehen. Und genau diesen Augenblick sucht sich Katie aus, um vorbeizukommen und sich zwischen uns zu stellen. »Heeeey!«, sagt sie etwas zu begeistert und strahlt mich an. Sie trägt riesige blaue Schmetterlingsflügel, die über und über mit blinkenden Lichtern besetzt sind. Auf ihrem Kopf sitzt eine Art Krone, die in zwei glitzernden Fühlern endet. Sie sieht atemberaubend aus.

Sie dreht sich zu Cory. »Es ist Zeit für deine Ansprache.« Mit einem Nicken geht er und bahnt sich einen Weg durch die Feiernden.

Katie und ich schauen ihm hinterher, und ich glaube, wir wissen beide nicht so recht, was wir jetzt miteinander anfangen sollen.

»Und?«, fragt Katie und lächelt mich wieder mit ihrem übertriebenen Lächeln an. »Hast du dich schon ein wenig eingelebt? Ist ja eine krasse Umstellung. Woher kommst du noch mal? ExAsia? Old Europe?«

»Ach, es geht eigentlich«, sage ich betont cool. »Ich vermisse nur das Programmieren etwas.« Okay, das ist vielleicht ein bisschen zu cool.

»Mhhmm«, sagt Katie und grinst. »Mir schien eigentlich, dass du dir auch ohne Programmieren ganz gut die Zeit vertreibst.«

Ich merke genau, dass sie mir damit etwas zu verstehen gibt – aber ich weiß nicht genau, was, und deshalb gehe ich nicht darauf ein.

»Sag mal«, wechsle ich stattdessen das Thema. »Ist hier irgendwas Komisches mit Blumen los? Mir scheint, die sind oft Thema.«

»Mit Blumen?« Katies Lächeln verschwindet und sie starrt mich an, als hätte ich vorgeschlagen, das letzte Delfinbaby bei lebendigem Leibe zu essen. »Wie meinst du das? Was für Blumen?«

»Ach, ich meine nur so«, wiegele ich ab. »Vielleicht kommt mir das auch nur so vor, weil es in Old B. so wenig Blumen gibt.« Eigentlich wollte ich nur ein bisschen ablenken, aber ich habe einen wunden Punkt getroffen. Was, zur Hölle, ist hier los?

»Hey, everyone!«, hallt da Corys Stimme durch den Raum, die Musik bricht ab und alle klatschen und johlen und Katie und ich lächeln und klatschen brav mit. »Wir haben einen Meilenstein geschafft, einen weiteren! Und das wollen wir heute so richtig feiern!«

Wieder brandet Applaus auf.

»Denn Leute, wir arbeiten alle SO VERDAMMT HART an der Zukunft dieser Welt! Wir tun alles, um diesen Planeten zu einem gerechteren, schöneren Ort zu machen! Die Fehler der Vergangenheit zu heilen, das ist unsere Mission!« Während Cory spricht, geht er auf der Bühne auf und ab und schaut eindringlich auf die Menge vor ihm. Die Menschen im Raum hängen förmlich an seinen Lippen.

Und mich hat er geküsst, schießt es mir durch den Kopf, und ja, es ist ein ziemlich großartiges Gefühl.

»Ich bin stolz«, ruft Cory. »Stolz auf euch! Auf uns! Auf unsere Arbeit! Auf uns hier in New Valley und was wir der Welt geben!«

Einzelne Rufe der Begeisterung mischen sich in die Rede. Aber plötzlich wird der Ton von einem langen, dissonanten Quietschen gestört und Corys Stimme ist kaum noch zu hören. Stattdessen beginnt ein Lied. Eine hohe, feine Frauenstimme singt: »*Where have all the flowers gone? Long time passing. Where have all the flowers gone, long time ago ...*« Und plötzlich breitet sich eine Unruhe zwischen den Menschen aus, ja, es ist fast eine Panik. Alle schauen sich um, aber es nichts zu entdecken hier im Raum, nur die Musik, die spielt. »*Where have all the flowers gone.*«

Cory schreit ein paar Leuten, die neben der Bühne stehen, etwas zu.

Auf einmal ist die ganze Party in heller Aufregung. Alle sind nervös und laufen hektisch hin und her, nur ich stehe einfach da und schaue staunend zu. Es ist, als wäre das ein Film, in den ich nur zufällig hineingestolpert bin. Und dann sehe ich etwas: einen weißen, verbeulten Schatten hinter der Glaskuppel, übersät mit Blumen. Oder bilde ich mir das nur ein? Spielt mir mein Gehirn einen Streich? Es geht so unendlich schnell. Und doch. Da war jemand. In genau so einem Anzug, wie ihn die Gestalt neulich abends anhatte.

»Da hast du deine verdammten Blumen! Schon eigenartig, dass du gerade danach gefragt hast«, zischt Katie und rafft ihr Kleid, um zu gehen, aber ich halte sie fest.

»Ja, aber was ist denn damit? Was ist denn so schlimm daran? Blumen sind doch etwas Harmloses!«

Sie lacht bitter. »An Blumen? Nichts ist schlimm daran! Aber an diesem Daten-Terrorismus! Die wollen ständig in unsere Systeme, bedrohen alles, was wir hier aufgebaut haben!« Sie kreischt geradezu, so aufgebracht ist sie. »Sie tun so, als seien sie die Guten. Dann tricksen sie unsere Security Cams mit irgendwelchen Anzügen aus, die die KI nicht erkennt, und stören unsere Arbeit, weil sie alles ins Chaos stürzen wollen! Ja, stell dir das vor: Sie wollen die Anarchie!« Katies Stimme schwillt mehr und mehr an, ihr Gesicht bekommt rote Flecken. »Und was ist dann? Dann ist die Welt in kürzester Zeit erledigt! Dann kann die Menschheit einpacken! Und die Natur gleich mit!« Sie starrt mich einen Moment lang an, dann stößt sie mir hart mit dem Zeigefinger auf mein Brustbein. »Das ist so schlimm an deinen Blumen! Und du fragst da so blöd!«

Es knackt wieder und sehr laut in den Lautsprechern. Wir fahren beide herum. Kurz herrscht absolute Stille im Saal. Und dann setzt ein anderes Lied ein. »The roof, the roof, the roof is on fire«, singt ein Mann ganz ruhig zum Klang einer Gitarre. Alle bleiben stehen und schauen zur Bühne. Hier und da fangen Leute an zu grinsen. Und dann singt der Mann: »*We don't need no water, let the motherfucker burn. Burn, motherfucker, burn.*« Die letzten Worte schreit der ganze Saal mit und dann brechen alle in wildes Gelächter aus.

»Aber zum Glück sind es einfach unfähige Dilettanten!«, ruft Katie mir zu und strahlt übers ganze Gesicht. Sie geht mit den anderen in Richtung Bühne, auf die jetzt Cory wieder springt, während alle gemeinsam das Lied mitgrölen. »Wir haben gewonnen, Leute! WIE FUCKING IMMER HABEN WIR GEWONNEN!«, schreit Cory und lässt sich rückwärts von der Bühne fallen, mit weit von sich gestreckten Armen. Die Menge fängt ihn auf und die vielen hochgereckten Hände tragen ihn durch den ganzen Raum. Ich lasse mich mit den tanzenden Körpern treiben, die Angst von eben ist einer völligen Euphorie gewichen, die Verkleideten liegen sich in den Armen, sie springen kreischend durch die Gegend, und plötzlich steht Cory wieder vor mir und wir fallen uns in die Arme und hüpfen zusammen zur Musik. »*Burn, motherfucker, burn!*«, schreie auch ich und es fühlt sich großartig an.

Danach kommt ein langsamer Song, mit sehnsüchtiger Gitarre. »*Psychic spies from China try to steal your mind's elation. And little girls from Sweden dream of silver screen quotation. And if you want these kind of dreams it's Californication.*«

Wir tanzen nun langsam, er und ich, die Arme umeinander gelegt, und Cory flüstert mir ins Ohr: »Ist das nicht unendlich schön? Das ist die Musik, die unsere Gemeinschaft hier zusammen ausgesucht hat. Aus unser aller Gefühl heraus hat der Algorithmus dieses Lied gewählt.«

»Wie denn?«, frage ich.

»Na, mit den BrainDots. Und gerade sind wir alle so in einer Schwingung, dass das Programm die perfekten Songs für uns alle finden kann. Ist das nicht wundervoll? Gerade sind wir uns nicht nur nah, für den Algorithmus sind wir alle eins.«

Ich nicke lächelnd. Seine Freude ist so ansteckend. Und es ist so schön, endlich zu etwas wirklich dazuzugehören. Obwohl ich meine BrainDots wieder nicht trage, sondern weiter mein BraceConnect. Cory streicht über meine leeren Schläfen. »Weißt du, genau deshalb haben wir uns nicht mit dem BraceConnect zufriedengegeben, sondern weitergeforscht und die BrainDots entwickelt. Sie bieten die Chance, uns alle noch viel enger miteinander zu verknüpfen. Denn diese Verbindung, sie ist etwas so Wunderschönes.« Er nimmt mich fest in seinen Arm und wir tanzen, bis das Lied mit der traurigen Stimme, die über ein längst vergangenes California singt, verklingt.

»Komm«, flüstert Cory mir ins Ohr. »Gleich kommt das Feuerwerk. Wir schleichen uns hinaus. Am Meer ist es noch viel, viel schöner.« Und dann nimmt er meine Hand und wir schlängeln uns durch die Menschen. Die Türen gleiten vor ihm einfach auf, am Gate nach draußen sagt er: »Access All Areas für Jenna Mills.« Ein feines Düdeln erklingt und wir gehen hinaus. »Ich will hier einfach keine aufgescheuchten OrderUnits, weißt du. Die sind abends auf erhöhte Wachsamkeit eingestellt und mit dieser Access-Stufe für dich sind wir einfach ungestört.«

»Cool«, sage ich, und dann knallt es auch schon über uns, der Himmel explodiert in tausend Farben, knisternder Funkelregen fällt auf uns herab, und es ist viel zu schön, als dass ich länger als eine Millisekunde Angst haben könnte. Der Wind fährt uns durchs Haar, hinter uns rauscht das Meer, wild und ungestüm, und es ist tatsächlich mindestens so schön, wie Cory es versprochen hat. Und natürlich küssen wir uns, es gibt keinen Moment des peinlichen Rumzögerns, wir haben beide nur darauf gewartet. Es ist so, wie es sein soll, wie in einer dieser perfekten Kitschgeschichten, die ich nie gelesen habe, weil es mich nur interessiert, wenn es mir selbst passiert. Unsere Münder passen perfekt zusammen und beim Küssen haben wir den gleichen Rhythmus. Über uns glitzert der Himmel, in der Ferne hören wir den Jubel der anderen, ihr »AHHHHH!« und »OHHHH!«, ihr betrunkenes Gelächter. Aber hier und jetzt sind wir nur zu zweit.

»Komm«, flüstert Cory schließlich. »Gleich ist das Feuerwerk vorbei. Lass uns zurückgehen, bevor uns jemand vermisst.« Und ich bin froh darüber, das Letzte, was ich jetzt will, ist, als die neueste Eroberung vom Chef zu gelten. Ich meine, bin ich verknallt? Ganz bestimmt. Aber eigentlich bin ich wegen etwas anderem hier.

Ich liege in meinem viel zu breiten, viel zu leeren, sehr gemütlichen Bett. Ich muss in etwa sechs Stunden aufstehen, um wieder zur Arbeit zu fahren, und ich kann verdammt noch mal nicht schlafen.

Ich weiß, ich könnte im Bad eine von diesen »Ease off«-Tabletten nehmen, die eigentlich für sehr stressige Arbeitsphasen da sind. Aber ich habe mich an den Gedanken einfach noch nicht gewöhnt, mich an- und auszuknipsen. Auch wenn mir Katie und die anderen im Team gesagt haben, das hat nichts zu tun mit den Drogen in den Grenzländern, es sind einfach körpereigene Stoffe, die nur besser reguliert werden. Aber trotzdem, irgendwie scheint es mir verwerflich. Wie abschreiben. Nur mit dem Körper.

Ich müsste natürlich eigentlich total müde sein, die Tage hier sind lang und anstrengend, alles ist neu, fast alles fühlt sich an wie ein Test, für den ich die Regeln nicht kenne.

Gerade jetzt bin ich aber das absolute Gegenteil von müde. In meinem Kopf laufen alle Bilder der Party durcheinander, Cory, wie wir uns küssen, das Feuerwerk, Katie, wie sie mich feindselig angrinst, die Gestalt in dem Anzug, das Durcheinander, als Corys Rede gekapert wird, die Tanzenden, Cory, der Kuss, das Meer, Katie, der Kuss, Cory. Eine endlose Schleife. Die Bilder rauschen nur so durch meinen Kopf. Mir wird so schwindelig davon, dass ich mich hin- und herwerfe im Bett und darauf hoffe, dass es in irgendeiner Position schon besser sein wird, aber nichts hilft. Und immer wieder dröhnt mir dieses Lied durch die Gedanken. Vielleicht bin ich auch ein bisschen betrunken. Ich habe mich da einfach noch nicht dran gewöhnt, an den Alkohol, den es hier immer wieder gibt.

Dieses Lied. »Where have all the flowers gone«. Wieder Blumen. Und diese Panik, die den ganzen Raum ergriffen hat. Obwohl es doch nur ein Lied war. So wie Corys Reaktion auf den Glückskeks. Es muss etwas mit der Gestalt im Anzug zu tun haben, und ich denke mir, wenn ich nur hinterhergekonnt hätte, ich wäre dem Ganzen auf die Schliche gekommen. Ich hasse es einfach, wenn ich etwas nicht verstehe.

»Access All Areas für Jenna Mills«, schießt es mir dann durch den Kopf.

»Ich will hier einfach keine aufgescheuchten OrderUnits«, das waren Corys Worte.

»Access All Areas für Jenna Mills«, murmele ich noch einmal und setze mich im Bett auf. »Access All Areas für Jenna Mills.«

11

JENNA

Ich schleiche durch die hübschen Straßen wie eine Diebin auf Beutezug und hoffe inständig, dass Cory das Access All Areas für mich wirklich nicht zurückgenommen hat. Oder dass es halt sonst einfach gut geht. Dass ich den patrouillierenden OrderUnits nicht auffalle.

Ich finde den Weg nicht gleich, beim letzten Mal bin ich ja vollkommen kopflos hinter jemandem hergerannt. Aber irgendwann treffe ich auf den Zaun. Erst jetzt sehe ich, dass in den Straßen hier gar keine echten Häuser stehen. Sie sehen ganz anders aus als die Straßen, durch die ich gehe, wenn ich zur Arbeit muss, oder in denen ich mit Cory abends etwas essen war. Die Häuser hier sind leere Höhlen, Fassaden, die geschlossenen Läden nie dafür gemacht, Dinge zu verkaufen, in den Fenstern nur Attrappen. Aber dabei ist der Straßenzug nach außen bis ins letzte Detail perfekt, eine verschnörkelte rote Bank, die vor dem Haus steht, hier und da ein Blumentopf. Die Farben scheinen frisch und leuchtend, auch wenn dahinter alles tot ist. Wie seltsam, so etwas zu bauen. Ich erkläre es mir so, dass es für die Menschen in New Valley so eingerichtet ist, damit sie das Gefühl haben, die Schönheit in dieser Stadt endet nie – auch wenn sie hierher nie kommen, sondern nur mal im Vorbeigehen in diese Seitenstraßen schauen. Jetzt wird es mir bewusst. In New Valley sind alle immer da, wo sie sein sollen. In ihrer Wohneinheit, in ihrer Firma, auf der geplanten Feier, in den Straßen mit den Restaurants und Geschäften. Die Wege sind die immer gleichen. Niemand wandert einfach in der Stadt herum.

Und dann ist da der Zaun. Rostiger Draht, staubig und verwahrlost die Straße davor, ein leiser Wind lässt die Drähte leise singen. Hier irgendwo ist die Gestalt in dem Anzug verschwunden.

Ich gehe den Zaun auf und ab, aber ich kann nichts entdecken, wo man einfach verschwinden kann. Ich hatte mir eine geheimnisvolle Treppe vorgestellt mit einem Knopf, der sie hervorspringen lässt. Irgend so etwas. Aber hier ist nichts. Ich will schon fast wieder gehen, da sehe ich, dass das letzte Haus auf der einen Seite seltsam zuckt.

Ich betaste die Wand und sie gibt einfach nach. Das Haus ist nichts weiter als eine Plane, aufgehängt an einem Gerüst. Ich zögere einen Moment, dann krieche ich in die staubige Dunkelheit dahinter. Ein Geruch schlägt mir entgegen, der mich an die Schatten von Old B. erinnert. Ein Geruch nach toten Mäusen, Staub, Urin und Dreck. Ich muss würgen. Okay, wenn man sich verstecken möchte, dann ist das hier vermutlich eine ziemlich gute Wahl.

Ich taste mich auf allen vieren über den Beton und fühle nichts als raue kleine Steine. Und Staub. Und ein paar krümelig feuchte Dinge, über die ich lieber nicht so lange nachdenke. Ich schlucke ein trockenes Würgen runter, da kippt plötzlich der Boden unter mir weg, ich weiß gar nicht, wie, und ich stürze ohne Halt in einen Keller, in dem ein schwaches blaues Licht die kahlen Wände beleuchtet.

Über mir fährt surrend eine Klappe wieder zu, während ich mich vor Schmerzen krümme und versuche, die Übelkeit loszuwerden, die mich voll im Griff hat.

Ich schmecke Blut, aber nach dem ersten Schreck glaube ich, es ist nichts Schlimmeres, ich hab mir wohl beim Aufprall einfach auf die Zunge gebissen. Dafür tun mir mein Rücken und meine Ellenbögen höllisch weh. Erst bin ich mir sicher, dass die gebrochen sind. Aber dann ebbt der Schmerz doch ab und ich setze mich auf. Der Raum um mich herum ist bis auf das blaue Licht komplett leer.

Der Geruch nach Urin ist hier noch stärker, außerdem ist eine Note Unrat drin, oder auch Fäkalien. Oder alles zusammen. Schwer und bitter riecht es, ein Geruch wie ein Schlag in die Magengrube.

Ich rappele mich auf und beginne, mich an der Wand entlang zu der Tür zu tasten, die ich hinten im Raum sehe, als plötzlich jemand schreit: »DAS LICHT!!!! DAS LICHT!« Es wird schlagartig dunkel. Vollkommen undurchdringlich rabenschwarz dunkel. Und ich bekomme Panik, tiefe, abgrundtiefe Panik. Ich versuche, mich zu befreien, doch ein Schlag trifft mich. Für ein paar Momente bin ich benommen, dann fange ich an zu strampeln.

Jemand hat mir etwas über den Kopf gestülpt, mehrere Hände packen mich und irgendwer jault auf vor Schmerz, vermutlich hat einer meiner Tritte gesessen. Ein kleines Triumphgefühl durchfährt mich, aber es ist hoffnungslos. Ich werde an Armen und Beinen gepackt und getragen, eine halbe Ewigkeit, wie es mir scheint, Treppen runter, wieder rauf, lange Gänge entlang, um Ecken herum, die so eng sind, dass ich mir den Kopf anschlage. Auch die Temperatur verändert sich immer wieder, die Gerüche. Der Gestank nach Fäkalien nimmt zu und wieder ab, einmal weht kühle, feuchte Luft zu mir. Ist das jetzt das Meer?, denke ich. Bringen sie mich zum Meer? Ich versuche, mir vorzustellen, welchen Weg ich von dem Zaun zum Meer hätte nehmen müssen, aber ich verliere einfach vollkommen die Orientierung. Wenn mir jemand sagen würde: *Jenna, jetzt geht's zum Mittelpunkt der Erde*, ich würd's erst mal glauben.

Um nicht vor Angst komplett durchzudrehen, versuche ich, mir trotzdem den Weg einzuprägen, höre auf die Geräusche, ob jemand was sagt, ob ich Hinweise finde, wer mich trägt, wo ich bin. Aber außer Schnaufen und Keuchen höre ich nichts.

Schließlich, nach einer gefühlten Ewigkeit, lassen mich die Hände auf eine Art Stuhl plumpsen.

Ich reibe mir meine kribbelnden Handgelenke und die Beine. Mein Steißbein schmerzt vom Sturz so doll, dass ich eigentlich nicht richtig sitzen kann, aber ich traue mich nicht aufzustehen. Eine Weile passiert nichts. Ich höre ein feines Surren, fast zu leise für meine Ohren, aber doch da. Hier ist es hell, wenn ich nach unten schaue, kann ich die Umrisse meines Jogginganzugs erahnen, der Ärmel ist halb abgerissen. Einige Schritte gehen, andere kommen, ich versuche, so ruhig wie möglich zu atmen. Keine Panik, Jenna. Bisher hat dir niemand was getan. Also nicht wirklich, ich wurde nur ein bisschen entführt. Das ist doch bestimmt ein gutes Zeichen, sage ich mir selbst, während sich in meinem Mund die Spucke sammelt, weil meine Körperfunktionen vor Panik langsam durchdrehen. Jetzt hätte ich vielleicht doch gerne eine von diesen Ease-Off-Tabletten. Beim Gedanken an mein gemütliches Bett, an mein wunderschönes kleines Appartement packt mich eine seltsame Mischung aus sehnsüchtiger Erschöpfung und sehr großer Wut. Auf mich selber. Wieso muss ich mich in so eine Scheiße reiten?

Ich sehe das strenge Gesicht meines Opas vor mir: »Jenna, manchmal weißt du einfach nicht, wann Schluss ist!«

»Ich weiß, Opa! Ich weiß«, will ich am liebsten losheulen. Aber es ist einfach so schwer, vorher zu wissen, was hinterher zu viel ist. Wenn ich damals nicht den Controller aus einer alten Straßenreinigungsmaschine geklaut hätte, dann hätte es meinen Root-Crawler nie gegeben. Und ich wäre nicht hier. Das hätte auch schiefgehen können. Aber es hat geklappt und mein Projekt wurde ein mega Erfolg.

Mein Atem beginnt zu zittern und eine Träne tropft auf den schwarzen Stoff vor mir. Ich schwöre hoch und heilig, bei allem, was mir lieb und teuer ist, wenn ich hier lebend rauskomme, dann werde ich so einen Quatsch für immer lassen! Ich werde brav bei VERO arbeiten und mich freuen, dass ich es ins New Valley geschafft habe, und wenn er will, werde ich Cory heiraten und vielleicht niedliche Kinder bekommen, wenn die Bevölkerungszahlen es zulassen, denke ich eindringlich und schicke den Schwur ins allgemeine Nichts, vielleicht hört mich ja doch eine Wünsche erfüllende Macht. Ein kleines Wimmern entschlüpft mir, ich schaffe es einfach nicht, es zu unterdrücken.

»Also, du kannst den Beutel ruhig abziehen, wenn du willst.«

Ich bin so perplex, dass ich erst mal nichts mache und abwarte. Ich höre ein regelmäßiges Klackern, das mir vertraut ist. Die Tastatur eines Computers. Eine der alten, die noch Geräusche gemacht haben.

Vorsichtig nehme ich mir das Ding vom Kopf. Ich bin in einem fensterlosen Raum mit kahlen Betonwänden, eigentlich sehr ähnlich wie der, in den ich gestürzt bin. Nur sind hier lauter Bildschirme an einer Wand aufgebaut, die den Raum in ein blassbuntes Licht tauchen. Davor hockt eine Gestalt und tippt, lange, wellige Haare, schmaler, hochgewachsener Körper, vom Gesicht ist nicht viel zu sehen, außer einer Brille auf einer schmalen, langen Nase, blasser Haut und einem etwas hervorspringenden Kinn mit Grübchen. An der Wand hängen an Haken einige formlose dunkle Kleidungsstücke und der seltsame Anzug mit den Blumen und Beulen. Auf die Beton-Wände hat jemand mit bunten Farben Hunderte Blumen, Blätter und Bäume gemalt, dazwischen grasende Kühe. Mittendrin prangt das Wort »VANYA« in verschnörkelten Buchstaben.

»Ich würde sagen, mach es dir gemütlich, aber besser wird es hier nicht.« Sagt die Gestalt tonlos, ohne den Blick zu heben oder aufzuhören zu tippen.

»Ach, das ist schon okay«, antworte ich. Meine Stimme piepst wie eine ersaufende Maus, und fast muss ich lachen, weil das alles so vollkommen absurd ist, aber dafür habe ich dann doch zu viel Angst.

»Ich bin auch gleich so weit«, sagt sie und klackert weiter auf der Tastatur.

»Okay«, antworte ich und komme mir fast vor, als würde ich bei einer Ärztin warten.

Sie haut demonstrativ auf einen Knopf und Kaskaden von Codes beginnen, über die Bildschirme zu laufen.

»Ich musste nur kurz hinter dir aufräumen«, sagt sie und kommt zu mir rüber und bindet ihre Haare mit einem Band zusammen. Ich hatte gedacht, dass es eine junge Frau ist, aber jetzt bin ich mir nicht mehr so sicher, vielleicht ist es auch ein Mann oder keines von beiden, aber er oder sie sieht hübsch aus, schmal und groß, biegsam wie ein Haselstrauch, hinter der Brille helle grüne Augen und darunter ein feiner Mund mit kleinen, perlenartigen Zähnen.

»Dann lernen wir uns also endlich kennen, Jenna. Ich bin Eryn.«

Beinahe hätte ich gesagt: »Freut mich«, so perplex bin ich. Aber dann reiße ich mich doch zusammen und schnauze Eryn an: »Was soll denn das Ganze? Warum habt ihr mich entführt?« Dabei fällt mir auf, dass wir zwei vollkommen allein sind. Ob ich mir die anderen eingebildet habe? Oder gerade träume? Aber meine Arme tun zu weh und auch mein Rücken schmerzt noch immer höllisch vom Sturz. Nein, ein Traum ist das nicht. Träume sind anders, unlogischer.

Eryn lacht mir ins Gesicht. »Du bist doch bei uns reingeplatzt?!«

»Weil mich einer von euch überfallen und mir eine komische Kuh zugesteckt hat! Weil ihr euch in die Party gehackt habt! Und was weiß ich, was ihr noch tut!« Wir mustern uns. Eryn scheint das alles eher witzig zu finden. Katies Worte fallen mir wieder ein. »Ihr wollt New Valley zerstören! Mit eurem Daten-Terrorismus!«

Wieder lacht Eryn. Diesmal klingt es bitter. »Jetzt nimm dich selbst bitte nicht so ernst, Jenna. Und den ganzen Zirkus hier auch nicht. Nach deinem bisherigen Verhalten hätte ich ein bisschen mehr Reflexion erwartet als dieses angepasste Rumgejaule. Du frisst ja wirklich jeden Krümel, den sie dir hinwerfen.«

Ich will Eryn irgendwas an den Kopf werfen, am liebsten einen Stein, oder wenigstens irgendwas Fieses sagen, an dem sie richtig zu kauen hat, aber mir fällt einfach nichts ein. Also sage ich: »Du bist doch nur neidisch, hier in diesem Kellerloch.« Oh, wow, Jenna. Jetzt hast du es ihr aber richtig gegeben.

Eine Brise streift durch den Raum, wieder dieser Gestank. »Und es stinkt einfach total widerlich hier bei euch!«, füge ich hinzu. »Kein Wunder, dass ihr euch in New Valley breitmachen wollt!«

Eryn schaut mich an, unverwandt und schweigend. »Gut«, sagt sie schließlich. »Vielleicht fangen wir einfach so an.« Sie steht auf und nickt mir zu. »Komm mit. Ich will dir etwas zeigen.«

Ich bleibe sitzen. Ich hab einfach keinen Bock, mich von ihr herumkommandieren zu lassen.

»Sag mir nicht, dass du jetzt zu feige bist.« Und natürlich kriegt sie mich damit. Was soll das schon groß sein, was sie mir zeigen will? Auf den Bildschirmen ist nun kein Code mehr, sie zeigen jetzt verschiedene Überwachungsaufnahmen aus New Valley. Auf ein paar Bildschirmen sind so etwas wie Profile zu sehen, Bilder von Personen mit Datensätzen dazu, die ich aber nicht lesen kann.

»Es ist auch nicht weit, keine Sorge«, sagt Eryn und ihr Lächeln ist jetzt wirklich unangenehm.

Ich zucke mit den Schultern und gehe hinter ihr her. Vielleicht finde ich ja etwas heraus, was Cory nutzen kann, um diese Leute endlich loszuwerden. Wenn es gut genug ist, dann kann ich auch reinen Tisch machen, ihm endlich erzählen, was der Mann mir auf der Party zugeflüstert hat, und ihm die kleine Kuh geben.

Eryn drückt sich durch einen schmalen Schacht, der wohl eigentlich nicht für Menschen gemacht ist. Kabel laufen hier lang und einige Rohre. Wir quetschen uns halb aufrecht hindurch, der Gestank wird immer schlimmer, aber bald stehen wir vor einer rostigen Tür.

»Bereit?«, fragt Eryn.

»Klar«, sage ich und zucke cool die Schultern.

»Das glaube ich zwar nicht, aber bitte«, sagt sie und öffnet die Tür.

Ich trete auf eine Art Balkon aus Gitterblech. Unter mir und über mir verschwindet der Raum, wir sind inmitten eines riesigen kirchenartigen Gewölbes oder überdimensionalen Turmes. Der Gestank ist bestialisch. In der Mitte des Raumes ist eine Konstruktion, ein gigantischer Kolben, an dem wie Blütenblätter kleine Plattformen angebracht sind, die im Raum zu schweben scheinen. Hier und da gibt es schmale Stege und auf jeder Plattform steht ein Tier. Direkt vor mir Kühe, ich kann die aufgescheuerten Wunden an ihren Flanken sehen, die Käfige sind so schmal, kaum breiter als die Tiere. Die Euter der Kühe sind überprall, als würden sie jeden Moment explodieren. Rhythmisch schwingen ihre Köpfe hin und her, während sie in das Nichts vor sich starren. Das jeweilige Nebentier ist durch eine milchige Plane abgetrennt. Weiter unten meine ich Schweine zu erkennen, oder sind es Schafe? Ich bin mir nicht sicher und ich habe auch keine Kraft, genauer nachzuschauen. Ein Gefühl von Leere überkommt mich. Und da fällt mir die Stille auf. Eine vollkommene Stille. Nur hier und da klackt etwas metallisch. Von den Tieren ist nichts zu hören. Rein gar nichts.

»Sie …«, stammele ich. »Sie … sagen ja gar nichts.«

»Man hat ihnen die Stimmbänder durchgeschnitten, damit sie nicht schreien. Deshalb ist es so still«, sagt Eryn hinter mir. »Es ist nur ein kleiner Eingriff nach ihrer Geburt. Sehr effektiv.«

Die Übelkeit, die ich vorhin zurückgedrängt habe, steigt wieder in mir auf. Ich fange an zu würgen und Eryn reißt mich zurück in den Schacht, wo ich mich plätschernd auf die Kabel und Rohre übergebe.

»Entschuldige, ich wollte nicht so grob sein«, sagt Eryn sanft. »Es ist nur so, dass die Tiere sehr anfällig für Krankheiten sind. Es ist so schon schrecklich genug.«

Ich nicke nur. »Warum sind sie denn hier? Was macht ihr mit ihnen? Warum tut ihr das?« Kalte Wut steigt in mir auf. In was für einen Abgrund der Menschheit bin ich hier geraten?

»Wir?« Eryn schüttelt den Kopf. »Ach, Jenna. Verstehst du das wirklich nicht? Das sind die Tiere für New Valley.«

Mir wird ganz kalt. Ich muss an das Steak denken, das ich vor ein paar Tagen mit Cory gegessen habe. Diesmal kommt nur noch Galle aus meinem Mund, aber es dauert eine Weile, bis mein Magen sich wieder beruhigt hat.

»Wir haben uns nach ihnen benannt, um ihnen wenigstens etwas Ehre zurückzugeben.«

»Vanya?«, frage ich. »So nennt ihr euch?«

»Ja. Es ist ein indisches Wort. In Indien waren Kühe einmal heilig und liefen frei herum.« Eryn saugt die Luft ein. »Und eine Vanya ist eine Kuh, deren Kalb gestorben ist.«

Ich spüre, wie mir Tränen in die Augen steigen.

»Eryn! Eryn!« Eine aufgeregte Stimme dringt durch die Schächte.

»Komm, wir müssen zurück. Deine Ankunft hat alle ziemlich aufgebracht«, sagt Eryn und zeigt auf meine Kotze. »Außerdem muss ich noch Putzsachen holen.«

»Mhhhhh«, presse ich hervor und wische mir den Mund mit dem Ärmel ab. Dann stolpere ich hinter ihr her. Am liebsten würde ich rennen, um so schnell wie möglich von diesem Turm der Tiere wegzukommen.

In dem Raum mit den vielen Bildschirmen hat sich eine kleine Gruppe versammelt, genau genommen drei Leute außer Eryn und mir.

»Da bist du ja!«, faucht ein Junge mit einem Undercut und krausem Haar, das auf seinem Kopf sitzt wie eine Krone. Er trägt schwarze, riesige Hosen, die er mit Trägern an seinem schmächtigen Körper hält. An seinen schmalen Schultern hängt eine ebenso riesige, schwarze Jacke und darunter hat er nichts an. Sein Gesicht ist schmal und zart gezeichnet, mit durchdringenden, dunkelbraunen Augen. Er erinnert mich ein wenig an diesen Sänger aus dem letzten Jahrhundert. Prince hieß der. Auf seiner hellbraunen Haut wächst ein feiner Bart, der sehr gepflegt aussieht.

»Jetzt atme erst mal durch, Brent. Ich musste Jenna ein bisschen herumführen.«

»Reicht es nicht, was sie bisher schon gesehen hat? Ich habe dir gleich gesagt, dass es ein Fehler ist, sie herzuholen.«

»Ich habe sie nicht hergeholt. Sie ist selbst hergekommen. Jedenfalls das erste Stück. Und ja, es schien mir klüger, ihr zu zeigen, wo sie wirklich gelandet ist.« Eryn wirft mir einen prüfenden Blick zu.

»Hoffen wir, dass du uns nicht den Todesstoß versetzt hast«, sagt ein Mann, der in einer Art Rollstuhlauto sitzt. Er hat kurz geschorene Haare und eine Brille. Seine Arme und Beine sehen mager und irgendwie zu klein für seinen Körper aus. Vielleicht sitzt er deshalb in dem Gefährt. Seine weichen Gesichtszüge lassen ihn sehr jungenhaft wirken. Aber er redet wie ein abgebrühter Streetfighter. Er scheint überhaupt nicht aufgeregt oder besorgt. Er lächelt sogar ein wenig. »Ich wüsste jedenfalls nicht, wohin wir fliehen sollten, wenn uns die OrderUnits aufmischen.«

»Ray, es mischt uns niemand auf. Ich habe die Spuren beseitigt. Bleibt mal alle auf dem Teppich. Ihr wisst, dass unser Zugriff auf die Security Structure einigermaßen solide ist.«

»Ich find deine Alleingänge ehrlich gesagt total Scheiße!«, schimpft die junge Frau, die hinter Ray steht. Sie trägt auf dem Kopf ein türkisfarbenes gewundenes Tuch, ihr ebenmäßiges braunes Gesicht ist rund und voll, die Nase fein, mit breiten Nasenflügeln. Sie trägt einen weiten Pulli, an dem sie mit einer Hand nervös zupft. »Dass die da hergefunden hat, liegt überhaupt nur an dir! Wenn du sie nicht vollgequatscht hättest. Du musstest ihr ja unbedingt in dem Anzug auflauern! Und jetzt haben wir sie an der Backe!«

Ich komme mir zunehmend blöder vor, sie reden über mich, als wäre ich eine Art Schabe, die sie loswerden müssen.

Eryn hebt die Arme und wieder betrachtet sie mich mit diesem Blick. »Ja, das hätte ich erst abstimmen müssen, du hast recht, Joy. Okay. Es tut mir leid.« Eryn schaut sie eindringlich an. »Aber mir schien es alternativlos. Wir sitzen hier seit Jahren fest und machen keine Fortschritte. Ohne das Datenglas sind wir einfach aufgeschmissen.«

»Ja, toll, und jetzt steht sie hier rum, nimmt Platz weg, wir können sie nicht gehen lassen, weil sie uns verraten könnte, aber hierbehalten können wir sie auch nicht, weil sie dann gesucht wird.« Mit jedem Wort wird die Stimme von diesem Brent lauter. »... und das Datenglas haben wir noch immer nicht!«

»Hey!«, brülle ich dazwischen. »Könnt ihr mal aufhören, über mich zu reden, als wäre ich ein totes Stück Fleisch oder so? Was soll denn das? Kriegt mal lieber euer Leben auf die Reihe!« Ich weiß natürlich, dass es vielleicht nicht ganz schlau ist, hier so rumzuschnauzen, aber ich bin einfach so sauer. »Eure Überheblichkeit kotzt mich an!«

»Ha!« Brent lacht bitter. »Die ist gut!« Er starrt mich an. »Kriegt mal euer Leben auf die Reihe«, äfft er mich nach und verzieht dabei sein Gesicht zu einer höhnischen Fratze. »So wie du, ja? Immer schön auf dem Schoß vom großen Cory, nachdem du in Old B. brav Sternchen eingesammelt und Leute angeschwärzt hast, um noch ein paar traurige Punkte für den Score zu sammeln!«

Mir wird schwindelig. Blut schießt mir ins Gesicht. »Woher ... Das war so nicht! Das war anders! Wenn ich nichts gesagt hätte, wären wir alle dran gewesen! Ich habe nur gemacht ...«, stammele ich. »So sind einfach die Regeln! Und ich wusste ja nicht ...« Dann starre ich zu Eryn. »Aber woher wisst ihr überhaupt davon?«

»Von Lora, meinst du?«, antwortet Eryn und schaut mich unverwandt an. Ich versuche zu schlucken, aber es geht nicht. Ich nicke schwach. Lora war mal meine Freundin. Meine einzige Freundin. Dann hat sie irgendwann begonnen zu stehlen. Sie fing an, das ganze System infrage zu stellen. Wollte, dass wir protestieren und solche unsinnigen Dinge. Und dann was?! Also entweder wäre unser ganzes Team vom Root-Crawler aus dem New Future Plan geflogen, denn man war uns auf den Fersen – oder eben nur diejenige, die es war. Also habe ich sie angezeigt. Und am Ende all ihre Score-Punkte bekommen. Als Belohnung.

Die Übelkeit kriecht zurück in meinen Körper. Der Boden scheint sich unter mir aufzulösen. Ich hatte es ganz vergessen. Weggeschoben. Es eingesperrt in eine Ecke meines Hirns. Keine Ahnung. Was hätte ich sonst tun sollen? Ich hatte keine andere Wahl. Dachte ich. Denke ich. Aber ich habe nicht zu Ende gedacht, was mit ihr passieren würde. Ich dachte, sie würde ein paar Strafpunkte bekommen. Und jetzt sehe ich es plötzlich wieder vor mir. Lora, wie sie von der OrderUnit abgeholt wird. Lora, die sich wehrt. Lora, die mich anschaut, meinen Namen schreit. Bis ich weggehe und mich nicht noch einmal umdrehe. Und dann ihr Bild am Abend auf allen Leinwänden. »Triumphaler Schlag gegen Terroristin. Nach dem Verhör gab sie die Zustimmung zum Final Eon-Plan.« Wenigstens ein sanftes Ende, versuchte ich, mich zu trösten.

»Na ja«, holt mich Eryns Stimme zurück. Sie zeigt mit dem Kinn in Richtung der vielen Bildschirme. »Wir wissen so ziemlich alles über dich. Oder jedenfalls eine ganze Menge. Die äußeren Fakten. Alles, was EQUILON weiß.«

»Ihr habt Zugriff auf EQUILON?« Meine Stimme ist heiser, als hätte ich stundenlang geweint und geschrien.

»Zugriff nicht wirklich.« Brent verschränkt die Arme vor der Brust. »Das ist ja unser Problem. Aber wir haben so etwas wie ein Fenster. Wir können darin lesen, Profile, Parameter. Auf den Code zugreifen … das ist 'ne andere Nummer.«

»Wow«, sage ich. »Und das merkt keiner?«

Brent schüttelt stolz den Kopf.

»Eryn hat das Programm geschrieben. Also, gecodet haben wir alle. Aber die Idee war ihre.«

Okay, nun bin ich doch beeindruckt. Hacken ist die eine

Sache. Aber nicht bemerkt werden und das über lange Zeit, das ist schon große Kunst.

»Tja, aber weiter sind wir nicht gekommen.« Eryn schaut unverwandt auf die Bildschirme. »Wir brauchen die Kuh. Das Datenglas.«

Natürlich! Das Ding ist ein Datenspeicher! Wieso bin ich da nicht selbst draufgekommen? Alles, worum es immer geht, sind Daten. Daten sind Macht. Und die hier wollen Macht.

»Was macht denn das Datenglas überhaupt?«, frage ich so beiläufig wie möglich. Ich will nicht, dass sie mir auf die Schliche kommen. Und dass sie merken, dass ich zuerst keinen Plan hatte, was ich da in den Händen hatte.

»So ganz genau wissen wir es nicht«, antwortet Eryn langsam, als wollte sie eigentlich nicht zugeben, was sie da sagt. »Die ursprünglichen Gründer der MegaGoods-Organisation haben die Datengläser angelegt. Es ist so eine Art Generalschlüssel. Ein God Mode, der berechtigt, die Dinge zu ändern. *Alles* zu ändern.« Eryn seufzt. »Jedenfalls ist das die Legende, die wir gehört haben. Und dann erhielten wir ein Angebot von jemandem aus dem New Valley, der uns eines der Datengläser übergeben wollte. Na ja ... du hast ihn ja, sagen wir, getroffen ...«

»Und wer war er? Kanntet ihr ihn?«, frage ich und benutze die Vergangenheitsform, denn ich weiß ja, wie so etwas enden muss.

Eryn seufzt und zuckt die Schultern.

»Er nannte sich Dr. No. Viel mehr weiß ich nicht. Er hat uns mit einem Encrypted Messenger kontaktiert. Einer, der die 1 Milliarde nicht mehr unterstützen wollte. Vermutlich einer von recht weit oben. Sozusagen ein Agent für uns.«

»Was ist mit ihm passiert?« Du weißt es doch, denke ich gleichzeitig. Aber ich will, dass es jemand ausspricht.

Beklemmung ist im Raum spürbar.

»Soweit ich weiß: Final Eon.« Die Nachricht versetzt mir trotzdem einen Stich. Das Gesicht des Mannes huscht einen Moment lang an mir vorbei. Ich denke an seine Augen, die Panik darin, sein verzweifeltes Flüstern. Final Eon. Was sonst. Ich hoffe wirklich, dass es so läuft, wie man sagt. Schöne Drogen, und dann Schluss.

»Na ja, jedenfalls wird es jetzt erst mal nichts mit dem Störfeuer«, sagt Ray in die Stille hinein und setzt sich in seinem Rollstuhl zurecht.

»Aber ihr stört doch schon die Dinge in New Valley! Ihr seid eine Terror-Organisation!«, rufe ich.

Ray verdreht die Augen. »Immer diese Dramatik! Nur, weil ihnen mal jemand ein bisschen in die Musik funkt.« Er hat einen hervorspringenden Adamsapfel, der beim Sprechen auf und ab hüpft, und ich muss mich anstrengen, nicht die ganze Zeit dorthin zu starren. »Wir pfuschen auch hier und da in der Überwachungstechnik rum, ja. Hacken uns in ihre Chats, um zu wissen, was sie treiben. Das war's bisher.« Er schaut hoch zu der Frau hinter ihm. »Aber unser Plan war eigentlich, den Algorithmus von EQUILON zu knacken. Ins Innerste vorzudringen, den MegaGoods ihr eiskaltes Herz herauszureißen.« Seine Stimme zittert, als er die letzten Worte spricht. Dann zuckt er mit den Schultern. »Aber wir schaffen es nicht. Zwei Jahre Arbeit und wir sind keinen Schritt weiter. Wir wollten EQUILON ändern, die Score-Konten löschen – das ganze System umkrempeln.« Ray schaut mich an. »Eine letzte Hoffnung haben wir ja noch, und das bist du. Oder besser gesagt, das Datenglas, das du hast.«

Ich spüre, wie die Wut sich in mir mehr und mehr aufstaut. Sie sitzen hier unten und jammern und reden schön selbstgefällig daher, anstatt mal wirklich was zu machen! Alles umkrempeln? Ja großartig! Und dann?

»Was redest du für einen Scheiß?«, schreie ich. Ich könnte ihm seinen blöden Adamsapfel mit den Fingern rausreißen. »Von wegen, eiskaltes Herz! Und warum sollte ich euch bei eurem bescheuerten Kampf gegen EQUILON helfen? Ich meine, es reicht eben nicht für alle! Und EQUILON bringt uns Gerechtigkeit! Die hatten wir vorher nicht! Schon vergessen? Wir haben keine Kriege mehr, wir haben eine organisierte Versorgung! Die Regierungen waren total unfähig! EQUILON HAT UNS GERETTET, VERSTEHT IHR DAS NICHT?«

Ich merke, wir mir die Spuckebläschen aus dem Mund fliegen. Ich atme tief ein und versuche es ruhiger. »EQUILON ist Ordnung! Stabilität! Das kann man nicht so einfach mal eben ›umkrempeln‹! Das ist doch Wahnsinn!«

Brent, der Junge in den schwarzen Klamotten, schnaubt verächtlich. »Siehst du, Eryn? Was für einen Mist die sich zusammenlabert? Die Alte ist total verblendet! Ein richtiges Opfer dieser ganzen scheiß New Valley-Propaganda!«

Mir kommen die Tränen. Aus Wut. Eryn schaut weiter unverwandt auf die Bildschirme. Ich erkenne Nachtsichtaufnahmen, Rasterzeichnungen von Gebäuden und Menschen, Zahlenkolonnen.

»Was glaubt ihr eigentlich, wer ihr seid? Ich bin verblendet?! Nur weil ich euch EURE scheiß Ideologie nicht abkaufe?! Ihr seid doch nur sauer, weil ihr es nicht geschafft habt und in diesem stinkenden Bunker sitzt!«

»Sie hat das Datenglas nicht herausgegeben. Das hätten wir erfahren. Es bestand also eine Wahrscheinlichkeit, dass sie auf unserer Seite steht«, sagt Eryn emotionslos zu Brent, so als hätte ich einfach gar nichts gesagt. »Oder dass wir sie auf unsere Seite ziehen, wenn sie sieht, was sie mit den Tieren machen.« Sie blickt kurz zu mir. »Denn dass du Tiere magst, wissen wir aus deinem Profil.« Diese Worte lassen mich zusammenzucken.

Ja, ich mag Tiere. Ich liebe Tiere! Das wurde in der Future Academy immer als einer meiner Schwachpunkte gesehen. Unlogisches Emotional Attachment mit Risiko zur Störanfälligkeit, hieß es in einem der ersten Reports. Ich dachte, ich hätte mich da besser unter Kontrolle bekommen.

»Wo ist das Datenglas denn? Hast du es dabei?« Joy schaut mich durchdringend an, in ihren Augen blitzt etwas auf, das mir Angst macht.

»Das ... das hab ich nicht mehr«, stoße ich hektisch hervor. Ich will einfach nur weg hier und diesen widerlichen Geiern ganz bestimmt nichts in den Rachen werfen. »Ich hab's weggeschmissen.«

»Wohin?«, sagen alle wie aus einem Mund. Ich schweige.

»Wo ist es?«, fragt Eryn noch einmal, immer noch in ruhigem Ton, aber ich kann die Anspannung in ihrer Stimme hören.

Scheiße. Was sag ich jetzt. »Ins Meer. Ich hab's ins Meer geworfen.« Ich bin ganz erleichtert über meine Eingebung. Was im Meer ist, ist weg. Das müsste selbst diese überdrehte Truppe einsehen.

»VERDAMMTE SCHEISSE, DU VERKACKTE NEW VALLEY-ARSCHKRIECHERIN!«, schreit Brent. »WEISST DU EIGENTLICH, WAS DU DA ANGERICHTET HAST?«

»Beruhig dich«, sagt Eryn tonlos. »Das bringt nichts und außerdem ist nicht alles verloren.« Sie schaut zu mir. »Hast du es bei VERO ins Meer geworfen?«

Ich nicke stumm. Am besten, ich sage jetzt nur noch so wenig wie möglich.

»Wir schicken den TerrainScanner los, den Ray mal gebaut hat. Er könnte auch auf dem Meer funktionieren. Wenn wir ihn mit den Masse-Daten des Datenglases füttern – und der ungewöhnlichen Form, dann gibt es vielleicht eine kleine Chance«, murmelt Eryn vor sich hin.

»Pffffft.« Ray stößt seinen Atem aus. »Ich weiß nicht … na ja, damals im Projekt habe ich ein paar Versuche mit Wasser gemacht – aber ob der lange Zeit dem Salzwasser standhält? Ich habe keine Ahnung.«

»Du hattest so ein gutes Projekt?« Ich kann es nicht fassen. Ein guter TerrainScanner bietet so viele Möglichkeiten. »Was machst du dann hier unten?«

Ray lacht kurz und bitter. »Ich war sogar ein Teil von New Valley.« Er reißt seine schmächtigen Arme mit einer absurden Freudengeste hoch. »YAAAAAYY!«, ruft er. »Du glaubst wohl, du bist die einzige Granate hier, was? Tja. Ich bin ein ziemlich guter Maschinenprogrammierer. Wahrscheinlich ein besserer als du. Aber man hat mich quasi eingesperrt. Zu meiner eigenen Sicherheit, wie es hieß. In Wahrheit hat in New Valley einfach keiner Bock auf ›Menschen mit besonderen Bedürfnissen‹, wie sie das hier so höflich nennen.« Seine Hand tastet sich nach oben und nimmt die von Joy, die noch immer hinter ihm steht. »Aber zum Glück war Joy mein Service Roboter. Sie hat mich rausgeholt. Und seitdem leben wir hier.«

Ich starre Joy an. Ich kann es nicht fassen. Wow. Wie krass ist das denn? Die Maschinenbaukunst in New Valley ist noch tausendmal besser, als ich dachte. Sie hat so starke Emotionsäußerungen. Wie haben sie das nur gemacht? Ich gehe auf sie zu. »Darf ich sie mal anfassen?«, frage ich Ray. Ich flüstere fast, ohne dass ich das will. »Ich kann einfach nicht glauben, dass sie ein Roboter ist.«

Ich zucke zusammen, so laut ist das Gelächter, das plötzlich ausbricht.

»Die ist so vernagelt, komm, wir schmeißen sie einfach ins Meer, und gut ist«, sagt Brent und wischt sich die Lachtränen aus den Augenwinkeln.

»Brent«, sagt Eryn streng. »Wir sind nicht die 1 Milliarde. Wir sind anders.« Sie ist die Einzige, die nicht mitgelacht hat. Zum Glück bin ich mir ziemlich sicher, dass sie nicht zulassen wird, dass sie mir etwas antun.

»Entschuldigung!« Wir fahren alle herum. An der Tür steht ein junger Mann mit einem Eimer und grinst etwas verschämt. Auf seiner kupferfarbenen Haut glänzen ein paar Wassertropfen. Das schwarze Haar hat er kurz geschoren. »Das Heißwasser geht wieder nicht mehr. Könnte Ray vielleicht helfen …? Die Hubots für Technik sind alle noch im Dienst.«

Ray nickt knapp und der junge Mann verschwindet wieder.

Ich schaue die Gruppe an. Eine unbestimmte Angst beschleicht mich. Vielleicht ist hier eine ganze Armee versteckt? »Wie viele seid ihr eigentlich?«

»Das?« Ray zeigt auf die Tür, hinter der der Mann verschwunden ist. »Das ist keiner von uns.«

»Wer ist das denn?«

Ray schaut zu Brent und die beiden grinsen feixend.

»Das? Ach, das ist auch einer von den Robotern. Oder Hubots. Diesen Namen haben sie sich selbst gegeben. Hubots ist kurz für Human Robots, das Geheimprojekt von New Valley.«

»Nun zeigt es ihr schon, statt euch über sie lustig zu machen.« Eryn scheint nun doch langsam die Geduld zu verlieren. Ich frage mich, warum sie hier bei diesen komischen Leuten sitzt. Sie könnte ganz bestimmt auch ein Teil von New Valley sein. So gut, wie sie programmiert. »Und bringt sie auch zum Sentinel. Der wird entscheiden, wie es weitergeht.« Ich überlege, ob ich weglaufen sollte. Es würde mich vermutlich niemand aufhalten. Aber ich scheine weit unter der Erde zu sein, in einem Labyrinth aus Gängen. Vermutlich würde ich nicht weit kommen. Also nicke ich einfach, als Joy mir mit einem dünnen Lächeln zuwinkt, und gehe hinter ihr her.

Erst kommt uns ein einzelner Mann entgegen, er ist klein, stämmig und auch er hat braune Haut. Er hat ein Handtuch über die Schulter geworfen und grüßt Joy beiläufig. Mich mustert er kurz, um dann gleich den Blick zu senken. Eine Gruppe Frauen geht an uns vorbei, sie sehen sich ähnlich, alle schmal und hochgewachsen, ihre Haut erdig Schwarz. Sie sind in ein Gespräch vertieft und bemerken uns nicht. Ich muss ihnen hinterherstarren, ich kann mir keinen rechten Reim darauf machen, wo ich bin, wer diese Leute sind. Für Roboter verhalten sie sich zu menschlich, finde ich. Aber falls es Menschen sein sollten ... warum sind sie dann hier unten? Ich traue mich nicht, Joy zu fragen.

Und dann weitet sich der Gang, verschwindet in einer riesigen unterirdischen Halle. Von oben kommt helles Licht und bescheint das wilde Durcheinander.

Hunderte Gestalten tummeln sich hier, vielleicht Tausende. Und fast alle haben schwarzes Haar und braune Haut. Ein ganzes Dorf haben sie hier gebaut, nein, es ist eine Stadt. Aus Strohmatten und Decken. Aus Kartons und Brettern. Auch Gärten gibt es hier. An jedem freien Fleck. Auf kleinen freien Plätzen sitzen sie beieinander und bereiten Mahlzeiten zu, unterhalten sich und lachen. Ganz weit oben hängen zahllose riesige, strahlend helle Lampen. Tageslichtlampen, denke ich. Logisch. Sonst könnten die Pflanzen hier unten natürlich nicht dauerhaft überleben. Und die Roboter laden sich wahrscheinlich auch so auf.

Ruhig und überlegt gehen alle ihren Beschäftigungen nach, in der Luft liegt das sanfte Summen der Stimmen. Ein bisschen wirkt die Szene wie die Bilder, die ich einmal gesehen habe, aus der Untergangsgeschichte, in der wir gelernt haben, was die alte Welt zu Fall gebracht hat. Es war die Sektion Urlaub. Ja, hier sieht es ein bisschen aus wie auf einem Campingplatz. Ich will es eigentlich nicht, aber ich fühle mich in dieser Halle irgendwie wohl.

»Was ist das?«, sage ich schließlich.

»Das?« Joy lächelt noch immer dünn. »Das ist die Stadt der Roboter.«

»Das sind alles Roboter?« Ich kann es nicht glauben. New Valley ist einfach so fortgeschritten in seiner Entwicklung, dass es mich beschämt. Ich wusste von Robotern. Jeder weiß von Robotern, auch in den Grenzländern. In den letzten Wochen habe ich mich auch an ihre Anwesenheit gewöhnt, an ihre stille Dienerschaft, die mir so angenehm ist. Aber dass Roboter sich so intelligent miteinander vernetzen können, dass sie ganz ohne Anweisungen von außen solch eine Gemeinschaft formen können, das ist geradezu unheimlich.

»Es ist absolut unglaublich«, flüstere ich ehrfürchtig. »Alles Roboter.« Ich entdecke die zwei Frauen aus der Ankunfts-Wellness, jedenfalls glaube ich, dass sie es sind. Die eine rührt in einem kleinen Topf, die andere schneidet etwas auf einem Brett und sie reden miteinander, lächelnd und freundlich.

Joys Worte reißen mich aus den Gedanken. »Lass es mich so sagen. Es ist die Stadt derer, die Roboter genannt werden.«

»Wie meinst du das?« Ihre Art macht mich wirklich aggressiv. Sie ist bestimmt eine Fehlproduktion. Ich meine, wer will schon so einen Roboter haben, der einem ständig so ein unangenehmes Gefühl gibt.

»Meine Güte!« Joy verdreht die Augen. »Das sind keine Roboter! Es gibt keine Roboter. Jedenfalls nicht solche. Das sind alles Menschen, die für euch die Roboter spielen! Hast du's jetzt endlich begriffen?« Sie schüttelt den Kopf.

»Dir muss man wirklich alles ausbuchstabieren, was? Ich dachte, du bist so schlau? Ihr lasst euch allen Dreck hinterherräumen von denen. Und damit es leichter zu ertragen ist, redet ihr euch ein, dass es Roboter sind!«

Ich merke es erst, als es zu spät ist. Die Tränen laufen mir unkontrolliert über das Gesicht. »Wieso ... Was ...«, sage ich. Mein Herz rast, meine Gedanken scheinen in einen Abgrund zu trudeln. Ich versuche einzuordnen, was sie sagt. Wie viele Roboter habe ich gesehen in den letzten Tagen? Das kann doch nicht sein. Das müssten die Leute doch wissen, das muss man doch merken. »Das hätte ich doch merken müssen«, sage ich schließlich laut.

»Sie bekommen eine Ausbildung.« Eryn ist zu uns getreten, sie muss uns gefolgt sein. »Sie lernen, sich auf eine bestimmte Art zu geben, sodass sie als roboterhaft wahrgenommen werden.«

»Das kann nicht sein, das kann einfach nicht sein.«

»Meine Güte, du bist so vernagelt!« Jetzt motzt Joy mich an. »Mach verdammt noch mal deine Augen auf! Es ist doch alles Fake hier! Merkst du das denn nicht?!« Ihr Gesicht kommt immer näher, ich kann sehen, wie ihre Wangen vor Wut dunkler werden. Joys Augenbrauen sind zusammengezogen, die länglichen Augen schmal vor Zorn.

Es ist wie ein Reflex, ich schubse sie schnell und so hart, dass sie fast stürzt. Bedrohlich kommt sie einen Schritt näher, und ich spüre, gegen ihre Kraft hätte ich keine Chance. Eryn legt ihr beruhigend eine Hand auf den Arm.

»Joy, spar dir die Kraft. Es hat keinen Sinn«, sagt sie. »Ich werde sie jetzt zum Sentinel bringen.«

Joy dreht sich schnaubend weg. »Ins Meer schmeißen solltest du sie.«

»Lass gut sein, Joy«, sagt Eryn und zieht mich weg. Sie führt mich am Rand der großen Halle entlang, wir gehen zwischen Zeltwänden auf der einen und der Wand aus Beton auf der anderen. Ich fühle mich taub und leer. Als hätte jemand alles ausgeschüttet, was in mir drin war. Hölzern staksen meine Beine hinter Eryn her, die meinen Arm nicht loslässt. Mir kommt alles ganz und gar verdreht vor, falsch und auf dem Kopf. Nur kann ich nicht sagen, ob die Welt hier unten verrückt ist oder die da oben. Oder beide? Das kann alles gar nicht sein, was sie mir erzählen.

»Aber EQUILON …«, sage ich. »Das funktioniert doch. Das System funktioniert. Sonst wäre ich doch gar nicht hier.«

Eryn sagt nichts, sondern geht einfach weiter, die Hand an meinem Arm.

»Ich habe doch CreditPoints gesammelt, habe den Score geknackt.«

Ohne sich zu mir zu drehen, sagt Eryn: »Weißt du denn, wie der Score zusammenkommt? Welche Dinge den Ausschlag geben?«

»Na ja, nicht jedes Detail. Aber die Ergebnisse in der Future Academy zum Beispiel. Die Projekte. Ich weiß nicht. Der allgemeine Intelligenztest. Die BodyFitness.« Mein ganzer Körper fühlt sich schlaff und kraftlos an. Ich möchte mich am liebsten zusammenrollen und schlafen, in irgendeiner dunklen Ecke. Aber ich kann das alles nicht so stehenlassen. Da muss ein verdammter Fehler passiert sein. Kurz überlege ich noch mal, ob ich vielleicht doch träume. Aber es ist anders, ganz, ganz anders, als ein Traum sich anfühlt. Der Film läuft schon viel zu lange in eine Richtung.

»Und was, wenn ich dir sage, dass ein zentrales Kriterium ist, wie dein Gehirn auf Beatles-Musik reagiert?«

»Hä? Wie meinst du das?« Die Art, wie Eryn redet, geht mir mehr und mehr auf den Keks. So ruhig und gleichförmig. Als sei sie irgendwie was Besseres, als hätte nur sie raus, wie es läuft.

»Du weißt schon, die alte Band? Ihr habt sie regelmäßig in der Future Academy gehört.«

»Ja, klar«, sage ich und summe den Refrain von *We all live in a yellow submarine*, nicht, weil ich es will, sondern weil er mir so plötzlich in die Gedanken springt, dass er mir geradezu aus dem Mund sprudelt, ohne dass ich etwas machen kann. Ein Schauer läuft mir den Rücken runter. Wie seltsam, als hätte ein anderer meinen Kopf gesteuert.

»Genau.« Eryn dreht sich kurz zu mir um und lächelt. »Irgendwann hat man herausgefunden, dass Menschen, die die Musik der Beatles instinktiv ablehnen, einen, nun, sagen wir, tendenziell widerspenstigeren Charakter haben, dass sie abwartender und kritischer sind als jene, die die Beatles gut finden. Beatles-Hasser fügen sich im Mittel schlechter ein und hinterfragen mehr.«

»Ja und?«

»Ganz einfach, die Beatles-Musik läuft nicht ohne Grund dauernd in der Future Academy. Wer darauf mit Abneigung reagiert, der wird von EQUILON blockiert.«

»Was?«, rufe ich. Ich glaube langsam, Eryn hat einfach zu lange in diesem Keller gesessen und mit Robotern und Verrücktgewordenen geredet.

»Allgemeiner ausgedrückt: Wessen Musikvorlieben einen komplizierteren Charakter nahelegen – der ist raus. Nur sagt das niemand den Leuten. Sie kämpfen weiter, sie glauben, es gäbe einen Platz für sie. Aber es wird nie dazu kommen. EQUILON wird sie niemals durchlassen im Score. Und das ist noch eines der harmloseren Kriterien, Jenna. Zum Beispiel die Hautfarbe …«

»Das ist doch Schwachsinn!«, fahre ich dazwischen. Ich höre mir diese verdrehten Lügen keine Sekunde weiter an. »Es gibt ein klares System, wie Punkte gesammelt werden. Jeder weiß das! JEDER! Tests, die wir machen! Das general behavior! Unsere Projekte! Ich habe eine komplett neue Bewässerungsmethode entwickelt, die kann uns MILLIONEN LITER WASSER SPAREN! Deshalb bin ich hier! Es geht um unsere Nützlichkeit für die Welt! Wie wir helfen können, die Menschheit zu retten!« Ich mache mich los von ihrer Hand. »Das zählt! EY, KAPIERST DU DAS NICHT?! Weißt du eigentlich, was das für eine scheiß Arbeit war, hierherzukommen? Und du laberst hier irgendwas von den Beatles! Das ist mir echt zu viel, ich pack das nicht!« Ich spüre, wie mir wieder die Tränen in die Augen steigen. Verdammte Scheiße. »ICH HAB MIR DEN ARSCH AUFGERISSEN! IST DIR DAS KLAR?!« Ich könnte ihr jetzt und hier den Hals umdrehen, dieser Bitch.

»Ja, hast du«, antwortet Eryn ungerührt. Ich meine sogar, ein leichtes Lächeln auf ihrem Mund zu sehen. »Und wenn du die Beatles hassen würdest, dann hätte dir das alles nichts genützt.«

Ihre ruhige Art macht alles noch viel schlimmer. Ich muss meine Hand festhalten, um ihr keine reinzuhauen. »AAA-AHHHHHH«, schreie ich und trete einen Eimer um, der an einer Zeltwand steht. Dunkel ergießt sich das Wasser zwischen uns. Meine Sneakers werden nass, ich fühle eine schleimige Feuchte an meinen Füßen, was mich noch wütender macht. »WAS IST DAS ALLES FÜR EINE RIESIGE SCHEISSE!« Ich stampfe auf, das Wasser spritzt, und ich komm mir so doof vor, dass ich wieder losheule. Ich hasse einfach alles. Alles. Und jetzt habe ich auch noch einen Ohrwurm. *We all live in a yellow submarine, yellow submarine, yellow submarine.* »ES IST DOCH GANZ OKAYE Musik, VERDAMMT!«, brülle ich. Es muss einfach raus. Ich kann diese Bevormundung, diese verdammte Besserwisserei nicht mehr ertragen. »Wer sagt mir denn überhaupt, dass das stimmt, was du da sagst?«, sage ich und haue ihr gegen die Schulter, sodass sie einen Schritt zurücktreten muss.

»Komm, Jenna, lass gut sein.« Eryns Stimme ist kühl. »Das bringt doch nichts. Stell dich einfach den Tatsachen.« Wir starren uns einen Moment lang an, dann sagt sie: »Ich bringe dich jetzt zum Sentinel.«

Erst will ich mich wehren und schlage ihre Hand weg, aber dann gehe ich doch hinter ihr her. Was bleibt mir auch anderes übrig? Ich halte aber Ausschau, wie ich hier hinauskommen könnte. Denn wer auch immer das hier in der Halle ist, sie müssen ja rein- und rauskommen, sonst hätte ich diese beiden aus der AnkunftsWellness nicht wiedererkannt. Also gibt es einen Ausgang.

Eryn bleibt vor einem dieser niedrigen zeltartigen Gebilde stehen. »Nach dir«, sagt sie und hält mir grinsend das Tuch auf.

Innen ist es ziemlich gemütlich, wie eine kuschelige Höhle. Kissen liegen hier herum, Vorhänge verhüllen die Außenplanen, das Licht ist weich und gedämpft, und einen Moment lang übersehe ich den Bewohner des Zeltes. Ein Mann, nein, ein Männchen, das in Tücher gewickelt wie zusammengeschmolzen vor mir sitzt. Sein Kopf sieht aus wie ein ledriger, schrumpeliger Apfel am Ende des Winters, es gibt keinen Fleck seiner gelblich weißen Haut, der nicht in Falten liegt. Um sein Haupt steht ein wilder Kranz langer weiß-grauer Haare, der mit seinem langen Bart ineinanderfließt. Inmitten dieses Gewimmels liegen tief in ihren Höhlen zwei kleine, dunkle Augen und blitzen mich an. In seinem vage lächelnden Mund fehlen einige Zähne. Er sieht aus wie tausend Jahre alt, was natürlich Quatsch ist, das weiß ich selber. Ich weiß nicht, ob ich je so einen alten Menschen gesehen habe. Sehr alte Menschen gibt es in Old B. kaum. Aber vielleicht hat er sich auch nur wirklich schlecht gehalten.

»Jenna.« Es ist eine Feststellung, keine Frage.

»Ja«, sage ich brav wie ein Schaf und kauere mich vor ihn, denn stehen kann ich in diesem Zelt nicht.

Ich höre Eryn hinter mir rascheln, aber ich drehe mich nicht zu ihr, ich habe das Gefühl, dass ich ihn nicht aus den Augen lassen darf, weil ich sonst etwas verpasse. Als könnte er sich auf einmal in Luft auflösen oder beginnen herumzuschweben.

»Was willst du hier?«, sagt er und klingt amüsiert.

»Ich … ich wollte gar nicht hierher.«

»Aber du bist ja hier, oder? Du hättest ja auch gehen können.«

»Sie haben mich aber entführt!«

»Wie ungewöhnlich. Nun, wenn das so ist: Warum bist du in mein Zelt gekommen?« Er nuschelt ganz leicht, und ich denke mir, dass das an den fehlenden Zähnen liegt.

Eine Weile sage ich nichts. Erst, weil mir nichts so richtig einfallen will, dann, weil es sich anfühlt, als würde mir etwas auf der Brust sitzen, hart und bleiern. Es fällt mir schwer zu atmen, deshalb dauert es ein bisschen, bis ich sage: »Weil ich nicht wusste, wohin sonst.«

Und während ich sie ausspreche, merke ich, dass das die Wahrheit ist. Ich blinzele die Tränen weg und schlucke gegen die Traurigkeit an, die in kleinen, leckenden Wellen in mir aufsteigt.

Der Sentinel hat die ganze Zeit vollkommen ruhig abgewartet.

»Das ist meist ein unangenehmes Gefühl, wenn man nicht weiß, wohin.«

Ich nicke nur, weil mir schon wieder die scheiß Tränen kommen, und das kann ich gerade gar nicht gebrauchen. Ich muss einen kühlen Kopf bewahren, damit ich abhauen kann, sobald ich die Gelegenheit bekomme.

»Und was möchtest du jetzt von mir?«

Ich zucke die Schultern. »Ich sollte doch hierher«, sage ich trotzig. »Eryn hat mich hergeschleppt, damit ich mit Ihnen rede.«

»Das Übliche also. Eryn und ihre Bagage haben sich in eine Situation manövriert, aus der sie nicht rausfinden, und ich soll es jetzt richten.« Er lacht still in sich hinein. Seine schwarzen Augen scheinen geradezu zu leuchten.

»Es war eine Art Unfall«, rechtfertigt sich Eryn hinter mir.

»Sie haben mich verschleppt und jetzt wollen sie mich ins Meer schmeißen!«, sage ich, weil mir das doch ein bisschen harmlos daherkommt, was sie redet. Was für ein verlogener Haufen!

»Jaja, das sagen sie gern einmal.«

»Wir wissen nicht, ob wir sie gehen lassen können«, sagt Eryn.

»Was ist denn die Alternative?« Der Sentinel starrt über mich hinweg zu Eryn. Lang, ruhig und streng. Schließlich nickt er. »Mehr habe ich dazu nicht zu sagen.«

Nun wandert sein Blick zu mir. Unverwandt und gleichzeitig so, als würden wir uns schon unser ganzes Leben kennen, mustert er mich und erst werde ich schrecklich nervös und dann werde ich ganz ruhig, fast wie hypnotisiert. Es wird mir auf eine seltsame Art alles immer egaler.

»Du hast also ein schlechtes Gewissen«, sagt er schließlich. »Weil du Schuld auf dich geladen hast.« Loras Gesicht blitzt auf. Und ohne es zu wollen, nicke ich. Er seufzt. Was eher gelangweilt als ratlos wirkt. »Und du weißt genauso wenig wie Eryn, was du jetzt machen sollst. Und am liebsten möchtest du, dass ich dir einen Finger Gottes zuwerfe, um deine Ängste und dein Verlorensein in Luft aufzulösen.«

Ich zucke die Schultern. Denn tatsächlich wünsche ich mir genau das.

»Du kannst Eryn und die anderen verraten. Du kannst es lassen. Und egal, was sie oder ich jetzt sagen, es wird dich nicht wirklich beeinflussen.«

Plötzlich lacht er und schüttelt sein wirres Haar, als hätte ich einen verdammt guten Witz gerissen. Dabei habe ich kein Sterbenswort gesagt.

»Eines noch, vielleicht macht es dir das Leben leichter. Keiner in New Valley lebt ohne Schuld, das solltest du wissen. Und jetzt eine gute Reise. Ich muss dringend schlafen.« Und ohne noch eine Reaktion von mir abzuwarten, sinkt er einfach zur Seite, auf die Kissen, auf denen er sitzt, macht die Augen zu und fängt an zu schnarchen.

Ich fasse es nicht. Hier sind wirklich alle komplett durchgedreht. Ich weiß gar nicht mehr, ob ich jetzt lachen oder weinen soll.

»Wie? Das war's jetzt?«, sage ich ziemlich laut. Aber der Sentinel öffnet noch nicht einmal die Augen. Nur seine Hand macht eine Geste, als verscheuche er eine lästige Fliege.

Eryn zupft an meinem Arm und wir krabbeln beide rückwärts aus dem engen Zelt.

Dann gehen wir ein paar Schritte schweigend nebeneinanderher. Wir halten uns weiter am Rand der Halle, während im Zeltdorf das Gewusel weitergeht. Keiner nimmt von uns Notiz. Ich warte, dass Eryn irgendetwas sagt, irgendetwas erklärt, mir hilft, diesen ganzen Schlamassel zu verstehen. Ich fühle mich betäubt und leicht, aber auf eine sehr unangenehme Weise. Ich fühle mich vollkommen leer.

»Wer ist der Typ überhaupt?«, frage ich Eryn schließlich mit hohler Stimme.

»Der Sentinel. Habe ich doch gesagt.«

»Ja, toll. Aber wer war er so, bevor er hier gelandet ist?«

Eryn grinst. »Na ja, er hat sich die Roboter ausgedacht.

Also, er hat sich ausgedacht, Menschen als Roboter zu benutzen.

Eine Weile, noch bevor die MegaGoods die Kontrolle übernommen haben, sah es wohl ganz gut aus mit der Roboterentwicklung. Der Sentinel war einer der führenden Köpfe. Aber dann stellte sich nach und nach heraus, dass die Roboter nur sehr begrenzte Aufgaben von Menschen übernehmen konnten. Und selbst wenn es ging, wie zum Beispiel in Restaurants, waren sie extrem fehleranfällig und sehr teuer. Aber die MegaGoods hatten schon auf Roboter gesetzt. Hatten diese ganze Idee der Grenzländer, der New World entwickelt. Der Sentinel dachte, er bräuchte einfach nur ein bisschen mehr Zeit. Bis der wirkliche Durchbruch der Roboter kommen würde. Und für diese Zeit hat er Menschen trainiert, wie Roboter zu arbeiten. Ihren Kindern hat er dafür einen Platz in der Neuen Welt versprochen. Irgendwann. Er hat sich vor allem an die gewendet, die im New Future-Plan niemals eine Chance hatten. Die Armen, Hoffnungslosen, vor allem aus den Ländern südlich von ExUSA, viele von ihnen Schwarz oder Latinx. Und ihnen damit einen Weg aus den Grenzländern geboten, ohne den Score knacken zu müssen, den sie sowieso niemals erreichen würden, weil es für sie viel zu viele Hürden gibt.« Eryn macht eine Pause und wir drücken uns an einer ganzen Reihe Kisten vorbei, in denen Gemüse und Obststräucher wachsen.

»Tja«, sagt Eryn schließlich. »Aber der Durchbruch kam nie. Das System mit den Menschen-Robotern hat dafür ziemlich gut funktioniert. Und es war günstig. Denn die Menschen haben eine Menge hingenommen nur für die Chance, dass es wenigstens ihre Kinder mal besser haben sollten. Was genau dann mit dem Sentinel passiert ist, weiß ich nicht. Vielleicht haben sie ihn rausgeschmissen in New Valley, vielleicht hat er sich irgendwann zu sehr für das alles geschämt. Jedenfalls hat er sich entschlossen, die 1 Milliarde zu verlassen und mit den Hubots zu leben.«

»Das sind also wirklich keine Roboter?« Ich merke, wie es mir die Kehle zuschnürt. »Keiner der ...« Ich suche nach einem passenden Wort. »... Serviceleute?«

Eryn schüttelt nur den Kopf. »Ich bring dich noch zur Tür.« Nun sieht sie besorgt aus. »Es sind nur noch ein paar Schritte.«

»Du lässt mich jetzt einfach gehen?«

»Natürlich. Auch wenn mir nicht wohl dabei ist. Aber eine andere Möglichkeit sehe ich nicht. Der eine oder andere von uns hätte dich vielleicht wirklich ins Meer geschmissen, deshalb bin ich ja mit dir hierhergekommen. Wenn der Sentinel etwas sagt, dann gilt das.«

»Warum?« Es scheint mir einfach keinen Sinn zu machen.

Sie zuckt die Schultern. »Manchmal muss eben einfach irgendwer entscheiden, damit alle anderen frei von der Verantwortung sind. Und dem Sentinel ist es egal. So hilft er uns, Konflikte auszuhalten, die die Gruppe sonst zerreißen würden.«

Was für ein himmelschreiender Quatsch, will ich ihr zubrüllen, aber ich verkneife es mir. Ich will hier nur noch raus.

Eryn bleibt stehen. Es ist ein riesenhafter, stählerner Aufzug.

»Wir sind da. Bitte schön.«

»Ist das der Ausgang?«

»Ja, der Arbeitsfahrstuhl für die Hubots. Du wirst am Rande von New Valley herauskommen. Von da aus ist es nicht mehr weit. Und mach dir keine Sorgen, ich überschreibe deine Spuren in der Überwachung. Es wird keiner merken, dass du hier warst.« Sie sieht mich lang und fest an. »Außer, du willst uns verraten.«

Ich schüttele unwillkürlich den Kopf. Was will ich? Ich habe keine Ahnung mehr. Ich will das einfach alles vergessen. Für immer.

Eryn drückt einen Knopf, ein riesenhaftes Metalltor gleitet auf, es ist hoch wie ein Haus. Ich trete in den gigantischen Aufzug. Hier könnten locker hundert Menschen auf einmal hinein. Ohne dass wir uns verabschieden, gleitet die Tür zu und ich bin allein. Ich habe das Gefühl zu schrumpfen in dieser übernatürlich großen Kapsel, als würde ich schmelzen und schmelzen, bis nichts mehr von mir bleibt als ein hässlicher Fleck auf dem gestanzten Blech.

Ich spüre am Druck auf meinen Ohren, dass ich sehr schnell in die Höhe steige.

Mit einem völlig deplatziert fröhlichen »DING« geht die Tür wieder auf und ich trete auf einen riesigen, dunklen Betonplatz. Es ist noch immer Nacht, obwohl es bald dämmern dürfte. Ich schaue mich um, der Wind pfeift unverwandt über die leere Fläche.

Hinter mir knirscht es, und als ich mich umdrehe, ist der Fahrstuhl in den Boden versunken, nur ein feiner Schnitt im Beton zeigt, dass da irgendetwas verborgen sein könnte.

Ich gehe ein paar Schritte, ich habe das Gefühl, dass mein Kopf platzt oder mein Herz oder beides. Und da sehe ich am Rande ein altes Auto stehen, irgendwie muss es hier in Vergessenheit geraten sein, keine Ahnung, vielleicht ist es auch eine Art Mahnmal. Einsam und verlassen steht es da, mit platten, morschen Reifen. Die Scheiben sind schon eingeschlagen – und vielleicht ist genau das seine Aufgabe. Die Wut aufnehmen, die Wut, die man nirgendwo lassen kann. Also nehme ich Anlauf und trete, so fest ich kann, gegen den Außenspiegel. »Verdammte scheiß Dreckswichser!« Ich schreie so laut, dass es wehtut. Ich trete noch einmal zu. »Fickt euch doch alle!« Ich springe auf die Motorhaube. Sie gibt nach. Vermutlich ist nichts mehr darunter. Ich springe und springe und springe, bis das Blech vollkommen verbeult ist, und schreie, was mir an

Verwünschungen in den Kopf kommt, bis einfach nichts mehr geht. Noch nicht einmal mehr heulen. Erschöpft klettere ich von der Haube, lasse mich auf den Asphalt plumpsen und krieche unter dem Zaun durch. Ich stehe am Ende einer Straße mit leeren Hausgerüsten.

Ich krame die BrainDots aus meiner Jackentasche und setze sie mir vorsichtig an die Schläfen. Dann tippe ich sie an, mit einem sanften Düdeln aktivieren sie sich. »Du willst den Weg nach Hause«, säuselt eine Stimme und vor meinem Auge leuchtet ein Pfeil auf.

»Ja«, murmele ich, weil ich es nicht lassen kann, obwohl ich genau weiß, dass keiner etwas von mir hören will, weil alle eh schon alles wissen. Die Maschinen sowieso. »Ja, bitte. Zeig mir den Weg.«

12

DORIAN

Es ist ein langsames Erwachen. Ich träume von einem Wald, satt und grün ist er, so wie ein Wald nur in Träumen sein kann. Ich fühle das Staunen in meinem ganzen Körper. Das Laub raschelt im Wind, ich schaue den Blättern beim Tanzen zu, es ist fast so, als würden sie mit mir lachen. Ihr Rauschen wird stärker und stärker, wie ein Lied wird es, und schließlich bin ich mir ganz sicher, dass das Rauschen der Blätter zu mir spricht. Sie taumeln zu Boden, flüsternd streichen sie um meine Beine, und je mehr ich versuche, sie zu verstehen, desto mehr beuge ich mich zu ihnen hinab, denn mittlerweile haben alle Bäume ihr Laub verloren. Düster und kahl schwenken sie die leeren Äste über mir, das grüne Laub kriecht um meine Füße und versucht, sich hinter mir zu verstecken. Je mehr ich auf ihre Stimmen zu hören versuche, desto mehr wird mir bewusst, dass ich träume – und dass die Stimmen Teil der Wirklichkeit sind.

Ich öffne die Augen. Es ist dunkel. Natürlich ist es dunkel. Wir haben uns ja in einem Tunnel hingelegt.

»Nein, nein, die sind nicht tot!«, flüstert eine heisere Stimme. »Tot sind sie nicht.«

Ich schrecke hoch und taste hektisch um mich herum. Womit soll ich uns verteidigen? In den Rucksäcken sind

Messer, ich hätte eins neben mich legen sollen! Warum habe ich nicht daran gedacht!

»Deine Augen werden sich gleich an das Dunkel gewöhnen«, sagt die Stimme. Jetzt etwas lauter. Dann knackt es kurz und ein unheimliches, fahles Licht erhellt den Raum. Vor mir steht ein Mann, Haar und Bart dunkel und zerzaust, der Körper steckt in einer unförmigen Kutte. Seine Haut ist sonnenverbrannt und schmutzig. In der Hand hält er eine Stablampe, die müde flackert.

»Entschuldigt, aber lasst uns bitte rausgehen. Ich muss Batterie sparen«, sagt er freundlich und irgendwas in mir entspannt sich. Wer sich so entschuldigt, wird uns schon nicht gleich auffressen.

Ich schüttele Maggie, die noch tief und fest schläft. »Komm, mach die Augen auf«, flüstere ich. »Wir müssen weiter.« Wie ferngesteuert richtet sie sich auf, ich nehme sie an die Hand, und mit unseren zerfledderten Rucksäcken stolpern wir hinter dem Mann mit dem Licht her.

Wir gehen immer weiter in den Berg hinein, und als sich in mir die absurde, aber ziemlich starke Angst breitmacht, der Typ führe uns in irgendein Verlies, aus dem wir nie wieder herauskommen, wird es ganz plötzlich heller. Der zerrissene Asphalt unter unseren Füßen macht eine Kurve – und wir stehen in einer verzauberten, lichtdurchfluteten Nebelwelt.

Die Sonne ist nicht zu sehen, dafür sind die Schwaden, die vom Meer emporsteigen, viel zu dicht, aber ihr Licht ist trotzdem warm und hell zu spüren.

Ohne sich umzudrehen, führt uns der seltsame Mann einen Hügel hinauf, das Gelände ist steil und zerklüftet und es ist echt schwer zu gehen. »Hey, warte mal! Wohin gehst du überhaupt?«, rufe ich ihm ein paarmal hinterher. Aber er schaut gar nicht, sondern winkt nur mit der Hand, dass wir ihm weiter folgen sollen.

Als wir endlich oben ankommen, zerreißt ein Windstoß für ein paar Momente die Nebelschwaden, und der Anblick, den sie freigeben, raubt mir den Atem. Auch Maggie erstarrt mitten im Schritt vor Staunen.

Vor uns liegt eine Landschaft, als hätte jemand versucht, eine Urzeitwelt mit einer modernen Stadt zusammenzupuzzeln – und schließlich alles genervt hingeworfen. Häuserruinen ragen aus erstarrten Lavaflüssen hervor, von Hitze verbogene Asphaltstraßen, über denen die Gestänge zerstörter Ampeln hängen, überall die Wracks von Autos, Dampfschwaden quellen aus vulkanischen Rissen und verbreiten einen scharfen Schwefelgeruch, ganz weit in der Ferne ragen glitzernd und schimmernd die zerborstenen Reste gläserner Hochhäuser empor,

das Licht, es scheint zu fliegen
zwischen den Brüchen
Ein stummes Singen in allem,
ein Schmetterling schwebt
und ich senke mein Haupt.

»Willkommen in San Francisco«, sagt der Mann unvermittelt in die Stille hinein. »Ich bin Thomas. Der Wächter. Der Mittler. Der Wartende. Der Mann ohne Land, dafür mit Läusen.« Er lacht kichernd. »Sucht euch was aus.«

»Sag mal«, flüstert Maggie mir zu. »Ist das ein Spinner, oder was? Ich hab so einen Hunger!«

Ich zucke die Schultern. »Wir könnten was zu essen gebrauchen«, sage ich zu dem Mann. »Und wohin bringst du uns überhaupt?«

»Kommt, kommt alles. Kommt schon noch früh genug. Ist nicht mehr weit zu meinem Obdach.« Und er setzt sich in Bewegung, den Hügel hinab.

»Komm, wir müssen hinterher«, sage ich zu Maggie und nehme sie bei der Hand.

»Mir tun die Füße weh und ich hab Durst!«, jammert sie.

»Ist bestimmt gleich geschafft.« Ich drücke ihre Hand und gemeinsam stolpern wir vorwärts.

»Ist wirklich nicht mehr weit. Wird euch gefallen.« Er spricht vor sich hin und ich bin mir nicht sicher, ob er uns so richtig wahrnimmt. »Wollte euch nur zeigen, wo ihr seid. Wisst ihr, das hier ist der sicherste Ort in ganz ExUSA. Es ist den MegaGoods einfach zu ungemütlich hier – und die Technik funktioniert hier schlecht. Die Wächterinnen stürzen ab, es ist zu turbulent hier, mit dem Nebel und den ganzen Vulkanspalten, etc. pp.« Er lacht hoch und kichernd. Ich befürchte, Maggie hat recht, der Typ hat irgendein ernstes Problem. Aber er scheint ja nett zu sein. Irgendwie vertraue ich ihm.

Dann bleibt er abrupt stehen und schaut uns besorgt an. »Mach ich euch Angst? Ich will euch keine Angst machen. Es ist nur so, ich bin hier wirklich viel allein ...« Seine Augen beginnen, feucht zu glänzen.

Maggie geht zu ihm und nimmt seine Hand. »Keine Sorge, ich hab keine Angst.« Und dann sagt sie ernst. »Aber ich bräuchte jetzt wirklich was zu essen.«

Thomas nickt stumm und dann gehen wir weiter bergab, nun auf einem Stück alter Straße, und halten uns alle drei an den Händen, Maggie in der Mitte. Es muss wahnsinnig seltsam aussehen, denke ich. Aber es fühlt sich gerade sehr schön an.

Links und rechts sind die Häuser hier ziemlich intakt, man könnte fast denken, alles sei normal. Nur der durchdringende Schwefelgeruch erinnert dran, dass nichts normal ist.

Aber da ist noch etwas, ein sanftes Geräusch. Ich bleibe stehen und horche.

Die Luft ist durchdrungen von diesen besonderen Tönen, ein vielstimmiges Klingen. Fast erscheint es mir wie Zauberei.

Thomas scheint zu bemerken, was mich beschäftigt, und zeigt in die Luft. »Windspiele«, sagt er und einen Moment lang horchen wir alle drei. »Ein Hobby von mir. Früher hatten in Kalifornien viele diese Instrumente bei sich im Garten oder einfach am Haus. Ein Stein, ein Stück Holz oder eine Perle, zwischen hohlen Röhren aufgehängt, mehr ist es nicht. Fährt der Wind hinein, schlägt es Töne.« Wie um seine Worte zu unterstreichen, fährt eine Böe durch die Straße und die schöne Melodie schwillt an. Jetzt sehe ich, dass in dieser Straße tatsächlich Dutzende dieser Windspiele hängen, in allen möglichen Größen.

»Wer weiß, worauf man achten muss, kann an ihrem Klang auch die Windrichtung bestimmen.« Thomas seufzt. »Aber ich mag sie vor allem, weil sie mich an früher erinnern. An alles, was verloren ist, aber irgendwie noch immer da.« Er geht ein paar Schritte nach rechts und wir treten zwischen zwei Häusern in einen schmalen Durchgang, der von Schlingpflanzen überwuchert ist. Überhaupt ist hier alles wunderbar grün. Es muss an dem Wasserdampf liegen, der ständig vom heißen Meer aufsteigt.

»Kommt herein«, sagt Thomas und hält einladend die

Arme auf. Wir treten in einen Hof, der seltsam, aber gemütlich eingerichtet ist. Wie ein altmodisches Wohnzimmer. Über uns sind durchsichtige Planen, die die Feuchtigkeit abhalten.

Thomas trägt einen Korb herbei, in dem Dutzende Früchte liegen. »Um Essen müsst ihr euch nicht sorgen, hier wächst alles. Manchmal kann ich auch ein Eichhörnchen fangen. Die leben hier zuhauf.« Er zeigt auf die Dächer und tatsächlich sehe ich etwas Felliges vorbeihuschen.

Wir sitzen für eine Weile stumm da, Maggie isst und isst, sie probiert jede der Fruchtarten, die in dem Korb liegen. Und ich versenke mich in die beruhigenden Töne, die mir mehr und mehr vorkommen wie ein weicher Teppich, der mich umschmeichelt.

»Ihr kommt von Hannah, nicht wahr?«, sagt Thomas plötzlich in das Schweigen hinein.

Maggie und ich starren uns an. Hannah.

»DU bist der, den wir hier treffen sollen?« Maggies Stimme überschlägt sich fast.

»Ja, wir waren mal in Kontakt. Ich sagte doch, ich bin der Mittler. Und du bist also Maggie, die Ziehtochter.« Sein Blick geht in meine Richtung. »Und du bist Dorian? Richtig?«

Woher weiß der das?, denke ich noch, als Maggie schon losschnattert. »Ja, das ist Dorian, mein Freund. Er hat mir das Leben gerettet. Und jetzt bringt er mich nach New Valley.«

»Und was ist mit Hannah?«

Maggie verstummt, ihre Mundwinkel zittern.

»Sie hat es nicht geschafft«, sage ich schließlich. »Sie war sehr krank.«

Thomas seufzt. »Hannah. Ausgerechnet Hannah.«

Er steht auf und zupft ein paar welke Blätter von einer prächtigen Ranke, an der dunkellila Früchte hängen. Ich nehme Maggie in den Arm und sie weint still in meinen Jackenärmel.

»Hannah war eine Inspiration für so viele, wisst ihr. Sie war ganz oben an der Spitze der MegaGoods. Und bevor sie die 1 Milliarde verließ, hat sie einen Clip in alle Chats geschickt, alle haben ihn gesehen. *Ihr müsst so nicht leben. Wehrt euch! Eine andere Welt ist möglich.*«

Seine Stimme bekommt plötzlich eine ganz andere Kraft, seine Augen leuchten auf – voll Energie und Wärme. Es ist, als sei Hannah zwischen uns getreten und würde uns umarmen, mit all ihrer Liebe. Tränen kitzeln meine Wangen.

Ein Vogel beginnt zu singen, lang und melodisch. Vielleicht ist das ein Zeichen, denke ich und drücke Maggie, die in meinem Arm liegt.

»Diese Sätze werde ich niemals vergessen. Niemals. Sie waren der Funke, den ich brauchte. Es hat noch Jahre gedauert. Aber irgendwann habe ich die 1 Milliarde nicht mehr ertragen. Vor allem nicht nach dem, was meiner Schwester passiert ist ...« Wieder pflückt er fahrig ein paar Blätter ab, ich kann sehen, wie seine Hände zittern. »Ich habe lange im System mitgespielt. Ich dachte, am Ende sind die MegaGoods doch besser als das Chaos. Aber dann habe ich es verstanden. Ihnen geht es nur um sich selbst. Und die Ordnung der MegaGoods ist nichts weniger als der Tod für alle anderen.« Er macht eine Pause und atmet tief ein.

»Ich habe Hannah ausfindig gemacht. Und ich wollte zu ihr fliehen. Aber sie hat es mir ausgeredet. Sie sagte, wenn ich wirklich Veränderung will, dann soll ich nicht davonstürmen. Dann solle ich mich bereithalten und allen helfen, die aus den Grenzländern fliehen wollen. Es gibt in unzugänglichen Waldgebieten ganze Camps von Geflüchteten, wisst ihr?« Er kratzt sich im Nacken und lächelt uns schief an. »Na ja. Und Hannah hat gesagt, dass sie mich eines Tages auch brauchen wird. Für Maggie. Weil sie sich vielleicht nicht mehr lange um sie kümmern kann. Und weil EQUILON und die MegaGoods gestoppt werden müssen. Und ich glaube, da kommt ihr also ins Spiel. Jedenfalls hat sie euch vor einigen Tagen angekündigt. Sonst hat sie mir allerdings wenig verraten.« Thomas atmet ein, tief und schwer. »Wir alle, die wir gegen die MegaGoods, gegen EQUILONs Macht ankämpfen, müssen immer auf der Hut sein. Wir dürfen niemals zu viel preisgeben. Jeder Chat kann abgefangen werden, alle Verbündeten könnten erwischt und zum Verrat gezwungen werden.« Ich kann den Schweiß auf seiner Stirn schimmern sehen und versuche mir vorzustellen, wie er wohl in seinem früheren Leben war. Mit schicken Klamotten und so. Aber es gelingt mir nicht.

»Tja«, fährt Thomas fort. »Und dann habe ich mich zusammengerissen, auf Hannah gehört und einen Plan gemacht. Einen heimlichen Plan. Mit dem ich wegkomme und mit dem ich am besten helfen kann. Ich habe mich auf Expeditionsmission gemeldet. Hierher. Das will natürlich niemand machen.« Er lacht wieder laut und keckernd, als habe er einen tollen Witz gerissen. »Aus guten Gründen. Hier kann jederzeit eine Gasblase platzen – und ich bin nur noch ein Häufchen Asche. Aber hier kann ich Leuten wie euch helfen. Die auf der Durchreise sind und es bis hierher geschafft haben.« Thomas saugt die Luft ein und schließt die Augen. »Manchmal kann ich sie schon riechen, die Asche, zu der all dies hier einmal werden wird.« Im Hintergrund singt weiter der Vogel, als sei das hier alles ganz normal.

Maggie wischt sich das verschmierte Gesicht ab. Sie starrt Thomas an, der noch immer mit geschlossenen Augen dasteht und offenbar mal wieder den Faden verloren zu haben scheint.

Es ist wirklich schwer zu glauben, dass Hannah uns zu diesem Typen geschickt hat.

»Und du weißt wirklich, wie wir nach New Valley kommen? Du hast einen Weg?« Meine Stimme klingt ein bisschen grob. Ich habe einfach keinen Nerv mehr für durchgeknallte Erwachsene, die mein Leben ruinieren wollen.

Wieder lacht er auf. »Ich weiß, ich weiß. Man merkt es mir nicht mehr an. Aber ich bin recht clever, glaub mir. Ja, ich hab einen Weg.« Er zieht die Stirn kraus. »Jedenfalls, sagen wir, bis vor die Haustür. Danach müsst ihr euch selbst weiter durchschlagen.«

»Aha«, antworte ich. Irgendwie ist er der merkwürdigste unter all den merkwürdigen Menschen, die ich je getroffen habe. »Und wie genau soll das gehen?«

»Mit einem todsicheren Mittel.« Thomas' Grinsen bekommt etwas Triumphierendes. »Gier.«

13

DORIAN

»Ihr könnt es euch vielleicht nicht vorstellen, aber auch in New Valley herrscht Mangel. In gewisser Weise.« Thomas zieht geräuschvoll die Nase hoch und spuckt vor sich auf den Boden. Dann schaut er Maggie und mich erschrocken an.

»Entschuldigt, ich bin wirklich einfach zu viel allein. Wo war ich? Ach ja, der Mangel. Seit die Afrikanische Gemeinschaft sich von den MegaGoods losgesagt hat und ihr eigenes Ding macht, haben die Entwickler*innen in New Valley ein riesiges Problem. Sie haben zu wenig Rohstoffe für ihre Technik.«

Ich zucke hoch. »Wie? Afrikanische Gemeinschaft? Losgesagt? Afrika ist doch abgebrannt! Ich hab doch die Bilder gesehen, auf den InfoScreens!«

Thomas lacht laut. »Du darfst denen einfach nichts glauben!« Er blickt mich durchdringend an. »Du weißt doch, wie gewissenlos die MegaGoods sind! Sonst wärst du nicht hier!«

»Ja, schon, aber ich dachte …« Ja, was habe ich eigentlich gedacht? Natürlich habe ich an vielem gezweifelt, was uns erzählt wurde. Aber das mit Afrika, ja, das habe ich geglaubt. »Na ja, sie haben uns die Brände gezeigt …«

Thomas springt auf. »Ja, Teile haben gebrannt. Aber Afrika ist riesig. Allein die Saharazone ist größer als ExUSA. Die Wahrheit ist, dass die Afrikanische Gemeinschaft verstanden hat, dass es für sie bei den MegaGoods nichts zu gewinnen gibt. Dass sie nur ausgebeutet werden. Genau wie von den Regierungen zuvor. Deshalb haben sie alle Kontakte abgebrochen.« Langsam beruhigt sich Thomas. Er setzt sich wieder zu uns. »Das ist mein Traum: Afrika. Sie experimentieren mit anderen Wegen, das Beste aus der Katastrophe zu machen. Und es scheint Erfolge zu geben.« Er klopft sich auf die Brusttasche seiner Kutte und zwinkert. »Jedenfalls ist die Entscheidung der Afrikanischen Gemeinschaft euer Ticket.« Er fummelt eine gläserne Röhre aus der Tasche, in der eine Art silberner Kolben steckt, und streckt sie uns entgegen.

»Metallbolzen«, sagt Maggie unbeeindruckt. »Gibt's doch überall auf den Mülldeponien. Und das soll uns helfen?«

»Ja, Metall. Aber nicht irgendein Metall. Das ist Tantal! Und ohne Tantal keine Quantencomputer. Und ohne Quantencomputer kein New Valley. Und leider, leider ist das Tantal in New Valley alle.«

Thomas grinst triumphierend und nimmt eine weiß glänzende Transportbox aus einem Regal, auf die ein ScanCode gedruckt ist. Darüber steht in großen roten Buchstaben: **Contains Ultra Valuable Goods. Tampering or heist leads to immediate death penalty.** Ich muss schlucken. Mit einem dumpfen Klacken lässt Thomas das Glasgefäß in die Transportbox fallen.

»Aber hier gibt es Tantal zuhauf! Mein offizieller Auftrag ist es, es hier in den Ruinen zu finden, bei den Firmen, die es vor der Zerstörung verwendet haben – weil eben die Afrikanischen Gemeinschaft keines mehr liefert. Und seit Australien kollabiert ist, ist die letzte Alternative auch weggefallen.«

So langsam dämmert mir, was der Plan ist. Simpel und tatsächlich genial. Gier, hat Thomas gesagt. Der Schlüssel ist die Gier der MegaGoods nach Rohstoffen. »Das heißt, in der Box ist Tantal – und wir sind dann so etwas wie die offiziellen Lieferanten? Und spazieren einfach so ins New Valley hinein?«

Thomas nickt so heftig, dass ich fast Sorge habe, ihm könnte der Kopf abfallen. »Großartig, oder? Bisher habe ich immer gemeldet, nichts gefunden zu haben. Aber heute …« Er reicht mir die Schachtel und grinst stolz. Sie ist erstaunlich leicht, aber unangenehm zu halten, glatt und kantig, wie ein Stück harter Seife. »Heute seid ihr gekommen und ich werde euch eine Möglichkeit bieten, nach New Valley zu gelangen. Nachher schicke ich endlich die Nachricht raus, dass ich mit dem Tantal auf dem Weg bin.« Er nimmt eine runde gelbe Frucht aus einem der Körbe und beißt hinein. Saft läuft in seinen Bart. »Da werden bei den MegaGoods aber die Sektkorken knallen«, ruft er. Er lacht und greift noch einmal in die Schale mit den Früchten. Etwas taumelt über uns hinweg, zuerst denke ich, es ist ein Blatt im Wind, aber dann verstehe ich, es ist ein Tier. Ein Schmetterling. Ich kann nur mit dem Finger in die Luft zeigen und »Da!« rufen, so überwältigt bin ich von dem Anblick. Man hat uns erzählt, Schmetterlinge gibt es nicht mehr. Es ist ein großes Tier, fast handtellergroß.

»Schau, er ist ganz blau!«, sagt Maggie voller Staunen, aber Thomas scheint völlig unbeeindruckt.

»Oh, von denen leben hier Hunderte. Sind mit den Hitzewellen aus Mexico hier hochgewandert.«

Vielleicht hat er bei all dem Grün und dem Leben, das es hier gibt, vergessen, wie kostbar das hier ist, denke ich.

Plötzlich beginnt die Erde zu vibrieren, ein finsteres Grollen fährt durch die Luft und scheint alles um uns herum zu erfassen. Es dauert ein paar Sekunden an, Panik macht sich in mir breit. Was ist das? Maggie packt meine Hand mit schwitzigen Fingern.

Ich starre zu Thomas, er scheint angestrengt auf das Geräusch zu lauschen, aber überrascht wirkt er nicht.

»Okay«, sagt er, als würde er dem Grollen antworten. »Das war eindeutig. Ich hatte gehofft, wir hätten noch mehr Zeit.« Die letzten Worte murmelt er. Dann sagt er lauter zu uns: »Wir müssen aufbrechen. Jetzt.« Er reicht uns unsere zerfledderten Rucksäcke.

»Was ist denn los? Ein Angriff?«, flüstere ich ihm zu. Ich will nicht, dass Maggie uns hört und Angst bekommt. Gerade ist sie jedenfalls noch entspannt genug, sich ein paar Früchte in ihre Taschen zu stopfen.

Thomas schüttelt den Kopf. »Nein, hin und wieder brechen hier weitere Spalten auf, andere werden breiter und reißen mehr von der Stadt mit sich. Das ist ganz normal hier – nur eben auch sehr gefährlich. Ich hab den nächsten Abbruch kommen sehen.« Wieder kichert Thomas in sich hinein. »Ich kann das Land mittlerweile lesen wie ein Buch. Wie ein langes, kompliziertes, zorniges Buch, aber inzwischen verstehe ich jedes Wort. Die Botschaft gerade war sehr deutlich. Und leider müssen wir genau dorthin, wo es als Nächstes passieren wird.«

»Okay. Scheiße«, sage ich. Ein Angriff der OrderUnits wäre mir fast lieber, glaube ich.

»Komm jetzt«, treibe ich Maggie an. »Wir müssen wirklich los.«

Es sind kaum zehn Minuten Fußmarsch über unwegsames Gelände, erkaltete Lavabrocken überall, und hier und da tritt Dampf aus der Erde. Trotzdem versucht mich Thomas noch mit Infos vollzustopfen.

»Meine Schwester lebt in New Valley. Sie wird euch in Empfang nehmen. Irgendwann, wenn es dunkel ist. Übermorgen Abend. Ich kann leider nicht mitkommen. Ich muss hier die Stellung halten. Sonst könnte ich helfen. Aber es kommen immer wieder Flüchtende. Die kann ich nicht im Stich lassen.«

»Hmmmm, okay«, sage ich. Ich würde gern mehr sagen, ich habe tausend Fragen, aber die Hetzerei über das unebene Terrain braucht meine ganze Konzentration.

»Ich geb dir gleich was, damit ihr sie findet. Mach dir keine Sorgen, Dorian, das wird schon«, sagt er schließlich, und ich kann nur denken, wenn der Typ sagt: Mach dir keine Sorgen, dann ist es höchste Zeit, in Panik zu geraten. Aber ich bleibe cool und sage: »Danke.«

Als könnte er meine Gedanken lesen, sagt Thomas: »Ich weiß, der Plan wirkt ein bisschen grob, aber ich bin mir sicher, das klappt alles.«

Ich sage einfach nichts mehr. Wir haben eh keine andere Wahl. Es gibt ja keinen Plan B und keinen Weg zurück.

Schließlich erreichen wir eine Straße, die kaum beschädigt ist und steil den Berg hinaufführt. Noch steht die Sonne am Himmel, aber sie ist schon schwer und von dunklem Orange. Hier stehen einige fast intakte Häuser. Unglaublich, wie adrett sie sind! Ich stelle mir vor, dass gleich eine der Türen aufgeht und ein glückliches Paar heraustritt, Arm in Arm, an der einen Hand ein kleines Kind. Sie wollen zum Park, ein Eis essen und danach zum Meer und den Wellen zuschauen. »Komm, mein Dorian, das wird ein schöner Tag!«, höre ich die Stimmen der Vergangenheit nach mir rufen.

Ein tiefes, bedrohliches Grollen reißt mich aus meinen Gedanken. Wieder zittert der Boden unter mir.

»Mist, ich habe es befürchtet«, murmelt Thomas. »Wir müssen uns wirklich beeilen.«

»Was ist denn los?«, ruft Maggie.

»Die ganze Gegend hier ist instabil, jederzeit können sich neue Risse auftun.« Nervös klickt Thomas mit der Zunge. »Es hilft nichts. Da müssen wir jetzt durch. Sonst bekomme ich euch hier nicht weg.« Er reicht uns Gasmasken.

»Es treten gern mal giftige Gase aus, bevor hier was in die Luft fliegt«, sagt er und grinst. Ich kann sehen, dass er nervös ist – aber Angst hat er nicht. Es wirkt, als habe er sich so sehr von allem verabschiedet, dass ihn auch die Aussicht, hier gleich in die Luft zu fliegen, nicht besonders stört. Er setzt seine Maske auf, schnell und routiniert, dann hilft er uns und dann sehen wir alle aus wie böse Insekten mit eisernem Rüssel und einem toten Blick.

Wir gehen die Straße entlang und es ist beängstigend, wie normal hier alles wirkt, fast, als habe es keinen Bruch des Andreasgrabens gegeben, als sei hier nicht eine Millionenstadt ausgelöscht worden. Als würde das alles nicht gleich in einem Lavastrom in Rauch aufgehen.

Wenn ich nach links schaue, klafft dort ein rot schimmernder Schlund, aus dem es seltsam dröhnt, als würde die wütende Erde selbst nach uns rufen. Dämpfe steigen auf. Hin und wieder rollt ein Stein den Abgrund hinab – klack, klack, klack.

Schweiß strömt mir über den Körper, es ist so heiß hier und die Angst hat mich fest im Griff.

»Ich hab so Angst, Dorian«, keucht Maggie aus der Maske und ich lege ihr meine Hand auf den Rücken. Mehr kann ich nicht tun.

»Wir haben es gleich geschafft«, sagt Thomas aufmunternd, die Stimme verzerrt vom Filter der Gasmaske.

Er nickt mir zu, ich nicke zurück und schon nach wenigen Metern öffnet er eine große Garage. Darin steht ein weißes Gefährt mit einem riesigen Rad oben, an dem rundherum Propeller montiert sind. Alles ist glatt und edel und makellos – wie von einem anderen Stern.

»Ich habe ihn durch Zufall entdeckt. Er funktioniert bestens. Vor dem Ausbruch das Hauptverkehrsmittel hier.« Thomas klatscht mit seiner flachen Hand gegen das Ding. »Fliegt vollautomatisch. Für mich gibt es leider nur eine Ein-Mann-Drohnenkapsel, falls ich je wieder von hier wegkomme. Mehr haben sie mir für diese Expedition nicht gegönnt.«

Er reckt den Daumen hoch, als sei das hier alles ein unterhaltsamer Wettbewerb, nicht unser Weg in die Höhle des Löwen, nicht sein möglicher Tod. **Tampering or heist leads to immediate death penalty** leuchten die Worte von der Box zu mir. Ich spüre ihre harten Kanten unter meinem Arm. Kurz überlege ich, Thomas zu fragen, was das heißt, *immediate death penalty*. Was sie mit einem machen, wenn sie uns auf die Schliche kommen sollten. Wenn unser Plan nicht aufgeht und sie uns am Ende für Tantal-Schmuggel, Terrorismus oder was auch immer bestrafen. Aber ich frage nicht. Warum auch. Ich weiß doch genug darüber, zu was die MegaGoods fähig sind.

»Es ist ganz einfach«, sagt Thomas, seine Stimme schnarrend und keuchend unter der Maske. »Die Flugstrecke habe ich schon programmiert. Ich melde eure Ankunft an in New Valley. Oder besser die vom Tantal und meine. Du wirst dich als Thomas Porter ausgeben, Dorian. Sie werden dir das Tantal direkt zu Beginn abnehmen, danach werdet ihr für eine Zeit unbeobachtet sein. Die OrderUnits sind auf das Tantal priorisiert.« Er zupft ein wenig an seinem Hemd. »Ach ja, noch etwas: Ich kann für die Ankunft in New Valley nur einen Expedit anmelden, sonst werden sie Fragen stellen. Ich bin ja allein. Maggie wirst du reinschmuggeln müssen. Aber das geht schon.«

»Hä, was?«, rufe ich.

Thomas packt meinen Arm und drückt ihn, dass es wehtut. Ich verstehe. Wir wollen Maggie keine Angst machen.

»Bleib cool«, raunt Thomas. »Die Ankunft ist ein Logistik-Dock außerhalb der Stadt. Ihr müsst dort ein Versteck finden. Und auf meine Schwester warten.«

Mir wird hoffentlich was einfallen, wir haben ja keine andere Wahl. Wir müssen darauf vertrauen, dass Thomas' Plan funktioniert.

»Ja, alles klar«, sage ich so cool, wie ich nur kann.

Thomas drückt mir eine Chipkarte in die Hand. »Der Multicopter bringt euch zu einer Station. Dort zeigst du den Ausweis, dann wird man dir das Päckchen abnehmen – und dann interessiert sich keiner mehr für dich. Sie werden zusehen, dass sie das Tantal schnell zu den Firmen bringen – und ihr seht einfach zu, dass ihr wegkommt.«

Aber wohin, denke ich?

Er drückt mir eine Art Ei in die Hand, das einen kleinen dunklen Bildschirm hat. »Die letzte wichtige Sache: Das ist ein Quanten-Navigator. Ein experimentelles Produkt von vor dem Crash. Nicht trackbar. Die MegaGoods haben nicht mehr in die Technologie investiert und wissen einen Scheiß davon.«

Die ganzen Informationen machen mich total schwindelig. Wie zur Erinnerung ertönt ein tiefes Grollen, der Boden unter unseren Füßen zittert. Einen Moment lang erstarren wir.

»Der Flug dauert bestimmt 18 Stunden mit dem Multicopter«, erklärt er. »Dieses Ding zeigt euch, wohin ihr müsst, um Eryn zu finden.«

»Okay …« Ich habe noch tausend Fragen, aber wieder dröhnt die Erde. Ich werfe einen schnellen Blick auf das eiförmige Ding, das mir Thomas in die Hand gedrückt hat. Quanten-Navigator klingt so fancy. Aber es ist nicht mehr als ein flach gedrücktes Ei mit einem rudimentären Bildschirm, der einen langsam blinkenden Pfeil anzeigt. Es gibt keine Knöpfe, keine Schalter.

»Das Gegenstück ist bei meiner Schwester und ihren Leuten. Darauf navigiert er zu. Ihr müsst also quasi immer nur dem Pfeil folgen. Je schneller er blinkt, desto näher seid ihr. Aber ihr dürft euch erst ganz nähern, wenn der Pfeil grün leuchtet. Vorher ist es nicht sicher«, erklärt mir Thomas und ich nicke. Ich habe vor allem Angst, dass ich irgendetwas falsch mache, vergesse oder durcheinanderbringe. O Gott, es gibt so viele Möglichkeiten, wie das alles schiefgehen kann.

»Komm, Dorian, wir müssen los«, drängt Maggie. »Ich habe Angst.« Sie drückt auf einen Touchscreen und die Passagierkapsel gleitet auf, als sei es das Selbstverständlichste der Welt.

Wir klettern hinein, Thomas nimmt eine lange Stange und schiebt das Faltdach über uns auf. Ein atemberaubender Sonnenuntergangshimmel legt sich frei. Heiß und rosa glüht er über uns.

»Ich muss weg«, sagt er. »Es ist noch zu früh zum Sterben.«

Ich nicke. »Danke dir«, sage ich. »Danke für alles.«

Thomas hebt die Hand, als sei das alles nichts, was er gerade für uns getan hat, und dann läuft er aus der Garage, begleitet von einem weiteren lauten Dröhnen.

Die Rotoren beginnen zu sirren, die Kapsel schließt sich.

Langsam steigen wir in die Luft empor. Kaum sind wir über dem Haus, erfasst uns eine Böe, schüttelt uns – aber das Gefährt steuert dagegen. Höher und höher steigen wir, der Flug wird ruhiger, stabiler, ich kann spüren, wie mein Herzschlag sich beruhigt. Ein neues Dröhnen steigt auf, aber hier klingt es schwächer, die wutentbrannte Erde unter uns kann uns nicht mehr erreichen. Es folgt ein noch lauterer Schwall an Geräuschen, eine Kakofonie aus Dingen, die bersten. Klirrend, knarzend, stöhnend, die Schmerzensschreie eines sterbenden Tieres. Ich beuge mich vor, die Nase an das Fenster der Kapsel gedrückt, und sehe zu, wie die gesamte Straße, die wir gerade verlassen haben, wie in Zeitlupe hinabrutscht, Haus für Haus, in den glühenden Abgrund. Mit jedem Haus, das hineinstürzt, lecken aus der Tiefe Flammen empor. Ein letzter Gruß.

»Was ist mit Thomas?« Maggies Worte fallen in die Stille zwischen uns.

Ich suche mit meinem Blick die Gegend ab, und schließlich sehe ich eine schemenhafte Gestalt, schon ein ganzes Stück entfernt. Sie läuft querfeldein, zügig, aber gelassen, weg vom Feuer, in Richtung Meer.

»Dem geht's gut, Maggie. Mach dir keine Sorgen. Er weiß, was er tut.« Und das hoffe ich wirklich von ganzem Herzen.

Unser Flieger steigt noch ein Stück höher und beginnt dann, nach links zu driften, zum Meer, das eine dunkle Decke ist, in der sich hier und da zitternd das Licht der untergehenden Sonne bricht.

Meine Gedanken rasen, ich versuche einzuordnen, was gerade passiert ist. Ich habe das Gefühl, nichts zu wissen, nichts verstanden zu haben. Ich fühle das eiförmige Gerät in meiner Hand. Ein Quantennavigator. Ob er wirklich funktioniert? Wird er uns zu Thomas' Schwester bringen? Ich meine, mit dem Typen war ganz offensichtlich nicht alles in Ordnung. Vielleicht hat er uns auch nur völligen Quatsch erzählt.

Ich schaue auf den pixeligen Pfeil, der langsam vor sich hin blinkt, er ist noch immer hellgrau. Wo sollen wir uns nur verstecken, bis er grün wird? Und was machen wir, wenn er nie grün leuchtet?

Ich lege meinen Arm um Maggie und lächle ihr aufmunternd zu.

Als wir das Leuchten des aufgerissenen Andreasgrabens hinter uns gelassen haben und alles um uns still zu werden scheint, kommt ein leiser Seufzer von Maggie, und auch ich habe das Gefühl, dass etwas von mir abfällt.

Ich atme tief ein und starre in die Dunkelheit. Das Fluggerät macht feine, surrende Geräusche, im Innern ist es gemütlich warm, draußen pfeift leise der Wind an der Kanzel vorbei.

Es gäbe wahrscheinlich viel zu sagen, vieles, was ich Maggie erklären sollte, aber ich habe gerade keine Kraft. Und sie fragt auch nicht. Vielleicht ist es okay, einfach zu schweigen.

»Ich glaube, die können auch Musik und solche Sachen«, murmele ich schließlich und studiere vorsichtig den Cockpit-Screen.

»Mach bloß nix kaputt«, sagt Maggie. »Ich hab echt keinen Bock auf 'nen Absturz.«

Aber die Bedienung ist ziemlich eindeutig, ich tippe auf dem Touchpad herum. »Also, wir können die letzten drei Songs hören, die gespielt wurden«, sage ich. »Die sind hier noch im Speicher.«

»Okay«, sagt Maggie und ich drücke auf *Play*.

Ein seltsam quietschiges Geräusch ertönt, dann ein Schlagzeug, eine Gitarre, und eine etwas nölige, aber irgendwie schöne Stimme singt:

Can't you see I'm trying? I don't even like it.

Etwas verloren klingt die Stimme. Singt etwas von einer Party in einer Wohnung oder so ähnlich. Und immer wieder:

Is this it?

Ich lehne meine Stirn an das Glas neben mir und denke, wie seltsam es ist, dass ein Mensch vor Jahrzehnten irgendwas gesungen hat und ich es jetzt höre und mich verstanden fühle. Wirklich seltsam. Wie jemand, der vermutlich schon lange tot ist, mich jetzt berührt.

Wie nah wir Menschen uns sein können.

Und wie fern.

Und manchmal beides. Zur gleichen Zeit.

Wie verloren wir sind.

Zwischen den Zeilen eines Songs.

Im letzten Moment aufgefangen, von ein paar Tönen.

14

JENNA

Die BrainDots wecken mich, ein feines Vibrieren, als würde jemand an meinen Träumen rütteln und sie zu Gedanken formen. Ich kann einfach nicht sagen, ob das Geräusch in mir ist, in meinem Kopf, oder ob es in meinem Zimmer auch für andere Menschen hörbar wäre. Mein Inneres und das Außen scheinen sich mehr und mehr miteinander zu vermischen. Vermutlich sind es aber einfach nur diese scheiß Dots.

Ich stehe auf. In der Küche steht im Food Distributor mein Frühstück. »Du möchtest Orangensaft trinken«, stellen meine BrainDots fest. »Dein Level an Ballaststoffen ist zu niedrig. Es steht dir ein Porridge zur Verfügung.« Ich beuge den Kopf über das Geschirr und sage: »Okay. Danke.« Ob alle mit ihren BrainDots sprechen, wenn sie allein sind? Oder machen das nur Menschen aus den Grenzländern?

Ich sitze an meinem Tisch, das Porridge vor mir, den Orangensaft halte ich in der Hand. Sie zittert, ich kann es nicht kontrollieren und auf dem Orangensaft bilden sich feine Wellenkreise. Mit einem Knall stelle ich das Glas hin. Ich muss an die Kühe denken. Und dann steht da Lora in meinen Gedanken, sie verdrängt alles andere. Sie steht da, wütend und verzweifelt und voller Angst, und sie schreit meinen Namen.

Ein Klicken im Food Distributor und die BrainDots düdeln. »Das EmotionManagement erfordert stärkere Maßnahmen.

Nimm die Tablette, die im Food Distributor bereitsteht«, sagt die Stimme mit demselben Tonfall, mit dem sie mir das Porridge angekündigt hat. »Oder du entscheidest dich jetzt, dem automatischen EmotionManagement per BrainDots beizutreten. Vollkommene Kontrolle über unangenehme Emotionen und kein Tablettenschlucken nötig.« Ohne ein Wort zu sagen, reiße ich mir die BrainDots runter und packe sie ein. Ich hasse es, wenn man mich so bedrängt.

Die Tablette stecke ich mir in die Jackentasche und verlasse das Haus. Ich atme, ganz bewusst, konzentriere mich auf das Gefühl beim Gehen, wie die Füße sich auf dem Stein des Bürgersteigs abrollen. Drei Schritte zum Einatmen, einen Schritt Pause, vier Schritte zum Ausatmen. Meine Oma hat mir das beigebracht. Und tatsächlich spüre ich, wie ich mit jedem Schritt ruhiger werde. »Das hilft dir, mit dir selbst klarzukommen«, höre ich ihre Stimme. »Denk dran, Jenna. Du hast immer die Macht über dich selbst. Und das ist viel.«

Während ich die Straße überquere, um zur Hyperloop Station zu kommen, lasse ich die Tablette einfach fallen und stelle mir vor, wie sie von irgendeinem Reifen oder Fuß zermalmt wird und mit ihr alle Erinnerungen an das, was gestern war. Diese merkwürdige Vanya-Terrorismus-Truppe, die Tiere in dem Dom, Lora, der Fahrstuhl, dieser nutzlose Sentinel, all die sollen sich in Luft auflösen, mich in Ruhe lassen. Drei Schritte einatmen, Pause, vier Schritte ausatmen.

Der Himmel ist bedeckt, die Luft feucht. Die Fahrt zum Headquarter von VERO ist ereignislos, alles um mich herum schnurrt wie ein Uhrwerk. Ein paar Messages über Verbl trudeln ein. Ich flippe auf meinem BraceConnect durch die Clips. Das meiste Witze, die ich nicht verstehe, und zwei sehr gezwungen wirkende Einladungen zum Essen. Eine von Arvin aus meinem Team, er wolle etwas Spannendes mit mir besprechen, und eine von einer Frau, die laut Profile Wanda heißt und als Transition-Helper arbeitet. Ich antworte nicht. Obwohl das natürlich kein gutes Benehmen ist und ich dankbar sein sollte. Ich schließe Verbl und atme tief ein und aus.

Um mich herum sind nur leise, gut angezogene Menschen, die fein nach Seifen und Parfum riechen. An ihren Augenbewegungen kann ich sehen, dass sie Messages verschicken oder den Nachrichtenfeed ihrer BrainDots verfolgen. Es ist so ein abwesender und gleichzeitig konzentrierter Blick, mit der Zeit erkennt man die Zeichen. Alle bewegen sich selbstverständlich und scheinbar schwerelos. Nur ich fühle mich wie ein Stück Blei, das an einem Helium-Ballon hängt.

Die Glastüren gleiten alle lautlos auf, nichts stellt sich mir in den Weg. Seht ihr mich nicht?, denke ich, so laut ich kann, und schäme mich einen Moment lang so sehr, dass ich beinahe heule. Seht ihr nicht, was ich bin?

»Guten Morgen«, sagt Katie und läuft schief lächelnd an mir vorbei zur Kaffeemaschine.

Ich setze mich an einen Tisch im War Room. Ich habe Angst, dass die anderen etwas merken, dass sie mich fragen, was los ist. Es gibt noch nicht einmal eine Arbeit, hinter der ich mich verstecken kann. Ich fühle mich ganz hohl, als hätte ich Fenster und Türen und alle stehen offen und der Wind pfeift durch mich hindurch, nimmt alles mit, was ich dachte, das ich bin. Und ich schaue nur zu und warte, was passieren wird, wenn nichts mehr da ist außer den kahlen Wänden, dem Gerüst. Wird es halten? Oder wird es auch davonwehen?

Ich setze meine BrainDots an die Schläfen, aber ich schalte sie heimlich aus. Ich habe Angst, sie verraten mich irgendwie, wer weiß, und außerdem sind sie mir einfach unangenehm – sie verursachen mir so etwas wie eine leichte Übelkeit, aber in meinen Gedanken. Vielleicht ist das so, weil ich in Wahrheit nicht wirklich hierher passe.

Es muss doch jemand merken, dass ich ganz anders bin, dass etwas los ist. Aber dann kommt Mayling.

»Heeeeey, Jenna«, sagt sie und lächelt breit. »Ich hab hier ein paar Entwürfe für die Boxes, in denen wir die Grenzländer New Valley-Luft schnuppern lassen wollen.« Sie lacht ein bisschen zu laut auf und streicht ihre schimmernden, langen Haare über die rechte Schulter. »Magst du mal drüberschauen?« Sie schiebt mir ein paar bunte Blätter rüber und setzt sich mit einer Pobacke auf meinen Tisch. »Welches spricht dich am meisten an? Was meinst du?«

Mein Blick gleitet über die Blätter. Eine Fotomontage, aber Old B. sieht kein bisschen aus, wie ich es in Erinnerung habe. Also, ja, ich erkenne, dass das Old B. sein soll. Aber die Farben sind hell und viel zu fröhlich, die Menschen tragen andere Kleidung, der Blick in ihren Augen ist völlig anders, ruhiger, hoffnungsvoller, die Häuser sind nicht so staubig und vernarbt von der Zeit. Das ist nicht Old B. Das ist die Version von Old B., die sie hier ertragen.

Ich schiebe die Blätter hin und her. Auf jedem sieht die Box ein bisschen anders aus, in der man »New Valley-Luft schnuppern kann«. Auch die Werbung dazu ist anders.

Gestern hätte ich mich fieberhaft darauf gestürzt, versucht, die perfekte Box auszusuchen. Und ich will es auch versuchen. Will meinen Teil beitragen. Aber wer ist das überhaupt, diese Jenna, die hier sitzt? Und wozu ist das gut?

»JENNAAAAA«, hallt es mir im Kopf und ich sehe nicht mehr die Straße mit der Box. Ich sehe Lora, ihre Augen. Die schwarzen Ringe, die sie immer hatte. Vom zu vielen Arbeiten und zu wenig Schlafen, weil sie neben ihrem eigentlichen Pensum immer noch nachts die verbotenen Bücher las, die sie wer weiß woher auftrieb. Maya Angelou, Naomi Klein, Margaret Atwood, Audre Lorde, Ursula LeGuin, Namen, die man sonst nirgendwo hörte. Aber Lora verschlang sie. Und versank immer mehr darin, fing an, die echte Welt in Old B. zu hassen und von einer anderen zu träumen.

Ich denke an Loras hageren Körper mit den spitzen Knochen, die sich überall durch ihre Haut zu bohren schienen. Kantige Ellbogen und Knie, ein Kiefer, dem man ihre Sturheit schon ansehen konnte. Nie aß sie genug, weil sie Essensrationen in Bücher und Bauteile eintauschte.

Lora. Ihr Mund öffnet sich, sie ruft zu mir ... bis eine Order-Unit sie packt und mit sich nimmt. Wie eine zu große Puppe hängt sie im Griff der Maschine. Ihr Mund geht auf und ein Schrei kommt heraus, »JENNAAA!!!«

»Jenna?« Mayling neigt den Kopf zur Seite. »Und, was meinst du? Du bist ja voll konzentriert bei der Sache. Danke, dass du dich so reinhängst.« Sie strahlt mich aufmunternd an.

»Hmmm«, sage ich und lächle, während die offenen Fenster in mir knarzen und quietschen. Ich bin ein leer gefegtes Haus.

Ich greife wahllos ein Blatt heraus. Die Box auf diesem Bild trägt Tigerstreifen. »Geh auf die Expedition deines Lebens!«, steht in Leuchtbuchstaben darüber. Es ist vollkommen lächerlich.

»Definitiv diese hier.«

Ernst betrachtet Mayling das Blatt und nickt. »Ja, ich kann sehen, was du meinst. Fällt einfach raus. Macht Lust auf mehr. Rauszukommen. Betont den Nervenkitzel. Die Welt sehen.«

»Genau«, sage ich und lächle kaltblütig. Als wenn in Old B. irgendjemand noch Nervenkitzel bräuchte. Ich komme mir vor wie eine Serienmörderin, die die OrderUnit ausgetrickst hat. »Macht definitiv Lust auf mehr.« Sage ich und nicke Mayling aufmunternd zu. In meinem Kopf beginnt von Neuem der

Ohrwurm. *We all live in a yellow submarine, yellow submarine, yellow submarine.* Was, zur Hölle ist, an den Beatles verkehrt?

»Danke, Jenna. Echt super, dass wir dich im Team haben!« Ihr Lächeln ist warm und freundlich, man könnte es ihr fast glauben, und dann geht sie mit schwebenden Schritten davon, nichts davon bleibt bei mir. War sie wirklich da?

»JENNAAA«, ruft Loras Stimme. »JENNAAAA! HILF MIR!« Ob sie je erfahren hat, wer sie verraten hat? Wer ihre Punkte in ihren Score gerechnet bekommen hat? Was hat sie wohl gedacht, als sie das letzte Mal bei Bewusstsein war? Ob sie bereut hat, was sie getan hat? Ob sie Angst hatte?

Um mich herum fließt ein Meer von Menschen, das sich auftürmt, wieder versiegt, manchmal kommt jemand zu meinem Schreibtisch und will etwas zu den Grenzländern wissen, will meine Meinung, wie »wir« drauf sind, wie »wir« reagieren. Ein Test wird geplant, ruft mir jemand zu, im Reaction-Room. Ich lächle und nicke und bleibe sitzen.

»Komm, das wird interessant! Ich fänd's toll, wenn du mitmachst. Bist du dabei, Jenna?«, fragt mich Arvin. Er legt mir die Hand auf die Schulter, und jetzt muss ich wohl reagieren. Ich muss dabeibleiben, ich freue mich doch, ich wollte doch unbedingt nach New Valley, um alles in der Welt wollte ich das.

»Klar«, antworte ich also und lächle.

»Noch bist du frisch hier, weißt du. Jetzt ist es besonders spannend. Wir können deine gesamte Entwicklung dokumentieren.« Arvin ist sichtlich aufgeregt. Er hat sich das ganz genau überlegt. »Du hast noch genug vom Grenzland in dir. Wir sollten eine Serie von Tests planen. Um zu schauen, wann deine Emotionalisierung richtig einsetzt.« Er sagt es mehr zu sich als zu mir, was mir eigentlich ganz recht ist. Aber diese Worte haken sich in mir fest: »Wann deine Emotionalisierung richtig einsetzt.«

»Wie ... ich verstehe nicht«, sage ich. Was soll das heißen? Mir wird übel.

»Ich glaube, Melanie sollte dein Gegenpart sein«, redet er weiter und zeigt auf ein braunhaariges Mädchen, eher jünger als ich. Sie hat ein feines Gesicht, das mit der Stupsnase und den großen Augen etwas Babyhaftes hat. »Sie ist wie die meisten hier in New Valley geboren, aber ähnlich alt und hat ein vergleichbares Persönlichkeitsprofil wie du.«

»Mit Vergnügen!«, sagt Melanie. »Aber fangt bei mir bitte soft an, ja? Ich bin ja nichts gewöhnt.« Sie lacht.

Wir gehen zu einem anderen Trakt im VERO-Gebäude. Melanie schnattert unaufhörlich, erzählt irgendwas von einer Reise, die sie mit ihrem Vater in die Berge gemacht hat, und ich würde sie gern schütteln, damit sie endlich still ist. Aber stattdessen lächle ich und tue so, als ob mich die Geschichte interessiert.

»Wir sind da«, sagt Arvin schließlich und führt uns in einen fensterlosen Raum. Bis auf ein paar technische Geräte, die ich mir nicht gleich erklären kann, und zwei Sessel ist er leer.

Ich setze mich auf den Sessel, den sie mir zeigen. Es ist ein großes Teil, mit schweren, weißen Polstern und in einer halb liegenden Position. Ein bisschen wie die Massagesessel, die hier in den Entspannungsräumen herumstehen.

»Leg mal die Hände auf die Armlehnen«, sagt Arvin. »Wir fixieren euch ein bisschen. Nur wegen der Reflexe, die sollen die Werte nicht stören.«

»Ah«, sage ich, lächle und spüre, wie ein helles Sirren in meinem Bauch aufsteigt. Meine Kopfhaut beginnt zu kribbeln. Die Handflächen, die auf den Lehnen liegen, werden feucht. Bleib cool, Jenna, sage ich mir. Du kennst doch Befragungen und Tests. Dein halbes Leben bestand daraus ... Ja, ich kenn das. Aber ich hatte gedacht, das hätte ich hinter mir. Und es fühlt sich irgendwie anders an, hier, in New Valley. Es macht mir Angst, während es für die anderen offensichtlich ein Spaß ist.

Auch Melanie neben mir wird auf einen Sessel gesetzt und bekommt die Handgelenke mit einem Band fixiert. Ich belaste das Material ein wenig und merke, dass es nachgibt. Siehst du, es ist nichts Schlimmes, raune ich mir in Gedanken zu. Ich könnte mich losmachen, wenn es hart auf hart käme. Du bist nicht wirklich gefesselt. Wenn du nur stark genug reißen würdest, könntest du dich losmachen. Es geht tatsächlich nur darum, die Reflexe etwas im Zaum zu halten. Das heißt doch, dass sie nichts Wildes wollen. Nur ein bisschen testen.

»Wir legen euch jetzt ViewingShades um. Damit es keine Ablenkung gibt. Die Immersion ist so größer. Und die BrainDots werden natürlich abgenommen, Melanie.«

»Oh, ich bin schon ganz gespannt! Aber bei mir nicht so doll, ja?« Melanie neben mir juchzt geradezu bei jedem Wort. Man könnte meinen, das wird der größte Spaß. Offensichtlich werden sie hier nicht besonders oft getestet.

Ich schlucke. Ich habe Ablenkung eigentlich ganz gern. Ablenkung hilft. Allermeistens. Dinge lassen sich damit besser ertragen. Ich fange an, meine Atemübungen zu machen. Ruhig bleiben, Jenna.

»Bereit, Jenna?«

Hätte ich nur vorhin richtig zugehört. Dann wüsste ich genauer, worum es geht. Scheiße. Aber ich sage »Ja klar« und versuche, so selbstbewusst wie möglich zu klingen. Wo war ich nur in Gedanken? Was war los mit mir? Verdammt, Jenna, du musst immer *ON* sein! Immer alle Lichter an haben im Hirn! Das weißt du doch!, hallt die Stimme meines Großvaters durch meine wirren Gedanken. Ja, denke ich, er hat recht. Aber jetzt ist es zu spät. Scheiße.

»Uh, ich bin echt aufgeregt«, murmelt Melanie neben mir.

Es beginnt zu flackern vor meinen Augen, helles weißes Licht.

»Das reinigt erst mal die Wahrnehmung«, höre ich Arvins Stimme aus dem Off. »Entspannt euch, gleich geht es los.«

Mein Herz hämmert, ein kleines Tier, das mit seinen kleinen festen Pfoten versucht, meinen Brustkorb aufzukratzen.

Plötzlich blitzt ein Bild vor meinen Augen auf, so schnell, dass ich es kaum begreife. War das eine Kuh? Die Augen verdreht vor Schmerz. Als Nächstes zeigen sie mir eine Menschenmenge, über ihnen drei Erhängte. Ein weinendes Kind, bedeckt von Staub, es sitzt neben Leichen. Meine Hände werden kalt und zittern. Ich versuche zu schlucken. »Das arme Reh! Hat das keine Mama?«, ruft Melanie neben mir. Welches Reh? Welches verdammte Reh?!

»Jetzt spiel bei Jenna mal den Clip da ab«, höre ich Arwin irgendwo hinter mir flüstern. »Du weißt doch, wir müssen bei Leuten aus Grenzländern härter rangehen.«

Ein Hund, der gehäutet wird, bei lebendigem Leib, das Maul weit aufgerissen. Zum Glück gibt es keinen Ton, ich weiß nicht, ob ich das ertragen könnte, ob ich mich dann noch kontrollieren könnte. Aber wie soll ich entkommen? Wie soll ich fliehen? Ich muss durchhalten. Ich kann nur durchhalten.

Ich versuche, cool zu bleiben. Bleib cool, Jenna, bleib cool, irgendwann ist es vorbei. Atmen. Einatmen, eins, zwei, drei. Ausatmen, eins, zwei, drei, vier. Was soll das Ganze eigentlich?

Zwei Männer, die eine schreiende Frau an den Haaren hinter sich herschleifen. Mir wird schlecht.

Melanie neben mir ruft: »Oje!«

»Abbruch!« Arvins Stimme. Ich beiße mir auf die Zunge, um nicht loszuheulen vor Erleichterung.

Die Bilder verschwinden, das schwarze ViewingShade gleitet vor meinem Gesicht weg. Ich würde mich am liebsten losreißen, wegrennen, heulen, schreien. Mir die Augen auskratzen, damit sie nichts mehr sehen müssen.

Ich atme so konzentriert ich kann. Cool bleiben, immer cool bleiben. Ich merke, wie mein Körper zittert. Lass dir nichts anmerken. Atme, Jenna, Atme.

»Da stimmt irgendwas nicht.« Arvin tritt zwischen uns. »Die Software hat bei Jenna superheftige Reaktionen aufgezeichnet, bei Melanie nur oberflächliche Emotionen. Da muss irgendwas durcheinandergeraten sein.«

»Wieso?« Ich versuche weiter, meine Atmung unter Kontrolle zu halten, nicht auszuflippen.

»Na ja.« Arvin lacht nervös. »Das kann ja nicht sein. Ich meine, also, nichts gegen dich, Jenna. Aber Menschen in den Grenzländern haben halt verkümmerte Emotionen und kaum Empathie.« Er fährt sich durchs Haar und schaut weg. »Ich meine das nicht persönlich, Jenna. Wirklich nicht. Aber das weiß man ja.« Er tätschelt mir freundschaftlich den Arm und löst die Bänder an meinen Handgelenken. »Aber das entwickelt sich dann ja in der nächsten Zeit. Du bist ja jetzt hier.« Sein Blick ruht auf mir, als sei ich ein seltsames Tierchen, das ihn fasziniert. »Du kannst ja auch nichts dafür. In den Grenzländern stumpft ihr eben ab.«

»Alles gut«, sage ich und lächle. »Ich versteh das schon.«

»Ich wusste, dass du da cool bist«, sagt Arvin und knufft ein letztes Mal meinen Arm.

»Ja, da muss wirklich was durcheinandergekommen sein.« Melanie steht von ihrem Sessel auf, sie fährt sich durch ihr langes, welliges Haar. »Ich meine, ich war wirklich so erschüttert!« Sie reißt die Augen auf. »Ehrlich, also, oberflächliche Emotionen.« Sie schnaubt. »Never! Das hat richtig reingehauen!« Ihre Hände klammern sich vor ihrer Brust aneinander, als müssten sie sich vor einem Absturz bewahren.

Ich warte noch ein bisschen mit dem Aufstehen, ich traue meinen Beinen noch nicht so ganz. Sie fühlen sich schwach und zittrig an. Meine Gedanken rasen, und ich versuche immer noch zu verstehen, was hier gerade passiert ist. »Sie glauben, du bist ein Tier«, hallt eine Stimme durch meine Gedanken. Ich schüttele unwillkürlich den Kopf. Nein! So ist das nicht. Sie wollten mich hier, sie haben mich ausgewählt und nach New Valley geholt. Sie wissen nur so wenig über uns aus den Grenzländern.

»Aber lass uns das noch mal versuchen, nachdem ich die Software durchgecheckt habe, okay?« Arvin öffnet die Tür. »Das ist einfach spannend, ich will vor allem wissen, wie die Emotionen sich dann bei dir entwickeln, Jenna.«

Ich mache »mhhhh« und stehe auf. »Ja, dann«, sage ich, setze ein schiefes Lächeln auf und winke und die anderen winken zurück, aber sie bemerken mich nicht richtig, und es ist mir recht, denn ich will einfach nur noch weg von ihnen.

Ich gehe durch den Park, die bunten Vögel glucksen und zwitschern leise und melodisch. Das Gehen beruhigt mich, es hat mich schon immer beruhigt. Vor meinem inneren Auge tauchen die Straßen von Old B. auf. Heimweh. Denke ich. Ich habe Heimweh. Oma. Opa. Der Staub in den Straßen, die tristen Bäume, die Momente, wenn doch irgendwo ein kleines Fest ist. Trotz allem. Wenn die Sonne mit leuchtenden Farben den Himmel verbrennt und Menschen auf der Straße stehen bleiben und staunen. Das alles fehlt mir so sehr. Ja, in Old B. herrschen oft Verzweiflung und Lethargie. Und doch gibt es dort diese Momente, scharf, glitzernd und überwältigend, die dich berühren, ganz tief.

Was soll ich nur hier? Ich habe das Gefühl, auf ein paar Brettern über einem Abgrund zu balancieren, und ich weiß nicht, wie lange sie mich tragen werden. Und was ist überhaupt darunter?

»Jenna?« Eine Hand legt sich auf meine Schulter und ich schließe einen Moment lang die Augen, so erleichtert bin ich. Ich erkenne die Stimme sofort. Cory.

Ich würde mich so gern in seinen Arm legen, mein Gesicht in diese Kuhle zwischen Schulter und Hals schmiegen und ihm alles zuflüstern, was in mir ist, all meine dunklen, schwarzen Geheimnisse. Aber ich weiß, dass das hier nicht geht. Und was noch schlimmer ist: Wenn er wüsste, wer ich wirklich bin, was ich in Old B. getan habe, er würde mich nicht mehr wollen.

»Du hast ja schon wieder deine BrainDots aus«, sagt er und lächelt. »Du hast dich wohl noch immer nicht an uns gewöhnt, was?«

»Doch«, sage ich und weiß, dass es überhaupt nicht überzeugt klingt.

»Den meisten Newcomern fällt es schwer. Keine Sorge. Das ist ganz normal.« Cory mustert mich. »Du zitterst. Was ist los?«

Ich blicke umher, weil mir keine vernünftige Antwort einfällt. Was soll ich denn da sagen? Die anderen haben einen Test mit mir gemacht, den ich nicht verstehe, der aber grauenhaft war? Ich habe in Old B. eine Freundin verraten und überhaupt nur deshalb habe ich ausreichend Punkte? Unter deinem geliebten New Valley lebt eine ganze Gruppe von Illegalen und versucht, sich in EQUILON zu hacken? Du lebst in einer Lüge, ohne es zu wissen? Die Roboter sind gar keine Roboter? Ich schaue in Corys schöne Augen. Wie sanft sie sind. Wie schön.

»Ich habe was Schlechtes gegessen, glaube ich«, sage ich schließlich.

»Komm«, sagt er. »Ich bringe dich zu mir. Dann ruhst du dich ein bisschen aus.« Er fasst mich an den Arm, und irgendwie weiß ich, dass er mich jetzt auch gern umarmen würde. Aber das geht natürlich nicht. Hier. Vor aller Augen. Doch der Gedanke allein hilft schon.

Natürlich ist Corys Unit viel größer als meine. Und sie liegt direkt am Meer. Ich stehe an den bodentiefen Fenstern und schaue hinaus. Es ist ein grauer, sonnenloser Tag, feiner Nebel verwäscht die Linie zwischen Wasser und Himmel. Der Nebel dort draußen. Das Meer, die Möwen. Das wäre ich gern. Aufgelöst darin. Dann hätte ich keine Vergangenheit, keine Zukunft. Jeder Moment wäre der, der er ist.

Oder ich frage Cory einfach, ob ich hierbleiben darf. In seiner Unit. Ob ich seinen Service-Roboter ersetzen kann. Ich könnte abwaschen für ihn, das Essen kochen, die Kleider bügeln und ordnen, die Bäder putzen und die Küche. Der automatische Staubsauger kann ja gern bleiben. Und in der restlichen Zeit schaue ich einfach hinaus aufs Meer. Diese Wohnung als Schlupfloch zwischen den Zeiten. Oder soll ich bitten, dass sie mich zurück nach Old B bringen? Aber was dann? Kann man das überhaupt? Aussteigen? Wäre ich dann eine Unsorted?

Es war ein Versuch. Ich im New Valley. Es hat eben nicht geklappt. Nur, wohin dann? Wohin mit mir? Gibt es für so jemanden wie mich auch einen Ort?

Die Wellen rauschen sacht, ich stelle mir vor, wie sie sanft den Sand mit ihren zerfließenden Wassermolekülen streicheln. auch durch das Glas kann ich sie hören. Oder bilde ich mir das ein? Weil ich weiß, dass sie da sind, dichte ich das Geräusch dazu?

Cory umarmt mich von hinten und küsst mich aufs Ohr und für eine Weile höre ich nur ihn, seinen Kuss, seinen Atem. »Mach dir keine Sorgen, Jenna«, flüstert er. »Es ist nur eine Phase. Es wird alles gut werden. Nimm dir einfach einen Tag frei und wir bleiben hier. Jeder hat während der Anpassung Verständnis dafür. Es ist einfach die Umstellung, glaub mir. Bald hast du dich voll und ganz an das Leben hier gewöhnt.«

Ich nicke vorsichtig. Vielleicht ist es einfach nur das. Vielleicht fühlt sich deshalb alles so durcheinander an, so, als ob nichts zusammenpasst und ich vollkommen falsch bin. Vielleicht ist es nur eine Phase, eine Umstellung, ein Glitch im System *Jenna*, und bald bin ich gefixt. Nach ein paar Updates wieder up and running, alles gut verstaut und geordnet in meinem Kopf.

Willst du das?, huscht ein Gedanke durch meinen Kopf. Willst du das alles wirklich, Jenna?

Ich drehe mich um, nehme Corys Gesicht in meine Hände und küsse ihn. Ich küsse ihn, als wäre das der Fix, den ich brauche, und vielleicht ist er das auch. Ich nestele an seinem Sweater mit den Goldbündchen, an seiner Hose. »Bist du sicher?«, flüstert er und küsst mein Ohr. Was hat er nur mit meinen Ohren?

»Natürlich«, murmele ich, ziehe mir die Bluse über den Kopf und überlege, ob ich jetzt das Schlafzimmer suchen soll. Aber der Teppich hier ist weicher als jedes Bett in Old B. All meine Gedanken rutschen in den Hintergrund, ich muss mich nur auf diesen Körper konzentrieren, diesen perfekten Geruch, seine weiche Haut. Euphorie durchfährt mich. Es funktioniert! Je mehr ich meinen Fokus zusammenschnurren lasse, diesen Hals mit Küssen bedecke, meine Hände über seinen modellierten Oberkörper gleiten lasse, einatme, wie wunderbar er riecht, desto unwichtiger wird alles andere. Noch ein bisschen, noch ein Stückchen weiter, und es wird »Klick« machen, und aller Zweifel verschwindet, wird sich auflösen in einer dunklen Wolke, die hinaus zum Nebel zieht, und ich werde wieder die Jenna sein, der alles gelingt, die alles im Griff hat, die alles versteht.

Cory tippt an seine BrainDots und ein helles Keyboard ertönt, eine volle Frauenstimme beginnt zu singen, bestimmt uralt das Lied, aber sehr schön.

»*You know what to do to me, You know what it does to me*«, flüstert Cory den Refrain zwischen den Küssen mit.

Ich gebe ihm einen Stups und er lässt sich auf den Boden sinken, die Arme aufgestützt.

»Nein«, sage ich, »noch tiefer«, und presse mich gegen ihn, bis wir auf dem weichen Teppich liegen, ineinander verknotet.

»Nicht aufhören«, murmele ich, »nicht aufhören«, und warte auf das Klicken.

15

DORIAN

Schwankend bewegt sich der Multicopter vorwärts, geschüttelt vom Wind. Hinter den Bergen lichtet sich das Dunkel der Nacht. Eigentlich sind diese Dinger nicht für so weite Strecken ausgelegt, deshalb schleichen wir nur langsam die Küste hinauf. Wir haben kaum geschlafen in dem engen Ding, meine Nerven singen geradezu vor Anspannung.

Wir schauen aus dem Fenster, eine atemberaubende Küste saust an uns vorbei. Hier scheint es grün zu sein, wir können die Schatten belaubter Bäume erkennen, die weit in den Himmel ragen.

»Schau mal«, sagt Maggie.

Ich antworte nur »Ja«, denn was soll ich sagen beim Anblick solcher Wunder?

Schweigend betrachten wir die Natur dort draußen, die uns vorkommt wie eine neue Welt. Und irgendwie ist sie das ja auch. Die Welt hier hat nichts zu tun mit dem, was wir kennen.

»Was machen wir denn, wenn wir ankommen?«, fragt Maggie.

Ich zucke die Schultern. »Die Chipkarte«, sage ich. »Ich hoffe, mit der kommen wir irgendwie raus. Thomas schien sich sicher zu sein, dass das geht.«

Ich bin nervös, und ich weiß, Maggie ist es auch. Eine Weile sitzen wir einfach nur nebeneinander, schauen hinaus ins schwächer werdende Dunkel. Die Farben schälen sich Sekunde für Sekunde mehr aus der Nacht heraus.

Braun und Grün, Bäume, Blumen, Erde
Von Farbe betrunkene Tage
Hunderte Töne, die alle zu mir sprechen,
in einer fremden Sprache
Ich bin ein Analphabet der Farben,
Ein Analphabet des Glücks.

Nach einer Weile fühle ich Maggies Finger, die sich langsam an meine Hand herantasten.

»Dorian, ich habe Angst«, flüstert Maggie. »Vor den MegaGoods, den OrderUnits. Was, wenn wir das nicht schaffen? Ich will nicht sterben.«

»Ich auch nicht«, antworte ich. Ich streiche ihr über das Haar, während es draußen immer heller wird. »Und das werden wir auch nicht. Ich weiß es einfach.«

Ich hole tief Luft und blicke in das Blau des heraufziehenden Morgens. Wenn wir eine Chance haben wollen, dürfen wir jetzt keine Angst haben. Wir müssen klar sein. Und wach.

»Maggie, wir müssen uns jetzt konzentrieren, damit wir das letzte Stück schaffen. Wir sind bald da. Und dann müssen wir uns verstecken, bis uns diese Eryn findet und bis wir wissen, wie wir deinen Vater finden.« Wenn es ihn überhaupt gibt.

Maggie nickt und wir packen schweigend unsere Sachen. Dann warten wir. Mehr können wir nicht tun.

Unser Multicopter beschreibt einen weiten Bogen und wir schweben über einen Meeresarm. Das erste Licht schimmert auf dem Wasser, über dem feiner Dunst schwebt.

»Wow«, flüstert Maggie. »Ich wusste gar nicht, dass die Welt so schön sein kann.« Und mir fährt es wie ein Stich ins Herz. Ich habe wenigstens ein paar vage Erinnerungen an etwas anderes als Staub und Hitze und die Zerstörungen des Andreasgrabens. Und ich kenne die Bilder, die uns im New Future Plan immer unter die Nase gehalten werden, damit wir uns auch brav anstrengen. Maggie hat ihr ganzes kurzes Leben in dieser verlorenen Steppe am Rande einer halb toten Millionenstadt gesessen. Und trotzdem ist sie irgendwie ein ziemlich fröhliches Kind geworden. Ach, Maggie.

»Ja, die Welt ist ziemlich schön, glaube ich. So alles in allem«, antworte ich und lege den Arm um sie. Sie fühlt sich gerade schrecklich klein an. Und die Aufgabe, sie zu beschützen, furchtbar groß.

»Guck mal da!«, ruft Maggie aufgeregt und drückt sich an die Scheibe. Und im fernen Morgenlicht erhebt sich ein Glitzern. Ich zwinkere und erkenne schließlich, dass es eine Stadt ist. Eine Stadt, die mit ihren Abertausenden von Fenstern das Licht der Sonne reflektiert und bricht und als ein blendendes Strahlen zu uns wirft.

»New Valley«, sage ich und mein Magen sackt ins Bodenlose. Was auch immer passiert, gleich wird es so weit sein. Unsere kurze Ruhepause hat ein Ende.

Als hätte jemand meine Gedanken gehört, ruckelt der Multicopter, fliegt eine weitere Kurve und das Leuchten von New Valley verschwindet hinter einem bewaldeten Hügel. Vor uns öffnet sich, versteckt zwischen zwei

Inseln, eine riesige Plattform auf dem Wasser. Sie steht voller Lagerhallen und Transporterboxen. Schiffe sind daran vertäut, einige Fluggeräte stehen herum. Ein Industriehafen.

Ich versuche, einen Überblick zu bekommen, während wir uns unaufhaltsam nähern. Es ist geschäftig da unten. Aber es sind vor allem TransportUnits, einige wenige OrderUnits. Nur zwei oder drei Menschen gehen dort herum. Oder vielleicht sind auch das Roboter. Alles scheint automatisiert.

»Zwei Sachen, Maggie«, sage ich, während das Adrenalin beginnt, durch meinen Körper zu pumpen. Ich drücke ihr die Schlafdecke in die Hand, die in der Kabine liegt. »Sag nichts, versteck dich darunter und bleib immer dicht bei mir.«

Sie nickt nur und greift nach meiner Hand.

Der Multicopter wird immer langsamer und schaukelt surrend auf den Hafen zu. Aus dem Fenster kann ich sehen, wie die TransportUnits Platz schaffen und noch ein paar große Kisten beiseitefahren, damit er hineinschweben kann zum Entladen.

Mein Blickfeld verengt sich, mein Atem wird schwer, die Anspannung legt sich um mich wie eine eiserne Faust. Ich habe das Gefühl zu explodieren. Eine Waffe. Vielleicht sollte ich eine Waffe haben? Ich schnaube auf. Bescheuerter Gedanke! Welche Waffe soll das sein? Will ich irgendwen mit meinem Rucksack schubsen? Aber dann fällt mein Blick auf den kleinen Feuerlöscher, der über der Tür klemmt. Die Dinger sind wenigstens hart. Ich greife nach oben und versuche, ihn loszukriegen, was ziemlich schwer ist. Wie blöd ist das denn? Was wäre, wenn ich jetzt wirklich einen Brand löschen müsste?

»Dorian!«, quiekt Maggie noch unter der Decke und dann gleitet die Tür auf. Im letzten Moment schaffe ich es, den Feuerlöscher herunterzureißen, und richte ihn drohend auf die OrderUnit, die dort vor mir schwebt. Die Projektion eines freundlichen jungen Mannes erscheint und säuselt »Willkommen in New Valley Harbour«, ein Scanner fährt heraus, tastet kurz den Feuerlöscher ab, ein Fehlergeräusch ertönt. »Bitte zeigen Sie eine valide Identification vor.« Ein überwältigendes Kribbeln überfällt mich, OrderUnits machen mich einfach höllisch nervös.

Maggie stößt mir an den Rücken, ich greife hinter mich und sie presst mir etwas in die Hand. Die Karte. Ich halte das Plastikding stumm und mit zittrigen Händen hoch. Der Scanner fährt die Karte surrend ab, in der Luft zwischen uns tauchen Zahlenkolonnen und Buchstaben auf. Mein Gesicht, aber Thomas' Name, Thomas' Geburtsdatum und lauter andere Angaben, mit denen ich nichts anfangen kann. Ich habe ihn für ziemlich weggetreten gehalten, aber Thomas hat unsere Ankunft hier offensichtlich genau vorbereitet. Ich schöpfe Hoffnung. Dann wird alles andere vielleicht auch funktionieren.

»Mr Porter, Ihr Rücktransport ist für 21:15 Uhr Pacific Standardtime eingeplant. Bitte finden Sie sich 45 Minuten vorher am Dock ein. Zu einer Überziehung der Verweildauer sind Sie nicht berechtigt. Sie wird mit bis zu einem Jahr Dienst in den Wastelands geahndet. Sie haben Genehmigung, die Geschäfte für Grenzland-Betreuende zu betreten, des Weiteren die Lokalitäten zur Unterhaltung der Grenzland-Betreuenden.

Im historischen Kino läuft heute ›Mission Impossible III‹. Sie haben freien Eintritt. In der Kantine gibt es Ramen und Traditional Irish Stew. Sollten Sie in das Stadtgebiet von New Valley eindringen, wird das mit bis zu fünf Jahren Dienst in den Wastelands geahndet. Das Transportboot zur Unterhaltungsarea für Grenzland-Betreuende fährt alle 30 Minuten von Pier 23«, schnarrt die Maschine in einem monoton freundlichen Ton herunter. Die Projektion des jungen Mannes bewegt lächelnd den Mund.

Ein pistolenartiges Ding fährt aus der OrderUnit, ein Greifarm umschließt meinen Oberarm. »Ich werde Ihnen jetzt den temporären Chip implantieren, um Sie bei der korrekten Umsetzung der Anweisungen zu unterstützen.« Eine Nadel durchsticht den Stoff an meiner Schulter, hinter meinem Rücken spüre ich, wie Maggie sich unter der Decke noch ein bisschen kleiner zusammenzieht. Ein Geräusch, als ließe jemand die Luft aus einem Reifen, ein kurzer Schmerz. »Die New Valley Administration und Border Control wünscht Ihnen einen guten Aufenthalt, Thomas Porter.«

Die Projektion des Mannes verschwindet, die OrderUnit schiebt den Greifarm aus, greift die weiße Box mit dem Tantal – und schwebt davon. Kaum hat die Maschine sich von uns abgewandt, geht eine Sirene an. »SPECIAL CARGO! SPECIAL CARGO!«, schnarrt die Durchsage, während sich die OrderUnit von uns entfernt.

Ich schaue ihr vorsichtig hinterher, ich kann nicht glauben, dass es das wirklich schon war. Tatsächlich nimmt niemand Notiz von uns.

»Wir sind drinnen«, flüstert Maggie.

»Falsch, Thomas Porter ist drinnen«, flüstere ich zurück. Ich nehme die Decke, die über ihr liegt, und hänge sie mir über die Schulter.

Wir sind nicht weit von dem Punkt, an dem der Hafen

an eine bewaldete Insel grenzt. Dort können wir uns erst mal verstecken. Das ist ein guter Ort, um zu warten, bis wir von Thomas' Schwester hören. Ich stopfe mir den Quantennavigator in die Hosentasche. Der Pfeil blinkt noch immer grau. Aber es ist ja auch noch nicht Abend, denke ich mir. »Bleib unter der Decke und halt dich an meinem Rücken fest.«

Und mit diesem Flüstern beginnt ein schier endloser Gang. Ich würde am liebsten rennen, so schnell ich kann, aber das geht natürlich nicht. Denn Rennen löst bei diesen OrderUnits bestimmt Alarm aus und wir würden den Menschen hier sofort ins Auge fallen. Vor allem aber würde Maggie mit ihrem geschienten Bein nicht mitkommen – wenn es dumm läuft, fällt sie hin, die Decke rutscht auf den Boden und wir sind erledigt.

Also gehe ich so schnell-langsam, wie ich kann, immer an einer der Transporterboxen oder einem der kastenartigen Hafengebäude entlang.

Zwei Männer kommen mir entgegen, kräftige Typen mit gegerbten Gesichtern und breitem Gang. Der eine hebt freundlich die Hand, der andere legt sie an seine zerschlissene Strickmütze. »Ah, Nachwuchs bei den Transportern?«, rufen sie. »Nachher schön in den Puff, was?« Sie lachen und mir zieht sich der Magen zusammen.

Ich hebe pflichtschuldig die Hand und versuche zu lächeln. »Klar!«, rufe ich und würde am liebsten im Erdboden versinken. Ich habe schmerzhafte Angst, dass sie sich über die Decke wundern, die ich über mich geworfen habe, dass sie mir näher kommen, zu lange auf mich schauen und Maggies Füße entdecken. Aber sie gehen einfach weiter.

Und dann kommt der Schatten. Der Schatten, der ganz anders ist als alles, was ich kenne. Baumschatten. Es ist, als ob mein Herz aufgehen würde, als würde etwas Lebendiges in mich dringen und mit mir gemeinsam atmen, meine Lungen streicheln, sie heben und senken und dabei flüstern: »Du bist nicht allein, Dorian. Mach dir keine Sorgen. Alles wird gut. Wir sind bei dir.« Ich nehme Maggies Hand und wir schlagen uns ins Unterholz.

Noch wissen wir nicht, wohin wir als Nächstes müssen. Und heute Abend läuft die Zeit ab. Wird man dann Alarm schlagen? Nach Thomas Porter suchen? Bestimmt. Und vor allem: Wie kommen wir von der Insel? Wie sollen wir diese Eryn finden, die Schwester, von der Thomas uns erzählt hat?

»Und jetzt?«, keucht Maggie und lässt sich auf den weichen Waldboden fallen. Über ihr bricht das Sonnenlicht durch die Blätter, es legt sich auf ihr Gesicht, sanft und warm. So, als seien wir nicht zwei Menschen auf der Flucht, sondern zwei, die auf einem Ausflug eine kleine Pause machen.

Ein sanfter Wind streicht über die Baumkronen, zu uns dringt sein leises Rauschen. Ich wünschte, ich könnte dieses Geräusch greifen und umarmen, es für immer bei mir behalten.

Der Geruch von feuchtem Laub, von wachsenden Pflanzen, von Leben dringt mir in die Nase.

Dieser Moment trifft mich mit so einer Gewalt, dass ich gar nichts mehr sagen kann. Ich lasse mich auch fallen, mit geschlossenen Augen liege ich auf der Erde. Ich greife mit den Händen in die herabgefallenen Blätter, mit einem feinen Knistern zerbrechen sie zwischen meinen Fingern. Der Geruch von fruchtbarem Boden steigt auf. Nur für einen kleinen Moment, denke ich. Und dann denke ich daran, dass solches Leben, solch eine klare Lebendigkeit seit Ewigkeiten diese Welt bestimmt. Und wie wenig ich davon weiß. Wie wenig in meinem Leben bisher so war. Ich lasse stille Tränen über meine Wangen rinnen,

> *lasse sie den Staub der traumlosen Schrecken davontragen,*
> *wascht mich rein, meine Tränen,*
> *löst mir das Vergangene aus meinen Poren,*
> *begrabt es hier, das Dunkle, das Unaussprechliche,*
> *unter schweigendem Laub und Sonnenschein.*
> *Ich will mich nicht erinnern.*

16

Dorian

Ich bin wach, bevor ich die Augen öffne. In meiner Jackentasche brummt es. Ich hole den Quantennavigator heraus. Er vibriert sanft, der Bildschirm leuchtet. Der Pfeil blinkt nun grün. Mein Herz stolpert vor Aufregung. Das Zeichen für den Aufbruch.

Mir ist kalt. Die Sonne, denke ich. Die Sonne ist weg! Ich setze mich hektisch auf. Tatsächlich. Sie ist schon hinter den Bäumen verschwunden. Ich muss tief geschlafen haben. Dabei wollte ich mich doch nur kurz ausruhen, bevor ich überlege, wie es weitergeht. Shit.

Ihr Rücktransport ist für 21:15 Uhr Pacific Standardtime eingeplant, schießt mir die Stimme der OrderUnit durch den Kopf. Die Unruhe wird zu Panik. Scheiße, wie spät ist es jetzt überhaupt? Wir müssen zusehen, dass wir schleunigst von dieser Insel wegkommen!

Ich schüttle Maggie. »Wach auf! Wir haben verschlafen! Wir müssen weg von hier.« Sie kommt zu sich und blickt sich verwirrt um. »Wo sind wir?«

»Irgendwo auf einer Insel, in der Nähe von New Valley. Es ist auf jeden Fall noch ein Stück.«

Ich schaue noch einmal auf den Quantennavigator, Wenn ich mich bewege, zeigt der Pfeil immer in dieselbe Richtung. Eine Art Kompass, nur nicht nach Norden ausgerichtet, sondern auf einen anderen Fixpunkt. Auf Thomas' Schwester und ihre Gruppe. In dieser Richtung müsste auch New Valley liegen.

Ich stehe auf und schaue mich um, obwohl hier nichts zu sehen ist. Bäume, Hügel, Moos, irgendwelche Pflanzen, mehr ist hier nicht. Das Wasser können wir auch sehen, dunkel und gebrochen blinkt es am Fuße des Hügels durch die Zweige. Und der Pfeil zeigt genau dorthin, auf das Wasser, denn New Valley liegt auf der anderen Seite. Wir brauchen ein Boot, aber es ist Abend. Wir haben keine Zeit, und ich habe keine Ahnung, wie wir mal kurz an ein Boot kommen könnten. Verdammte Scheiße.

»Was machen wir jetzt?«, fragt Maggie.

»Der Quantennavigator zeigt auf das andere Ufer. Und er blinkt jetzt grün. Thomas' Schwester wartet also auf uns. Wir müssen einen Weg finden, wie wir übers Wasser kommen. Die Dunkelheit ist dafür vermutlich ganz gut, oder?« Ich versuche, ganz cool zu klingen, aber meine Gedanken rasen.

»Ja, aber sie werden uns suchen.« Sagt sie. »Oder besser: Sie werden Mister Porter suchen.«

Und dann fällt mir mein schmerzender Oberarm auf. Der Chip.

Ich lasse mich zurück auf die Erde fallen. Das hatte ich vergessen. Noch schaut keiner. Ich bin registriert als einer der Transporter. Aber wenn die Zeit abgelaufen ist, dann wird irgendwo in den Schaltkreisen der OrderUnits ein Alarm schrillen.

Ich greife mir den Rucksack und durchwühle ihn.

»Was hast du vor?«

Ich ziehe das Messer hervor. Das Metall blinkt im Licht, als Maggie den Griff mit ihren Fingern umschließt.

»Der Chip in meinem Arm«, sage ich. »Du wirst ihn rausholen müssen.«

»Mit einem Messer?«

»Wie sonst? Du musst ja in meinen Arm kommen«, antworte ich. »Zum Glück ist es spitz und scharf.« Ich versuche, mir nicht anmerken zu lassen, was für eine fiese Angst ich davor habe, dass sie gleich mit einer Messerspitze in meinem Muskelfleisch rumstochern wird.

Ich ziehe meine Jacke aus und taste meinen Arm ab, er schmerzt leicht und hat eine kleine Blutkruste. Da kann ich einen Knubbel unter der Haut fühlen. Das muss der Chip sein.

»Es ist nicht so schwer, Maggie, das Ding ist gleich unter der Haut.«

»Okay, aber lass uns erst mal überlegen, wie wir von der Insel kommen. Nur, falls du dann nicht mehr so … fit bist.«

Ich gucke weg, um das Messer nicht mehr sehen zu müssen, und nicke.

»Ein Boot wäre gut«, sage ich und weiß natürlich, dass das eine überflüssige Bemerkung ist. Klar wäre ein Boot gut.

»Ja, oder ein Flugzeug vielleicht, das wäre noch besser!« Maggie verdreht die Augen.

»Haha, sehr witzig, ich weiß, ich weiß.«

Wir schauen beide herum, aber natürlich liegt die Lösung nicht gleich neben uns. Also gehen wir den Hügel auf und ab. Aber das hier ist eben eine Insel. Auf der es nichts gibt.

»Und wenn wir zurück zum Hafen gehen? Da was klauen? Da gibt es doch bestimmt Boote.« Maggie schaut mich hoffnungsvoll an.

»Viel zu riskant, ehrlich, Maggie. Wir haben schon jetzt mehr Glück als Verstand gehabt.«

»Ein Boot«, murmele ich und versuche, die Gedanken einfach laufen zu lassen. Vielleicht fällt mir ja etwas ein. »Boote sind oft aus Holz. Holz gibt es hier ja genug. Wenn wir ein paar Wochen hätten, könnten wir uns eines bauen.« Ich versuche einen hohlen Lacher. Obwohl es echt nicht witzig ist.

Wir gehen hinunter ans Wasser, wo das Meer am Ufer leckt wie ein friedliches Tier. Nichts hat das Wasser hier gemein mit dem kochenden Ungeheuer von San Francisco.

Es ist sehr hübsch hier. Die Bäume, das Wasser, Felsen hier und da.

»Und wenn wir schwimmen?«, fragt Maggie mit ratloser Stimme.

»Das ist die letzte Möglichkeit, ja.« Wir schauen hinüber zur Stadt, in der langsam die Lichter angehen. Ich versuche abzuschätzen, wie weit das ist, da hinüber, in die ganz andere Welt. Zum Glück stehen am Ufer keine Häuser, und die uns zugewandte Seite hat einen Strand – aber darüber einen Steilküstenabbruch. Keine Ahnung, wie wir da hochkommen sollen. Ich hoffe jedenfalls sehr, die Leute, die uns abholen, haben dafür einen Plan.

Wie weit ist es zum Ufer? Vielleicht eine oder zwei Meilen? Es sieht ziemlich nah aus. Aber schwimmen ist anstrengend und das Wasser ist hier kalt. Auch das kostet Kraft, den Körper warm zu halten. Ich weiß, da vertut man sich leicht. Und wenn wir mitten im Meer sind und merken, wir können nicht mehr, dann bleibt uns nichts anderes übrig, als trotzdem weiterzuschwimmen – oder zu ertrinken. Denn nach Hilfe rufen können wir hier nicht.

»Wenn wir uns wieder ein Floß bauen?« Maggies Stimme klingt immer angsterfüllter.

»Wir haben kein Seil. Aber was noch schlimmer ist, wir haben keine Axt, um an große Äste oder gar Bäume zu kommen«, sage ich.

Während ich die Worte ausspreche, fällt mein Blick auf einen Baum, der absurd schräg über dem Ufer hängt. Es ist kein majestätischer Riese, eher ein kleinerer Baum, vielleicht fünf Meter hoch, der Stamm noch schlank. Unter ihm ist die Erde weggebrochen, ein Großteil seiner Wurzeln hängt nun in der Leere. Es ist nur eine Frage der Zeit, bis er ins Meer stürzen wird. »Ein Baum!«, rufe ich.

»Ja, Dorian, hier gibt es Bäume.« Maggie verdreht die Augen.

»Genau. Und einer davon wird gleich ins Wasser stürzen«, sage ich und grinse.

Wir graben mit bloßen Händen in der Erde, reißen die dünneren Wurzeln mit den Fingern entzwei, säbeln mit dem Messer daran herum, springen auf den dickeren, bis sie bersten. Es ist anstrengend, aber die Erde ist weich, und schließlich stürzt der Baum mit einem reißenden Poltern und Klatschen ins Wasser. Wir klettern hinterher und zerren ihn ein letztes Stück, bis er schließlich frei im Wasser schwebt. Seine kleine Krone ist noch dicht belaubt.

»Ich glaube, das könnte klappen. In den Blättern können wir uns sogar verstecken, falls jemand aufmerksam wird!«, sage ich. Ich bin so erleichtert. Ja, es könnte wirklich funktionieren.

Maggie nickt. Die Sonne geht bald unter, wir müssen sehen, dass wir loskommen.

Ich zücke das Messer und halte Maggie meinen Arm hin.

»Und jetzt hol mir das Ding da raus, damit wir endlich loskönnen.«

Es ist ein Kampf. Jeder Meter. Trotz des Baumes. Mein Arm schmerzt grauenhaft, aber noch grauenhafter ist die Angst davor, dass die Zeit kommt, zu der Thomas Porters Fehlen auffällt und es einen Alarm gibt. Wie spät ist es? Werden sie das Meer absuchen? Mit Scheinwerfern? Gibt es hier Scanner? Wächterinnen? Aber das Ufer kommt näher und näher.

Wir können es schaffen, wir müssen es schaffen, wir werden es schaffen!

Ich nestele den Quantennavigator hervor, den ich mir ans Handgelenk geknotet habe, und überprüfe die Richtung des Pfeils. »Noch ein wenig die Küste rauf«, presse ich keuchend hervor. »Und bleib zwischen den Zweigen. Der Strand ist leer, aber trotzdem.«

Maggie sagt nichts, wir ändern stumm die Richtung, nicht mehr direkt aufs Ufer zu, sondern parallel daran entlang, meine Glieder sind schon ganz taub, ich denke an Maggie, die das alles mit mir aushält. »Keine Angst, wir haben es bald geschafft«, sage ich, schlucke dabei einen ganzen Mund voll Salzwasser und muss husten. Die Wellen treffen uns jetzt von der Seite, sie schwappen immer wieder gegen uns. Maggie, die vorn schwimmt, damit ich von hinten den Baum schieben kann, wird unruhig.

»Dorian!«, Maggies Stimme klingt rau und gurgelnd, und ich weiß sofort, dass etwas nicht stimmt. »Dorian!« Jetzt schreit sie fast vor Panik.

»Was ist los?« Die Wellen klatschen mir ins Gesicht, mit jedem Wort schlucke ich etwas von dem kalten, salzigen Meerwasser.

»Ich hänge fest! Hilf mir, Dorian!«

Ich versuche, den Baum auf der Stelle zu halten. »Ganz ruhig, ich …« Ja, was mach ich?! »Ich mach dich los!« Ich hole tief Luft und tauche hinab, dorthin, wo ich Maggies Beine vermute. Ich reiße die Augen auf, das Salz beißt in meinen Augen. Aber es bringt nichts, ich sehe nichts. Das Wasser ist pechschwarz, und ich habe kaum Luft, ich bin viel zu erschöpft. Prustend komme ich an die Wasseroberfläche.

»Dorian?« Maggies Stimme klingt kläglich. »Dorian, hast du was gesehen?«

»Ich tauche gleich noch mal«, keuche ich und versuche, hoffnungsvoll zu klingen.

Wieder hole ich Luft, so tief ich kann, stelle mir vor, wie ich all den Sauerstoff um mich herum in meine Lungen ziehe. Und dann tauche ich hinab in die Schwärze. Ich taste nach Maggies Bein, fühle mich die eiserne Schiene hinab. Ein stechender Schmerz durchfährt meine Hand, etwas Hartes, Metallisches hängt daran und hält mich fest. Eine Art Falle, schießt es mir durch den Kopf. Natürlich. Es gibt hier bestimmt alle möglichen Grenzsicherungen.

Ich versuche, ruhig zu bleiben und mich vorsichtig

loszumachen. Es gelingt mir nicht, aber ich kann fühlen, dass es eine Art Haken ist, der in meiner Hand steckt. Neben mir beginnen Maggies Beine wie wild zu strampeln. Mein Körper kämpft. Luft! Mit aller Macht wollen meine Lungen atmen. Luft! Ich presse die Lippen zusammen, versuche noch einmal, mich zu lösen, aber ich brauche meine ganze Kraft, um mich vom Atmen abzuhalten, der Drang nach Luft zerreißt mir fast die Brust.

Ein gleißendes Licht, so hell, dass es schmerzt. Es rast auf mich zu. Gleich ist es vorbei, Dorian. Denke ich.

Etwas greift nach mir, löst den Haken mit einem kurzen, wilden Schmerz aus meiner Hand, packt meinen Arm, und ich werde hochgerissen, hinauf, hinauf in die Nacht, hinauf an die köstliche Luft.

Atme, Dorian, atme.

17

JENNA

Ich liege zwischen den zerknitterten Laken und schaue aus dem Fenster. Aus diesem Winkel kann ich nur die Wolken sehen. Und eine Möwe, die immer mal wieder mein Sichtfeld durchkreuzt, in einem langsamen, zittrigen Schwebeflug. Oder ist es jedes Mal eine andere?

Ich rolle mich zusammen, kuschle meinen Oberkörper an meine Beine. Ich kann mich einfach nicht an diese Betten gewöhnen. Es gibt nur ganz dünne Laken, ein spezieller Stoff, der die Temperatur des Körpers perfekt reguliert, irgendeine Technologie auf Molekularlevel, hat Cory mir erklärt. Ich habe trotzdem die ganze Zeit das Gefühl zu frieren.

Es ist der zweite Tag. Cory liegt neben mir und schläft, wir haben uns hier vergraben in seiner makellosen Wohnung. Haben alte Filme geschaut auf seinem historischen Beamer, er hat Spaghetti mit Langusten liefern lassen und Weißwein, der mir eigentlich nicht schmeckt und mir leichte Übelkeit bereitet, aber ich mag das leichte Gefühl im Kopf, das der Alkohol macht. Wir haben gebadet, geduscht, uns fünf Mal geliebt, Videospiele gespielt, endlos Musik von Corys BrainDots gehört.

Und doch war sie immer da. Lora. Ich habe sie verraten. Und ich kann sie nicht mehr wegsperren, jetzt, da die Erinnerung an sie aus der Ecke meines Hirns geschlüpft ist, in der ich sie so gut verschlossen glaubte.

Und bei jedem Blick auf die Wunder von New Valley frage ich mich nun, was der Preis für diese Welt ist. Was das mit mir zu tun hat. Ob es das wert ist. Und merke, dass ich Old B. vermisse. Meine Großeltern, ja sogar den Staub. Und wer sagt denn, dass ein Leben in Old B. so sinnlos ist, wie ich immer dachte? Ich weiß, wir sind zu viele für diese Welt, das haben ja alle Berechnungen gezeigt. Und doch. Es fühlt sich so falsch an. Ich fühle mich falsch an. Ich passe nicht hierher. Aber wohin passe ich dann?

Ich drehe mich ein wenig auf den Bauch, Übelkeit kriecht durch meinen Körper. Dieser verdammte Weißwein. Am liebsten würde ich mich übergeben. Ich habe geradezu Sehnsucht danach, als würde mich das befreien. Gleichzeitig beschämt mich der Gedanke daran. Hier ist alles so rein. So ungestört und perfekt.

Ich höre, wie sich Cory neben mir regt. Bestimmt ist er aufgewacht, ich kann fühlen, wie er sich streckt. Ich stelle mir vor, wie seine schönen Wimpern flattern, wie die zerwühlten Locken ihm in die Stirn fallen, denke an den feinen, dunklen Dreitagebart und an dieses Gesicht, das fast zu schön ist, um es auszuhalten. Alles an ihm ist perfekt. Und ich wünsche mir zu kotzen. Irgendwas stimmt einfach nicht mit mir.

»Na? Bist du wach?« Seine Hand streicht über meinen Arm, er küsst meine Schulter. »Möchtest du auch was zu trinken?«

Draußen wird es langsam dunkler. Ich habe jedes Gefühl für die Zeit verloren.

»Wasser«, krächze ich leise.

»Kommt sofort, Madame«, säuselt er und küsst meinen Hinterkopf, bevor er zwischen den Laken hervorsteigt und zur Küche geht, vollkommen nackt, vollkommen schön. Ganz offensichtlich bester Laune. Ihn quälen weder der Weißwein noch sein Leben. Armer Cory. Wenn er wüsste, wie die Dinge wirklich sind.

Ich will ihm hinterherschreien: Ich bin nicht die, für die du mich hältst. Ich habe tausend schreckliche Geheimnisse. Ich habe ein Menschenleben auf dem Gewissen. Ich habe ihre CreditPoints gestohlen. Sonst wäre ich niemals hierhergekommen.

Ja, ich habe mich immer im oberen Bereich vom Score bewegt. Aber wir in den Grenzländern, wir sind so unendlich viele, ein ganzes Meer kleiner, gieriger Wesen, die sich an den Score klammern, sich abstrampeln, es schaffen wollen, den Sprung in die 1 Milliarde. Und ich war irgendwo im oberen Zehntel vielleicht. Natürlich nicht schlecht, klar. Aber was ist schon das obere Zehntel von – wie vielen? Zwei oder drei Milliarden? Genau. Das sind immer noch absurd viele. Unendlich viele Jennas. Unendlich viele Loras.

Lora. Eigentlich war Lora immer die Bessere. Die Klügere. Die Schönere. Auch die Radikalere. Sie hätte es verdient, hier zu sein. Wenn sie es gewollt hätte, wenn sie mitgespielt hätte, vielleicht hätte sie es geschafft.

Ich dachte immer, wir kämpfen beide darum, endlich hierherzukommen.

Und eines Tages sagt sie: »Jenna, ich finde, so kann es nicht weitergehen. Das ganze System …« Ich wollte ihr nicht weiter zuhören. Weil es keinen Sinn macht zu zweifeln. Weil alles andere zuvor gescheitert war und erst EQUILON uns wieder Hoffnung gemacht hat, dass es eine Zukunft gibt. Dass die Welt nicht untergehen muss. Und selbst wenn das System nicht perfekt ist, es ist egal, weil es doch keine Alternative gibt.

Und deshalb ist es auch egal, was diese abgedrehten Leute da unten in den Katakomben unter New Valley vor sich hin faseln. Deshalb gab es für mich auch keinen anderen Weg. Lora, warum musstest du nur dagegen ankämpfen? Du hättest es ganz bestimmt schaffen können. Und ich glaube, das hast du gewusst. Und das beschämt mich noch mehr.

Ich presse mein Gesicht in die Kissen, meine Hände auf meinen Schädel. Wann ist da drinnen endlich Ruhe, verdammt!

»Na? Kopfschmerzen?« Corys Hand fährt mir sanft übers Haar. »Ich habe alles hier, um deine Balance wiederherzustellen. Weißt du, hier muss keiner Schmerzen haben, keiner muss sich schlecht fühlen.« Seine Stimme ist sanft und ahnungslos und schön.

Mein Körper schnellt hoch, ich nehme seinen Kopf in beide Hände und küsse ihn, als wäre er der Sauerstoff und ich eine Ertrinkende im Marianengraben. Vor Schreck schüttet er mir das Wasser über den Körper, aber das ist mir egal. Ich ziehe ihn zwischen die Laken, umschlinge ihn mit meinen Beinen und er gibt auf, lässt sich fallen, presst sich an mich, wir küssen uns wie zwei Hyänen.

»Ich will hören, was du fühlst«, flüstert mir Cory ins Ohr, sein Atem eine Feder auf meiner nervösen Haut, er versucht, mir meine BrainDots an die Schläfen zu setzen. Erst versuche ich, mich einfach wegzudrehen, aber er hört nicht auf, versucht, sie an den richtigen Punkt zu bringen, damit sie sich verlinken können. Ich spüre das kühle Metall der BrainDots, Panik steigt in mir hoch, ich zucke mit meinem Kopf hin und her, spüre, wie mein Haar zerwühlt, mir die Sicht nimmt, ich habe das Gefühl zu ersticken. Cory scheint das erst lustig zu finden und kichert. Aber bald werden seine Griffe immer fordernder und gröber. Er versucht, meinen Kopf mit der einen Hand festzuhalten, packt mein Kinn hart zwischen Daumen und Zeigefinger, während er mit der anderen einen der BrainDots an meine Schläfe zu pressen versucht. Mit aller Kraft bäume ich mich auf und winde mein Kinn aus seinem Griff.

»Ich will das nicht, verdammte Scheiße«, zische ich. Er zuckt zurück. Studiert mich, seine Augen wandern schnell hin und her, als würde er auf meinem Gesicht einen Text zu entziffern versuchen. Echsenhaft und kalt kommen sie mir plötzlich vor, seine Augen, und ich krieche noch ein Stück weiter von ihm weg.

»Okay«, sagt er schließlich mit einem schiefen Grinsen. »Ist das für euch im Grenzland was Perverses, oder was? Mal ein bisschen Gefühle offenbaren?«

Ich schiebe mich ein Stück weg von ihm, in Richtung Rückenlehne, und ziehe das Betttuch zu mir. Ich fühle meine Nacktheit plötzlich überdeutlich. Und meinen Ärger über seine Arroganz. »Was soll das denn bitte heißen, ›für euch‹?«, werfe ich ihm entgegen.

Er schweigt.

»Mal ein bisschen Gefühle offenbaren?«, äffe ich ihn nach. Corys Stirn zieht sich zusammen, aber irgendwie grinst er noch immer. Etwas überheblich, scheint mir. Wut kocht in mir hoch, kalt und brutal, dass ich mich selbst erschrecke. Ich könnte ihn packen, ihm seine schönen Augen auskratzen. Ich kralle meine Finger in den Matratzenschaum. Der summt leise und verbiegt sich unter mir. Das Material ist darauf programmiert, sich den Körperbedürfnissen anzupassen. Ich könnte schreien. Stattdessen springe ich auf aus dem Bett und bedenke nicht, dass ich so nackt vor Cory stehe, nackt und völlig schutzlos.

Aus dem Augenwinkel sehe ich, wie meine Brust sich hebt und senkt, mein Atem geht schwer. »Vielleicht seid ihr ja auch alle pervers?«, sage ich viel zu laut, als könnten meine Worte meine Nacktheit verhüllen. »Mit eurer ewigen Verknüpfung, ständig den Kopf verdrahtet, dauernd austariert werden von ein paar Metallscheiben. Keiner darf mehr schlecht drauf sein, oder was?«

Cory steht auch auf, langsam, die Hand ausgestreckt, als nähere er sich einem wilden Tier. »Hey, jetzt reg dich doch nicht so auf.«

Ich weiche zurück, habe plötzlich das starke Bedürfnis, zu rennen und nie mehr wiederzukommen. Mein Blick huscht zum Fenster. Es ist fast Abend geworden.

»Bleib mal cool. Es ist doch gar nichts passiert. Ich fand das«, er zuckt die Schultern, »ich weiß nicht, irgendwie romantisch, sich mit den BrainDots zu verbinden.«

Er küsst mich auf die Schläfe. »Es tut mir leid, dass du dich überrumpelt gefühlt hast«, murmelt er. »Es ist für mich nur so normal. Und ich möchte mit dir doch alles teilen.« Er küsst mich noch einmal, etwas tiefer, beinahe aufs Ohr, und schließlich schnaubt er mir in die Halsbeuge, dass ich lachen muss.

»Ist schon okay«, murmele ich schließlich und er drückt mich an sich.

»Weißt du, du wirst dich schon daran gewöhnen«, spricht er in mein Haar. »Es fällt nicht jedem gleich leicht, sich umzustellen.« Er fängt an, kleine wiegende Bewegungen mit mir im Arm zu machen. Als würden wir tanzen. »Ich hätte einfach gedacht, bei dir ginge es schneller.«

»Wieso?«, frage ich ein wenig misstrauisch, aber ich merke, wie müde ich auf einmal werde.

»Ach, na ja, die Zeichen sahen da ganz anders aus.« Er berührt seine Schläfen, bevor ich etwas erwidern kann. »Aber ich gehe jetzt einfach mit gutem Beispiel voran.«

Ein seltsamer, etwas holpernder Rhythmus, ein Bass. Und eine Frau haucht mehr, als dass sie singt. Ein Mann antwortet ihr, sie sprechen Französisch. Es klingt wie Sex mit Worten. Corys Hände wandern meinen Körper entlang, er presst mich an sich. »Hörst du, was ich fühle?«, sagt er in den Gesang hinein und ich höre zu, übersetze jedes Wort im Kopf. »Je t'aime. Ich liebe dich. Oh, mon amour, tu es la vague. Oh, meine Liebste, du bist die Welle.« Wir tanzen, langsam und schwer, als wären unsere Körper zu viel für uns.

Als das Lied endlich verklingt, in feinen Geigen und Stöhnen, flüstert Cory: »Und jetzt du.« Und dann kann ich mich nicht mehr wehren, er hat ja recht. Ich muss mich daran gewöhnen. Ich wollte es doch. Ich wollte hierher, wollte ihn, wollte diesen schönen Mann, auf den alle hören. Dann gehört es doch dazu, dass ich jetzt mitmache? Mich daran gewöhne, was Liebende hier so machen? Ich nicke und er setzt mir die BrainDots an die Schläfen. Das mittlerweile fast vertraute Klingeln ertönt in meinem Kopf. Ein Geräusch wie ein schlagendes Herz. Verzerrte, melancholische Klänge gleiten darüber und dann beginnt eine Frau so zu singen, wie andere weinen würden. »*How could I ever know you? When everything lies in disguise? How could I ever forget?*«

Cory hält mich, fest und zart zugleich, mein Körper hat jede Spannung verloren, ich brauche alle Kraft, um nicht zu schluchzen, so sehr überwältigt mich die Musik, die mir wie aus meinem Innersten zu kommen scheint. Und schließlich weine ich doch, ich habe gar keine Chance.

»Siehst du, wie besonders das ist?« Wir küssen uns. »Mach dir keine Sorgen, Jenna. Ich bin da. Wir sind füreinander bestimmt, das weiß ich ganz sicher.« Und dann küsst er mich, lange, und dann küsse ich zurück, es fühlt sich an, als würden wir schweben, als hätten wir uns dieser lästigen Körper entledigt und würden uns auflösen, und endlich würden sich unsere Gedanken lieben.

18

JENNA

Cory hat gesagt, ich müsste mal raus, etwas erleben. Es sei nicht gut für mich, die ganze Zeit in der Wohnung zu bleiben. »Du vergräbst dich in deiner Schwermut, das schadet dir. Du musst einfach mal vor die Tür«, mit diesen Worten hat er mir ein in Plastik gehülltes Kleid gegeben, ein hellrosafarbenes mit schmalen Trägern und einem weich fallenden Tüllrock. Sein Vater gibt ein Fest. Das Motto sind Filmklassiker. Wir gehen als Paar aus einem Film, der *Dirty Dancing* heißt. Ich habe noch nie davon gehört. Aber nun sitze ich neben Cory in diesem Kleid, er hat seine Haare seltsam nach oben gegelt, trägt eine schmale schwarze Hose und ein enges kurzärmeliges Hemd. Wir sind bestimmt ein schönes Paar. Sogar das passende Gefährt hat er besorgt. Ein schwarzer Wagen ohne Dach. Es erscheint mir unsinnig, so ein Auto. Aber es ist schön, wie mir der Fahrtwind um den Körper streicht. Es kommt mir alles so unwirklich vor. Doch dieser Wind, der ist echt. Ich kann in ihm das Meer riechen, die Freiheit, während wir aus New Valley hinausbrausen, die Küste hinauf. Corys Vater, der große Marc Gerber, wohnt etwas außerhalb.

»Warum wohnt er eigentlich so weit weg?«

»Ach, es sind doch nur anderthalb Stunden.« Cory legt seine Hand auf mein Bein und schiebt den Rock dabei ein wenig nach oben. Mein erster Impuls ist, die Hand wegzuschieben.

Ich wäre überhaupt lieber allein. Aber ich möchte ihn nicht enttäuschen, er gibt sich so viel Mühe mit mir.

»Mein Vater tut viel für die Welt. Um das zu schaffen, braucht er einfach ab und zu Ruhe von allem.«

»Ja, das verstehe ich.« Ich fasse mir vorsichtig in mein zu Locken aufgedrehtes Haar und taste nach den BrainDots. Am liebsten würde ich sie herunternehmen, aber ich halte mich zurück. Cory wünscht sich sehr, dass ich sie trage.

»Aber ist es nicht ein bisschen einsam?«

»Ach nein, überhaupt nicht. Er kommt ja immer wieder nach New Valley – und dort oben an der Küste leben viele der Gründungsmitglieder der MegaGoods.« Er lacht schwer und ein bisschen dreckig, wie ich finde. »Die vertreiben sich schon die Zeit, mach dir da mal keine Sorgen«, sagt er und presst meinen Oberschenkel mit seiner Hand, sodass es fast wehtut. Es fühlt sich seltsam an, so unwirklich wie alles andere. Ich habe das Gefühl, über allem zu schweben, als sei das hier alles überhaupt nicht echt, als sei ich gar nicht ich, als sei mein Körper nicht mein Körper. Es ist, als würde mir eine andere Frau erzählen, was sie gerade fühlt, und dann interessiert es mich doch nicht.

Reiß dich zusammen, Jenna, denke ich. Ich konzentriere mich auf meine Atmung. Schaue auf die Straße vor uns, die sich durch die hügelige, grüne Küstenlandschaft windet, auf meine Hände, die ich auf das Armaturenbrett gelegt habe, als gehörten sie nicht zu mir. Klein sehen sie aus, diese Hände, und verloren.

Jenna, du bist nur ein bisschen erschöpft, das ist alles, sage ich mir. Du brauchst eine Pause. Ich fasse mir an die Schläfen, drücke lange auf die BrainDots, bis der erlösende Ton erklingt. Sie sind aus. Zum Glück dudelt das altmodische CD-Deck eine schmalzige Melodie, die nicht von den BrainDots gesteuert wird. Cory findet das authentisch.

Ich muss zeigen, dass es mir gut geht, wie sehr mich das alles interessiert. Ich blicke zu Cory, aber er scheint nicht auf mich zu achten.

Auf der rechten Seite tauchen nun ein paar rosawolkige Schilder auf und in der Ferne sieht man einen Komplex von Häusern schimmern. Alles ist aus einem Guss, in hellen Tönen gehalten, und mittendrin stehen einige übergroße Tiere, ich kann Hals und Kopf einer Giraffe sehen und den Rüssel eines Elefanten.

»Was ist das?«, frage ich und zeige hinüber.

»Ahhh, stimmt, das kennst du gar nicht!« Cory lacht. »Das ist einer unserer Happy Places.«

»Ein Happy Place? Was soll das sein?«

»Dort leben vor allem Mütter mit kleinen Kindern, meistens auch die Schwangeren.«

Ich ziehe die Stirn kraus. Wieso sollte man Väter und Mütter trennen?

»Dort ist alles versammelt, was die Familien brauchen«, redet Cory weiter. »Und sie haben den Stress nicht, der in New Valley herrscht. Es ist einfach das Beste für alle. Stell dir das vor: kein für die Kinder gefährlicher Verkehr, alle nötigen Dinge wie Spielplätze, Krippe, Schulen, Schwimmbäder, spezialisierte Praxen für Kinder – es ist alles an einem Ort gebündelt.«

Ja, es stimmt. In New Valley habe ich noch nie Kinder gesehen. Cory schaut zu mir und streicht mir über die Wange. Sein Blick bekommt etwas Zärtliches. »Ich hoffe, du wirst auch einmal dorthin ziehen.«

»Aber ich bin doch hergekommen, um bei VERO zu arbeiten. Ich will doch ...«, ich nehme meinen Mut zusammen, »irgendwann an EQUILON arbeiten!«

Cory lacht und streichelt mich wieder und gibt mir einen

Kuss auf die Wange, sodass der Wagen für einen kurzen Moment von der Spur abweicht. Man muss ihn nämlich lenken, so wie früher.

»Ich mein ja auch nicht jetzt, Jenna. Keine Sorge. Irgendwann einmal.«

Ich habe nie über Kinderkriegen nachgedacht. Und es scheint mir weder sinnvoll noch besonders verlockend. Es gibt doch genug Menschen, die einen Platz unter der 1 Milliarde haben möchten.

»Schau, gleich sind wir da!«, ruft Cory aus und wir durchfahren ein gigantisches Tor aus hell schimmerndem Stein. RIVENDALE – THE LAST HOMELY PLACE ist in großen, geschwungenen Lettern hineingemeißelt.

»Rivendale? Was ist das?«

»Der Ort, den sich die alten Herrschaften gegründet haben. Es wird dir gefallen. Das Haus meines Vaters liegt auf der anderen Seite.«

Wir fahren durch breite Straßen, gesäumt von blühenden Bäumen, hinter Hecken und Mauern sind Villen zu erkennen. Wir fahren durch ein Stadtzentrum mit einem altmodischen, aber schicken Kino, mit einem Icecream Parlor und einem Diner, ein Eisenwarengeschäft gibt es und mehrere Buchhandlungen mit Blumen vor den Fenstern. Ich kenne so etwas nur aus Filmen: eine kleine, heile Welt.

Der Kies knirscht unter den Rädern des Wagens, ich höre den klagenden Ruf eines Pfaus. Meiner Oma würde das gut gefallen, sie mag Dramatik und sinnlose Schönheit.

Langsam rollen wir durch ein Wäldchen, und schließlich öffnet sich die Landschaft und gibt einen atemberaubenden Blick auf ein Glashaus frei, das genau dort steht, wo eine prächtige Wiese im blauen Himmel zu enden scheint. Darüber das Geschrei von Möwen.

»Schön, nicht?« Wieder greift Cory mein Bein, sein Lächeln ist nervös, während er mein Gesicht mustert. »Du hast da was«, murmelt er und wischt an dem Make-up unter meinem Auge. »Da war etwas Wimperntusche verschmiert.«

Ich blicke zur Sicherheit auch noch einmal in den Spiegel, würde gern noch etwas verbessern, aber ich wüsste nicht, wie genau, also zucke ich die Schultern und wir steigen aus dem Auto. Noch einmal mustert er mich, den Sitz meines Kleides, zupft kurz an dem Trägerchen, und dann nimmt er meine Hand und klingelt an der Tür. Ein schwerer Gongton erklingt und ein grauhaariger Mann in einem schwarzen Anzug und weißen Handschuhen öffnet die Tür.

»Ah, der junge Herr. Willkommen«, sagt er und verbeugt sich. »Sie werden erwartet.«

Cory gibt dem Mann einen Klaps auf die Schulter. »Na, John?«

Ich lächle kurz, ich kann nicht sprechen, denn dieses Haus übertrifft alles, was ich je gesehen habe. Allein die Eingangshalle ist so groß, dass mehrere Appartements hineinpassen würden. Alles ist mit aufwendigen weißen Blumengebinden geschmückt, einige der Vasen sind so groß wie ich. Eine schwarze Marmortreppe, die zu schweben scheint, führt in ein oberes Stockwerk, aber Cory zieht mich nach rechts und nach zwei weiteren Türen betreten wir ein Zimmer, dessen eine Wand komplett aus Glas ist. Sie gibt einen überwältigenden Blick auf das offene Meer frei, aber wir hören nichts und riechen nichts, das Glas macht das Meer zu einem riesigen Gemälde. Ich trete an die Scheibe. Ich würde sie so gern zerstoßen, ja, ich würde mich gern an den Splittern schneiden, dann wüsste ich, dass das hier echt ist. Einen Moment lang wird mir schwindelig vor Aufregung.

»Ah, Cory, ihr seid schon da!«, schallt eine Stimme von der Seite, und da ist Marc Gerber. Wieder trägt er so einen Anzug wie auf der Star Trek-Party. Jetzt, von Nahem, kann ich die Ähnlichkeit zwischen Cory und seinem Vater sehen. Dieselbe feine Nase, das gleiche Haar, nur ist das von Marc Gerber schon von Grau durchzogen. Seine blauen Augen mustern mich, das Lächeln in seinem Gesicht hat etwas Forderndes, so als müsste ich einen Beweis antreten, warum ich hier bin, und ich komme mir so unendlich lächerlich vor in meinem rosigen Kleidchen und mit den toupierten Locken. Reiß dich zusammen, Jenna, freu dich! Ist dir nicht klar, wo du bist?, rufe ich mich zur Ordnung.

»Jenna Mills, wie schön, dass du es auch hierher geschafft hast. Ich habe ja schon viel von dir gehört!« Für den Bruchteil einer Sekunde wandert sein Blick zu Cory, der mir die Hand auf den Rücken legt und mich sanft ein Stück vorwärtsschiebt.

Ich strecke meine Hand aus und mache automatisch einen kleinen Knicks. Das mache ich sonst nie, aber irgendwie scheint es mir gerade zwingend. Ich höre meinen Herzschlag in meinen Ohren vibrieren. »Vielen Dank für die Einladung. Ich fühle mich sehr geehrt.«

Marc Gerber nimmt meine Hand in seine, die angenehm warm und trocken ist. »Auf charmante Art altmodisch, das gefällt mir«, sagt er und schaut wieder zu Cory, dessen Hand nun auf meine Schulter wandert.

»Ja, in Old B. scheinen sie noch sehr auf gutes Benehmen zu achten«, sagt er und lacht und dann lachen sie beide und ich versuche mitzulachen, obwohl ich gar nicht weiß, warum.

Der Mann im Anzug, der uns die Tür aufgemacht hat, kommt mit drei Gläsern Champagner.

»Die anderen sind schon unten.« Marc Gerber prostet uns zu und nimmt einen Schluck. »Wollen wir?«

Wir betreten einen großen, dunklen Saal. Die Wände sind mit einem leicht glitzernden Stoff bezogen, überall sind Sitzgruppen und gemütliche Sofas verteilt. Eine unaufgeregte Melodie, irgendwas mit Klavier und Saxofon, klimpert im Hintergrund. Das Licht ist weich und angenehm, und doch läuft mir ein kühler Schauer das Rückgrat hinab.

Eine Gruppe Gäste steht herum, vielleicht dreißig bis vierzig Personen. Ich versuche zu erfassen, wer das ist, die meisten sind viel älter als wir und fast alle sind Männer.

»Ach ne! Sogar der Techno-King hat sich die Ehre gegeben!«, ruft Cory und flüstert mir zu: »Einer der Gründungsväter! Er hat die Elektromotorik gegründet und die Expeditionen zur GammaErde möglich gemacht. Eine große Ehre, dass er hier ist.« Er geht auf einen der Männer zu. Er ist groß, hat graues Haar, die Haut bleich und teigig, ein seltsam massiges Gesicht mit einer kleinen Nase, und als er breit lacht, entblößt er eine Reihe sehr großer, unnatürlich heller Zähne.

»Ja, natürlich! Jedes neue Mitglied muss doch gebührend begrüßt werden!« Sein Englisch klingt ein wenig nuschelig, dann kommt er zu mir und hebt die Hand zum Vulkaniergruß. »Hey, Jenna! Willkommen in New Valley«, sagt er.

Er trägt eine Art braunen Kimono und darunter beige weite Hosen und ein Hemd, das mit einem Gürtel gehalten wird. Ich mustere seinen Aufzug, aber ich kann nicht entschlüsseln, was er darstellen soll. Dabei scheint das hier eines der wichtigsten Dinge zu sein, die richtigen Kostüme bei Partys.

Der Mann bemerkt meinen Blick. »Gestatten, Obi Wan

Kenobi aus Star Wars, aber du kannst du mich gern ›L‹ nennen.« Er lacht über seinen lahmen Witz.

»L? Wie der Buchstabe?« Ich bin verwirrt. Es ist alles so viel und Star Wars habe ich nie gesehen. Außerdem ist mir etwas schwindelig, ich hätte den Champagner nicht so schnell trinken sollen, und Cory hat mir schon wieder ein Glas in die Hand gedrückt.

Der Mann lacht. »Ja, wie der Buchstabe«, prostet er mir zu und beginnt, mir vom Planeten Mars zu erzählen, den er plant zu besuchen. »Ich will einfach mal diese Steine anfassen, das war schon immer ein Traum von mir«, sagt er, als plötzlich ein Ruf durch den Saal tönt, erst leiser, dann immer lauter. »Spiele, Spiele, Spiele, Spiele!«

Marc Gerber tritt auf ein kleines Podest und hebt beschwichtigend die Hände. »Okay, okay, dann erst ein kleines Spiel – und dann das Brot.«

Gelächter erfüllt den Raum.

»Wer will beginnen?«, fragt Corys Vater und sein Blick wandert durch den Raum, bis er an mir hängen bleibt. »Jenna! Dir sollte die Ehre des ersten Spiels gebühren!«, und ohne eine Antwort abzuwarten, geht er auf mich zu. Die anderen klatschen, hier und da ist ein wenig aufgekratztes Gelächter zu hören. Wieder meldet sich mein Herz, schwer und wild, ich schlucke gegen das Gefühl an.

»Entspann dich, Jenna, du bist hier unter Freunden«, raunt mir Cory zu. »Du gehörst doch zu mir.« Er lässt etwas in mein Glas fallen. »Da du ja deine BrainDots wieder ausgeschaltet hast. Das hier wird dich entspannen.« Er zwinkert mir zu und ich fühle mich ertappt. Ich stürze das Getränk hinunter. Und schon steht Corys Vater neben mir.

Ein Scheinwerferlicht geht an, grell und plötzlich, und strahlt uns an. Im Hintergrund erklingt nun eine andere Musik.

»Jenna, wir wollen dich noch einmal herzlich willkommen heißen.« Applaus brandet auf, er scheint aus dem Nichts zu kommen, denn ich kann nichts sehen außer dem gleißenden Licht des Scheinwerfers und der Schwärze, die sich dahinter ausbreitet. »Du bist neu hier – und nun wir wollen dich gern ein wenig besser kennenlernen.«

Einen Moment lang glaube ich, einen Panikanfall zu bekommen, aber dann wäscht eine warme Welle über mich, es ist wie Betrunkensein, nur viel klarer.

Sanft führt mich Corys Vater zu einem Tisch, der mir vorher gar nicht aufgefallen ist.

»Stell dir vor, du wirst auf eine einsame Insel geschickt – und musst dort ein halbes Jahr verbringen. Was würdest du mitnehmen?«

»Was zu essen«, sage ich schnell und wieder lachen alle. Aber es hört sich nicht besonders freundlich an.

»Ja, okay, interessanter Blickwinkel«, sagt Corys Vater und sein Grinsen wird angespannt. »Ich meine, welches von den Dingen, die hier vor uns auf dem Tisch liegen, würdest du mitnehmen?«

Der Scheinwerfer beleuchtet nun den Tisch und sechs Gegenstände, die dort liegen.

Eine Puppe liegt da, ein Kartenspiel, ein Baseballschläger mit Ball, ein handtellergroßer goldener Spiegel mit einem Griff, eine altmodische Kamera und ein Buch, klein und in Leder gebunden.

Ist das ein Trick? Es muss einen doppelten Boden geben. Ich blicke suchend um mich. Corys Vater ist zurückgetreten ins Dunkel. Ich bin völlig allein im Licht.

»Du darfst nur eine Sache aussuchen«, höre ich Marc Gerbers Stimme. Im Hintergrund höre ich Geraune und Gemurmel, aber ich verstehe nichts.

Ich versuche, meine Gedanken zu sammeln. Wofür stehen die einzelnen Dinge? Den Spiegel darf ich auf gar keinen Fall nehmen, der steht für Eitelkeit und Ichbezogenheit. Andererseits, das ist so offensichtlich. Vielleicht sollte ich ihn doch nehmen? Mit einem Spiegel kann ich vermutlich ein Feuer anzünden. Vielleicht ist das der doppelte Boden?

Das Nächste ist eine Kamera, um zu dokumentieren vielleicht, sie steht für Forschergeist. Dann ein Kartenspiel, mit dem kann man sich beschäftigen ...

»Sie macht es aber spannend!«, höre ich aus dem Dunkel.

»5 seconds to go!«, rufen die anderen und ein Warnsignal ertönt. »5, 4, 3, 2«, zählt eine Stimme herunter.

Ich muss mich entscheiden. Was hätte Lora getan? Sie wusste immer, was richtig ist. Ich greife nach dem Buch und halte es lächelnd hoch. »Das hier nehme ich mit.«

Ein weiterer Alarmton ertönt. Marc Gerbers Stimme. »Und jetzt stell dir vor, du bekommst Besuch.«

Blitzschnell fahren vier Wände um mich herum hoch, eine Insellandschaft erscheint, weißer Strand, Palmen, Felsen, ein dunkler Wald im Hintergrund, Wellenrauschen. Und dann ein Brüllen. Eine echsenartige Gestalt stürmt auf mich zu, größer als ich – und offensichtlich sehr, sehr aggressiv. Meine Kehle schnürt sich zu. »Das ist nicht echt, das ist nicht echt«, flüstere ich mir zu, da rammt mich das Monster und ein brutaler Schmerz durchzuckt meinen Körper. Und der ist echt. Scheiße.

Ich schmeiße das Buch in Richtung Echse. Den Baseballschläger, den hätte ich also nehmen müssen. Sehr witzig. Ich laufe ein paar Meter, aber es ist klar, das geht nicht lange gut, gleich wird es wieder wehtun.

Meine Hand streift den flatterigen Rock, ich fühle meine

seidigen Strümpfe darunter. Früher hat man damit bei Autopannen den Keilriemen ersetzt, schießt es mir durch den Kopf. Während das Vieh wieder auf mich zustürmt, reiße ich mir die Strumpfhose runter. Wieder rammt mich das Tier, um dann mit aufgerissenem Maul auf mich herabzustoßen. Aber jetzt habe ich die Strumpfhose. Ich rolle mich über den Sand, komme seitlich neben dem Tier zum Stehen und schlinge ihm den dünnen Stoff um den Hals. Ich ziehe, so fest ich kann. Das Tier strampelt, schnappt nach mir, ich kann es kaum halten, aber ich lasse nicht los, ich ziehe die Strümpfe fester und fester um den Hals, bis meine Arme zittern und die Hände schmerzen. Lass. Nicht. Los, Jenna … Ein letzter Ruck, und endlich erschlafft der schwere, schuppige Körper.

Die Insel verschwindet.

Applaus brandet auf.

Begeisterte Pfiffe.

Ich könnte kotzen und heulen gleichzeitig. Ich stehe auf und zwinge mich zu lächeln. Cory springt lachend zu mir und reicht mir ein weiteres Glas. Mein Herz tobt. Meine Beine zittern.

»Was für eine Show! Nicht schlecht, nicht schlecht!«, höre ich die Stimme von L.

Marc Gerber tritt zu mir. »Beeindruckend unkonventionell«, sagt er und lächelt sein gewinnendes Lächeln. Ich möchte ihn treten. Ich möchte schreien.

»Das war aber nicht ganz fair«, sage ich und meine Stimme klingt wackelig vor Erschöpfung.

»Sie sagt, das war nicht fair!«, wiederholt er meine Worte und wieder brandet Gelächter auf.

»Es war nur ein Spiel, Jenna. Ein kleiner Spaß unter Freunden. Eine Art Initiation. Das verstehst du doch? Das geht halt nur mit einem gewissen Überraschungseffekt.«

Ich will ihm mein Glas ins Gesicht werfen, so wütend bin ich, aber ich lächle, proste in die Runde und sage: »Auf Überraschungen«, und stürze alles in einem Schluck hinunter.

Das versprochene Essen gibt es auf der Terrasse, ein Barbecue, bei dem man nicht an einem Tisch sitzen muss, worüber ich sehr froh bin. Ich glaube nicht, dass ich es geschafft hätte, stillzusitzen. Ich stehe an der gläsernen Balustrade, der Sonnenuntergang hüllt die Welt in absurde Farbwelten aus blutigem Orange, schwerem Lila, klagendem Blau, brennendem Gold. Ich friere in meinem Kleidchen, aber ich spüre es kaum, ich weiß es nur, weil ich Gänsehaut habe. Nicht nur vor Kälte, sondern auch, weil der Schreck noch nicht raus ist aus meinem Körper.

»Bist du etwa böse?«, schnurrt Cory in mein Ohr und ich zucke ein wenig die Schultern. »Ich weiß nicht«, sage ich, und es ist wirklich so, eigentlich bin ich sauer, aber ich komme nicht ran an das Gefühl, es ist, als sei die Wut in einem Glaskästchen verschlossen und ich kann sie nur sehen, aber nicht fühlen.

»Ist der Himmel nicht grandios?«, bemerke ich, um das Thema zu wechseln.

»Ja, vermutlich gab es am Andreasgraben wieder eine Eruption, dann sind die Sonnenuntergänge besonders intensiv.«

»Ich glaube, ich würde gern nach Hause«, sage ich und sehe gleich, dass ihn das nervt.

»Ach, Jenna, wir sind doch gerade erst gekommen!« Er schaut mich an, bittend und vorwurfsvoll zugleich. »Ist doch toll hier. Außerdem ist es gut für mich, hier noch ein paar Kontakte zu pflegen.«

»Okay«, sage ich und nehme mir noch ein Glas von dem

Tablett, das ein Kellner an uns vorbeiträgt, während Cory wieder zu den anderen verschwindet.

Es bleibt nicht das letzte Glas Champagner. Ich trinke ihn, weil ich nicht weiß, wohin mit mir. Ich schaue mich ein wenig um, die Gäste sind in kleinen Grüppchen über die Terrasse verteilt, die wenigen Frauen, die dabei sind, tragen alle schöne Kleider wie das meine. Wahrscheinlich auch alle aus Filmen nachgeschneidert, die mir nur nichts sagen, weil ich nicht das Leben der MegaGoods gelebt habe. Eine von ihnen lächelt mir zu und winkt kurz, als sie meinen Blick bemerkt. Sie ist kaum älter als ich und trägt ein türkisfarbenes Ballkleid. Ihr Haar ist leuchtend rot. Der Mann neben ihr trägt enge blaue Hosen mit roter Schärpe und ein weißes Hemd, das bis fast zum Bauchnabel offen steht.

Ich überlege, zu ihr hinüberzugehen. Ich würde gern wissen, wer sie ist, wo sie lebt, ja, ich habe plötzlich so eine Sehnsucht, mit ihr zu reden. Vielleicht ist sie auch aus einem der Grenzländer hergekommen?

Doch da stellt sich dieser L wieder zu mir und erzählt mir Dinge von den vielen Firmen, die er gegründet hat, und wie leicht die Welt doch zu retten gewesen wäre, wenn die Menschheit ihm nur wirklich zugehört hätte, er habe das alles kommen sehen.

»Und jetzt müssen wir MegaGoods uns auch noch angreifen lassen für alles, was wir für die Welt tun.« Er spuckt die Worte förmlich auf die Terrasse.

Und ich stehe da, in meinem schicken Kleid, mit einer Frisur, die vermutlich klimaschädlicher ist als jede Mahlzeit, die je in Old B. gegessen wird, und ich spüre plötzlich, wenn ich jetzt nicht gehe, geschieht ein Unglück.

»Es tut mir leid«, stoße ich hervor und will mich abwenden, da umschlingt mich sein Arm, hält meine Schulter und er sagt: »Weißt du, das Leben in Rivendale ist sehr viel einsamer, als du vielleicht denkst.« Seine Augen glänzen feucht. »Es gibt da einen Satz, an den ich in letzter Zeit immer wieder denken muss.« Er macht eine dramatische Pause, und ich versuche, interessiert zu schauen, aber alles, was ich kann, ist auf die winzig kleinen Spuckebläschen zu starren, die sich in seinen Mundwinkeln gesammelt haben.

»Das Gefährlichste im Leben«, spricht L weiter und seine Stimme bekommt etwas Weinerliches, »... sind Wunschträume, die in Erfüllung gehen.« Er schaut mich unverwandt an. »Es hat lange gedauert, aber mittlerweile glaube ich, so ist es. Wunschträume sind das Schlimmste.« Sein zweiter Arm will mich umschließen, aber ich drehe mich rasch zur Seite, befreie mich aus seiner Nähe, bevor er mich umarmen kann.

»Ich muss Cory finden«, murmele ich rasch, die plötzliche Bewegung hat mir nicht gutgetan, alles um mich herum schwankt, ich habe das Gefühl, die Rotation der Erde spüren zu können, diese unendliche Raserei unter unseren Füßen.

»Ja, natürlich, das junge Glück.« L lächelt schief. »Da musst du dranbleiben.«

Ich nicke und stolpere davon. Besorgt schaue ich mich um, aber es merkt zum Glück keiner, dass ich mich nicht mehr richtig im Griff habe, mittlerweile scheinen alle betrunken zu sein. Ich sehe aus dem Augenwinkel, dass einige mit Kleidung in den Pool gesprungen sind, ein Mann versucht, auf der Balustrade zu balancieren, was ihm aber nicht gelingt, stattdessen klammert er sich daran wie ein altersschwaches Äffchen und lacht kreischend.

Ich torkele auf das Haus zu, das sich dunkel wie ein Schlund vor mir öffnet.

»Cory«, will ich rufen, aber ich flüstere nur, ich werde den

Gedanken nicht los, dieses Haus ist ein schlafendes Monster und ich darf es nicht wecken.

Die Zimmer scheinen endlos, jedes öffnet sich in immer noch eins und noch eins. Alle sind nur spärlich beleuchtet, vielleicht soll das gemütlich sein, aber es fühlt sich an, als würde sich das Haus vor mir verbergen, um auf den richtigen Moment zu warten, mich gefangen zu nehmen.

»Cory«, flüstere ich noch einmal. Langsam habe ich den Überblick verloren, wo ich bin. Manchmal höre ich Gelächter und Geschrei von der Terasse zu mir branden. Das Meer, ich würde lieber das Meer hören.

»Die Analysen sind ziemlich eindeutig.« Die Stimme von Marc Gerber.

»Das sehe ich anders. Das können auch Ausrutscher sein, das passiert immer wieder.« Cory. Getroffen und aufgebracht. Ich gehe tastend in die Richtung, aus der die Stimmen kommen. »Ich bin hier«, will ich rufen, aber irgendwas hält mich zurück.

Marc Gerber lacht. Es klingt kalt und bitter.

»Wenn wir immer so gnädig wären, dann gäbe es uns schon lange nicht mehr, glaub mir, mein Sohn. Ich habe für solche Nachsichtigkeiten teuer bezahlt.«

»Ja, klar! Wenn du das auf die große Masse siehst. Da müssen wir natürlich rigoroser vorgehen.« Cory klingt immer aufgebrachter. »Aber sie ist doch allein. Beeinflussbar. Sie wird sich ganz bestimmt einfügen.«

Ich erstarre.

»Überschätz dich nicht. Die Daten der Gamesequenz sind deutlich. Überraschend hohe Renitenzwerte im Ausnahmezustand.«

»Aber sie gefällt mir. Gerade deshalb.«

»Sie trägt noch nicht mal ihre BrainDots!« Marc Gerbers Stimme wird ruhig. »Ach, Cory, warum musst du es immer so kompliziert machen. Du hast doch die volle Auswahl! Es gibt buchstäblich Millionen andere, die du dir aussuchen kannst! Kannst du das nicht noch einmal überdenken? Je weiter du jetzt gehst, desto schmerzhafter ist ein Abbruch. Ich weiß, wovon ich rede.«

»Ich hab sie im Griff. Du kannst dich auf mich verlassen.« Cory klingt verbissen und kalt.

Mein Herz liegt schwer wie ein Stein in meiner Brust. Mit jedem Schlag scheint es tiefer zu sinken. Ich stolpere ein paar Schritte, aber ich weiß nicht so richtig, wohin, alles dreht sich um mich.

»Ich hab sie im Griff.« – »Es gibt Millionen andere«, hallen die Stimmen durch meinen Kopf.

Ich lasse mich auf einen großen, samtenen Ohrensessel fallen, der neben einem gefakten Kaminfeuer steht. Ein seltsames Summen dröhnt in meinen Ohren. Was habe ich da gerade gehört? Es ging doch um mich, das muss doch ich gewesen sein, von der sie gesprochen haben. Oder?

»Wer sollte es denn sonst sein, Jenna?«, murmele ich, aber ich will es einfach nicht glauben.

Ich wünschte, ich könnte all die Gläser Champagner aus meinem Körper herausziehen, endlich wieder klar denken. Diese Übelkeit, dieser Schwindel, dieses Haus. Schweiß tritt auf meine Oberlippe, Speichel sammelt sich in meinem Mund. Ich schließe die Augen, aber das macht alles noch schlimmer, ich greife die Lehnen des Sessels, so fest ich kann.

»Ach, hier bist du, Jenna«, Corys Stimme ist sanft und so liebevoll, dass ich weinen möchte. »Süße, geht's dir nicht gut?«

Ich schüttle den Kopf und Cory lacht und streichelt mir über das Haar. »Wusste gar nicht, dass du so ein kleiner Schluckspecht bist.«

Ich würde am liebsten im Erdboden versinken vor Scham. »Bitte verrate mich nicht«, flüstere ich und unterdrücke ein Würgen. »Ich weiß auch nicht, es ging wie von selbst, und plötzlich habe ich mich so fürchterlich gefühlt.«

»Keine Angst.« Cory klingt wirklich amüsiert. Und das beruhigt mich einerseits, doch es ärgert mich auch. Aber ich bleibe still, dafür ist mir das alles viel zu peinlich. »Warte einen Moment«, murmelt er und kommt gleich darauf wieder mit einem Glas Wasser und einer Pille, die er mir vorsichtig in den Mund schiebt. »Nimm das, das ist ein Neutralizer, dann geht es dir gleich besser.«

Ich schlucke die Tablette, das Wasser trinke ich gierig bis zum letzten Tropfen. Das Meer, denke ich. Ich würde so gern zum Meer.

»Gleich wirst du müde werden«, höre ich Corys Stimme und sie klingt wie ein zärtliches Rauschen.

»Ja«, sage ich, mehr schaffe ich nicht.

»Komm, ich trag dich zum Auto. Ich glaub, die Party ist jetzt gelaufen.«

Und diesmal schaffe ich nicht einmal ein »Ja«, ich schmiege mich einfach in seinen Arm.

»Du gewöhnst dich schon daran«, flüstert er. »Dafür sorge ich, Jenna.« Dann küsst er mein Haar und ich will rufen: »Das war doch ich, von der ihr geredet habt, oder? Was ist das hier eigentlich?« Aber endlich lässt die Übelkeit nach und ich werde so müde, so müde, so unendlich müde.

19

Dorian

»Vorsicht mit seiner Hand, die müssen wir erst klammern und verbinden.« Der Lichtkegel blendet mich, und alles, was ich sehe, sind vermummte Gestalten. Ich huste Wasser hoch, mein Körper zittert vor Kälte.

»Wer seid ihr?«, will ich schreien, aber jemand presst mir beim ersten Ton eine Hand auf den Mund. »Keine Angst«, flüstert er mir ins Ohr, während er eine Decke über mich legt. »Wir sind die Vanyas, die, zu denen Thomas euch geschickt hat. Wir müssen jetzt schnell verschwinden. Und das möglichst leise. Verstehst du das?« Ich nicke und die Hand auf meinem Mund löst sich. Jemand macht sich vorsichtig an meiner verletzten Hand zu schaffen. Es tut kurz höllisch weh, dann bleibt nur noch ein dumpfes Pochen. Das Boot, in das sie uns gezerrt haben, schwankt, glucksend lecken die Wellen daran.

»Wir müssen los, sie kommen«, zischt jemand, und ja, dieses Surren, das jeder von uns kennt, ist von Ferne zu hören. Das Boot hebt sich über die Wasseroberfläche und jagt dann lautlos über das Wasser.

»Ich wollte immer schon mal in einem HooverMagnet-Boat fahren«, seufzt Maggie neben mir. Ich muss grinsen und taste nach ihrer Hand. Wir haben es geschafft.

Jemand legt uns schwarze Tücher über die Augen. »Zur Sicherheit«, und wir jagen weiter, jetzt in völliger Schwärze.

Es muss eine Art Kanal sein, in den wir schließlich fahren, das Boot wird langsamer, senkt sich, und irgendwann stoßen wir auf Grund.

»Wir sind da.«

Ich ziehe das Tuch von meinen Augen und blicke durch einen langen Betontunnel zu einem taghellen Strahlen. Wir gehen durch eine trockene Abflussröhre auf das Leuchten zu.

»Willkommen in der Stadt der Roboter«, sagt der junge Mann und lächelt. »Ich bin Brent von den Vanyas.«

Vor uns tut sich eine riesige Halle auf, so groß, dass man fast nicht merkt, dass es eine Halle ist. Und darin steht tatsächlich eine Stadt. Unzählige Hütten, kleine Gärten und überall Menschen, die hier herumlaufen.

»Hier sollten mal Luftschiffe gebaut werden, um CO_2-neutrale Transporte zu ermöglichen. Damals.« Brent läuft ein Stück vor uns, während Maggie und ich Hand in Hand staunend hinterhertapsen. Meine rechte Hand ist dick verbunden und ich halte sie schützend vor meinen Bauch.

Er hat etwas Zauberhaftes, dieser Ort hier. »Vor dem Umsturz durch die MegaGoods war das. Und jetzt wohnen hier die Hubots.«

Ein paar Frauen kochen in einer Art Gemeinschaftsküche und winken uns freundlich, aber schüchtern zu.

»Hubots?«

»So nennen sie sich selbst. Human Roboters. Es sind Menschen, die für die 1 Milliarde so tun, als seien sie Roboter.«

»Tut das weh?« Ein Kind ist zu uns gekommen und bestaunt Maggies Beinschiene, die durch die Reise beschädigt zu sein scheint. Deshalb stakst sie ein wenig, wie ein alter Seebär mit Holzbein.

»Nö«, Maggie zuckt die Schultern und rückt ihre Brille zurecht. »Nerven tut's schon manchmal. Aber man gewöhnt sich dran.«

»Ich hab eine Katze, die hat Babys. Willst du mal sehen?« Das Kind streckt seine Hand aus, Maggie nimmt sie lächelnd, und dann stakst sie hinterher.

»Du weißt, wo sie nachher hinmuss, Bee?«, ruft Brent hinter dem Kind her, das nur winkt, und dann sind sie auch schon im nächsten Zelt verschwunden.

»Muss ich mir Sorgen machen?«

Brent winkt ab. »Ach, Quatsch, hier passen alle auf die Kinder auf und Bee kennt sich aus.« Er scheint zu merken, dass ich unsicher bin. »Ehrlich, Dorian, du kannst uns vertrauen.«

Es läuft mir kalt den Rücken hinunter. »Du weißt, wie ich heiße?« Vielleicht sollte ich mir doch lieber schnell Maggie schnappen und abhauen. Aber es fühlt sich hier alles so friedlich an. So heil und freundlich.

Wenn wir nur nicht unter der Erde wären. Das ist doch ein bisschen unheimlich.

Brent lacht. »Junge, ich weiß quasi alles über dich. Thomas hat dich schließlich angemeldet. Also, na gut, ich weiß alles, was EQUILON weiß. Zum Beispiel, dass du ein ziemlicher Laschzocker bist. Mit dem Score wärst du ja noch nicht mal auf so ein Raumschiff gekommen, damit dich die MegaGoods dort jämmerlich verrecken lassen.« Er zwinkert und haut mir freundlich auf die Schulter. »Glück gehabt, würde ich sagen. Und jetzt bringe ich dich zu unserer Chefin.« Er räuspert sich. »Also, nenn sie lieber nicht so, das mag sie nicht. Aber sie ist einfach unsere Chefin. Fakt.«

Ich stolpere hinter Brent her, während er sich zwischen den Zelten und Hütten hindurchschlängelt. Überall riecht es, ich weiß nicht, lebendig. Mal nach einem köchelnden Eintopf, mal nach frischem Gemüse, mal nach Tier. Ich höre Hühner gackern, einen Hund, der bellt. Und immer wieder Kinderlachen.

An einem kleinen Platz steht ein Mann an einem großen Kochtopf voller sprudelndem Öl und drückt mir ein goldbraunes Stück Teig in einem Tuch in die Hand. »Hier, iss!«, ruft er freundlich. »Probier mal!«, und drückt zwei wartenden Kindern ebenfalls Teigtaschen in die Hand. Seine kastanienbraunen Hände glänzen von dem Fett, das aus dem Gebäck tropft. Es riecht frisch und salzig. Mein Magen rumort vor Vorfreude.

»Was soll ich ihm geben?«, rufe ich Brent hinterher.

»Nichts! So leben sie hier. Jeder gibt, was er kann, jeder nimmt, was er braucht.«

Ich beiße in das frittierte Brot und schließe die Augen, so köstlich schmeckt es.

»Außerdem seid ihr schon Berühmtheiten hier, die alle besonders gern beschenken.« Er dreht sich um und tänzelt ein paar Schritte rückwärts. »Ihr seid dem System entkommen – und habt es den ganzen Weg von Old LA nach New Valley geschafft!«

Brent drückt eine schwere Eisentür auf und wir verlassen die Halle in einer Art Tunnel. In vielen Windungen führt er immer weiter unter die Erde, so scheint es mir, dann steigen wir wieder steil hinauf, es wird stickiger und wärmer, ein durchdringender Gestank macht sich breit und wird wieder schwächer, bis wir schließlich in einem fensterlosen Raum landen, dessen Wände über und über mit wunderschönen Bildern bemalt sind.

Ich bleibe staunend stehen. Auf einer Wand steht in verschlungenen Buchstaben »Vanyas«, aber die Bilder scheinen eine Geschichte zu erzählen, von Kühen, Schweinen, Hühnern und einigen Menschen, deren Weg aus einer schönen lichten Welt voller Gras und Bäumen in einen unheimlichen Untergrund und schließlich wieder hinausführt. Doch auch im Bild vom Untergrund blühen hübsche Blumen, nur haben viele Blüten Zähne und zwischen den Blättern lauern kleine Wächterinnen, OrderUnits und andere roboterartige Wesen, schwarze Kraken mit Bildschirmen als Köpfen, Fledermäuse mit Kabelgeflechten als Flügel. Ich weiß nicht, wann ich je so etwas Kunstvolles, Schönes und zugleich Kluges gesehen habe.

»Gefällt es dir?«, fragt eine sanfte Stimme. »Das hat unsere Joy gemalt. Joy Jimoh. In einer fairen Welt wäre sie eine berühmte Künstlerin.« Ich fahre herum und vor mir steht eine schlanke Gestalt. Hinter ihr schimmert das blaue Licht von Bildschirmen. »Hallo, ich bin Eryn«, sie streckt die Hand aus. »Schön, dich endlich kennenzulernen, Dorian. Ich freue mich, dass du es geschafft hast. Das gelingt nicht vielen.«

Ich spüre, wie meine Knie zu zittern beginnen und mir Tränen in die Augen steigen. Stimmt, ich hab's tatsächlich geschafft. Ich bin nicht gestorben. »Ja«, murmele ich mit rauer Stimme.

»Komm, setz dich«, sagt Eryn und schiebt mich zu

einer Ecke aus wackeligen Kisten und Kissen, auch ein altes Gummipferd zum Hüpfen steht dort. »Du musst doch sehr erschöpft sein. Ich werde dir ein paar trockene Sachen holen.«

Und jetzt erst merke ich, dass meine Kleidung noch immer feucht ist. Hoffentlich bekommt auch Maggie neue Sachen.

Ich weiß nicht, ob es Eryns freundliche Stimme ist oder die Tatsache, dass sich jemand einfach kümmert, oder weil es jetzt endlich vorbei ist, jedenfalls fließen mir jetzt die Tränen übers Gesicht.

Wortlos bringt mir Eryn eine Tasse Tee und trockene Kleider und setzt sich neben mich. Sie legt mir die Hand auf den Rücken und lässt mich einfach weinen.

»Es tut mir leid, was du durchmachen musstest«, sagt Eryn schließlich, als ich mich etwas beruhigt habe. »Was dich vielleicht beruhigen wird, viele hier haben Ähnliches erlebt.« Sie pausiert und schlägt die Augen nieder. »Und manche Schlimmeres. Wir alle waren Außenseiter*innen. Jetzt sind wir füreinander da.« Sie lächelt mir zu, und erst als sie diese Worte ausspricht, merke ich, wie viel Angst mir das immer gemacht hat. Allein zu sein. Und wie wütend ich war zu wissen, dass etwas ganz gewaltig schiefläuft und keiner mir glaubt. Keiner hat mir je zugehört. Außer Hannah. Ich nicke. »Danke«, flüstere ich.

Sie geht zu einer Wand voller Bildschirme, deren blaues Licht den Raum erleuchtet. Ich atme durch. Es geht mir tatsächlich besser.

Eryn schaut mich ernst an.

»Es tut mir leid, wenn das jetzt etwas plötzlich kommt. Meinst du, du bist bereit, uns zu helfen? Ich weiß, ihr seid erst angekommen. Aber wir haben nicht viel Zeit.«

»Klar«, sage ich. »Was soll ich tun?«

Ich gehe auf die Bildschirme zu – und sehe Bilder, viele Bilder. Überwachungsbilder. Eines von mir, aus meiner Score-Akte. Ein ähnliches von Thomas. Dutzende Profile mit Daten und Bildern. Verwaschene Überwachungsaufnahmen von unserer Ankunft mit dem Multicopter. Eryn hackt auf ihre Tastatur ein. »Ich hab die Aufnahmen nicht gleich gefunden, da ich nicht wusste, wo genau ihr eingetroffen seid.« Sie tippt weitere Kaskaden von Befehlen und Codes. »Ich hab's gleich«, murmelt Eryn und schließlich verschwinden die Überwachungsaufnahmen.

Noch ein weiterer Mensch taucht auf, ein Profil. Ein Bild und ein langer Satz von Daten. Ein beeindruckend hübsches weißes Mädchen, das Gesicht geradezu perfekt symmetrisch. Noch beeindruckender sind die Daten und Zahlen, die ich entziffern kann. Höchste Intelligenzwerte, Bestnoten für Projekte und natürlich hat sie Dutzende davon absolviert. Absoluter Highscore. Bingo.

»Was für eine Vorzeigekandidatin. So eine knackt also die 1 Milliarde«, murmele ich und suche den Namen. »Jenna Mills, Old B. ... Und die hast du rausgekramt, damit wir uns alle schlecht fühlen?« Ich weiß, ein lahmer Joke, aber Eryn lacht tatsächlich ein bisschen. Sie scheint mir wirklich sehr nett. Aber auch wenn sie lacht, sieht sie sehr besorgt aus.

»Nein«, sie schüttelt den Kopf und steckt ihre Haare zu einem losen Dutt zusammen. »Ich hatte Hoffnungen, dass sie uns retten könnte. Sie hatte etwas, das wir dringend brauchen.« Wir schauen beide auf das Foto, das in einem leicht bläulichen Ton gespeichert ist, was angeblich besser für die Künstliche-Intelligenz-Programme ist. Sie ist sehr schön, auf eine zurückhaltende Art, die man gut ertragen kann. Aber da ist noch etwas anderes. In ihren großen, runden Augen, um ihren etwas puppenhaften Mund herum. Sie weiß, was sie will. »Die kriegt bestimmt keiner so schnell klein«, sage ich, ohne meinen Eindruck weiter zu kommentieren. Ich weiß, es ist Quatsch, ich sehe da nur ein Foto und ein paar Daten, aber ich habe das Gefühl, als würden wir uns schon ewig kennen. Als gäbe es da ein Band zwischen uns.

Eryn neigt den Kopf. »Ja, das habe ich auch gedacht. Dass wir auf sie gestoßen sind, war erst mal ein absoluter Zufall. Einer aus der 1 Milliarde hatte uns kontaktiert. Er ertrug das System nicht mehr und wollte uns einen Datenträger rausschmuggeln, in der Hoffnung, dass wir damit etwas gegen die MegaGoods tun können. Nur hat das Security-Team ihn leider erwischt. Doch bevor sie ihn verhaftet haben, ist es ihm gelungen, Jenna den Datenträger zuzustecken. Irgendwas muss seine Hoffnung geweckt haben, dass sie auf unserer Seite steht.« Eryn seufzt. »Ich habe sie dann recherchiert und Hinweise gefunden, dass sie als Kind opponiert hat. Sie hat bei den Haustierkillings, damals zu Beginn der 1 Milliarde, mit ihren Eltern ein Dutzend Katzen in einer Ruine versteckt. Die Eltern wurden dafür liquidiert, Jenna war danach in einem Umerziehungscamp.«

Wir schauen uns an und ich kann sehen, dass auch ihr fast das Herz zerreißt bei dem Gedanken an die kleine Jenna. Was sie durchgemacht hat. Jeder weiß, diese Umerziehungscamps sind die Hölle. Die Kinder, die das überstehen, gelten als die Willigsten und Gnadenlosesten beim Kampf um den Score. »Als ich das las, dass sie in so einem Camp war, was für eine Geschichte sie hinter sich hat – und dass sie uns dennoch nicht verraten hatte –, da hatte ich wirklich große Hoffnung. Ja, eine Weile habe ich fest geglaubt, dass Jenna Mills unsere Lösung ist. Dass sie nur ein bisschen Zeit braucht.« Eryn streicht sich durchs Gesicht, als wollte sie alle Hoffnung, alle Trauer von sich abwischen. »Aber ich habe mich getäuscht. Ich bin einfach nicht zu ihr durchgedrungen. Und dass sie uns nicht verraten hat, war purer Egoismus.«

»Oh. Das tut mir leid.« Ich blicke noch einmal zu dem Foto. Und ich kann es sehen. Das kleine Kind, das versucht, die Katzen vor dem sicheren Tod zu retten. Sein eigenes Essen mit den gejagten Tieren geteilt hat. Das Kind, das seine Eltern verliert und in ein Lager muss. Ich kann es alles sehen, das Versteck der Katzen, die Verhaftung, ich kann ihre Angst, ihren Schmerz fühlen, die sie fast um den Verstand bringen. Bis sie schließlich bricht, ihre Gefühle versiegelt und die perfekte Kämpferin um den Score wird.

Das alles stürzt mit so einer Wucht über mich herein, dass ich mich an dem Tisch vor mir festhalten muss. Das wirst du eines Tages aufschreiben, Dorian, denke ich plötzlich.

»Ich glaube einfach nicht, dass ihre Geschichte so endet«, sage ich laut.

»Wenn die MegaGoods einen Menschen um den Finger gewickelt haben, wenn sie deine Träume in der Hand, deine Hoffnungen manipuliert haben und dein Selbstbewusstsein aus nichts anderem besteht als deinem Platz im Score – dann ist es sehr schwer, herauszukommen.

Wenn du nichts hast, was dich von dort wegzieht, was dich ausmacht und trägt ...«, Eryn lächelt mich an, mit einem Blick, als wüsste sie nicht nur die Daten auf dem Bildschirm über mich, sondern alles, was in mir vorgeht, all meine Geheimnisse, »... dann ist es vielleicht sogar unmöglich.«

Ihre Hand legt sich auf meine Schulter. »Und weil wir auf Jenna wohl nicht zählen können, ruhen unsere Hoffnungen nun auf dir, so unangenehm dir das vielleicht ist.«

Ich schlucke. Denn das ist mir tatsächlich unangenehm. »Ich wollte eigentlich nur ein etwas anstrengendes Mädchen mit Beinschiene und Brille zu seinem Vater bringen und dann gemütlich den Rest meines Lebens genießen«, sage ich.

Eryn lacht still. »Humor hast du ja. Aber leider wollen wir noch ein bisschen mehr von dir. Über Thomas kam die Nachricht, dass Hannah dir wohl einen Schlüssel mitgegeben hat.«

»Das stimmt. Du bist Thomas' Schwester, richtig? Er hat uns von dir erzählt.«

Etwas in ihrem Gesicht verändert sich. Es ist eine seltsame Mischung aus Überraschung, Schmerz und Freude.

»Das hat er gesagt?« Sie mustert mich. »Schwester?«

»Ja ... Wieso ist das so bemerkenswert?«

»Weil er das lange Zeit so nicht gesagt hätte.« Eryn spricht vorsichtig und tastend. »Weil ich lange als sein Bruder leben musste, obwohl ich wusste, dass ich ein Mädchen bin. Weil die MegaGoods Menschen wie mich, die ihr Geschlecht anders sehen, als man es ihnen zugeteilt hat, verstoßen. Und Thomas hat danach gelebt. Und sich geweigert, mich Schwester zu nennen.« Jetzt sehe ich, wie sie kämpft, ihre Fassung zu bewahren. Ich würde ihr gern sagen, dass es okay ist. Dass auch sie ruhig weinen darf. Aber ich traue mich nicht.

»Aber es war so. Ich weiß ganz sicher, dass er von seiner Schwester geredet hat. Und dass er die 1 Milliarde verlassen musste, nach dem, was sie ihr angetan haben ...«, sage ich stattdessen.

Eryn schluchzt auf und lächelt gleichzeitig. »Danke«, sagt sie und nimmt meine Hand. »Danke, Dorian, dass du mir das erzählt hast.«

»Deshalb bist du hier unten, oder?«

»Ja, deshalb bin ich hier. Du wirst unter der 1 Milliarde keine ›geschlechtliche Abweichung‹ finden, wie sie es nennen. Niemanden wie mich, niemanden, der sein Geschlecht selbst bestimmen möchte, niemanden, der offen schwul oder lesbisch ist. Es stört die Harmonie, stiftet Verwirrung und behindert die gelungene Reproduktion, sagen sie. Sie wollen am liebsten, dass wir uns in Luft auflösen, damit sie sich nicht mit uns beschäftigen müssen.«

Ich zucke die Schultern. »Klingt, ehrlich gesagt, nicht nur grausam, sondern auch nach dem langweiligsten Club der ganzen Welt. Wer will da schon Mitglied werden.«

Ich grinse sie an und Eryn lacht auf. »Ach, Dorian, weißt du, ich wünschte, wir wären uns auf eine andere Weise begegnet.« Sie tritt zu den Computern, studiert einige Zahlenkolonnen, tippt ein paar Sekunden auf der Tastatur und schaut mich dann wieder an. »Leider drängt die Zeit. Im Moment lassen uns die MegaGoods etwas in Ruhe. Aber es wird nicht mehr lange dauern, bis sie unser Versteck hier finden. Und bis sie Jagd auf uns Vanyas machen.«

»Womit sind sie denn so beschäftigt, die MegaGoods?«

»Im Moment sind sie in einen Cyber- and Unit-War mit dem Konglomerat North China verwickelt. Es geht um Settlementrechte auf den Aleutischen Inseln. Außerdem haben sie Nachschubprobleme bei den Seltenen Erden. Die Afrikanische Gemeinschaft liefert ihnen schon lange nichts mehr und Australien scheint kollabiert. Das alles bindet ihre Kapazitäten. Noch.« Wieder tippt sie einige Zahlenreihen auf dem Computer. Ein paar Bilder flackern auf, verschwinden wieder, neue tauchen auf.

»Entschuldige«, murmelt Eryn. »Ich muss hier ein bisschen die Suche nach euch stören und ein paar Bilder ändern.« Ihr Gesicht wirkt angespannt und ich kann auf den Aufnahmen einen ganzen Schwarm von Wächterinnen erkennen.

»Alles klar«, sage ich möglichst cool. Während mein Herz in meiner Brust hämmert.

Schließlich lässt Eryn wieder ab von der Tastatur. »Ich habe ihre Kommunikation gestört, das wird sie eine Weile beschäftigen.« Ich nicke und grinse ein bisschen hilflos, weil ich nicht weiß, was eigentlich eine passende Reaktion darauf ist, dass eine Todesschwadron nach uns sucht, allerdings glücklicherweise dabei gestört wird, uns zu finden. Bisher war ich noch nie in so einer Lage.

»Jedenfalls haben uns diese ganzen Probleme der MegaGoods etwas Ruhe verschafft. Aber seit ein paar Wochen verhandeln sie mit North China einen Friedensvertrag. Sobald das durch ist, sind wir fällig. Da bin ich mir sicher. Sie wissen, dass wir hier irgendwo ausharren und sie stören. Also werden sie kommen und uns vernichten.« Eryn macht eine Pause, bei der sie mir wieder einen durchdringenden Blick zuwirft. »Außer, wir haben vorher einen Weg gefunden, um EQUILON zu kontrollieren.«

»Das ist euer Plan? EQUILON umzuprogrammieren?«

»EQUILON ist das bitterböse Herz der MegaGoods. Alles, worauf die Unterdrückung der Menschen beruht. Wir müssen unbedingt auf EQUILON zugreifen können, den Algorithmus verändern. Dann können wir einen neuen, gerechten Weg finden.«

Auf einmal ist Eryns zurückhaltende Art wie weggewischt. Ihre Augen brennen schier vor Zorn. Ihre Stimme wird eindringlich.

»Du müsstest etwas von Hannah dabeihaben. Etwas, das uns weiterhilft. Wir MÜSSEN einen Weg finden, die MegaGoods zu stoppen. Wegen ihnen leben so viele Menschen im größten Elend.«

»Der Schlüssel!«, rufe ich. Ich hatte die Schachtel fast vergessen. »Ja, natürlich! Hannah hat mir etwas gegeben!«

Eryns Blick wird fiebrig und gemeinsam beugen wir uns über meinen feuchten, halb zerfetzten Rucksack, in dem ich hektisch nach der schwarzen Box krame.

Als ich sie endlich zu fassen bekomme, habe ich ein ungutes Gefühl. Die Pappe fühlt sich aufgequollen und feucht an. Die eigentlich festen Ecken geben unter meinen Fingern nach. Langsam hole ich sie hervor und ziehe den verzogenen Deckel ab.

Darin liegen mehrere Zettel. Begierig nehme ich sie raus und falte sie mit zittrigen Händen auseinander.

Das Papier ist vollkommen leer, bis auf ein paar blaue Farbschlieren ist dort einfach – nichts. Nichts. Nichts. Nichts.

»Das Meer«, flüstere ich. »Es hat alles weggewaschen.«

Ich habe keine Worte für die Enttäuschung, die ich fühle. Hannahs letzte Worte. Was sie uns wohl alles sagen wollte? Und ich war zu blöd. Ich habe die Schachtel nicht gut geschützt. Ich halte Eryn die Zettel hin. »Es ist alles weg.«

Hektisch nimmt sie die Zettel an sich und hält sie gegen das Licht, beugt sich dann unter einer Lampe konzentriert darüber, aber schließlich schüttelt sie den Kopf.

»Es ist nichts mehr zu erkennen.« Sie seufzt schwer. »Ich werde sie Ray, unserem Hardware-Experten, geben, vielleicht kennt er ein Gerät oder irgendein Programm, mit dem wir letzte Schriftspuren sichtbar machen können – aber wirkliche Hoffnung habe ich nicht.«

Ich schaue auf die Schachtel. Und da entdecke ich es. Darin liegt noch etwas Kleines, Schmales, in Stoff Gewickeltes. »Hier ist noch was«, rufe ich. »Vielleicht können wir damit auch ohne Erklärungen etwas anfangen.« Hektisch vor Nervosität falte ich das Stückchen Stoff auseinander.

»Zeig her, was ist es! Vielleicht weiß ich, was wir damit tun können.« Eryns Stimme ist ganz heiser.

Ich ziehe das letzte Stück Stoff beiseite. Vor uns liegt ein abgeschnittener Finger.

»Holy Shit«, murmele ich. »Hannah hat sich tatsächlich den Finger abgeschnitten.« Eine Art Ehrfurcht durchfährt mich. Ich glaube nicht, dass ich das je könnte.

Eryn greift den Stoff und hält den Finger hoch. »Er ist tatsächlich echt.« Dann runzelt sie die Stirn und schaut mich an. »Die älteren Türen hier in New Valley waren mit Fingerprint-Scannern ausgestattet. Vielleicht gibt es noch eine davon, zu der uns dieser Finger Zutritt verschaffen könnte ...« Eryn legt den Finger vorsichtig zurück in die Schachtel. »Aber es gibt natürlich Tausende

Türen in dieser Stadt. Selbst wenn ich die wahrscheinlichsten raussuche, die abgelegen liegen oder in gesicherten Gebäuden – bleiben Dutzende.«

Meine Aufregung und mein Mut verflüchtigen sich und zurück bleibt eine gähnende Leere. »Also kannst du damit nichts anfangen?«

Eryn schüttelt den Kopf. »Vielleicht irgendwann. Mit viel Recherche. Aber so ... Ich glaube, wir müssen einen anderen Weg finden.«

»Maggie!« Ihr Name schießt nur so aus meinem Mund. Das muss es sein! Die Lösung. »Ihr Vater lebt doch hier! Vielleicht hat er Einfluss und kann etwas tun! Kennst du ihn?«

»Ja, ich weiß, wer er ist.« Eryn lächelt schmal. »Oh, Einfluss hat er. Aber ich glaube nicht, dass uns das etwas anderes einbringt als den Tod.«

»Wer ist denn ihr Vater?«

Sie räuspert sich und wartet einen Moment, bevor sie weiterspricht.

»Marc Gerber, einer der wichtigsten Männer hier. Und er hat nach dem Tod von Amara, Maggies Mutter, und nach Hannahs Flucht mit der kleinen Maggie dafür gesorgt, dass EQUILON endgültig so menschenverachtend wurde, wie es heute ist.«

»Ich verstehe nicht ...«, sage ich.

Eryn atmet tief ein. »Das ist eine komplizierte und lange Geschichte, Dorian. Gerecht war EQUILON nie. Und die ganze Idee der 1 Milliarde war schon immer eine Katastrophe. Aber es gab Menschen wie Hannah und Maggies Mutter Amara, die versuchten, mit EQUILON etwas Gutes zu bewirken. Sie wollten EQUILON so programmieren, dass es keine Hierarchie erzeugte. Es sollte ein

Weg sein, die Bedürfnisse und die Fähigkeiten aller Menschen zu erfassen – und damit eine Art Ordnung herzustellen, eine Art Gewebe von menschlichem Können und gegenseitiger Hilfe, in dem, durch künstliche Intelligenz unterstützt, alle nach ihren Bedürfnissen leben und ihre Fähigkeiten bestmöglich einbringen.«

»Wie sollte das denn gehen?«

»Leider können sie es ja nicht selbst erklären. Aber so, wie ich die Aufzeichnungen verstanden habe, sollte es zum Beispiel Einteilungen in Talente wie ›Adventurers‹, oder ›Precisionists‹ geben. Dazu dann Fakten darüber, welche Gemeinschaftsform toleriert wird, oder auch, wie viel Wärme als angenehm empfunden wird, was das Glückserleben der Person auslöst … Sie wollten das matchen mit dem, was gebraucht wird, Menschen in neuen Kombinationen zusammenbringen, um die Welt vor dem Klimakollaps zu retten … Ach, Dorian, das waren verzweifelte, chaotische Zeiten mit vielen Ideen, wie die Gesellschaft aufgebaut werden könnte. Ich weiß es auch nicht genauer, ich war damals ja noch so jung. Sie hatten jedenfalls die Hoffnung, mit einer neuen Ordnung zu neuen Lösungen zu kommen. Ob das funktioniert hätte? Keine Ahnung. Es war eine Hoffnung. Die Idee, nur noch 1 Milliarde der Menschheit auf dem Planeten zuzulassen – die kam viel später.«

»Ja, aber was ist denn dann passiert?«

»Dann haben nach und nach Marc Gerber und seine Jungs übernommen. Sie haben erkannt, was EQUILON ihnen für Möglichkeiten bietet. Und die, die zuerst etwas Gutes aus EQUILON machen wollten, die haben es einfach zu spät gemerkt. Und dann wurden sie ausgeschlossen, gejagt und getötet.«

»Aber ich verstehe nicht. Maggie ... Was ist mit ihr passiert? Wie ist sie bei den Unsorted gelandet?«

»Ich weiß es nur aus alten Chatprotokollen, die wir gehackt haben, um Material gegen die MegaGoods zu sammeln: Amara hatte eine heimliche Liebesbeziehung mit Marc Gerber. Sie hat geglaubt, dass er eigentlich etwas Gutes will. Immerhin hatte er sie zu EQUILON geholt, hatte sie gefördert. Aber dann wurde sie schwanger. Und Marc wollte Maggie nicht. Vor allem, als klar war, dass sie nicht ganz gesund sein würde. Amara musste sich verstecken und brachte Maggie heimlich zur Welt. Und den Rest kennst du ja, oder?«

Mir ist total elend zumute. Nein, die Chancen, dass dieser Marc Gerber uns hilft, die sind wohl verschwindend gering. »Ich denke schon, ja.«

»Du siehst, wir müssen uns was anderes einfallen lassen. Auf die Vaterliebe von Marc Gerber können wir jedenfalls nicht setzen.« Eryns Lächeln hat nun etwas erschreckend Bitteres.

»Eine Sache, die Marc Gerber getan hat, weiß er wohl noch nicht«, ertönt es hinter uns. »Und ich finde es wichtig, dass wir ihm das sagen.«

Eryn und ich schauen uns um. Wir haben beide Brent nicht bemerkt, der den Raum betreten hat.

»Was denn?«, sage ich. Obwohl ich eigentlich nicht sicher bin, ob ich das noch wissen will.

»Ist dir was an den Hubots aufgefallen?«, sagt Brent.

»Ich ...«, murmle ich und lasse die Gesichter Revue passieren, »... weiß nicht.« Aber dann fällt mir doch etwas auf. »Fast alle sind Brown People oder Schwarze? Aber das ist bei uns in Old LA ja auch so.«

Brent nickt. »Ja. Bei euch ja. Bei der 1 Milliarde aber

nicht, da sind fast alle weiß. Bis auf wenige Ausnahmen. Schwarze Menschen gibt es eigentlich nur bei den Hubots. Und das haben wir Marc Gerber zu verdanken.«

Eryn nickt. »Ja, das solltest du auch wissen. Amara, Maggies Mutter, war eine Schwarze Frau«, fährt sie fort. »Marc Gerber fühlte sich von ihr so sehr hintergangen, dass es ihm wohl keine Ruhe gelassen hat. Und irgendwann konstruierte er es sich so zusammen, dass Amaras Widerstand nicht an ihm und seinem Verhalten, sondern an ihrer Hautfarbe lag. Er redete sich ein, dass Schwarze generell zu hohe Renitenzwerte hätten.«

»Und ZACK!«, ruft Brent, »hat er seine Buddies überzeugt, in EQUILON uns alle mit Schwarzer oder Brauner Haut mit einem Block zu belegen.« Seine Stimme zittert vor Empörung. »Nicht, dass es vorher für uns leicht gewesen wäre, in die 1 Milliarde zu kommen. Aber nach den Änderungen von Marc Gerber war es für uns unmöglich.«

Ich denke an Maggie. An meine nervige, fröhliche kleine Maggie. So einen Vater zu haben. Der sie töten wollte. Ich hoffe so sehr, dass sie das niemals erfährt.

»Ich verstehe«, sage ich. »Maggies Vater wird uns also nicht helfen, sondern uns die nächstbeste OrderUnit auf den Hals hetzen. Also was machen wir?« Ich will kämpfen. Nein, eigentlich will ich New Valley brennen sehen.

»Unsere letzten Hoffnungen ruhen auf dem Terrain-Scanner«, sagt Eryn.

Brent schnaubt zornig. »Jenna hat das Datenglas einfach ins Meer geschmissen.« Verärgert haut er gegen die Wand. »Wie kann ein Mensch nur so egoistisch sein?«

»Brent, du hast die Geschichten der MegaGoods auch

mal geglaubt, vergiss das nicht«, sagt Eryn ruhig, aber streng. »Außerdem hätten ohne sie die MegaGoods das Datenglas schon jetzt. Und wüssten mehr darüber, was wir vorhaben. Jedenfalls sollten wir Rays TerrainScanner so schnell wie möglich aussetzen, jetzt, wo wir ihn endlich fertig präpariert haben. Vielleicht finden wir das Objekt, bevor die MegaGoods gegen uns in den Krieg ziehen.«

Brent holt tief Luft. »Alles klar«, antwortet er. »Ich sage Ray, er soll zusehen, dass er das Ding mit den Daten füttert, dann bringe ich es zum Meer.«

»Ich komme mit«, sage ich. Und staune selbst. Was rede ich da? Ich halte mich doch immer aus allem raus, was gefährlich ist. Aber was Eryn mir erzählt hat und dass Maggie und ich die gefährliche Reise hierher überstanden haben, das hat einen Schalter in mir umgelegt.

20

JENNA

Speichel klebt an meiner Backe, darin verfangen ist eine Haarsträhne, die unangenehm ziept. Ich schrecke hoch. Mein Zimmer. Ich bin in meinem Zimmer. »Okay, das ist doch schon mal gut, Jenna. Alles bestens«, murmele ich. Mein RiseAlarm zwitschert, und er ist so laut, dass er es wohl schon eine Weile tut.

Ich versuche, in meinem Kopf zusammenzusuchen, was gestern passiert ist. Ich erinnere mich gut daran, wie der Abend anfing, die Fahrt nach Rivendale, die Begrüßung … das Haus, das Meer … dann wird es verschwommener. Dieses merkwürdige Spiel »*Was würdest du mit auf eine einsame Insel nehmen?*«, der Kampf mit diesem Monster … bei dem Gedanken bricht mir jetzt noch der kalte Schweiß aus. Ich taste mich an den Rand meines Bettes, mir ist unangenehm übel.

Auf dem Nachttisch liegt etwas. Ein Zettel, drei Tabletten von unterschiedlicher Farbe und Größe und daneben ein großes Glas Wasser.

Nimm die, bevor du zu VERO kommst, wird dir helfen. Du hattest wirklich ein bisschen viel gestern ;-) Freu mich auf dich.
Love, Cory
PS: Alles austrinken, Wasser hält die Haut jung xoxo

Auch wenn ich mich elend fühle, habe ich sofort dieses eine wilde Kribbeln im Bauch, als ich »Love, Cory« lese. Fast schäme ich mich dafür, weil es so ein Klischee ist. Ich drücke den Brief ein bisschen zusammen vor Freude.

Aber da ist noch etwas anderes. Etwas, das noch im Dunkeln lauert. Ein ziehendes, nagendes Gefühl, dass etwas gar nicht in Ordnung ist. Ich komme nur nicht drauf. Ich fummele die Tabletten vom Nachttisch, lasse sie mir in den Mund fallen und trinke hastig das Wasser.

Ich sinke zurück in die Kissen und schließe die Augen, warte, dass die Tabletten ihre Wirkung tun. Ich fühle, wie sie meine Speiseröhre hinabrutschen. Bilder von gestern blitzen auf. Mein Gespräch mit L, o Gott, wie peinlich. Ich hoffe, ich habe nichts Falsches gesagt. Was für ein merkwürdiger Typ! Wollte der etwa was von mir? Ich werde den Gedanken nicht los. Aber er ist ja uralt. Was für eine widerliche Vorstellung. Ich schüttele mich vor Ekel. Wo war Cory nur die ganze Zeit? Ich hätte ihn echt gebrauchen können. »Love, Cory«, die Worte huschen mir durch den Kopf. Love, love, love. Da gibt es so ein uraltes Lied, das meine Oma so gern gehört hat.

Must be love on the brain,
that got me feeling that way

Für ein paar Momente hänge ich der Melodie nach. Ich könnte mir die BrainDots aufsetzen und das Lied spielen lassen. Aber allein der Gedanke an die Dots lässt die Übelkeit stärker werden.

Ich stehe auf, meine Beine sind noch etwas wackelig. Im Bad trinke ich direkt aus dem Hahn. Am liebsten hätte ich es dunkel, damit ich nichts sehen muss, mich nicht sehen muss, aber die Lampen sind sensor-gesteuert und ich weiß nicht, wie ich sie ausstellen kann. Also sehe ich meine blasse, teigige Haut, die dunklen Augenringe, die Schweißperlen auf der Oberlippe.

Vor allem meinen Blick ertrage ich nicht. Wie eine Katze kurz vor dem Ersäufen. Ich vermisse Katzen. Tränen steigen mir in die Augen.

Der spätere Abend taucht wieder in meiner Erinnerung auf. »Ich hab sie im Griff«, hallt Corys Stimme zu mir. »Ich hab sie im Griff.« Wut steigt in mir hoch. Ich packe den Rand des Waschbeckens so fest, dass ich denke, gleich zerbricht es.

Und dann wirken die Tabletten. Ich merke, wie die Schmerzen in den Hintergrund rutschen, sich langsam auflösen. Meine Hände werden ruhiger, die Übelkeit verschwindet.

Ich versuche, weiter an gestern zu denken, mir zusammenzureimen, was das war. Cory. Warum war er so lange weg? Warum bin ich eigentlich nicht zu ihm gegangen, als ich ihn mit seinem Vater habe reden hören?

Es fällt mir einfach nicht mehr ein. Aber dass er mich in die Arme genommen und zum Auto getragen hat, daran kann ich mich gut erinnern. Ein Kick, allein die Erinnerung daran. Wie ich meinen Kopf an seinen Arm legen konnte und nichts mehr machen musste. Ich lächle bei dem Gedanken daran.

Ich nehme das BraceConnect und lege es mir um. Sofort vibriert es und beginnt, Dutzende Messages zu projizieren. Ich habe noch immer nicht richtig verstanden, wie man das BraceConnect steuert.

»OMG! JENNA! WARST DU WIRKLICH IN RIVENDALE?!« Gesprochen von einem Comicpferd mit Hut, der Absender ist Arvin.

Ein Microclip von Mayling: »LA CHICA lässt nichts anbrennen ... YOU ROCK GIRL, erzähl mir alles!«

»Wie war Rivendale? Vielleicht trinken wir ja mal 'nen Coffee in der nächsten Zeit?« Irina, Teamleiterin von irgendwas, was ich vergessen habe, mit der ich nur einmal kurz auf einer Party gesprochen habe.

Alle Nachrichten ähneln sich. Ich verstehe nichts. Bis ich eine ältere Notification finde, »Cory Gerber shared an image«.

Es ist ein Foto von ihm und mir auf der Terasse – wann hat er das überhaupt gemacht? »Just sayin' hi to Rivendale« steht unter dem Bild. Ich lächle und schaue weg, wahrscheinlich zum Meer. Corys Arm liegt um meine Taille und er lächelt direkt in die Kamera. Er hat mich nicht getaggt. Aber jeder, der mich mal gesehen hat, kann mich erkennen. Meine ganze Haut kribbelt.

»Krasskrasskrass«, murmele ich zu mir selbst. Er zeigt allen, dass er mit mir in Rivendale war. Er zeigt sich mit mir. MIT MIR! Der kleinen Jenna aus Old B. Ich quietsche vor Freude und flippe weiter durch die Nachrichten.

Eine Video-Message von Katie springt auf. »Die kleine Jenna also …«, nuschelt sie in die Kamera. Sie klingt betrunken. Und wütend. »Erst ein paar Wochen hier … und schon ›Just sayin' hi to Rivendale.‹« Sie verstellt ihre Stimme so, dass sie tatsächlich ein wenig wie Cory klingt. »Ich hab gedacht, du glaubst das alles echt. Dass du so eine richtige, waschechte kleine Grenzländerin bist, die die Welt verbessern will …« Sie greift nach etwas und trinkt dann einen großen Schluck direkt aus einer Weinflasche. »Aber in Wahrheit, Jenna Mills, in Wahrheit bist du nur das durchschnittliche kleine Flittchen, das sich den großen Macker angelt.« Sie lacht laut und fies, und ich habe das Gefühl, vor mir tut sich ein Loch auf. »Weißt du eigentlich, wo Cory immer geschlafen hat, bevor du aufgetaucht bist? Bei mir! Weißt du eigentlich, wen Cory vor dir nach New Valley geholt hat? Mich! Aus dem stinkenden ExNewYork! Er hat mich ausgewählt und hierhergebracht! Und ich habe mir den Arsch abgearbeitet, wollte EQUILON gerechter machen.« Sie gestikuliert wild in die Kamera und stolpert schließlich über etwas, das ich nicht sehen kann. »UND DANN KOMMST DU!« Sie schreit so laut, dass das Mikro nur noch verzerrte Töne rausbringt. »Scheiße,

Jenna! Du Miststück hast alles kaputt gemacht!« Und dann laufen ihr die Tränen über die Wangen. Hektisch ziehe ich das BraceConnect ab, die Projektion verschwindet.

Ich nehme den Weg zur Arbeit kaum wahr. Meine Gedanken rasen. Cory und Katie? So kurz vor uns? Wieso hat er nichts gesagt? Die arme Katie. Kein Wunder, dass sie immer so ablehnend mir gegenüber war. Ob ich Angst vor ihr haben muss? Sie wirkte so wütend. Zum Glück hat Cory mir die Tabletten gegeben. Ich glaube, ich könnte sonst nicht zur Arbeit gehen.

Als ich bei VERO durch die Tore gehe, wartet Cory schon auf mich. Etwas blass, aber schön wie immer. Er streicht mir eine Haarsträhne aus dem Gesicht und gibt mir einen Becher mit Coffee, der mir zum Glück mittlerweile schmeckt.

»Katie hat mir von dem Video erzählt«, sagt er. »Es tut ihr leid, lässt sie ausrichten. Sie nimmt sich erst mal eine Auszeit.«

Er schaut über seine Schulter, als könnte Katie doch irgendwo hinter den Büschen hervorspringen.

»Sie entschuldigt sich?« Ich bin überrascht. »Aber was sie da gesagt hat … Das klang so echt! Wieso hast du mir nichts davon gesagt? Also, von ihr?«

Cory lächelt schmal. »Na ja, wie man's nimmt. Katie ist sehr ehrgeizig … deshalb hat sie versucht, bei mir zu landen … Und da bin ich schwach geworden. Außerdem …« Er stockt ein bisschen, bevor er weiterspricht, als könne er es alles selbst nicht ganz glauben. »Sie hat größere emotionale Probleme. Die wir trotz BrainDots bisher nicht ganz im Griff haben, verstehst du? Und sie trinkt zu viel.«

Er beginnt zu gestikulieren. Ich merke, wie schrecklich unangenehm ihm das alles ist. »Ja, ein-, zweimal waren wir zusammen. Weißt du, das passiert. Ich bin hier in einer wichtigen Position. Da kommen viele auf Ideen.« Er zwinkert mir zu. Aber es wirkt eher traurig, als wolle er für mich gute Stimmung machen. Ich würde ihn am liebsten in den Arm nehmen. Aber ich traue mich nicht und fühle mich auf einmal wieder unendlich schwach. Und leer.

»Was Katie gesagt hat … Hast du uns wirklich ausgesucht?«

Es klingt so seltsam, wenn ich es ausspreche. Wie eine Anklage. Und sein Gesicht verfinstert sich tatsächlich einen Moment lang. Dann lacht er. »Jenna, hör mal, ich bin der Chief Developer von EQUILON. Wenn du so willst, habe ich jeden ausgesucht, der hierherkommt.«

Ja, das stimmt natürlich. Ich lächle schief und nehme vorsichtig seine Hand. Lächelnd streicht mir Cory eine Haarsträhne aus dem Gesicht.

»Komm, jetzt gehen wir ein bisschen arbeiten. Nach der Geschichte ist es besser, wenn wir unser Gesicht zeigen. Leider hat Katie das Video nicht nur an dich geschickt.« Er seufzt. »Aber mach dir keine Sorgen. Ich habe schon die Wogen geglättet. Und heute Abend gehen wir zu mir und bestellen uns was Leckeres zu essen.«

Wieder nicke ich und lächle. Aber ein schales Gefühl bleibt in mir zurück.

21

JENNA

»Jenna!« Etwas schüttelt mich. »Jenna, wach auf!«

Ich schlage die Augen auf, aber um mich herum nur Schwärze. Es ist mitten in der Nacht. Ich setze mich auf, schaue mich um. Aber da ist keiner an meinem Bett. Niemand, der mich wecken will. Nur von ganz fern ist das Rauschen des Meeres zu hören.

Und doch. Ich habe es doch gehört. Da war eine Stimme. Oder war das ein Traum? Ich fühle mich seltsam schwach. Ob ich krank bin? Mein Körper zittert, ich kann keinen ruhigen Atemzug tun. Was ist nur los? Ich begreife es nicht. Mein Körper ist mir ganz fremd. Als hätte ich ihn verloren.

Ich fahre mir mit den Händen durchs Gesicht. Es ist nass. Ich weine. Meine Brust schmerzt. Ich höre meine Schluchzer, aber ich kann sie nicht kontrollieren. Mich nicht beruhigen. Ich weine, weine, weine. Ich spüre, dass meine Augen schon ganz verschwollen sind. Ich muss schon lange im Schlaf geweint haben.

»Jenna?« Corys verschlafene Stimme, sein Körper neben mir regt sich. Ich hatte ganz vergessen, dass er dort liegt. Dass ich bei ihm bin. »Jenna, was ist denn?«

»Ich weiß es nicht«, schluchze ich.

Verdammte Lügnerin, denke ich. Natürlich weißt du es. Du machst alles kaputt. Du bist eine Verräterin! Eine Mörderin! Du verschweigst Cory, was du getan hast und was du weißt!

»Ich kann nicht aufhören«, sage ich stattdessen.

LÜGNERIN!, schreit es wieder in meinem Kopf. Ich taste Hilfe suchend auf dem Bett herum, ohne zu wissen, wonach eigentlich.

»Mach dir keine Sorgen, Jenna.« Cory ist vollkommen ruhig, als sei das gar nichts. Als würden da nicht Sturzbäche von Salzwasser aus meinen Augen laufen. Als wäre ich nicht ein Häuflein Elend, das nicht vor und nicht zurück weiß. »Das haben wir gleich.«

Er kramt neben sich am Bett und drückt etwas an meinen Arm. Eine kleine daunenhafte Explosion in meinem Kopf, dann entspannt sich mein Körper. Alles lässt los. Was war denn überhaupt? JENNA!!!, ruft die Stimme in meinem Kopf. Aber ich wische sie weg und lasse mich fallen.

»Siehst du, Jenna«, murmelt Cory und küsst mein Haar. »Du musst dich erst ans EmotionManagement gewöhnen. Dann passiert dir so etwas nicht mehr.«

Er streicht über meine Haut, und ich weiß gar nicht, ob ich das mag, denn eigentlich fühlt sich alles wie eine warme, weiche Blase an, in der ich schwerelos schwimme.

JENNA!!!, schreit da wieder jemand. Aber jetzt weiß ich, es ist nur ein Echo, ein seltsames Störgeräusch aus einer vergangenen Zeit.

»Leg dich zu mir«, flüstere ich und fühle, wie Cory gehorsam seinen Körper an meinen schmiegt.

Der Himmel ist grau, weiches Licht fällt zu uns herein. Corys Arm liegt schwer und unbeweglich auf meiner Taille.

Ich sehe, wie mein Körper sich unter dem Tuch abzeichnet. Die Schatten, die er wirft, wie das Licht daraufällt. Ich sehe alles so klar, so überdeutlich. Und doch ist es unwirklich.

Ein nervöses Kribbeln durchfährt mich, eine Ameisenarmee, nur weiß ich nicht, was sie will. Meine Füße zucken, als wollten sie mit mir aus dem Bett springen und davonlaufen. In meinem Mund ist ein pelziges Gefühl, die Zunge klebt am Gaumenboden.

»Wie geht es dir?«, murmelt Cory hinter mir. Wieder mit dieser sanften, ausgeglichenen Stimme, die er meistens hat. Warum ist er immer so? Aber vermutlich liegt das an seinem New-Valley-Leben. In dem es keine Dunkelheit gibt, nur Schönes und Gutes.

»Wie geht es dir ...«, wiederhole ich, bevor ich es richtig merke. Ich weiß es gar nicht. Mir geht es gar nicht, denke ich. Ich fühle mich flach und hohl. Da ist nichts, dem es gehen könnte. Und dann fährt mir dieses Bild in die Gedanken, wie ein Lkw auf Crashkurs. Lora. Wie sie von einer OrderUnit davontransportiert wird. Ihr Schreien. JENNAAA!

»Geht schon«, antworte ich. Und drehe mich im Bett herum. Weil ich eigentlich aufstehen will, aber die Kraft dafür nicht finde.

»Jenna.« Cory klingt ernst. »Du wirst dich langsam an die BrainDots gewöhnen müssen.« Er steht auf und holt wieder diesen Stab, den er mir an den Arm drückt. Wieder macht es Puff. Das Daunengefühl. Sanfter, aber da. Und da ist noch etwas anderes, ein Ich, mein Ich, das sich wie eine struppige kleine Katze an die Ränder meines Abgrunds klammert.

»Ich ...«, stammele ich hervor. Ich fühle mich zerhackt. Eine Hälfte badet in einer sonnigen Wolke, die andere hängt am Abgrund.

»Du musst schon mitmachen.« Ungeduld schleicht sich in Corys Stimme. »Und genau DAS meine ich, Jenna. Die Injektionsstäbe sind eine veraltete Technik. Der Übergang ist viel zu plötzlich und heftig. Das BraceConnect ist ganz nett – aber viel zu schwach, da passiert kaum etwas. Du musst die BrainDots einfach tragen, damit sie dein EmotionManagement übernehmen können.« Er greift nach meinem Gesicht, sanft und doch unnachgiebig, dreht es ein wenig, damit er mir in die Augen schauen kann. »Verstehst du? Du musst sie immer an den Schläfen haben. Dann spürst du es eigentlich gar nicht mehr. Du wirst sehen, nach ein paar Tagen bist du wie ausgewechselt.« Er drückt meinen Körper an sich und streicht sachte über meinen Rücken, als sei ich ein verstörtes Tierchen. Und vielleicht bin ich das auch. Die Katze hängt noch immer in meinem Kopf und sträubt sich. Ich kann sie förmlich sehen. Wie sie faucht und kämpft.

»Ich verstehe dich ja auch. Als Grenzländerin ist das alles ganz neu für dich. Gefühle unterdrückt ihr ja vor allem. Und da gleich zu unserem hochmodernen EmotionManagement zu kommen.« Cory macht eine Pause und atmet schwer aus. »Das muss alles sehr viel für dich sein.«

Er küsst meine Stirn.

»Und trotzdem ist es langsam an der Zeit, Jenna, dass du die BrainDots jetzt trägst und das EmotionManagement akzeptierst.« Wieder eine Pause. Ein Griff in mein Gesicht. In die Augen schauen. Ein warmes Lächeln. »Du gehörst doch jetzt zu uns.«

Dieser Satz. Er trifft. Die struppige Katze in mir fährt ihre Krallen aus und zerkratzt mein Inneres. Tränen quellen mir aus den Augen.

»Cory, du verstehst nicht.« Ich will es sagen. Alles aussprechen, bis kein Geheimnis mehr bleibt. Aber es geht nicht. Ich habe zu große Angst. Die, gebadet in dem Daunengefühl von Corys Umarmung, fast noch bedrohlicher wird.

Cory tupft meine Tränen ab. Ich merke, dass er langsam ungeduldig wird. »Was verstehe ich nicht?«

»Ich ...«

»Jetzt sag schon, Jenna.« Seine Stimme ist scharf. Seine BrainDots beginnen, sanft zu leuchten. »Sprich es einfach aus.«

»Ich gehöre nicht hierher. Ich habe dich belogen.«

»Ach so!« Er lacht erleichtert. »Doch, Jenna, du gehörst hierher. Das sind nur ÜbertrittsAnxieties. Mach es dir doch nicht so schwer.« Er zeigt zum Fenster, wo die Sonne mit den Wolken kämpft. »Wir könnten schon lange in einem netten Café sitzen mit unserem Coffee.«

Jedes Wort macht es noch schlimmer.

»Nein!« Ich brülle es fast, mache mich aus seinen Armen los. »Ich habe eine Freundin verraten. Für CreditPoints! Sonst wäre ich niemals hier! Verstehst du?! Sie ist tot! Und ich bin hier! Weil ich eine scheiß Verräterin bin!«

Cory bleibt ganz ruhig. Die BrainDots hören auf zu leuchten.

»Aber Jenna, SIE ist doch die Verräterin gewesen!« Seine Stimme so weich wie eine Decke. Eine echte. Gewebt aus feiner Wolle. »Lora hat doch gegen EQUILON agitiert.« Cory lacht kurz auf. »Jetzt habe ich mir wirklich kurz Sorgen gemacht, wir hätten was übersehen. Diese Lora-Geschichte war unangenehm, ja. Aber du hast doch wirklich alles richtig gemacht, meine Süße. Komm her zu mir, Armes. So durcheinander.« Er legt seine Arme um mich.

»Du weißt das?«

»Jenna.« Ein Glucksen. »Natürlich weiß ich das. Ich bin Leiter von EQUILON. Ich hab dich ausgesucht.«

Ich schiebe mich aus seinen Armen, einen Moment lang die Panik, darin zu ersticken. Dazwischen wabert diese vollkommene Gleichgültigkeit, von der Spritze ausgelöst, als verlockendes Versteck. Nein. Ich werde jetzt nicht aufgeben. »Du hast mich also doch ausgesucht? Katie hatte recht?«

Er schaut kurz an die Decke, als suche er dort was. »Na ja, sieh es als Kompliment, okay?«

»Was?«

»Na ja, dass ich dich ausgesucht habe.« Er seufzt, als hätte er eine lästige, aber nicht allzu schlimme Aufgabe zu erledigen. Seine BrainDots leuchten wieder. »Entspann dich. Ich will es dir erklären. Also, es ist so. Ihr in den Grenzländern seid einfach so, so, so viele. Deshalb kann der Score nicht auf den letzten Menschen genau arbeiten. Es klappt technisch nicht. Immer wieder gab es Glitches, Systemabstürze. Also haben wir irgendwann entschieden, dass EQUILON eine Kohorte auswählt, eine Gruppe, die nah genug am Score-Limit ist. Und über das Individuum entscheidet in jeder MegaGood-Region ein Konsortium.«

Eigentlich sollte ich jetzt reagieren, das weiß ich. Aber in meinem Kopf breitet sich eine weiße Leere aus, über die ein helles Fiepen weht.

»Und dich durfte ich aussuchen.« Stolz leuchtet in seinen Augen auf, er streicht mir eine Haarsträhne aus dem Gesicht, oder einfach meine Wange, ich weiß es nicht. »Ich hatte erwartet, dass du ein bisschen angepasster bist, ehrlich gesagt, so war deine Persönlichkeit eigentlich von EQUILON berechnet.« Er küsst mich sanft. »Aber eigentlich gefällst du mir so viel besser. Es ist«, noch ein Kuss, »interessanter so.«

Ich bringe ein Lächeln zustande, während ich das Gefühl habe, in einen bodenlosen Schacht zu fallen. Dann nimmt er meine BrainDots vom Nachttisch und legt sie mir an die Schläfen. »Und jetzt sag einfach *EmotionManagement aktivieren*, ja?«

Ich fühle mich wie versteinert und schaue ihn nur an.

Er stupst mich sanft. »Na, komm, bring es einfach hinter dich. Dann können wir endlich mit unserem gemeinsamen Leben hier beginnen.«

Ich tippe mir an die Dots. »EmotionManagement aktivieren«, sage ich. Und dann summt es an meinen Schläfen. Was ich fühle. Ich weiß es nicht mehr.

22

JENNA

Meine ganze Haut vibriert, ich muss sie immer wieder anstarren, weil ich nicht glauben kann, dass man das nicht sieht. Dieses helle Sirren, das mich umschließt, meinen ganzen Körper, wie Ameisen, die mich bewohnen, nur kleiner und schneller und kälter.

Cory ist zur Arbeit gegangen. »Du bleibst hier, ich melde dich krank, manchmal dauert die Anpassung an ein EmotionManagement ein bisschen«, hat er gesagt. Dauertdauertdauertdauert ... das Wort zieht sich in meinem Kopf wie Kaugummi, zieht bunte Schleifen, tockt gegen meine Schädeldecke. Dazwischen springt Lora Seil und schreit ständig, »JENNAAAA!«, aber es stimmt schon, ich fühle mich fantastisch, einfach großartig, so leicht irgendwie, es geht mich alles einfach nichts an. *Fuck you world I'm so above you.* Allerdings macht mir etwas Sorgen: dass Cory herausfinden könnte, was ich noch getan habe, dass ich mit denen geredet habe, die New Valley angreifen wollen. Die ihn fertigmachen wollen. Ich könnte Cory hinführen, aber das wäre ja auch Verrat, denn was haben sie mir getan, und sie haben ja recht, alles hier ist schief und falsch und verlogen, das habe ich ja gestern Abend mitbekommen, aber so sollte ich nicht denken, so sollte ich nicht denken, vielleicht hilft mir Musik?

Sofort fängt in meinem Kopf eine Art Klingeln an, hell, melodisch, hektisch, das zu schnelle Ticken einer Uhr, eine Frau beginnt zu singen, etwas verzerrt, aber schön.

> *You make me sound*
> *Your touch resonates*
> *Awake the tone of loving me*

Das Ticken begleitet den Gesang die ganze Zeit, es treibt die Ameisen auf meiner Haut zu neuen Höhen an, ich habe das Gefühl, als würden sie mich in meine Einzelteile reißen, Atom für Atom von mir nehmen und an alle Enden des Weltraums tragen. Oder ist das nicht unendlich? Eine Frage, die wir noch immer nicht beantwortet haben. Warum eigentlich? Sterne blitzen vor meinen Augen auf, Galaxien drehen sich um mich und ich mich in ihnen. »Das ist nicht echt, Jenna«, sage ich laut. Denn das ist es nicht. Oder?

Ich versuche, mir die BrainDots abzumachen, aber dann fällt mir ein, Cory hat die *Locked*-Funktion aktiviert und ich hab gesagt, es ist okay, weil er ja recht hat, es muss ja mal sein, ich reagiere etwas heftiger als üblich, hat er gesagt, aber Aufschieben hilft auch nicht, du musst dich nur daran gewöhnen, hat er gesagt, da musst du einfach durch, und das stimmt, Jenna, einmal noch zusammenreißen und durchhalten, Abwehrreaktionen sind ganz häufig, ganzganzganzganz häufig, bei jedem Medikament gibt es Nebenwirkungen. Normal.

»Alles normal«, höre ich mich sagen, während mein Kopf hin- und herpendelt, im Takt der Musik, noch immer tickt die Uhr.

Jenna!, wimmert Lora in meinem Kopf, nun ist sie schon ganz leise geworden. »Schhh, du bist doch schon tot«, sage ich zu ihr. »Das nützt jetzt auch nichts mehr, das schlechte Gewissen.« In spätestens 24 Stunden ist Ruhe, hat Cory gesagt, dann hab ich es geschafft, länger hat sich noch kein Gehirn gegen das EmotionManagement gewehrt, »entspann dich einfach und lass es passieren, das wird schon«.

Ja, ich entspanne mich einfach, Cory. Ich geb mein Bestes, wirklich, ich tu's, ich werde vergessen, mich entspannen, ich werde glücklich sein, ich werde ein neuer Mensch sein.

Draußen wird es langsam dunkel, aber noch kann ich die Möwen sehen, wie sie über den Himmel ziehen.

Ans Meer. Ich werde ans Meer gehen. Das Meer, es wird mir jetzt guttun, denn es ist doch irgendwas mit diesem Wasser, diesem unendlichen, salzdurchtränkten Blau. Immer habe ich vom Meer geträumt. Und jetzt bin ich da und habe es kaum gesehen, eigentlich nur von Ferne, wie kann das sein, warum ist das so, warum bin ich so?

Die Jacke gleitet über mich, ganz schwerelos und wie von selbst, sie geht mit mir aus dem Haus, die Jacke, trägt mich aus der Tür, über den Asphalt und hinüber zum Sand trägt sie mich, das Meer ist so nah von Corys Wohnung aus, guten Tag, mein liebes Meer, nimmst du mich in deine Arme? Ich kann es schon riechen, an jedem winzigen Molekül Luft klebt ein kleines bisschen Meer, ich versuche, mir vorzustellen, wie das genau geht. Was ist das, was ich rieche? Das Salz? Es verdunstet ja eigentlich nicht im Wasser, und doch kann ich es riechen, und den Tang, der irgendwo tief im Ozean schwebt. Oder ist das alles nur in meinem Kopf? Wie formen sich noch einmal Aerosole, ich wusste das mal, es war hier irgendwo in meinem Hirn, eingeordnet, verpackt, mit Zettelchen versehen, ich stelle mir meinen Kopf vor, eine unendliche Reihe von Regalen, und ich laufe dazwischen hin und her und versuche, die richtigen Dinge zu finden, aber wie das war mit den Aerosolen, keine Ahnung, es hat sich irgendwo versteckt.

Das Lied spielt noch immer, der Takt dieser Uhr, die vollkommen aus dem Häuschen ist, vorwärtshetzt, als ob es einen

Preis gäbe für Zeit, die besonders schnell vergeht. Keine Musik, Musik aus, Ruhe, versuche ich zu denken, aber das Lied hat sich festgefressen, »Feelharmonia« singt die Frau, und langsam weiß ich auch nicht mehr, ob das jetzt in meinen echten Gedanken ist oder ob das die BrainDots sind, die es in meinem Kopf abspielen.

Und da. Das Wasser. So weit. Die Wellen dunkel, die heraufziehende Nacht sonnt sich in ihnen, aber die Schaumkronen blitzen hier und da hell auf. Ich sehe wieder das Flimmern der Wellen unter mir, weit, weit unter mir, wie damals, vor wie vielen Wochen? Gestern. Vor Ewigkeiten. Auf dem Weg hierher, im Hyper-Glider, die Vorstellung, darin einzutauchen, ein glitzerndes Bad aus Luftblasen und brechendem Licht. Eine andere, du musst eine ganz andere werden, eine Jenna, die hierher passt.

Meine Jacke schwebt um mich wie ein Hologramm und ich bin ein fleischiger Stern im Wasseruniversum, doch das Glitzern fehlt, es ist so dunkel hier, nur die Häuser von New Valley sehe ich glitzern, sie schimmern voller Licht und Wärme, das Meer, es ist ganz anders, als ich dachte, es umarmt mich nicht, es klammert sich an mich, kalt und grob, ich spüre, dass ich gar nicht schwimme, mein Körper weiß überhaupt nicht, wie das geht, es ist, als fiele er hindurch durch all die Moleküle um mich herum, du sollst mich doch halten, Meer! Meine Füße finden keinen Grund. Ich strampele mit Armen und Beinen, Wellen schlagen mir ins Gesicht, Husten, Schlucken, Würgen, in meinem Kopf noch immer das hektische Ticken, dieses Lied, *I feel harmony, feelharmonia*, ich blicke zu den Lichtern der Häuser, sie verschwimmen zu breiigen Flecken, meine Augen brennen vom Salz, die Kälte kriecht schmerzhaft durch meinen Körper. Lora weint in meinem Kopf, sie ruft schon gar nicht mehr, und die Kühe, tief unter der Erde, plötzlich sind sie um mich herum, mit ihren leeren, traurigen Augen, so stumm sind sie, und dann ist da Cory, der sagt, er hat mich auserwählt, ja, mich, nur michmichmich, gerade wegen Lora, weil ich getan habe, was ich getan habe, aber ich wollte doch etwas ganz anderes, ich wollte doch nicht, dass sie stirbt, ich wollte doch nur nicht verlieren, ich wollte doch nur einen Platz und Lora sollte doch nicht und dann kann ich das Weinen nicht mehr aufhalten, und die Lichter sind so kahl, sind nur noch gelbe Flecken ohne Leuchten, ich öffne den Mund, das Wasser strömt in mich ein, füllt mich aus, lass los, Jenna, lass doch endlich los.

23

Dorian

Es ist dunkel, die Straßen auf unserem Weg sind leer und doch habe ich Angst, dass sie uns erwischen. Nein, das ist keine Angst, es ist Panik. Ich hab die Hosen gestrichen voll, ich kann mich gerade so davon abhalten, schreiend wegzurennen.

Brents Anwesenheit hilft mir, er kennt sich aus, er passt auf mich auf. Und er scheint mich auch noch zu mögen. Immer wieder dreht er sich nach mir um und grinst mich aufmunternd an.

Wir schlagen uns an den Rändern von New Valley durch bis zum Meer. Leider kann der TerrainScanner nicht besonders weit schwimmen, deshalb müssen wir nahe an die Stelle heran, an der Jenna den Datenträger ins Meer geworfen hat.

Ich hatte mir New Valley anders vorgestellt, viel lebendiger.

Die Straßen, durch die wir gehen, sind vollkommen leer und enden in Häusern, die gar nicht echt scheinen, sie wirken wie Planen, die auf Gestelle aufgezogen sind. Wir treffen keinen Menschen, nicht einmal ein Tier. Es ist, als seien wir in einer Art »Nicht-Gegend«, als könnte sich jederzeit neben uns ein Vorhang heben und dahinter wäre nichts mehr außer der Leere des Weltalls.

Es sind schöne, heile Häuser, bunt und perfekt. Ja, alles ist perfekt. Aber auf eine seltsame Art scheint New Valley unecht. Es ist ein vages Gefühl, schwer zu erklären, aber ich kann es nicht abschütteln. Ja, New Valley wirkt auf mich beinahe wie eine Totenstadt,

Öd und hohl, erfüllt vom Klang eines Windes, der seine Einsamkeit beweint,
Bewohnt vom sterbenden Licht des letzten Tages
Am Ende der Welt
The end of the world.

Ja, so fühlt sich das an. Und ich dachte, es sei der Anfang. Von was auch immer.

»Kommst du, Dorian? Wir sind gleich da«, ruft Brent mir zu und wir biegen ab auf den Strand, den die Menschen hier offenbar meiden. Das Wasser ist voll von diesen Fallen, in denen auch Maggie und ich uns verfangen haben, und vielleicht kommt deshalb kaum jemand hierher.

Es ist schwer, durch den Sand zu gehen, die Füße sinken in den weichen Boden und in der Dunkelheit komme ich ständig ins Stolpern.

»Scheiße! Da!« Brent flüstert, so laut er kann.

»Hä, was?«, frage ich etwas lahm.

»Na, DA! Im Wasser! Da ist wer!«

Jetzt sehe ich es auch: Arme, die ausschlagen wie kämpfende Schlangen. Das Rund eines Kopfes, der einen Moment lang wieder aus dem Wasser hochkommt, ein Keuchen, dann verschwindet er wieder, die Arme ragen noch hinauf und dann sind auch sie fort. Da ertrinkt jemand, Dorian, denke ich, und dann weiß ich, dass ich keine Wahl habe. Ich muss da hin. Ich muss den Menschen retten, es wenigstens versuchen.

»Ich hol ihn da raus«, sage ich, schmeiße die Jacke auf den Boden und stürze mich in die Wellen. Wate durch das eiskalte Wasser, immer auf die wedelnden Arme zu. Als ich den Boden unter den Füßen verliere, bin ich auf ein paar Meter herangekommen. Ein Mädchen, denke ich, mit dem diffusen Gefühl, sie schon zu kennen, schon seit immer immer immer. Und dann sinkt sie hinab.

Ich stürze nach vorn, schwimme ein paar Züge, irgendwo hier muss es sein, aber das Orientieren ist so schwer im Wasser, in der Dunkelheit. Dann ein Platschen nicht weit von mir, die Arme arbeiten sich wieder hoch, für den Bruchteil einer Sekunde kommt der Kopf empor, keuchend ein Atemzug, und vor mir versinkt der Körper aufs Neue, aber dieses Mal so, als hätte ihn endgültig alle Kraft verlassen. Noch einmal schafft sie es nicht nach oben, das war's, denke ich, und dann greife ich hektisch nach vorn, aber da ist nichts, ich tauche ab, die Kälte des Wassers presst gegen meinen Schädel, ich taste hilflos umher, die Luft wird mir knapp, »WO BIST DU?«, will ich schreien, aber hier bin ich stumm. Und da erwische ich ein weiches Etwas, Kleider, irgendwas, aber keinen Körper, packe es, ziehe daran, greife tiefer, und da ist es, ein Arm. Ich umklammere ihn und reiße daran, hinauf, zur Wasseroberfläche, der Körper zieht an mir wie ein Bleigewicht, aber es geht, es muss gehen, es gibt kein anderes Ende mehr, jetzt lasse ich nicht mehr los, wir müssen es schaffen.

Mit letzter Kraft durchstoße ich die Wasseroberfläche, rasselnd fährt mein Atem in die Lungen. Luft. Mit einem Arm zerre ich den Körper unter mir weg, mit der anderen Hand rudere ich in Richtung Strand. Es ist unendlich schwer, aber als ich glaube, ich schaffe es doch nicht, das war's, ich habe keine Kraft mehr – da spüre ich Boden unter meinen Füßen.

Ich reiße das Bündel weiter durch die Wellen, Brent kommt mir entgegen, wir zerren sie gemeinsam den Strand hinauf, meine Muskeln brennen, aber es gelingt uns, wir wuchten den Körper aus dem Wasser. Husten, Spucken, Heulen. Leben. Sie lebt. »Noch ein kleines Stück«, flüstere ich mehr zu mir als zu ihr, packe ihren Körper und schiebe ihn noch ein Stück höher, aus den Wellen. Absolute Schwärze umfängt mich einen Moment lang.

Das Bündel keucht und heult. An ihren Schläfen blitzen zwei silbrige Scheiben, unter denen ein blaues Leuchten hervorschimmert. Ich versuche, meinen Atem zu beruhigen.

»Alles klar, Dorian?«, fragt mich Brent. Und ich nicke. Aber meine Güte, was für eine bescheuerte Frage. Nichts ist klar.

Dann schaue ich ihr ins Gesicht. In ihr weinendes, seltsam vertrautes Gesicht. Das ich kenne. »Das ist ...«, meine Stimme ist tonlos vor Anstrengung.

»Das ist Jenna,« vervollständigt Brent meinen Satz.

Langsam fasst Jenna mir ins Gesicht, tastet meine Wangen ab, als könnte sie wirklich nicht glauben, dass ich echt bin.

Brent streicht die Haare beiseite und betrachtet sie. »BrainDots«, murmelt er.

Plötzlich kneift Jenna mir so heftig in die Nase, dass ich fast losschreie. »Aua, lass das!«, herrsche ich sie an. Es tut höllisch weh.

»Du bist echt«, stellt sie fest. »Weil, Lora läuft hier immer wieder rum, aber Lora ist tot. Und sie weint so viel, o Gott, sie weint und weint, was soll ich nur tun? Sie ist doch schon tot, könnt ihr Lora sagen, dass sie doch tot ist? Dass sie gehen soll? Bitte, Lora, lass mich, ich wollte das nicht, ich wusste es wirklich nicht, so glaub mir doch …« Sie hält sich die Ohren zu, und wieder fängt sie mit diesem hellen, jaulenden Gewimmer an. Sie wippt ihren Körper vor und zurück, wie man ein Baby schaukeln würde. Ein Spuckefaden hängt aus ihrem Mund.

Brent hockt sich vor sie hin, versucht, in ihre Augen zu schauen. »Jenna? Du bist doch Jenna?«

Ein zögerliches Nicken.

»Erkennst du mich? Ich bin Brent.« Aber sie kneift die Augen zusammen und schaut wimmernd weg.

Er betrachtet die metallenen Dinger an ihren Schläfen, sie verströmen pulsierendes blaues Licht. »Ich kenn mich nicht so aus mit den Dingern, aber ich glaube, die haben die Locked-Funktion eingestellt.« Dann schaut er zu mir, als könne ich da irgendwie helfen. »So, wie sie drauf ist, könnte das eine BrainDot-Psychose sein. Das passiert manchmal, wenn die Leute unter Druck sind, oder warum auch immer, ich weiß es nicht.«

»Meine Fresse, was auch immer es ist, es geht ihr offensichtlich so dreckig, dass sie in Klamotten ins eiskalte Meer gesprungen ist.« Ich habe den überwältigenden Wunsch, Jenna zu nehmen und in Sicherheit zu bringen. Wer auch immer ihr das angetan hat, muss ein unfassbares Arschloch sein.

Wir können hier nicht länger bleiben. »Würdest du mir jetzt netterweise helfen, sie von hier wegzubringen?« Ich spüre, wie die Wut mir neue Kraft gibt. »Wenn ich das allein hinkriegen würde und dich nicht bitten müsste, ich würd's tun, glaub mir!«

Er schaut mich forschend an. Schließlich nickt er. »Okay, komm«, sagt er. »Wir setzen nur kurz den TerrainScanner ins Wasser.«

Er platscht wieder in etwas tieferes Wasser und lässt das komische Gerät dort versinken. Für ein paar Momente sind noch bunt blinkende Lampen im Wasser zu erkennen, dann werden sie schwächer und schließlich ist da wieder nur undurchdringliche Schwärze.

Brent watet zurück zu uns und mustert uns einen Moment lang. »Ich kann Jenna nicht leiden. Sie ist eine feige Stiefelleckerin. Und wenn sich rausstellt, dass das hier irgendeine Show ist, um uns Vanyas auszuspionieren, ich schwöre, ich ersäufe euch beide im Meer. Nur, damit du's weißt.«

Ich kann ihn verstehen, offensichtlich hat sich Jenna ja wirklich nicht cool verhalten, aber jedes Wort versetzt mir einen Stich. Wie ein kleines Häufchen Elend liegt sie zwischen uns.

»Alles klar«, sage ich und ziehe Jenna hoch. »So wird's gemacht.« Ich lache bitter und klopfe ihm auf die Schulter. »Ich spring freiwillig rein, mit 'nem Stein um den Hals. Und jetzt lass uns gehen.«

Wir schleppen Jenna zwischen uns, sie brabbelt unverständlich vor sich hin und kann sich nicht auf den Beinen halten. Wie ein nasser Sack hängt sie an uns, aber irgendwie schaffen wir es, vorwärtszukommen.

»Wir nehmen den etwas riskanteren, aber schnelleren Weg über den Arbeitsfahrstuhl der Roboter«, keucht Brent zwischen zusammengebissenen Zähnen hervor.

Schließlich schlüpfen wir durch ein Loch in einem Zaun, einer nach dem andern, Jenna ziehen und schieben wir hindurch, sie ist noch immer vollkommen neben sich, und dann stehen wir auf einem riesigen leeren Platz, der von unangenehm fahlen Lampen beleuchtet wird.

Brent schaut mich an. »Ich sag dir …«, fängt er mit erhobenem Zeigefinger an.

»Jaja, ich weiß«, sage ich genervt, ich hab wirklich keine Kraft mehr für diesen Quatsch. Und ich spüre, dass Jenna dringend Hilfe braucht. Ich bin mir sicher, wir müssen uns beeilen. »Du ersäufst uns im Meer, abgemacht. Jetzt leg los.«

Brent tritt mit den Füßen scheinbar wahllos auf dem Asphalt herum. Ein Piepsen setzt ein und langsam erhebt sich der Boden, ein kreisrundes Gestell fährt aus, und schließlich steht eine gigantische Aufzugkabine vor uns.

»Bitte einsteigen«, sagt Brent mit einem schiefen Grinsen. Wir betreten zögerlich den seltsamen Fahrstuhl. »Hier war ich doch schon mal«, murmelt Jenna, die halb auf mir hängt. Wir zittern alle drei in unseren feuchten Klamotten. »Das ist aber unheimlich hier«, flüstert Jenna, ihre Augen huschen wild hin und her.

»Keine Angst«, sage ich und lächle sie an. »Wir sind ja zusammen.« Und dann schließt sie die Augen, schmiegt ihr Gesicht an meinen Hals und eine übergroße Wärme explodiert in meiner Brust, wie ein Stern, der neu geboren wird.

Mit einem feinen Piepsen schließt sich die Tür vor

uns und wir sind in dem riesigen Fahrstuhl eingeschlossen. In meinem Magen spüre ich, dass es abwärtsgeht. Schnell. Ein unangenehmes, ziehendes Gefühl, das mir Übelkeit bereitet. Wir müssen weit unter die Erde fahren.

Als wir unten sind, biegen wir ein paarmal um die Ecke und sind wieder in der riesigen Halle, die so groß ist, dass man das Gefühl hat, im Freien zu sein. Jedenfalls einen Moment lang.

Wir verschwinden durch eine Tür, schleppen uns durch ein schier undurchdringliches Gewirr von Gängen und Schächten, bis wir schließlich wieder in dem Raum mit den Wandgemälden ankommen. Die Zentrale der Vanyas. Wir haben es geschafft.

Eryn schaut von ihren Monitoren auf.

»Ist das Jenna?«, fragt sie und kommt schnell zu uns herüber.

Eryns Miene ist ernst, als sie sich über die wieder halb ohnmächtige Jenna beugt. »Legt sie da hinüber auf eine der Pritschen«, sagt sie. Die Stimme klingt ruhig und klar, auch wenn ich ihre Sorge deutlich hören kann.

Jenna stöhnt und wimmert, und als wir sie hinlegen, erbricht sie sich. Ein rosig gefärbter Schwall ergießt sich auf den Betonboden. Säuerlicher Geruch breitet sich aus.

»Macht bitte die Musik aus! Bitte!«, jammert sie schwach. Sie tut mir wirklich sehr leid. Unwillkürlich lege ich meine Hand auf ihre Stirn, so wie mein Vater es ganz, ganz früher bei mir gemacht hat, wenn es mir nicht gut ging und er mir sagen wollte: »Ich bin da und passe auf.« Und tatsächlich scheint sie einen Moment etwas ruhiger zu werden.

Wie allein sie sich fühlen muss. Wie verloren. Ich würde all das gerne von ihr nehmen. Ihre Augenbrauen zucken, ihre Züge verzerren sich immer wieder und ich sehe darin die übergroße Angst, gegen die sie kämpft. Das Gefühl überkommt mich, sie zu verstehen, in allem, in ihrem ganzen Wesen, obwohl wir uns ja gar nicht kennen. Ihre Hand tastet nach meiner. Ich nehme sie und halte sie zwischen meinen Fingern, wie einen verletzten Vogel.

Eryn untersucht sie währenddessen mit kundigen Griffen, tastet ihren Puls, hebt ihre Lider an. Sie zieht ihr die Arme aus den Jackenärmeln und öffnet ihre Bluse. Dann nimmt sie ein hölzernes handlanges Rohr aus einer Tasche, stellt es auf Jennas Brust und hält ihr Ohr ans andere Ende. Stille. Es ist, als ob sich keiner traut zu atmen. Mit geschlossenen Augen lauscht Eryn auf Jennas Herz.

»Extrem schnell und arhythmisch. Aussetzer. Der Körper hat schon toxischen Stress«, murmelt sie schließlich. »Jenna, kannst du mich hören? Weißt du, wo du bist?« Eryn nimmt Jennas Gesicht in ihre Hände und versucht, sie anzuschauen.

»Mach doch bitte, bitte die Musik aus!«, jammert sie wieder, dann übergibt sie sich noch einmal. Eine junge Frau, die in diesem Moment zur Tür hereinkommt, schafft es gerade noch, ihr eine alte Farbdose hinzuhalten, in die sie sich mit einem hohlen Plätschern erbricht.

Diese metallischen Platten an ihren Schläfen pulsieren blau auf ihrer Haut. Es sieht aus, als hätte sich ein Parasit aus Licht an ihr festgesaugt.

»Jemand hat ihr die BrainDots auf *Locked* gestellt. Obwohl sie eine Psychose davon hat.«

»Ist das schlimm?«, frage ich.

Eryn wirft mir einen besorgten Blick zu und nickt.

»Wer eine Abwehrreaktion auf die BrainDots entwickelt und sie nicht abnimmt, der kann tatsächlich daran sterben. Oder den Verstand verlieren. Es ist so etwas wie eine Vergiftung. Aber ich werde versuchen, ihr zu helfen.«

Sie schaut kurz zu Brent, ernst und durchdringend. Sie wissen offensichtlich etwas, was ich nicht weiß. Brent versteht sofort und verschwindet durch die Tür. Kurz darauf kommt er mit einer Autobatterie und zwei Kabeln wieder. »Wir brauchen noch den Defibrillator«, sagt Eryn, während sie Jenna vorsichtig das Gesicht abtupft. Noch immer wimmert Jenna, als hätte sie große Schmerzen. Ich halte weiter ihre Hand, aber Eryn gibt mir zu verstehen, dass ich zurücktreten muss. Es fällt mir unendlich schwer. Ich fühle mich schlecht, sie so allein zu lassen.

Brent kommt mit einer roten Tasche zurück. Ich stehe wie angewurzelt im Raum. Ich bin sicher völlig im Weg, aber ich bin irgendwie nicht in der Lage, mich zu bewegen. Und es scheint für die anderen, als hätte ich mich in Luft aufgelöst. Sie sind vollkommen konzentriert auf ihre Aufgabe.

»Du bedienst den Defibrillator«, sagt Eryn zu Brent. »Joy, du hilfst mir mit den Jumper-Kabeln.« Sie reicht der jungen Frau eines der Kabel von der Autobatterie.

»Joy, Brent, seid ihr bereit?« Die beiden nicken nur. Ich halte den Atem an. »Alles klar, auf drei.« Noch immer klingt ihre Stimme melodisch und ruhig. So, als hätte sie schon viel, viel Schlimmeres gesehen und schlicht die Fähigkeit verloren, sich aufzuregen.

»Eins«, beginnt sie zu zählen und ich halte meine eigene Hand so fest, dass es wehtut. »Zwei«. Ich habe Angst vor dem, was kommt, aber ich kann meinen Blick nicht von der wimmernden Jenna wenden.

Auf »Drei« pressen Joy und Eryn je ein Jumper-Kabel an die BrainDots. Ein scharfer Knall zerreißt förmlich die Luft im Raum und Jennas Körper biegt sich wie ein gespannter Bogen. Die BrainDots schießen durch den Raum und fliegen mit einem lauten Knall gegen den Beton. Jennas Körper sackt kraftlos in sich zusammen.

»Defi JETZT«, ruft Eryn und Brent presst zwei schwarze Griffe auf den bleichen Brustkorb. Ein helles Fiepen ertönt. Wieder biegt sich Jennas Körper durch.

Eryn horcht mit dem Rohr an Jennas Brust. Alle warten gespannt. Die Luft im Raum scheint zu knistern. Dann schüttelt Eryn den Kopf.

»Noch mal«, sagt sie leise, aber bestimmt. Wieder drückt Brent die schwarzen Griffe auf den Brustkorb. Wieder das Fiepen, das Biegen des Körpers.

Meine Handflächen sind nass geschwitzt.

Noch einmal horcht Eryn. Ein Warten, das mir ewig erscheint. Endlos. 100 Jahre oder mehr.

Und dann. Ein feines Lächeln, das auf Eryns Gesicht gleitet. Für einen kostbaren Moment. »Da ist sie wieder«, sagt sie. Dann hat ihr Gesicht den sanften, aber ernsten Ausdruck zurück. »Ihr Herz schlägt. Jetzt muss sie ausruhen.« Eryn streicht über Jennas Stirn, deren Gesicht jetzt vollkommen ohne Anspannung ist. Ich trete einen Schritt näher heran und kann sehen, dass etwas anders ist, dass es ihr besser geht. Aber es scheint mir so wenig. »Und mehr braucht sie jetzt nicht?«

»Eigentlich müsste sie natürlich in ein Krankenhaus«, sagt Eryn zu mir und zieht eine Decke über Jennas Körper. »Aber das können wir auf keinen Fall riskieren. Bei einer anderen Person die BrainDots auf Locked stellen, das kann nur einer der höchstrangigen MegaGoods. Und ich habe auch schon eine Idee, wer das bei ihr war. Er ist extrem einflussreich und viel skrupelloser, als er aussieht. Er hat das in vollem Wissen getan, wie es für Jenna enden kann.« Ein Ausdruck kalter Wut huscht über Eryns Gesicht. Dann zuckt sie die Schultern, aber es sieht nicht resigniert aus, eher hingebungsvoll. »Aber sie ist jung, sie ist zäh und hat einen ausgeprägten Willen. Hoffen wir, dass es reicht, wenn sie Ruhe bekommt.«

Eine Weile stehen wir alle um die Liege herum. Ein wenig wie in der Geschichte vom Jesuskind, die meine Mutter mir mal vorgelesen hat. Ein Bilderbuch. Und am Ende stehen alle, Tiere und Menschen, andächtig vor dem schlafenden Baby. Nur, dass unser Baby etwa 1 Meter 80 groß ist und Brüste hat. Aber sonst fühlt es sich ähnlich an. Wir haben einen Menschen vor dem Tod gerettet. Oder wenigstens davor, den Verstand zu verlieren. Das bringt uns auf eine Weise zusammen, die mächtig ist, ja, magisch.

24

Dorian

Plötzlich knallt die Tür und Maggie stolpert herein. Das Gesicht verschwitzt, im Gesicht undefinierbaren Schmutz. Sie strahlt mich glücklich an. »Die haben hier ganz, ganz süße Katzen! Und eine ist jetzt meine und ich hab sie Nugget genannt!«, platzt es aus ihr heraus und der Zauber des Augenblicks zerfließt und zurück bleibt ein unsichtbares Leuchten.

»Schön«, sage ich und lege einen Arm um sie. Und wir gehen plötzlich zum Alltäglichen über. Dass jemand fast gestorben ist, ist für Menschen in unserer Lage einfach nicht so furchtbar ungewöhnlich. Und es gibt so vieles, um das wir uns noch Sorgen machen müssen.

»Den GroundScanner habt ihr platziert?«, fragt Eryn, während sie zum vermutlich tausendsten Mal die Bildschirme checkt. »Wir müssen eine Lösung finden. Ich bin beim Datenscan auf einen fast fertigen Friedensvertrag mit North China gestoßen.« Sie hat die Augenbrauen sorgenvoll zusammengeschoben.

»Japp«, sagt Brent. »Das Ding ist unterwegs.«

»Und jetzt?«, platze ich dazwischen. Ich habe das unangenehme Gefühl, wie ein Kaninchen auf einer weiten Ebene zu sitzen – und über mir kreisen ein paar Dutzend Raubvögel, die nur noch entscheiden müssen, wer von ihnen jetzt zuschlägt. »Als, keine Ahnung, wie man das nennt, Untergrundorganisation müsst ihr doch noch ein paar Asse im Ärmel haben?«

Joy lacht kurz und trocken. »Ja, danke für das Kompliment. *Untergrundorganisation*«, sie spricht das Wort aus, als wäre es ein Witz. »Kann man so nennen, wenn man möchte. Genau genommen sind wir das, was New Valley ausgespuckt hat.«

»Das ist doch auch ein Kompliment!«, ruft Brent dazwischen. »Wer will schon Teil von diesem Abschaum sein!«

»Das sind auch alles Menschen, vergiss das nicht.« Eryn scheint irgendwie nichts aus der Ruhe zu bringen.

»Ja, aber Scheiß-Menschen!«

»Meine Güte, du nervst«, schnauzt Maggie Brent an. Dann dreht sie sich zu Eryn und sagt sehr freundlich: »Gibt es denn hier eigentlich irgendetwas zu essen?«

Ich unterdrücke ein Grinsen. Essen kann Maggie eigentlich immer und es ist ihr nichts peinlich. Aber ich merke es auch. Ich habe wirklich krassen Hunger.

»Ja, klar! Brent, hol bitte ein paar Nahrungsblöcke.«

»Die da oben sind übrigens auch Schuld daran, dass wir diesen widerlichen Fraß essen müssen«, sagt er und marschiert grimmig schauend aus dem Raum.

»Er hat natürlich nicht ganz unrecht.« Eryn blickt zu ihren Computern. »Und Joy hat auch nicht ganz unrecht. Wir sind das, was das New Valley ausgespuckt hat. Jeden aus einem anderen Grund – aber wir sind das, was die 1 Milliarde nicht will. Und das macht uns noch nicht zu einer besonders guten Widerstandsgruppe.« Sie grinst schief und blickt zu der schlafenden Jenna. »Deshalb möchte ich Jenna auch nicht verurteilen. Sie war das, was sie hier wollen. Sie hatte das Ticket. Sie hat fast ihr ganzes Leben darauf hingearbeitet. Und dafür hat sie selbst Schuld auf sich geladen. Es ist schwer, so einer großen Lüge ins Gesicht zu sehen.«

Eine Tür klappt und Brent kommt zurück. In der einen Hand trägt er ein paar eingeschweißte Nahrungsblöcke, in der anderen balanciert er eine Schüssel voller grüner Blätter.

»Ich habe auch noch etwas Salat gefunden. Ist ja nicht so, als hätten wir hier nichts zu bieten.«

Maggie quietscht vor Vergnügen und schnappt sich einen der Beutel. Hektisch reißt sie ihn auf und schnuppert. »Oh, die riechen so, als ob Erdnuss drin ist!«, ruft sie begeistert.

Brent schaut mich entgeistert an. »Mag die etwa Nahrungsblöcke?«

»Japp«, antworte ich und streiche ihr über ihre Korkenzieherlocken. »Maggie ist einfach was ganz Besonderes.«

»Aber nur die mit Erdnuss!«, ruft Maggie protestierend dazwischen. »Die anderen nur, wenn es sein muss.« Sie nimmt sich eins von den Dingern und beißt genüsslich hinein, ohne sich weiter um uns zu kümmern.

»Kommt, wir können uns dort drüben hinsetzen«, sagt Eryn und zeigt auf die Sitzgruppe in der Ecke des Raums.

Wir lassen uns nieder, und ich merke, wie eine riesige Anspannung von mir abfällt. Ich bin schon wieder so müde, dass ich mir gar nicht vorstellen kann, jemals wieder richtig wach und ausgeschlafen zu sein.

Joy reicht mir die Schüssel mit Salat. »Besteck oder so was haben wir gerade nicht«, sagt sie entschuldigend, ich zucke die Schultern, nehme mit den Fingern etwas von den feinen Blättern und stecke sie mir in den Mund.

Es ist unfassbar. Die frische Kühle, die Spannung in den Blättern, die unter meinen Zähnen knirschend nachgibt. Ich schließe die Augen, um all das genauer spüren zu können. Würzig schmeckt es, aber auch nach dem Wasser, das die Pflanze in sich aufgesogen hat. Und einen Moment lang bin ich mir sicher, dass ich das Licht schmecke, das die Pflanze hat wachsen lassen, die Erde, einfach alles, das ganze Wunder.

»Äh«, sagt Brent. »Normalerweise machen wir da noch so Sauce drauf. Aber dir scheint es ja auch so zu schmecken, was?« Und wir müssen beide grinsen.

Es wird still. Nur die Geräusche, die wir beim Essen machen, sind zu hören. Und mir wird plötzlich überdeutlich bewusst, dass ich gerade mit vollkommen fremden Menschen völlig krasse Sachen erlebt habe und wir jetzt hier sitzen, als würden wir uns schon ewig kennen, aber das tun wir ja gar nicht.

Und da habe ich das seltsame Gefühl, vor Scham gleich im Boden versinken zu müssen. Joy scheint zu merken, wie unwohl ich mich fühle.

»Warum seid ihr eigentlich hier?«, fragt sie mich unvermittelt und neugierig. »Ihr seid doch viel zu jung, um aus dem New Future Plan zu fliegen und auf eins der Raumschiffe vom New Horizon-Programm verfrachtet zu werden?« Sie schaut uns an, aber ich bringe noch kein Wort raus und Maggie ist einfach zu sehr mit ihrem geliebten Nahrungsblock beschäftigt. »Oder bieten sie auch noch diesen fürchterlichen New-Dawn-Plan an? Wo sie die Leute angeblich einfrieren?« Sie schaut zu Brent, der neben ihr sitzt. Ich dachte erst, die beiden hassen sich. Aber jetzt kann ich in ihrem runden, braunen Gesicht sehen, wie gern sie ihn hat. »Brent hat in einer der

Kryonik-Fabriken gearbeitet und ist von da geflohen. Sie hatten ihm eigentlich einen Platz im noch ziemlich exklusiven Besiedelungsprogramm von New Antarctica versprochen, jetzt, wo der Eisschild dort aufbricht. Aber er hat's nicht mehr ertragen.«

Brent rührt mit seinem Finger in der Salatschüssel rum, als suche er darin etwas. »Du weißt, dass ich da nicht gern drüber rede, Joy«, knurrt er. Sie streicht ihm über den Rücken.

»Ja, ich weiß«, sagt sie und schaut ihn freundlich an. »Ich erzähle es ja nur, damit sie uns ein bisschen besser kennenlernen. Und wissen, was uns hergebracht hat.« Und da wird mir klar, dass ich bei echt netten Leuten gelandet bin. So ein ehrliches Interesse habe ich bisher noch nie erlebt, außer bei Hannah vielleicht, und die gehört ja irgendwie auch dazu.

»Also, warum seid ihr hier?«, fragt Joy noch einmal.

Ich denke an Hannah. Dass ich eigentlich auf dem Weg war, um ihr zu sagen, dass ich die Reise mit Maggie nicht machen kann. Dass ich kneifen wollte und in Old LA geblieben wäre, bis mich jemand gezwungen hätte, zwischen zwei absurden Programmen zu wählen, bei denen ich entweder eingefroren oder in ein Raumschiff auf eine absurde Mission gesteckt worden wäre. Ich denke an Hannah, ihre braunen Augen, ihr Mitgefühl, ihren Humor. Ich denke an ihren toten Körper und die weinende Maggie davor. Die OrderUnits, die uns gejagt haben, und wie sicher ich war, dass wir sterben werden.

»Ich ... äh... es war nicht wirklich geplant. Maggies Mutter ist ...«, fange ich an zu erklären.

Da merke ich, dass mir überhaupt niemand zuhört. Alle starren an mir vorbei. Auf die Bildschirme. Wie in

Zeitlupe steht Brent auf. »Ach du Scheiße«, sagt er tonlos. Dann noch einmal lauter. »ACH, DU SCHEISSE!«

Und plötzlich kommt Bewegung in die ganze Gruppe. Alle springen auf. Nur Maggie und ich bleiben wie festgeklebt sitzen und starren mit offenen Mündern auf die Hektik der anderen. »Was ...«, stammelt Maggie.

»RAY!«, schreit Joy in ein Funkgerät, das sie am Gürtel getragen hat. »RAY!! ATTACK ALARM!« Ein Mann in einem Rollstuhl kommt durch die Tür gerollt, er sieht verpennt aus. Eryn sitzt schon an den Bildschirmen. Und dann sehe ich es auch. OrderUnits. Und Menschen in einer Art Cyborg-Rüstung, mit Waffen im Anschlag, die überall auf den Bildschirmen auftauchen. Eine Armee.

»Sie haben uns gefunden«, murmelt Eryn. Selbst jetzt bleibt sie ruhig. »Und sie wollten wohl nicht mehr warten.«

»Was machen wir denn jetzt?«, flüstert Joy. Sie ist blass, ihre Augen glänzen feucht.

Der Mann im Rollstuhl nimmt ihre Hand. »Wir wehren uns. So lange es geht.«

»Und dann? Was machen wir dann?«, fragt sie weiter.

Und da sagt er nichts und küsst ihre Hand. Ich würde am liebsten heulen.

Ein Alarm springt an, ein rotes Licht erfüllt jetzt den Raum.

»Sind die Drohnen mit den Brandsätzen einsatzbereit, Ray?«, fragt Eryn. Der Mann im Rollstuhl nickt.

»Schick sie los. Sie machen sich schon am Geheimeingang zu schaffen.« Auf dem Bildschirm sehe ich das helle Gleißen eines LaserCutters.

»Sie wollen sich einfach reinschneiden. Nicht sehr elegant, wenn ihr mich fragt.« Ray rollt zu einer Kiste. Er holt zwei Handschuhe und einen schwarzen Helm raus, den er sich aufzieht. Er sieht damit aus wie eine überdimensionierte Fliege.

»Brauchst nicht so zu glotzen«, sagt er zu mir und grinst. »Ist uralte Technik, Virtual Reality aus der Steinzeit – aber damit kann man die Drohnen am besten steuern und das System ist nicht leicht zu hacken. Damit kennen sich die schicken Glamour Techies in New Valley nämlich nicht aus.« Er zwinkert noch einmal und dann klappt er das Visier vor die Augen, was vermutlich eine Art Bildschirm ist oder so. Er drückt noch einen Knopf, ich höre einen fröhlichen Beat und schließlich eine Stimme singen: »*Can I kick it?*« Ein Chor ruft zurück, »*Yes you can!*«

Ray scheint rundum zufrieden. »Ready to rumble«, flüstert er, rückt sich in seinem Rollstuhl zurecht und kurz darauf wird auf dem Bildschirm der Security Kamera alles hell. Ich kann sehen, wie eine OrderUnit zu Boden geht. Und zwei weitere offensichtlich zu viel damit zu tun haben, sich gegen Rays Drohnen zu wehren, als dass sie noch weiter am Eingang rumlöten könnten.

Eryn hackt währenddessen auf der Tastatur rum. »Brent und Joy, geht zu den Hubots und schützt dort den Eingang manuell. Irgendwer versucht, meine digitalen Blockaden zu durchbrechen.« Einen Moment lang schaut sie auf. »Nehmt Waffen mit und denkt dran: Ich hab euch lieb. Passt auf euch auf.« Eine seltsame Schwere liegt in der Luft. Etwas Bitteres. Endgültiges.

Ich will es nicht wahrhaben. Ich will es ignorieren, will

es nicht wissen. Und doch weiß ich es schon längst. Das hier ist das Ende. Sie kämpfen, aber sie glauben nicht, dass sie eine Chance haben.

Inmitten all der Anspannung lasse ich mich zurück auf meinen Sitz fallen. Die Erkenntnis trifft mich einfach zu hart: Ich bin schon wieder dann angekommen, als alles zu Ende geht.

Auf einem der Bildschirme ist nun zu sehen, wie Joy und Brent hektisch mit den Hubots reden und sie dann gemeinsam mit ihnen beginnen, die Stadt zu präparieren, offenbar spannen sie Drähte oder dünne Fäden. »Booby traps«, murmelt Eryn neben mir, während sie unablässig weiter auf die Tastatur einhämmert. »Gerade wenn man sehr viele spannt, funktioniert das bei OrderUnits überraschend gut. Sie verheddern sich, die Sprengsätze beschädigen sie.«

Ich will gerade fragen, ob ich irgendwie helfen kann, denn ich komme mir ziemlich nutzlos vor. Aber bevor ich den Mund aufmachen kann, kriege ich einen Riesenschreck. Da bemerkt es auch Eryn.

Jenna steht direkt neben mir. Bleich wie ein Leintuch, die Augen weit aufgerissen, die Lippen bläulich. Sie sieht aus wie ein verdammtes Gespenst. Da helfen auch ihre schicken Klamotten nichts, die an ihr nun herunterhängen, als sei sie eine Kleiderpuppe. Ihre Haare stehen wirr vom Kopf ab, das Make-up hat schwarze Ringe unter ihren Augen hinterlassen.

Sie starrt wie gebannt auf die Bildschirme. Ihre Augen flackern hin und her, als würde sie mit ihnen jedes Fitzelchen Information aufsaugen, sich eingraben in den Code, den Eryn geschrieben hat, ihn durchlesen wie eine Geburtstagskarte.

Jetzt bekomme ich eine Vorstellung davon, wie sie es hierher geschafft hat. Ohne dass sie ein Wort sagt, kann ich erahnen, wie es hinter ihrer Stirn arbeitet, ihr Hirn eine mächtige Maschine, dazu gemacht, Dinge zu verstehen, zu beherrschen. Und selbst jetzt funktioniert es, ein paar Stunden, nachdem ich sie aus dem Meer gefischt habe.

»Sie haben euch gefunden«, sagt sie mit krächzender Stimme. »Sie haben alle Eingänge im Visier?«

»Die wichtigsten, ja«, sagt Eryn mit zusammengepressten Lippen. »Es gibt noch einen unentdeckten Notausgang über Kabelschächte, aber das schaffen nicht alle von uns, wie du weißt.«

Jenna nickt. Ihr Körper zittert plötzlich immer mehr, ihre Zähne beginnen, aufeinanderzuschlagen. Dann kippt etwas in ihrem Blick. »Bin ich wirklich hier? Was ist überhaupt passiert? Das Meer. Ich wollte ans Meer.«

Eryn steht auf und hängt ihr eine alte Daunenjacke über die Schultern. »Du bist noch verwirrt. Es ist alles okay. Wir haben die BrainDots abgenommen. Und …« Sie spricht nicht weiter, sondern schaut mich nur kurz an. Ich würde vermutlich auch eher nicht erwähnen, dass Jenna vor Kurzem für eine halbe Minute tot war.

»Jetzt wird das besser werden, okay?« Eryn reibt ihre Arme, aber sie schaut immer wieder auf die Bildschirme, versucht, den Überblick zu behalten. »Dein Kreislauf ist noch durcheinander. Deshalb frierst du so.« Eine ferne Explosion. Wir zucken zusammen.

»Ich kümmer mich um sie«, sage ich und trete neben die beiden. Eryn nickt und geht ohne ein weiteres Wort zu ihrer Arbeit zurück.

»Komm, wir setzen uns.« Ich ziehe Jenna zu der Pritsche. Maggie kauert auf dem ausgestopften Müllsack. Jemand hat ihr eine Stoffpuppe in die Hand gedrückt, für die sie eigentlich schon ein wenig zu groß ist. Aber nun ist sie sehr konzentriert damit beschäftigt, der Puppe einen Turban aus einem Stofffetzen zu binden. Vermutlich eine gute Instinktreaktion, all das um uns herum auszublenden und Puppenmama zu spielen.

Ich streiche Jenna über den Rücken, sie sieht mich an, lange, unverwandt, suchend. Und nach und nach wird ihr Blick wieder fester, bekommt die Klarheit zurück, die er vorhin hatte.

»Es ist wegen mir«, sagt sie.

»Was?«

»Na, der Angriff.« Sie klingt erschreckend nüchtern. »Das ist wegen mir.«

»Wieso, na ja, es könnte ja …«, stammele ich los. Aber sie hat recht. Wir haben sie hergebracht, mit diesen BrainDots an den Schläfen, die geleuchtet haben wie ein Weihnachtsbaum im 20. Jahrhundert. Und kurz danach ist die OrderUnit-Invasion da.

Die nächste Explosion reißt uns fast von der Pritsche. In der Stadt der Roboter macht sich eine große Staubwolke breit. Mein Herz zieht sich zusammen, wenn ich an die Menschen dort denke. Ich haste zu Maggie. »Alles klar bei dir?« Was für eine absolut überflüssige Frage.

»Mir geht's gut«, antwortet sie tapfer.

Eryn kommt und nimmt Maggies Hand. »Zwei Türen weiter haben wir einen Safe-Room. Der Eingang ist hinter einem Schrank und er ist einsturzsicher. Da werden auch die anderen Kinder hingebracht.«

Maggie schaut mich an. »Was ist mit dir, Dorian?« Maggies Stimme ist so leise wie vermutlich noch nie.

»Ich helfe hier mit. Mach dir keine Sorgen. Ehrlich.«

Eryn zieht sie zu sich und bemüht sich, unbeschwert zu lächeln. »Sweetie, es ist besser so, glaub mir. Dort gibt es Essen und Trinken. Und sogar einen Gameboy.«

»Was ist ein Gameboy?«, fragt Maggie, und da weiß ich, dass Eryn sie hat.

»Oh, das wird dir gefallen! Eine echte historische Rarität!«, sagt Eryn, und schon sind sie weg.

Weitere Explosionen, dafür weniger stark, erschüttern die Wände. Ich suche den Raum ab, ob ich irgendwas finde, das als Waffe taugt. Programmieren kann ich nicht sehr gut. Aber vielleicht könnte ich mit einer Waffe gegen eine OrderUnit etwas ausrichten. Doch ich finde nichts, was mir geeignet erscheint, nur ein metallenes Rohr. Vielleicht kann ich damit ein wenig Schaden anrichten.

Ich schaue mich nach Jenna um, doch sie ist nicht bei der Pritsche. Da sehe ich sie: Sie nimmt einen vollkommen merkwürdigen Anzug, der vorher an der Wand hing, und zieht ihn an. Der Anzug hat Beulen und ist mit Blumen besetzt. Dann stellt sie sich an den Bildschirm und tippt auf der Tastatur herum. Beinahe hätte ich sie nicht erkannt.

»Ich muss los«, sagt sie.

»Los? Wohin denn bitte?«

»Ich muss in Ordnung bringen, was ich angerichtet habe.« Sie drückt ein paarmal auf die Enter-Taste. »Das müsste sie eine Weile aufhalten«, murmelt sie zu sich selbst. Was sie getan hat, kann ich nicht erkennen. Für mich sieht das alles gleich aus.

»Aber dafür kannst du doch nichts.« Ich packe ihre Schultern.

Sie schaut mich an mit einem Blick, der mir schon jetzt so seltsam vertraut ist, und macht meine Hände los.

»Doch«, sagt sie schließlich. »Ich kann alles dafür. Ich habe mich falsch entschieden. Und nun werde ich es ändern.«

»Jenna.« Eryn kommt langsam auf uns zu, die Arme ausgestreckt, als müsse sie ein verschrecktes Reh einfangen, bevor es in Gefahr gerät. »Du brauchst Ruhe. Du wärst gerade beinahe gestorben. Wir mussten dir die BrainDots mit Gewalt abnehmen, weil sie auf *Locked* gestellt waren.«

Jenna schüttelt den Kopf. Tränen steigen ihr in die Augen. »Das war Cory Gerber«, flüstert sie.

Eryn atmet scharf ein. »Ich dachte es mir. Er hätte dich beinahe umgebracht.«

»Mich wollte er nur brechen.« Jenna schaut Eryn ins Gesicht. »Euch will er umbringen. Und ich habe ihn hierhergeführt. Das werde ich jetzt geraderücken.«

25

JENNA

Mein Körper zittert. Er gehorcht mir nicht. Ich hasse es. Jeden Schritt muss ich ihn voranzwingen. Der Kabelschacht ist eng, ich krabbele auf allen vieren, aber immer wieder muss ich Pausen machen, weil mich die Übelkeit so hart überfällt. Der Boden unter mir scheint plötzlich zu schwanken, auch wenn ich jetzt wieder weiß, dass er es natürlich nicht tut. Und für diese Klarheit bin ich dankbar. So dankbar. Ja, ich fühle mich hundeelend. Aber ich fühle mich endlich wieder wach. Und das erste Mal in meinem Leben habe ich das Gefühl von absoluter Eindeutigkeit. Ja, vielleicht ist das die Freiheit, auf die ich immer gewartet habe. Ich habe nichts mehr zu verlieren. Noch nicht einmal Illusionen.

Vor mir eine Klappe. Ich drücke sie auf und purzele in eines dieser gefakten Planenhäuser. Ich kotze einen Schwall wässrige Flüssigkeit auf den Asphalt, wische mir den Mund ab, warte, bis das Zittern aufhört, und schaue mich um.

Die Straßen hier sind genauso wie beim letzten Mal. Auch die Dunkelheit ist gleich. Aber ich, ich bin anders.

Ich habe das Gefühl, mir sitzen Schatten im Nacken, doch ich weiß, dass das nur in meinem Kopf ist. Er ist wie eine große Schale Gelee. Ich erbreche mich wieder, und das Zittern wird so stark, dass ich mich auch auf allen vieren fast nicht halten kann. Bilder in meinem Kopf: das Meer, ich verliere den Boden unter den Füßen, will aufgeben. Ich, in Corys Wohnung, wie ich mich verliere. Die Gesichter von Eryn, von den anderen, die mich anstarren, als sei ich ein wildes Tier. Ich will die Teile in eine Reihenfolge setzen, will mich ordnen, wieder Herrin in meinem Haus sein. Aber es zerbröselt mir alles im Kopf. Mir kommen die Tränen.

»Ruhig bleiben, durchatmen«, sage ich laut zu mir. »Eryn hat dir gesagt, das wird passieren. Dein Kopf braucht noch einen Moment.« Ich habe nur keinen Moment. Jede Minute zählt. Ich muss die anderen retten.

Verdammt, Jenna, auf deinen Kopf warst du immer so stolz. Konzentrier dich doch einfach! Du musst es nur wollen.

Die Musik. Töne ziehen durch meinen Kopf, diese seltsam überdrehte Uhr. Die Stimme, ein wenig zu hoch, die schiefen und doch schönen Klänge, alles zusammen überfällt mich wie eine Welle. Diese verdammte, verdammte Musik. Halt dich daran fest, Jenna. Vielleicht führt sie dich irgendwohin. Cory. Die BrainDots. Das Schwanken des Bodens wird weniger. Langsam ordnet sich alles. Ich stehe auf, stolpere mit vorsichtigen Schritten weiter die Straße entlang. Der Anzug ist beim Laufen hinderlich, aber wenigstens hält er mich warm.

Cory. Sein Gesicht, dieser wunderbare Geruch, die Zartheit seiner Haut, all die schönen Dinge, die er zu mir gesagt hat. Vielleicht hat er sie auch nicht gesagt, aber er hat sie mit seinen Augen in meine Gedanken gelegt. Vor allem denke ich an mich, wie ich mit ihm bin, eine andere Jenna, die schöner ist und klüger und witziger. Eine, die eine große Zukunft hatte. Das alles war mit Cory verbunden. Und jetzt bin ich nur noch eine triste Witzfigur, die allerhöchstens ihren schlimmsten Fehler notdürftig reparieren kann. Hoffentlich halten die Vanyas durch. Noch immer kann ich kaum glauben, dass Cory wirklich Teil dieses ... dieses ... endlosen Abgrunds sein soll.

Und doch. Die BrainDots. Wie er sie mir an die Schläfen legt. Ich wollte es nicht. Ich wollte es doch einfach nicht. Ich wollte es nicht, und er hat nicht lockergelassen. Bis ich einfach »ja« gesagt habe, obwohl ich »nein« gemeint habe. Das Gespräch mit seinem Vater, das ich belauscht habe. Und dass er mich »ausgesucht« hat, ebenso wie Katie. Ein Weinen steigt in mir hoch, überrascht mich, schüttelt mich durch, aber ich zwinge mich weiterzugehen. Denn das bringt doch alles nichts und ich muss mich beeilen.

Ich kann den kühlen Druck der BrainDots noch immer an meinen Schläfen fühlen und taste meinen Kopf noch einmal ab, obwohl ich doch weiß, dass sie nicht mehr dort sind. Ich weiß es doch.

Die Straßen von New Valley liegen vor mir in all ihrer Ordnung und Stille. Einen Moment lang fühlt es sich so an, als sähe ich sie zum ersten Mal. Die Straßen haben ihre Gemütlichkeit verloren, die Häuser sind noch immer schön. Bunt. Aber auf eine glatte, kalte Weise. Ich schüttele den Kopf, weil ich das Gefühl habe, es stimmt irgendetwas nicht mit meinen Augen, mit meinem Sehen. Aber es bleibt. New Valley ist eine andere Stadt geworden, auch wenn ich durch dieselben Straßen gehe. Woran das liegen kann? Ich taste meine Schläfen ab, meinen Arm, an dem auch kein BraceConnect mehr ist, das ich bis vor Kurzem immer getragen habe. Es muss etwas damit zu tun haben, denke ich. Die Devices haben nicht nur meine Gefühle beeinflusst, sie haben auch meinen Blick auf diese Stadt verändert, haben mir im Kopf eine rosarota Brille aufgesetzt, ohne dass ich es gemerkt habe.

Ohne die BrainDots fällt mir die Orientierung schwer, und

auch die Unordnung in meinem Kopf hilft nicht. Aber schließlich treffe ich auf ein paar Straßen, die mir bekannt vorkommen.

Und dann endlich, der Baum. Das hier ist meine letzte Chance. Entweder es klappt oder es ist eh alles egal. Ich wühle in der Erde, versenke meine Hände hinein, das Gefühl der Feuchte an meinen Händen macht mich seltsam lebendig. Als wäre da ein Stecker drin, der mich nun endlich wieder vollfüllt mit Energie. Du kannst es schaffen, Jenna. Du musst nur noch ein bisschen durchhalten. Cory muss nur einmal an seine BrainDots tippen und der ganze Spuk ist vorüber und die Vanyas sind sicher.

Und dann tasten meine Hände die kleine Packung. Mit einem metallischen Schmatzen geht die Schachtel auf und ich drehe sie um. In meine Handfläche fällt die kleine gläserne Kuh. Erleichterung. Immerhin das.

Auch auf dem Weg zu Corys Wohnung verirre ich mich kurz, aber das Laufen tut mir gut, meine Nerven scheinen sich im Takt der Schritte zu beruhigen, nur die Musik zuckt immer wieder durch meinen Kopf. Hier und da glaube ich, etwas zu sehen, was sich dann wieder auflöst. Einen Mann mit einem Zuckerwatte-Karren und Melone auf dem Kopf. Eine Katze, die über die Straße streift. Im nächsten Moment verschwunden, aufgelöst, nichts als ein Nebelbild.

Schatten scheinen mir zu folgen. Aber ich zwinge mich, die Gedanken zusammenzuhalten, ich stelle mir vor, wir treiben auf einem weiten Meer, meine Gedanken und ich. Und ich versuche, aus ihnen ein Floß zu bauen, damit wir gemeinsam auf der glatten blauen Oberfläche treiben können. Wir dürfen auf keinen Fall wieder versinken. Wir dürfen auf keinen Fall wieder dort hinab.

Ich konzentriere mich so sehr darauf, bei klarem Verstand zu bleiben, dass ich erst merke, dass ich am Ziel bin, als ich vor

Corys Haus stehe. Ich erkenne es wieder und doch ist es anders. Es scheint mir ohne Leben, nicht mehr traumhaft schön. Aber ich finde seinen Namen auf dem Klingelschild. »Cory Gerber« steht auf einer altmodischen Messingplakette. Es ist diese Sehnsucht nach der Vergangenheit, die mich rührt. Es wirkt so unbeholfen. Ich ziehe mir die Kapuze des Anzugs vom Kopf und wische mir unwillkürlich übers Gesicht. Lächerlich, aber kurz habe ich Angst, dass Cory mich hässlich finden wird.

Ich drücke den Knopf. Nichts für mich Spürbares passiert. Aber nach ein paar Momenten gehen die Lichter um ein kleines Kameraauge an. »Jenna«, schallt Corys Stimme zu mir. Blechern und kalt. Mein Selbstbewusstsein schrumpft zusammen. Die Haustür schwingt auf, als hätte eine unsichtbare Macht sie aufgedrückt. »Komm rauf«, höre ich Corys Stimme wieder, ein schneidender Befehl.

Mein Körper verweigert mir den Dienst. Er zittert, als wäre ich gerade in ein Becken voller Eis gesprungen. Übelkeit steigt in mir auf. Ich werde keinen Fuß in dieses Haus setzen.

»Komm du zu mir.« Meine Stimme klingt jämmerlich und klein und nicht so klar, wie ich es mir gewünscht hätte. Ich höre die Scham darin, die Angst.

Ich höre sein Schnauben. Eine Pause. »Gut. Ich komme.«

Wut, Jenna. Was du jetzt brauchst, ist Wut. Ich denke an Eryn und die anderen, ihren Kampf gegen die OrderUnits, die Angst, die sie jetzt in diesem Moment um ihr Leben haben. Ich denke an all die Lügen, die Cory mir erzählt hat. An seinen Vater und dieses erbärmliche, sadistische Spiel, das sie mit mir gespielt haben. Und ich denke an mich, an meine Angst, an mein Nein, an die BrainDots an meinen Schläfen und an meinen Körper, der im Meer versinkt. »Ja, komm nur«, murmele ich und presse meine Kiefer aufeinander.

26

DORIAN

Dasitzen. Starr und stumm.
Sinnloser Space
Mein Körper, mein Gedanke.
Neben mir.
Über mir.
Vor mir.
Das Ende der Welt.
Bin das ich?
Und wo bist du?

Ich starre noch immer auf die Tür, durch die Jenna verschwunden ist. Humpelnd und zitternd, in diesem merkwürdigen Anzug, der sie angeblich unsichtbar für alle KI macht. Auf einer Mission, die ich nicht verstehe. Aber offensichtlich glaubt sie, uns retten zu können. Und ich sitze hier und rühre mich nicht. Eryn hat nur einen halbherzigen Versuch gemacht, sie aufzuhalten. Sie hat ja auch genug andere Sorgen.

Das Gefecht in der Stadt der Hubots ist in vollem Gang, Eryn leitet gerade per Mikrofon Flüchtende durch die verschlungenen, unterirdischen Gänge, während sie gleichzeitig gemeinsam mit Ray Drohnenattacken auf die Angreifer steuert.

Und ich sitze hier. Und rühre mich nicht.

»Geh doch zu Maggie, da bist du sicher«, sagt Eryn abwesend zwischen zwei Funksprüchen.

Okay, es reicht.

Ich stehe auf.

Es ist sehr schwer, sich in den seltsamen leeren Straßen dieser Stadt verborgen zu halten. Gleichzeitig muss ich mich orientieren, denn ich bin den Weg ja nur einmal gegangen. Aber ich setze jetzt einfach mal drauf, dass gerade alle zu beschäftigt sind, um sich über einen Typen zu wundern, der in abgerissenen Klamotten durch New Valley schleicht.

Zurück zu dem Ort, wo wir Jenna gefunden haben. Dort wohnt der Typ, der ihr das angetan hat. Und bei dem sie glaubt, Rettung zu finden.

Ich glaube das nicht. Solche Typen sind nie die Lösung. Immer das Problem. Und ich bin mir sicher, Jenna ist in Gefahr. Er hat ihren Tod in Kauf genommen. Das wird ihm auch ein zweites Mal nicht schwerfallen.

Die Stadt wirkt nackt und tot. Obwohl ich mir nicht ganz sicher bin, woran das liegt.

Gerade als ich denke, ich habe mich endgültig verlaufen, höre ich das Meer. Jetzt muss ich nur noch den Strand entlang, die Häuser kann ich schon sehen.

27

JENNA

»Was willst du, Jenna.« Seine Stimme ist leise und tonlos vor Zorn. Oder ist es Hass? Oder Gleichgültigkeit?

Mir wird schlecht, ich habe das Gefühl, all die mühselig zusammengehaltene Kraft versiegt. Wieder beginnt mein Körper zu zittern. Statt dass sich Worte in meinem Kopf formen, dringt aus meiner Kehle ein Schluchzen.

»Komm mir nicht so.« Corys Stimme ist gleichbleibend leise und kühl. »Das dumme Geflenne kannst du dir sparen. Was hast du mir zu sagen? Und dieser absurde Aufzug, diese Blumen ... hast du dich bei dieser jämmerlichen Terrortruppe angebiedert?« Er tippt gegen seine BrainDots. »Ich werde dich abholen lassen.«

»Warte«, stammele ich. »Ich will mit dir reden.« In mir kämpft sich etwas herauf. »Das bist du mir schuldig. Du hast mir die BrainDots auf *Locked* gestellt. Ich habe fast den Verstand verloren. Ich ...« Wäre fast gestorben, will ich eigentlich sagen. Weil es stimmt. Aber ich traue mich nicht. Traue mich nicht, die Wahrheit zu sagen. Ist es die Wahrheit, Jenna? Erinnere dich. Ist es die Wahrheit? Die Musik, das Meer, die Wellen. Ja, ich erinnere mich. Und ja, da ist sie. Die Wut. Ich habe das Gefühl, in mir brennt ein schwarzes Feuer. Ich werde nicht klein beigeben.

»Ich wäre fast gestorben.« Sage ich so hart und klar, wie ich kann. Der Satz hängt zwischen uns. Cory sagt erst nichts. Dann schnaubt er.

»Also, ich muss morgen dringend eine Überarbeitung von EQUILON anstoßen. Dass du mir in die Auswahl gespült wurdest, das ist ein unerträglicher Fehler.« Er zieht scharf die Luft ein und dreht den Kopf zur Seite, sodass ihn das diffuse Licht der Beleuchtung anstrahlt. Ich kann immer noch schwer fassen, wie schön er ist. Und doch hat seine Haut jetzt, in diesem Licht, etwas unangenehm Wächsernes, Poriges. Die Wut türmt sich in mir auf, ich könnte ihn niederschmettern, wenn ich nicht so schwach wäre.

»In dieser Stadt stimmt nichts! Die Tiere, die hier unter der Erde gehalten werden. Wie …« Meine Gedanken schwimmen mir weg, nichts von dem kommt raus, wie ich es will. Es soll knallhart sein und klar. Aber es klingt alles nur wie Gewinsel. Mit großer Mühe verkneife ich mir die Tränen. Das Schlimme ist, dass ich mich viel mehr hasse als ihn, weil ich ihm das alles geglaubt habe, es glauben wollte. »Die Roboter! Weißt du das?! Das sind alles Menschen, die so tun müssen, als seien sie Roboter.« Cory rührt sich nicht. »Weißt du das?!« Ich rufe, so laut ich kann. Meine Worte verpuffen. Er schweigt mich einfach an.

Du machst gerade alles kaputt, Jenna, denke ich. Alles, wofür du dein Leben lang gekämpft hast. Dann kannst du es wenigstens richtig machen. Los, zünde alles an!

»EQUILON ist überhaupt nicht fair! Es ist ein riesiger Betrug an uns aus dem Grenzland!« Jetzt schreie ich. »Ihr seid überhaupt nicht besser! Ihr seid nichts als ein jämmerlicher, verlogener Haufen …«

Der Griff kommt so hart und so plötzlich, dass ich das Gefühl habe, mein Herz setzt aus. Cory packt meinen Kiefer und drückt mein Gesicht in die Höhe, immer höher, bis ich auf den Zehenspitzen stehen muss und vor Schmerz wimmere.

»Bist du endlich fertig, du hässliches Drecksstück? Was glaubst du eigentlich, wer du bist? Wen das interessiert, was du hier laberst? Du hast NICHTS auf die Beine gestellt, hast NICHTS hinbekommen, NICHTS! GAR NICHTS! Und jetzt spuckst du auf die Hand, die dich füttert? Meine Hand?«

Sein Gesicht wird ganz weiß vor Zorn, er drückt noch fester zu. Die Angst überwältigt mich fast. Das stimmt nicht, will ich sagen. Aber ich kann meinen Mund nicht bewegen, so fest drückt er zu. Statt Worten kommt nur ein seltsamer heller Ton aus meinem Mund.

Ganz plötzlich lässt er los und ich stürze zu Boden. Etwas Feuchtes fliegt mir ins Gesicht. Er hat mich tatsächlich angespuckt. Aber es macht überhaupt nichts mit mir. Ich bin völlig leer. Mein Körper beginnt wieder zu zittern.

Die anderen. Ich muss mich beeilen. Die allerletzte, winzig kleine Hoffnung, dass Cory nicht wusste, was hier los ist, er hat sie endgültig zerstört. Ich werde es anders versuchen müssen.

Meine Hand gleitet in meine Tasche zu dem kleinen Schächtelchen mit der Kuh darin.

»Erinnerst du dich an den Mann? Den auf dem Ball?«, frage ich ihn. Die Bilder flirren an mir vorbei. Es kommt mir fremd und unendlich weit weg vor. Einen Moment lang bin ich mir noch nicht einmal sicher, dass das wirklich mir passiert ist. Aber hier ist sie. Die kleine Kuh.

Cory regt sich nicht. Er tippt wieder auf seinen BrainDots herum, und wenn er gerade seine Messages checkt oder einfach schaut, was auf Verbl los ist, wundert mich das überhaupt nicht.

»Ja und?«, raunzt er schließlich. »War ein letzter Ausreißer. Der ist schon lange eingefroren. Und jetzt räumen wir richtig auf bei dieser putzigen Terrortruppe. VANYAS.« Er spuckt das Wort förmlich aus, schaut auf mich herab und grinst. »Du siehst übrigens genauso erbärmlich aus, wie deine ganze Aktion hier ist. So hübsch bist du nicht, Jenna, dass du dir das leisten kannst. Ich sag's dir nur.« Ich würde gern aufstehen und ihm in die Augen schauen, aber gerade fehlt mir dafür die Kraft. Mein Hals schmerzt noch immer.

»Das mit dem Aufräumen. Ich hätte da noch was. Der Mann. Auf dem Event. Der in mich reingerannt ist und dann verhaftet wurde. Er hat mir etwas zugesteckt. Ein Datenglas mit geheimen Informationen über euch, die MegaGoods.« Ich kann nicht verhindern, dass ein Grinsen über mein Gesicht zieht. Denn ich weiß, damit hat er nicht gerechnet. Meine Hand umschließt die kleine Schachtel in meiner Tasche. Hoffentlich kannst du uns retten, flüstere ich in Gedanken der gläsernen Kuh zu. Und hoffentlich kommt Cory nicht darauf, dass ich das Ding dabeihabe.

Cory dreht mir den Rücken zu. Ich weiß nicht, ob meine Worte ihr Ziel erreicht haben. Ich lege nach. »Und ich kenne Leute, die damit etwas anfangen können. Die New Valley bloßstellen können. Und dann ist es vorbei für dich.«

Er lacht. Ich bin völlig überrumpelt.

»Du willst mir also drohen? Es ist eines von diesen uralten Datengläsern, stimmt's? Ich hörte schon, dass diese Datenterroristen sich danach verzehren!« Er gibt seiner Stimme einen dramatischen Klang. »Vergiss es. Die sind nutzlos. Alle, die sie bedienen konnten, sind längst tot und verschwunden.« Er blickt auf mich herab. »Bloßstellen. Ach, Mädchen. Du hast ja nicht die leiseste Ahnung, wie das Ding funktioniert. Du hast nichts, Jenna. Nichts. Nein. Du BIST nichts.«

Pokert er? Ich hoffe es. Aber er wirkt wirklich ruhig und überhaupt nicht nervös. Mein Puls beginnt zu rasen. Ist die Kuh am Ende wirklich völlig nutzlos? Aber was mache ich dann? Ich habe keinen Plan B. Was mach ich jetzt?

»Deine Großeltern würden sich vermutlich im Grab umdrehen. Wenn sie denn eins hätten.«

Der nächste Schlag. Grab? Wenn sie eines hätten? Die Worte sind wie eine Falltür in die Hölle.

»Wie meinst du das? Was habt ihr getan?« In meinem Kopf dreht sich ein Strudel aus Bildern und Gedanken. Ich versuche, sie zusammenzubringen.

Ich stehe auf. Langsam, aber es geht. Meine Großeltern. Mein Herz pocht hart. Ich will, dass er schweigt. Ich will, dass er redet. »Was sagst du da? Was habt ihr meinen Großeltern angetan?«, wiederhole ich. Meine Stimme bebt.

»Ich weiß, ich weiß, sie waren dir ganz furchtbar wichtig.« Er verzieht seine Züge zu einer Karikatur eines traurigen Gesichts. »Aber das hast du dir selbst zuzuschreiben. Als du in der engeren Auswahl warst, wurden sie von EQUILON kontaktiert. Ob sie ins Final Aeon Programm übergehen – wenn du dafür zur 1 Milliarde aufsteigst.«

Seine Worte treffen mich wie ein Faustschlag. Ich schaue mich um, aber es gibt nichts, an dem ich mich festhalten könnte. Mein Blickfeld verschwimmt, der Boden unter meinen Füßen scheint wegzubrechen. Cory grinst. Es scheint ihm Freude zu machen, mich zu quälen.

»Das muss man dir lassen. Sie haben sofort eingewilligt. Was Extrapunkte für dich gegeben hat. EQUILON hat ermittelt, dass der funktionelle Wert eines Menschen steigt, wenn er Angehörige hat, die sich für ihn opfern.«

Er blickt mir ins Gesicht. Voller Verachtung. »Man muss sagen, auch das wird wohl zu korrigieren sein. Du bist ein Fehler, Jenna. Ein hässlicher Makel in unseren Ergebnissen.« Cory zieht heftig die Luft ein. Ich will mich wehren, will etwas sagen, aber ich kann nicht. Meine Großeltern sind tot. Und ich bin schuld. »Aber vielleicht bist du auch nur ein Ausreißer in der Statistik.

Die Auswertungen werden es zeigen. Und dann machen wir die notwendigen Anpassungen bei EQUILON. Damit uns so was wie du nicht noch einmal passiert.«

Nicht weinen, meine Jenna, nicht verzweifeln. Das ist es, was er will. Die Stimme meiner Oma hallt durch meine Gedanken. *Vergiss nicht, wie stark du bist.* Ich sehe sie vor mir. Meine Oma, die solche Typen wie Cory zum Frühstück verspeist hätte. Sie hat recht. Heulen und verzweifeln kann ich später.

Meine Stimme wird nicht so laut, wie ich möchte. Aber ich habe meine Klarheit zurück. »Ich werde dich zu Fall bringen. Ich werde dich zerstören«, zische ich. Meine Wut überrennt meine Erschöpfung, meine Verzweiflung, meine Trauer. »Ich werde dafür sorgen, dass dir nichts bleibt, dass New Valley nur noch ein Häufchen Asche ist.«

Seine Faust trifft mich mitten ins Gesicht. Einen Moment lang wird mir schwarz vor Augen. Er dreht mir den Arm auf den Rücken, heißer Schmerz schießt bis in meinen Nacken hinauf. Mit der anderen reißt er an meinem Haar, dass ich aufschreie.

»ES REICHT!«, schreit er und rüttelt meinen Körper, als wäre er ein Jagdhund und ich der Hase, dem er noch das Genick brechen muss.

»Es reicht«, murmelt er noch einmal, nur zu sich, als wäre ich gar nicht mehr da, als wäre ich nichts als eine lästige Puppe. »Ich beende das jetzt!« Er packt noch fester zu und schleift mich in Richtung Meer.

Er wird mich töten. Dieser Gedanke steht in gnadenloser Klarheit in meinem Kopf. Über allem anderen. Ich bin noch nicht einmal schockiert. Es ist die logische Konsequenz. Vielleicht musste es einfach so kommen.

Ich kann mich kaum rühren in seinem Griff. Aber eine Hand ist frei. Mit letzter Kraft nestle ich die Schachtel hervor und schmeiße sie auf die Straße. Im Meer wäre sie verloren. Hier gibt es wenigstens eine kleine Chance, dass sie die richtige Person findet. Dass es vielleicht jemanden gibt, der all das hier beendet, was ich viel zu lange mitgemacht habe. Mir kommen die Tränen. Vor allem aus Scham, dass ich so dumm war und diese ganze Geschichte geglaubt habe. 1 Milliarde. Was für ein Witz.

Ich versuche, nach ihm zu treten, bekomme mit der Hand sein Hosenbein zu fassen, reiße daran, doch er hält nur kurz inne und rammt mir sein Knie ins Gesicht. Ich kämpfe gegen Ohnmacht und Schmerz, er schleift mich einfach weiter. Du bist kein Mensch für ihn, schießt es mir durch den Kopf. Er wird dich ersäufen wie eine Katze, die er nicht mehr will.

Wir sind am Meer. Ich spüre die ersten Spritzer der Brandung. Panik. Ich will nicht sterben. Ich stemme meine Füße in den Sand, schlage um mich mit dem Arm, den ich bewegen kann.

»Du bist ein Versager!«, schreie ich. Vielleicht sterbe ich. Aber wenigstens nicht still. »Du kannst ja noch nicht mal programmieren! Sonst wäre EQUILON nicht so ein verbuggter Haufen Scheiße!«

Einen Moment lang hält Cory inne. Erst glaube ich, ich habe ihn wirklich getroffen mit meinen Worten. Aber dann höre ich es auch. Ein Surren. Altbekannt. Irgendwo funzeln Scheinwerfer. OrderUnits. Eigentlich kein Wunder bei unserem Geschrei. Auch Corys Werte müssen ja ausschlagen.

»Hier!«, schrei ich. »Hier sind wir!«

Cory tippt an seine BrainDots.

»Alpha Security Clearance. Install Block Area, Störung durch OrderUnits unterbinden«, sagt Cory und drückt mein Gesicht in die Wellen.

28

DORIAN

Es könnte fast schön sein hier. Die Nacht. Das Meer. Der Strand. Aber ich weiß, ich bin gleich da. Vor Nervosität beginne ich zu laufen. Ich halte die Anspannung einfach nicht mehr aus.

Ich versuche mir vorzustellen, was mich erwartet. Vielleicht stehen die beiden gerade knutschend in seiner schicken Wohnung und lachen sich kaputt, wenn ich komme?

Ich jogge den Strand entlang und plötzlich passieren so viele Dinge auf einmal, dass ich das Gefühl habe, alles bewegt sich unheimlich langsam und unendlich schnell zugleich. Links von mir, in Richtung Stadt, entdecke ich das Licht von OrderUnit-Suchscheinwerfern. Rechts von mir bewegen sich zwei Schemen. Gekreische, das das Rauschen der Wellen übertönt. Tiere, schießt es mir durch den Kopf, während ich überlege, wo ich mich vor den Suchscheinwerfern verstecken kann.

Meine Augen brauchen ein paar Augenblicke, um sich umzustellen von der beleuchteten Straße zum schummrigen Strand. Aber jetzt erkenne ich es: Das sind keine Tiergeräusche, es ist Jenna. Ich höre sie schreien, über die Wellen hinweg: »Hier sind wir!« Fast im selben Moment drehen die OrderUnits ab. Und ich weiß, das ist nicht gut.

Ich beschleunige meinen Tritt noch einmal. Und doch fühlt es sich an, als käme ich nicht vorwärts. Meine Füße stampfen durch den Sand wie eine schwerfällige Maschine. »Jenna!«, will ich rufen, »halte durch!« Aber ich brauche das Überraschungsmoment, wenn ich überhaupt eine Chance haben will. Ich bin kein Kämpfer.

Schwer und dumpf prallt mein Körper gegen seinen. Ich habe mich einfach nur nach vorn geschmissen, die Schulter zuerst und hoffe, nein, bete, dass der Aufprall ihn zu Fall bringen wird.

Wir stürzen in die Brandung. Mein Herz setzt einen Moment lang aus, so kalt ist das Wasser, es strömt mir in die Nase. »Bleib dran, Dorian, bleib dran!«, mache ich mir Mut. Ich bin nicht kräftig, nicht kaltblütig, ich muss seinen Schock nutzen.

Tatsächlich schaffe ich es hochzukommen, mich auf seinen Rücken zu stürzen, seinen Hals zu umfassen. Er ist nicht groß, aber extrem kräftig. Er stemmt uns beide aus dem Wasser. Aber Jenna musste er loslassen. Hustend und keuchend taucht sie auf, kriecht aus der Brandung und bleibt auf dem Sand liegen, die Füße umspült von den Wellen. Immerhin. Sie lebt.

Er packt hinter sich, kriegt mein Haar zu fassen und reißt mit aller Kraft daran. Ich schreie, aber ich lasse nicht los, ich darf nicht loslassen, das ist mein Vorteil, dass er nicht an mich herankommt. Er dreht seinen Kopf, ein wenig nur, aber meine Zähne bekommen sein Ohr zu fassen. Das weiche Gewebe gibt nach, ich schmecke Blut. Ein markerschütternder Schrei übertönt das Rauschen des Meeres.

Mit einem schweren Klatschen schmeißt er sich zurück in die Wellen. Mit dem Rücken zuerst. Fuck. Ich versinke unter seinem Gewicht, mit dem er mich in den Sand presst.

Vor Schreck lasse ich das Ohr los, aber ich klammere mich mit meinen Beinen an ihn, mit einer Hand reiße ich jetzt an seinem Haar, sogar unter Wasser höre ich seine gurgelnden Schmerzensschreie. Wie weiter? Was mache ich jetzt? Mein Brustkorb beginnt zu pumpen, der unendliche Drang, einzuatmen, tief, tief Luft zu holen. Aber mein Kopf ist noch immer unter Wasser, festgenagelt von seinem Körper. Ich lasse nun doch los und versuche, unter ihm wegzukommen, doch darauf hat er gewartet. Blitzschnell dreht er sich um, presst seine Knie in meine Schultern, drückt die Finger in meine Augen, schreiende Panik überkommt mich, dass er meine Augäpfel zerdrückt. Ich schüttele den Kopf, so wild ich kann, reiße an seinen Armen, und dann will mein ganzer Körper nur noch Luft, ich presse die Lippen aufeinander, wenn du einatmest, bist du verloren, Dorian! Ich will nicht sterben, ich will es einfach nicht, ICH WILL NICHT STERBEN! Meine Lungen beginnen ganz automatisch zu pumpen, versuchen, aus meinem leer geatmeten Mund Luft zu bekommen. Nicht den Mund aufmachen, Dorian. Nicht …

Alle Spannung weicht aus seinem Körper, der Druck auf meinem Brustkorb verschwindet, die Finger gleiten von meinen Lidern, mit letzter Kraft drücke ich den Körper zur Seite, tauche auf und atme. Atme. Meine Lunge brennt, ich huste, ich heule. Atmen, Dorian, einfach atmen. Jeder Luftzug tut weh und doch sauge ich so viel in mich hinein, wie ich kann.

Hektisch schaue ich mich um. Er treibt mit dem Gesicht nach unten in der Brandung. Seine Arme werden von den Wellen hin- und hergeschaukelt, aber er selbst bewegt sich nicht. Ein Keuchen neben mir. Ich schaue mich um, und da ist Jenna, die in der Brandung kniet, das Haar klebt ihr lang und nass im Gesicht, in der Hand hält sie einen großen Stein. Für ein paar Momente knien wir so nebeneinander. In der Brandung. Einfach nur atmend. Vollkommen leer. Aber wir atmen.

»Wir müssen schauen, ob er noch lebt«, sagt sie und stemmt sich wortlos hoch. Ich folge ihr. Denn alleine wird sie diesen Körper nicht bewegen können.

Mit vereinten Kräften drehen wir ihn um, was im Wasser einigermaßen geht, und dann zerren wir ihn an den Armen an den Strand. Und tatsächlich ist er noch lebendig, spuckt Wasser, aber die Augen macht er nicht auf. An seinem Hinterkopf klafft eine hässliche Wunde. Dunkles Blut sickert heraus.

»Ich weiß gar nicht, wie man hier Hilfe holt«, sagt Jenna. »Also, wenn man keine BrainDots hat. Oder ein BraceConnect. Sonst ginge das sicher schon. Oder was machen wir mit ihm?«

Ich will ihn einfach liegen lassen. Und sie will das bestimmt auch. Ein Teil von mir würde ihn sogar am liebsten wieder ins Meer schleppen. Er würde sofort ersaufen. Oder ihm zur Not doch noch für ein paar Sekunden den Kopf in den Sand drücken.

Stille. Wir wissen beide, dass wir es tun wollen und es nicht tun werden. Und ich weiß nicht, ob das naiv ist oder schön.

»Schleppen wir ihn hoch und legen ihn auf die Straße. Es wird ihn schon jemand finden«, schlage ich schließlich vor.

Sie nickt nur.

»Wie heißt du eigentlich?«, fragt sie schließlich.

»Dorian«, sage ich.

»Schöner Name. Ich bin Jenna.«

»Ich weiß«, sage ich und muss lachen. Es ist so vollkommen absurd, dieses ganze Leben. Zwei Fremde retten einander das Leben. Aber vielleicht ist es genau das, worum es geht.

Es dauert, bis wir ihn den Weg hochgezerrt haben.

Wir arbeiten verbissen und stumm, am Rande unserer Kräfte. Cory stöhnt hin und wieder, aber er bleibt ohnmächtig.

Als wir die Straße erreichen, lassen wir wortlos seine Arme los. Wir stehen vor einem wuchtigen Bau mit großen Fenstern. Ich hatte mir New Valley wirklich anders vorgestellt. Lebendiger. Schöner. Glücklicher. Aber eigentlich habe ich mir gar nichts so richtig vorgestellt. Ich habe einfach nur eine vage Idee von einem Ort ohne Sorgen gehabt. Tja.

Jenna lässt sich auf die Straße fallen und beginnt, sich den merkwürdigen Anzug auszuziehen. »Ich ersticke, wenn ich das Ding noch eine Sekunde länger tragen muss«, murmelt sie.

Ich knie mich neben sie und nehme ihre Hand. »Und jetzt müssen wir zurück«, sage ich. »Zu den anderen.«

»Willst du ihnen beim Sterben zusehen?«, sagt sie tonlos. »Ich habe nichts erreicht.«

Hier stirbt niemand, verstanden?!, will ich sie anschreien. Doch ich gebe mir Mühe, ruhig zu bleiben. »Aber du hattest doch einen Plan?«, sage ich. »Wir müssen doch irgendetwas machen können?«

»Ich wollte Cory erpressen. Damit er die anderen gehen lässt. Aber es hat ihn nicht beeindruckt.« Sie lächelt mich freudlos an. »Wir sind also erledigt.«

»Mit was wolltest du ihn erpressen? Vielleicht können wir zu einem anderen von diesen Obermackern gehen?«

Sie zeigt ein Stück die Straße hinunter. »Mit dem da.«

Ein kleines Schächtelchen liegt auf dem grobkörnigen Asphalt. Ich hebe es auf und schaue hinein. Aber darin ist nur ein merkwürdiges Stück Glas.

»Was ist das?«

Sie zuckt die Schultern. »Ich weiß es nicht genau. Eine Art Datenträger, mit dem man irgendwie das System hier beeinflussen kann. Aber Cory kannte es. Und es hat ihn null beeindruckt.«

Ich ziehe sie auf die Füße. Der Anzug hängt nun um ihre Hüfte, was ihr einen verlotterten, irgendwie verlorenen Eindruck gibt. Sie starrt vor sich hin. Nicht verzweifelt, sondern leer. Ich nehme sie in den Arm, weil ich nicht weiß, was ich sonst tun soll. Gleichzeitig wird meine Angst mit jeder Sekunde größer, dass gleich entweder Cory wach wird oder eine OrderUnit vorbeifliegt und uns erledigt.

»Ich war mir sicher, dass ich den Schlüssel habe, um ihn zu zwingen. Aber er sagte, alle, die damit etwas anfangen könnten, seien tot.«

Schlüssel. Schlüssel. Schlüssel. Das Wort hallt in meinem Kopf.

Ich stopfe das Schächtelchen in meine Tasche und packe ihre Schultern.

»Jenna! Wir müssen sofort zurück! Auf dem schnellsten Weg! Hörst du?«

Sie schaut mich an. Erst blank, dann kann ich sehen, wie ihr Blick sich in meinem verfängt, wie die Hoffnung, die erneut in mir aufkeimt, sich auf sie überträgt. Und dann sind sie da, dieser unbändige Wille und diese Kraft, sie flackern wieder in ihr auf. Und es ist, als würde sich etwas zwischen uns miteinander verbinden. Etwas, das uns von Unbekannten zu miteinander untrennbar Verbundenen macht. Etwas, das ich fast mit Händen greifen kann.

»Was hast du, Dorian?«

»Ich … es ist so kompliziert. Aber vielleicht habe ich einen anderen Weg.«

Und dann hören wir es. Wächterinnen, OrderUnits. Viele davon. Sehr viele. Das Rauschen einer ganzen Armee. Wir wissen beide, was das bedeutet.

»Lauf«, flüstere ich und nehme die noch immer keuchende Jenna bei der Hand.

Wir huschen in eine kleinere Straße, drücken uns an den Häuserwänden entlang. Aber das Sirren kommt immer näher, nein, es ist überall zugleich.

Wir drücken uns in den Vorgarten eines kleinen Hauses. Es ist bunt gestrichen, an den Wänden hängen ein paar alte Plakate. *Poetry Slam*, steht dort. *Neue Texte, neue Dichter. Jeder ist willkommen.* Alles ist Jahrzehnte her, aber sie haben die Plakate aufgehoben und hinter Glas aufgehängt. Und da macht es »klick« bei mir. Wer in dieser Stadt solche Plakate aufhängt, muss irgendwie ein netter Mensch ein.

»Komm«, sage ich, »wir versuchen, hier reinzukommen«, und drücke auf die Klingel. Es ist ein verzweifelter Versuch, aber vielleicht ist es eine kleine Chance.

29

DORIAN

Es dauert. »Zieh den Anzug wieder ganz an«, wispere ich. »Das hilft vielleicht.« Sie sieht einfach fertig aus. Und der herunterhängende Anzug macht alles noch schlimmer. Hektisch wische ich ihr das Blut von Nase und Mund.

Jenna runzelt die Stirn, doch sie gehorcht. Es vergeht keine Minute, bis die Tür aufgeht, aber in der Zwischenzeit sterbe ich fast vor Angst. Das Sirren und Brummen der Suchpatrouillen ist überall um uns herum. Endlich macht ein Mann auf.

»Ja bitte?« Er ist älter, als ich dachte. Er hat zwar auch so ein graues Shirt an wie Jenna unter ihrem Blumenoverall, aber darunter zeichnet sich ein gemütlicher Bauch ab. Und er trägt eine Brille. Er sieht alles andere als cool aus.

Ich starre ihn einen Moment zu lange an.

»Ach, irritiert Sie die Brille?« Er lächelt entschuldigend. »Ich scheue mich einfach vor dem Eingriff. Ich weiß, man sieht nicht mehr so viele von uns mit Brille«, sagt er und zwinkert. Er wirkt ziemlich nett. Ich hatte also recht.

»Ach so«, sage ich. Verdammt noch mal, Dorian, reiß dich zusammen! Jetzt rede endlich! Denk dir was aus. Ich kann sehen, wie der Mann ungeduldig wird. Sein Lächeln friert langsam ein.

»Äh, wir sind da«, fange ich an, »für eine …« Überprüfung, will ich sagen. Irgendeine Überprüfung. Was weiß denn ich? Irgendwas muss doch immer überprüft werden. Aber Jenna kommt mir zuvor.

»Kunstperformance«, sagt sie und schiebt sich vor mich. »Wir machen eine Kunstperformance. Vom Mega-Goods …«, sie zögert einen Moment und hustet. »Kulturausschuss! Neues Pilotprojekt mit Microperformances. Inhouse«, nuschelt sie den Satz zu Ende. Jenna ist noch immer tropfnass, das Gesicht leichenblass, der Körper krumm vor Erschöpfung. Und sie trägt diesen Anzug, von dem ich dachte, er würde irgendwie ablenken von ihrem furchtbaren Zustand. Aber sie sieht vollkommen verstörend aus. Als wäre sie aus einem Horrorfilm entflohen. Ich nehme ihre Hand.

»Aha!« Das Gesicht des Mannes leuchtet geradezu auf vor Interesse. Offensichtlich hat Jenna die genau richtigen Worte gefunden. Den geheimen Code zum Haus dieses Menschen. »Kommt herein. Ich habe mich schon über euren merkwürdigen Aufzug gewundert. Aber dann kommt herein.«

Er öffnet die Tür ganz und gemeinsam gehen wir über die Schwelle und drücken uns gegenseitig die Hände so fest, dass es schmerzt. Ich könnte Jennas Hand für immer so halten. Wir sind keinen Moment zu früh. Als sich die Tür schließt, sehe ich eine OrderUnit durch die Straße schweben.

»Haben Sie ein Wohnzimmer mit etwas Platz?«, frage ich, so laut ich kann, damit der Mann nicht merkt, dass eine Suchaktion in seiner Straße läuft.

»Hershel, was ist denn los?«, ruft eine weiblich klingende Stimme aus dem Off.

»Wir haben Besuch!«, ruft er und geht uns voraus in einen riesigen Wohnraum, der ganz in Weiß, Grau und Glas gehalten ist. An den Wänden oszillieren digitale NFT-Bilder und an der hinteren Wand zieht sich ein riesiges weißes Sofa ums Eck, wie ein überdimensionaler Wurm.

»Schau mal, Helena.« Hershel lächelt breit und zeigt auf uns. Und jetzt sehe ich, dass auf dem Sofa eine zarte, blasse blonde Frau in einem glänzend weißen Schlafanzug sitzt. »Zwei vom MegaGoods-Kulturausschuss.«

Die Frau erhebt sich und geht zögerlich auf uns zu. Ihre Bewegung hat etwas von einem eleganten Tier. Keine Gazelle, eher eine Gepardin, die überlegt, in welchen Hals sie ihre Zähne schlagen soll. »Entschuldigt mich und meinen Aufzug. Ich bin etwas müde. Ich bin in der DefenceAttac – und wir haben viel zu tun im Moment.« Sie lächelt dünn und hebt die Hand hoch zum Vulkanier-Gruß. Ihre Haut ist hell wie dünnes Porzellan. »Helena.«

Am liebsten würde ich schreiend hinauslaufen, solche Angst macht mir die Frau, aber Jenna drückt meine Hand noch ein bisschen fester, wenn das überhaupt geht. »Ich glaube, deshalb wurden Sie ausgewählt«, sagt sie und lächelt gewinnend. Es ist, als ob eine Leinwand hochfahren würde und sich eine Jenna-Show abspielt. »Wir besuchen vor allem besonders verdiente, inspirierende Menschen in New Valley.«

Es funktioniert. Die Frau schmilzt förmlich unter Jennas Schmeicheleien.

»Aber jetzt fangt doch an! Ich bin so gespannt!«, sagt Hershel und klatscht in die Hände.

»Oje, da habt ihr euch aber was aufgehalst«, sagt Helena und verdreht die Augen. »Hershel war mal selbst

Künstler. Dichter, wie er früher gern gesagt hat.« Sie lächelt dünn. »Nur, damit ihr es wisst. Er hält eigentlich nicht sehr viel von dem Kulturausschuss.« Sie blickt ihren Mann mit schmalen Augen an. »Was ich extrem undankbar finde. Aber lassen wir das.«

Hershel zieht sich auf einen Ohrensessel zurück. »Helena, das ist nicht fair. Ich darf doch mal ein bisschen kritisieren? Die Führung redet doch dauernd davon, dass wir alle besser werden müssen!«

»Marc Gerber sagt, Kritik zerstört die nötige Disruption – und ich finde, er hat recht!«

Hershels Blick schnellt zu uns. »Vielleicht fangt ihr einfach an.« Er lächelt, aber es sieht sehr traurig aus. »Dann erspart ihr euch und uns eine halbe Stunde Zerfleischung.«

»Anfangen …«, wiederhole ich stumpf und versuche, die übermenschliche Müdigkeit zu unterdrücken, die meinen Körper lähmt, während meine Nerven gleichzeitig zum Zerreißen gespannt sind.

»Na, mit eurer Show, oder was ihr da vorbereitet habt.« Hershel zeigt auf Jennas Anzug. Er nickt uns freundlich zu. »Ich bin wirklich sehr gespannt. Die üblichen Inszenierungen schaue ich mir nie an. Aber ihr seht aus, als ob ihr echt was Interessantes auf die Beine stellen könntet.« Er beugt sich vor, als wolle er gern mitten reinspringen in das, was gleich passieren wird.

Jenna und ich schauen uns an. Und ja, irgendwas muss passieren. Jetzt müssen wir liefern. Nur was?

Ich schaue an die Decke, denn sonst würde ich kein Wort herausbringen, das weiß ich. Ich stelle mir vor, ganz allein zu sein. Irgendwo auf dem Meer.

Wie komme ich eigentlich hierher?, schießt es mir

durch den Kopf. Vor so kurzer Zeit noch stand ich am Jumpin' Jack Flash Point und wollte mich in die Tiefe stürzen. Und jetzt bin ich hier, in diesem durchdesignten Wohnzimmer in New Valley, neben mir eine Person, die ich genau genommen gar nicht kenne, der ich das Leben gerettet habe. Und sie mir. Tropfend und zu Tode erschöpft steht Jenna neben mir.

Plötzlich wird mir klar, dass ich an ihrer Hand bis ans Ende der Welt gehen würde, auch wenn wir uns erst ein paar Stunden kennen, auch wenn ich gar nicht weiß, was das ist zwischen uns, denn boy meets girl ist es nicht, dafür interessiere ich mich einfach nicht, aber vielleicht ist das auch nicht so wichtig, was es ist. Wichtig ist, dass ich es fühle, bis in jede Faser meines Körpers.

Und ich denke an Hannah. Ach, Hannah, wenn du uns sehen könntest. Wenn du wüsstest, wie weit du uns gebracht hast.

Dann schließe ich die Augen, öffne den Mund und beginne zu sprechen.

»Schwarz. So ist die Nacht
weit über mir
und in mir ist sie auch,
sie hat sich ausgebreitet,
wie ein Tuch aus dunklem Samt,
bis in alle Kapillare.
Der Andreasgraben, tief,
noch tiefer
als ich denken kann.
Hätte ich Flügel,
ich hätte ein Leben.
So bleibt mir nur die Nacht.«

Ich atme einmal durch und blinzle eine Träne weg. An der Decke sind in sanften Farben verschlungene Muster gemalt. Ich spreche weiter.

»Ein in Magma gegossenes Ende …
doch dann wachsen Federn
wo zuvor nur Leere war
und tragen mich
über alle Tiefen.«

»Hörst du das?«, sagt Helena viel zu laut zu ihrem Mann. »So schreibt man über die MegaGoods!«
Am liebsten würde ich loslachen. Wenn sie wüsste!
»Aber was macht die andere da? In diesem hässlichen Anzug?«
Ich stoße Jenna an. Wir dürfen auf keinen Fall auffliegen.

JENNA

Alles zieht wie ein Film an mir vorbei, dieses Wohnzimmer, die Frau in ihrem Schlafanzug aus Seide. Defence macht sie. Und ja, ihre Augen sehen aus, als sei sie auf der Suche nach dem nächsten Gefecht. Ich stelle mir vor, wie sie kurz in ihr Office geht und per JoyStick ein paar Vanyas und Hubots abknallt. Aber vielleicht programmiert sie ja auch nur die Search-Patterns der OrderUnits. Und würde man sie fragen, warum sie Menschen tötet, würde sie sagen: »Ich habe nichts Schlimmes getan, ich habe nur den Code gepflegt«, und danach ihre Rosen wässern.

Ich kann einfach nicht aufhören, sie anzustarren. Dabei müsste ich eigentlich mich selbst anstarren. Was habe ich hier gemacht? Was habe ich eigentlich geglaubt, was das hier ist? Wer ich bin?

Dorians Stoß in die Rippen weckt mich aus meiner Erstarrung. Aber was soll ich tun? Er trägt Texte vor, die mir wundersam vorkommen. Fremd. So etwas habe ich noch nie gehört. Es klingt wie ein Lied ohne Musik.

Und weil mir nichts Besseres einfällt, lasse ich mich einfach fallen. Falle zu Boden, rolle mich über den viel zu weichen Teppich, strampele mit Armen und Beinen.

»Und in mir, alles schwebt,
nichts mehr, wie es einmal war,
ein Schwarz, das von allen Zeiten sprach,
hinfortgejagt.«

Ich höre Dorians Stimme und springe auf und schreie, schreie, schreie, bis ich keine Luft mehr habe. Ich falle zu Boden und dann heule ich einfach, lass die Tränen laufen, »Ja, heul alles raus, manchmal isses einfach nur zum Heulen«, höre ich die Stimme meiner Oma. Die mir immer auf die Nerven ging mit ihrer Nörgelei, aber jetzt verstehe ich, dass sie mit viel mehr Dingen recht hatte, als ich wahrhaben wollte.

»Und ich danke mir,
dass ich mich leben ließ,
trotz allem,
denn es muss immer jemand leben, der sich wehrt,
auch wenn Widerstand so zwecklos scheint.«

Dorians Stimme verändert sich, wird lauter, aggressiver.

»Also DAS geht mir aber schon ein bisschen zu weit«, sagt Helena spitz. »Ich kann mir nicht vorstellen, dass die Gerbers das approved haben. Selbstmorddrohungen! Widerstand?«

Und in genau dem Moment klingelt es.

»Huch, wer ist denn das? Um diese Zeit?«, sagt Helena, während Hershel zuerst Dorian anstarrt und dann mich und ich sehe, dass sein Gesicht ebenso tränennass ist wie meines. Und wir schauen uns in die Augen, viel zu lang, aber es gibt so viel zu sagen, und wir haben keine Worte.

»Ich mach auf!« Hershel schreit es fast und stürzt zur Tür, während ich mir die Tränen abwische und mich lächelnd zu Helena wende und sage: »Das ist der perfekte Moment für das Next Level unseres Projekts, Helena.« Ich gehe zum Sofa, um sie dort zu halten, sie darf auf keinen Fall zur Tür, und auch, weil ich sitzen muss, mein ganzer Körper beginnt wieder zu zittern. »Unsere Performance ist als Culture-Injection gedacht, um eine Diskussion auszulösen und die Resilienz gegen Infiltration zu erhöhen.« Ich bringe die Worte einigermaßen überzeugend über meine Lippen und ihre Augen leuchten auf wie ein Weihnachtsbaum.

»Genial!«, sagt sie. »Ich habe mich schon gewundert und gedacht, ich muss euch melden. Aber das ist natürlich ein brillanter Ansatz.«

»Von Marc Gerber persönlich«, verkünde ich und weiß nicht, ob ich lieber lachen oder weinen möchte. »Was für Assoziationen löst das denn in Ihnen aus, Helena? Wie würden Sie gegen solche Sabotage vorgehen?«

Helena schürzt die Lippen und denkt nach, deshalb riskiere ich einen Blick in den Flur und kann die Projektion einer Order-Unit sehen. Scheiße. Ich hab's gewusst. Jetzt muss nur Hershel wirklich auf unserer Seite sein. Aber irgendwas sagt mir, Hershel ist stabil.

»Was ist denn da los?« Mist, ich habe nicht aufgepasst. Helena ist von ihren Überlegungen abgelenkt worden und schaut nun mit zusammengezogenen Augenbrauen zum Flur.

»Das könnt ihr natürlich nicht wissen, aber mit Hershel habe ich immer wieder Ärger. Er hat vor ein paar Monaten einen Brief an die Führung geschrieben, EQUILON habe sich zu einer Form von Diktatur entwickelt, die MegaGoods hätten ihre Rolle als Weltrettende missbraucht. Und anderen fortschrittsfeindlichen Kram, ihr wisst schon.«

»Aha«, versuche ich, so neutral wie möglich zu bleiben. In Wahrheit fließt mein Herz über.

»Na ja, jedenfalls haben sie ihn kurzerhand suspendiert und aus seinem Quality Management Office geholt.« Sie schüttelt den Kopf. »Das würde ich mir als Marc Gerber auch nicht gefallen lassen. Jedenfalls steht er unter Überprüfung – an mich hat er dabei natürlich keine Sekunde gedacht! Es ist schrecklich peinlich.« Helena schnaubt verächtlich und steht auf. »Hershel, was ist denn da los?«

»Alles gut, komme gleich, Süße!«, ruft Hershel zu uns herüber und kurz darauf fällt die Tür ins Schloss.

Vor Erleichterung schließe ich einen Moment lang die Augen.

Helena scheint auch beruhigt, jedenfalls dreht sie sich zu mir und redet einfach weiter. »Also, ich finde, ihr solltet die Trigger noch ein bisschen sanfter setzen. Ist nicht persönlich gemeint, Schätzchen, aber dein Geheule, das war mir wirklich zu viel. Sehr aufgesetzt, wenn du mich fragst. Das geht doch auch ohne das ganze Drama. Viel zu verstörend!«

Die BrainDots an ihren Schläfen beginnen zu leuchten. Ich muss lächeln. »Ja, alles klar. Das ist sehr kostbares Feedback, danke, Helena.«

»Ja, ist das nicht prima, Helena? Siehst du, doch zu was

gut, diese Kultur.« Hershel ist neben mir und drückt meinen Arm.

»Also, jetzt stell mich nicht als Banausin dar, nur weil ich Defence mache!« Helena presst die Lippen aufeinander.

»So war das nicht gemeint«, sagt Hershel und ich kann die Müdigkeit in seiner Stimme hören. »Ich wollte nur sagen: Vielen Dank euch beiden, das hat mich wirklich inspiriert.« Er nimmt meine Hand, schaut mich an, als wolle er mir in den Kopf kriechen. »Aber wir sind doch vermutlich nicht euer einziges Appointment, nicht wahr? Das war gerade eine Neighbourhoodwarning. In 30 Minuten gibt es LockDown. Ihr müsst wirklich los.«

Hershel dreht sich so, dass Helena ihn nicht sieht, und umarmt mich. »IHR MÜSST JETZT LOS! IN 30 MINUTEN BEGINNT EIN NEUER SWEEP! SIE SUCHEN EUCH!«, flüstert er mir ins Ohr. Es ist wie ein leises Schreien.

»Ach, jetzt wird er wieder so emotional und muss umarmen.« Helena lacht. »Was ist denn jetzt schon wieder los? Diese Terror-Gruppe etwa?«

»Nein, Süße, einfach eine Übung, glaube ich. Das kennen wir doch. Du sagst doch selbst immer, wir müssen alle wachsam sein.«

Dorian, der die ganze Zeit geschwiegen hat, nimmt jetzt meine Hand. »Hershel hat recht, wir sollten los, dann schaffen wir noch unseren nächsten Termin, bevor alles dichtgemacht wird.« Und ohne ein weiteres Wort gehen wir zur Tür.

Dorian

Als wir draußen sind, trotten wir schweigend die Straße entlang, aber dann überfällt Jenna wieder dieses Zittern und ich nehme sie in die Arme, ich halte sie und sie hält mich, bis sie aufhört zu zittern und ich das Gefühl habe, ich kann wieder ein paar Minuten dieser verfluchten Realität ertragen.

»Okay«, sagt Jenna schließlich. »Ich habe eine Idee, wie wir relativ sicher und schnell wegkommen.« Sie führt mich durch ein paar Straßen zu einer merkwürdigen Karre, die eigentlich eine von früher ist, eine, die man vielleicht in Old LA vermuten würde, ohne Motor, verrostet und als Unterschlupf der Unsorted, aber dieses Ding ist wie neu und auf Hochglanz poliert.

»Wir fahren«, sagt sie mit kratziger Stimme. Und öffnet die Fahrertür. »Natürlich schließt er nicht ab«, sagt sie zu sich selbst. »Keiner würde sich trauen, Cory Gerbers Auto zu klauen.«

Ich lasse mich auf den Beifahrersitz fallen und schaue zu, wie sie ein paar Knöpfe drückt. Zunächst passiert gar nichts, dann aber springt das Auto an. Die Lichter flammen auf, Musik plärrt los und eine Frau singt klar und sehnsuchtsvoll:

>»*Just gonna stand there and watch me burn*
>*Well, that's alright because I like the way it hurts.*

Dann ein Mann, der mit einer merkwürdig quakigen Stimme rappt.

And right now, there's a steel knife in my windpipe
I can't breathe but I still fight while I can fight.«

Jenna lacht freudlos und schüttelt den Kopf. Ihr Körper zittert. »So ein dreckiger Wichser«, sagt sie.

Ich streichle ihre Hand. »Ich glaub, wir müssten dann mal. Hast du dieses Ding noch, das du mir vorhin gezeigt hast?«

Sie nickt, tritt das Pedal durch und das Auto schießt vorwärts durch die gesichtslosen Straßen dieser Stadt, die mir immer mehr wie ein Fiebertraum erscheint.

30

Jenna

Ich möchte nie wieder anhalten, will einfach nur weiterfahren, den Fuß auf dem Pedal, das künstliche Röhren des nicht vorhandenen Motors und Musik aus einer versunkenen Welt in den Ohren.

Dorian sagt, wir sollen zurück. Seine Hoffnung gibt mir das letzte bisschen Kraft, das ich brauche. Vielleicht kann ich doch noch etwas gutmachen von dem, was ich angerichtet habe?

Aber selbst wenn. Für mich gibt es einfach keinen Ort mehr. Vielleicht hätte ich in den Wellen bleiben sollen.

Ich denke an Dorians Worte im Wohnzimmer von Helena und Hershel. Ich wünschte, ich hätte ihn schon früher gekannt. Vielleicht hätte er mir die Augen öffnen können. Vielleicht hätten mich seine Worte auch damals erreicht. Als ich nicht wahrhaben wollte, was Lora die ganze Zeit gesagt hat. Ich schlucke die Tränen herunter.

Vielleicht hatte Cory recht, nur auf eine andere Weise, als er glaubt. Ich bin ein Nichts, so, wie er ein Nichts ist. Zwei triste, leere Menschenhüllen. Ich hätte uns beide ersäufen sollen.

»Wir sollten das Auto jetzt irgendwo loswerden.« Dorian schaut mich an, aber ich sage nichts. Ich will einfach nicht sprechen. Will nie wieder was sagen müssen. »Wir müssen die

OrderUnits, die hier gleich wieder herumschwirren werden, nicht auch noch zu den Vanyas lotsen, oder?«

Ich nehme den Fuß vom Pedal, das gefakte Tuckern stirbt, jetzt hört man nur noch das Sirren des Elektromotors, bis wir schließlich stehen bleiben. Was für eine furchtbare scheiß Karre das ist. Aber sie passt perfekt hierher. Die absolute Lüge.

»Mitten auf der Straße? Meinst du, das ist klug? Na ja, vielleicht auch egal.« Er lacht nervös und ich nehme seine Hand. Ich sollte ihm so vieles sagen. Es fühlt sich an, als würden wir uns schon ewig kennen. Und ohne ihn würde ich noch immer auf dem Asphalt sitzen.

Nein. Das stimmt nicht.

Ohne ihn wäre ich tot.

Ich drehe mich weg, um das Schluchzen zu verbergen, das mir in der Kehle klemmt. Es nützt keinem, wenn ich jetzt rumflenne.

Inzwischen ist es dunkel geworden. Ich schaue mich um und kann noch immer kaum glauben, wie sehr die Stadt sich verändert hat. Sie schien mir bisher so warm und so lebendig. Fast, als sei sie selbst ein Wesen, eines voller Liebe. Aber jetzt ist alles anders. Jetzt wirkt New Valley kühl und nüchtern. Wie mächtig das BraceConnect und die BrainDots sind! Ich habe nichts davon gemerkt, wie sie meine Wahrnehmung manipuliert haben, und habe das alles geglaubt.

»Ich denke, wir sollten uns beeilen.« Dorians Stimme ist dringlich.

Ich nicke, aber meine Gedanken sind woanders. Von hier aus muss doch irgendwo ein Weg in die Berge führen, denke ich. Einfach weit weg. Vielleicht finde ich eine Hütte, vielleicht nicht. Es scheint mir sowieso das Beste, ab jetzt alles dem Zufall zu überlassen. Mein ganzes Leben lang bin ich einem Plan gefolgt. Und jetzt stehe ich vor einem Scherbenhaufen. Ich fahre einfach, bis das Auto keine Energie mehr hat, und dann sehe ich weiter. Vielleicht bleibe ich sitzen, warte, bis mir die Augen zufallen, und vielleicht muss ich sie nie, nie wieder aufmachen.

»Kommst du, oder was?« Er stupst gegen meinen Arm, und mir fällt ein, dass ich mich gar nicht bedankt habe. Immerhin hat er mir das Leben gerettet. Für was auch immer das gut ist.

»Danke«, sage ich. »Für vorhin.«

Er nickt nur. Und das finde ich ziemlich in Ordnung, wenn man bedenkt, dass er sich fast hat ersäufen lassen für eine, die im System mitgelaufen ist wie ein Hündchen.

Ich glaube, was mich am tiefsten trifft, ist, dass ich den ganzen Mist geglaubt habe. Dass ich Cory geglaubt habe. Wie konnte ich nur so unendlich bescheuert sein?

»Also kommst du jetzt?« Er wird langsam wirklich ungeduldig und er hat ja recht. Jede Sekunde zählt. Jenna, bring's hinter dich. Schick ihn weg, sage ich zu mir selbst.

»Geh, bitte. Ich komm nicht mit«, platzt es aus mir heraus und ich verwandele mich in ein heulendes Bündel. »Sie hassen mich. Zu Recht. Und ihr braucht mich nicht.«

»Quatsch«, sagt er und ich merke, dass er sich selber nicht glaubt. Aber er nimmt meine Hand. »Komm einfach mit, okay? Das regelt sich schon. Außerdem brauchen wir das Ding, das du gerettet hast, dieses Datenglas. Glaub mir, das könnte der Schlüssel sein! Dafür müssen wir aber rein!«

Ich möchte gern sehr cool sein und mit diesem prähistorischen Auto in den nicht vorhandenen Sonnenuntergang fahren und vielleicht noch eine rauchen dabei, so wie in den alten Filmen am Breitscheidplatz, damals in Old B. Stattdessen heule ich, bis ich so zittere, dass ich das Lenkrad nicht mehr richtig festhalten kann.

»Jetzt komm«, flüstert Dorian. Seine Hand fasst meine. Fest, aber auf eine angenehme Weise. Wir sitzen für ein paar Momente genau so da. Wir sagen nichts, obwohl es sicher ganz vieles gäbe, was ich sagen könnte: »Ich habe so viel Schuld auf mich geladen, ich weiß nicht, wie man damit weiterlebt.« – »Es fühlt sich an, als würde ich dich schon immer kennen.« Aber ich bleibe stumm. Vielleicht ist es die völlige Ausnahmesituation, in der wir stecken, vielleicht ist es einfach die Tatsache, dass ich heute fast gestorben wäre, aber es fühlt sich auch an, als müsste ich nicht sprechen. Als wüsste er das alles eh schon.

»Kismet«, würde meine Oma sagen. »So ein Quatsch«, mein Opa. Mir läuft ein weiterer Sturzbach Tränen aus den Augen. Weil ich an sie denke und daran, dass sie tot sind, wegen mir. Und weil ich einfach nicht weiß, wohin.

Dorian wischt mit dem Handrücken sacht über meine Wange und sagt: »Wir passen einfach aufeinander auf, okay?«

Als ich nichts antworte, schaut er mich an. »Weißt du, vielleicht denkst du einfach an das, was du in deinem Leben schon immer unbedingt machen wolltest? Dann hast du ein Ziel. Einen Grund, das alles weiterzumachen.«

»Aha«, sage ich. Es klingt irgendwie nett. Aber macht das Sinn? »Was möchtest du denn gern machen?«

Er zögert und wird ein bisschen rot.

»So was wie gerade, bei Hershel im Wohnzimmer. Gedichte performen. Oder ein Buch schreiben«, antwortet er schließlich und dreht sich so, dass ich nicht in seine Augen schauen kann.

»Oh, okay?« Damit habe ich nicht gerechnet. Bücher schreiben ist wirklich aus der Mode. Aber so fühlt sich mein Wunsch weniger größenwahnsinnig an.

»Ich will die Welt retten. Ich will den Climate Reverse schaffen«, sage ich also, und es fühlt sich nicht so schlimm an, wie ich dachte. Eigentlich sogar ganz gut. »Oder die Welt wenigstens ein kleines bisschen weniger beschissen machen. Wäre ja auch schon mal ein Schritt.«

Wir lachen beide.

»Hand drauf«, sagt Dorian. »Du rettest die Welt und ich schreibe ein Buch drüber.«

»Abgemacht.« Meine Hand schlägt auf seine.

Dann öffnet Dorian die Tür. »Ich hetze dich ungern, aber jetzt müssen wir wirklich los.«

Und ich steige aus und lasse mich von ihm mitziehen, stolpere durch die leeren Straßen, durch das Loch im Zaun, immer hinter Dorian her. Immer einen Schritt vor dem anderen. So geht das vermutlich, denke ich. Einfach immer weitermachen. Weiterleben. Einfach immer weiter. Weiter und weiter und weiter. Und ab und zu ein Mensch, der die härtesten Wege mit dir zusammen geht.

Wir halten Ausschau nach Drohnen, Wächterinnen, Order-Units. Aber es bleibt total ruhig. Bedrohlich ruhig. Denn wenn hier draußen keine mehr sind, dann sind sie wohl woanders beschäftigt.

Dorian

Ich klettere durch den Kabelschacht, so schnell ich kann. In meiner Tasche klackert das Schächtelchen mit dem Datenglas. Hinter mir krabbelt Jenna, ich höre sie atmen, und das beruhigt mich. Immer wieder horche ich, ob ich etwas höre. Was ist passiert, während wir weg waren? Ich will sofort wissen, was mit ihnen ist –, ich will es niemals erfahren, denke ich im Wechsel und krabbele doch immer weiter durch die stickige Blechröhre.

Die Luft ist vom Staub stickig und schwer, und auch wenn es seltsam still ist, spüre ich gleich, dass im Raum mehr Menschen sind als vorher. Lebendige Menschen. Es ist kein bestimmtes Geräusch und ich sehe noch nichts, aber doch weiß ich, dort unten sind viele. Das ist ein gutes Zeichen. Oder?

Ich lasse mich aus der Schachtöffnung fallen. »Wir sind zurück«, sage ich vorsichtig in das Halbdunkel hinein.

Alle Lichtquellen sind fort. Nur die Bildschirme leuchten noch. Ein hektisches Klackern. Eryn, die weiter unermüdlich auf die Tastatur einhämmert.

Hinter mir das Geräusch von Jenna, die auch in den Raum fällt. Köpfe, viele Köpfe kann ich erkennen. Es ist unheimlich still.

»Wir mussten uns aus der Stadt der Roboter zurückziehen und alle Kämpfenden hierher evakuieren.« Brents Stimme. Er klingt still und hoffnungslos. Nichts mehr von dem Zorn, der Energie von vor wenigen Stunden. In einem der Bildschirme flammt das grelle Licht eines Schweißbrenners.

»Eryn kann sie noch zurückhalten, die blockierte Tür hält, sie wechselt ständig die Codes. Aber irgendwann ist der Schweißbrenner durch und dann hilft der feinste CodeBlock nicht mehr.«

Auf den Bildschirmen ist bedrohliches, hektisches Gewusel zu sehen. OrderUnits und Wächterinnen schweben hin und her, die ganze Stadt der Hubots scheint voll von ihnen zu sein. Die Zelte und Hütten werden eingerissen, an verschiedenen Stellen sind Feuer ausgebrochen, und auch an allen anderen Zugängen, bis auf unseren versteckten Kabelschacht, machen sich Wächterinnen und OrderUnits zu schaffen und versuchen, zu uns vorzudringen. Wir stehen mit dem Rücken zur Wand.

Brent wischt sich mit der Hand über die Stirn. »Wir überlegen gerade, ob wir einen Sprengsatz in die Stadt der Hubots hineinschmuggeln. Und dann die ganze Kuppel sprengen. Das müsste die meisten unter sich begraben.«

»Was?«, sage ich. »Hält der Raum das hier aus?«

»Das wissen wir nicht. Deshalb haben wir noch nicht entschieden.«

Ohne zu antworten, schiebe ich mich durch die Leute, hin zu Eryn.

»Eryn! Eryn!«

»Ich kann jetzt nicht«, raunzt sie. Also lege ich die Kuh einfach wortlos vor sie hin. Und tatsächlich hält sie inne.

»Das Datenglas«, flüstert sie. »Ihr habt es hergebracht.«

Eryn hält das Ding hoch, und jetzt sehe ich, dass es eine kleine gläserne Kuh ist. Sie dreht und wendet es, betrachtet es von allen Seiten. Ihre Finger tasten die Oberfläche ab. Erst macht sie es langsam, dann werden ihre Bewegungen immer hektischer, dringlicher. Hinter mir sammeln sich nach und nach die anderen. Jenna, Brent, Joy, Ray in seinem Rollstuhl.

»Und?«, fragt Jenna schließlich.

Eryn schaut auf. Ihr Blick ist ruhig und resigniert. »Es ist anders, als ich es erwartet habe. Ich habe so etwas noch nicht gesehen. Und keine Ahnung, wie man es aktivieren könnte.«

Jenna haut ihre Faust auf den Tisch. »Scheiße!« In ihren Augen sammeln sich Tränen.

»Wir haben lange darauf gewartet. Aber ich befürchte, es nützt uns nichts. Außer, ich finde einen Weg, es zu hacken.« Eryn zuckt mit den Schultern. »Aber ich weiß gar nicht, wo ich ansetzen soll.«

Als hätte ihr jemand den Stecker gezogen, sackt Jenna in sich zusammen. »Es hilft euch gar nicht?«, sagt sie leise.

»Vielleicht irgendwann. Ich weiß es nicht. Erst mal muss ich es verstehen. Ich habe keinen Zugang, ich kann es nicht installieren, ich weiß gar nicht, wie es funktioniert. Was der Schlüssel ist, um die Daten zu übertragen.«

Und da kommt mir so was wie eine Idee. »Ich brauche mein Zeug!«, rufe ich laut.

»Deine Sachen?«, fragt Brent und starrt mich leer an. »Ist das nicht völlig egal?«

»Nein, verdammt! Ich brauch die, und zwar jetzt!«

Brent schaut mich stirnrunzelnd an. »Ja, klar. Die sind hier irgendwo.«

Einige Leute beginnen, sich suchend umzuschauen.

Eryn fährt herum. »Was ist denn los?«

»Ich … Ich muss halt was nachschauen!«

Eryn runzelt die Stirn, dann hellt ihre Miene sich auf. »Der Finger!«, ruft sie.

Ray hat den Rucksack entdeckt. Er hält ihn hoch, dreht sich mit seinem Rollstuhl und wirft ihn mir zu.

Der Stoff fühlt sich in meinen Fingern abgewetzt und verbraucht an. Mein Magen kribbelt. Ich reiße die Schnürung auf, wühle darin herum. Alles ist nass und klamm. Dann bekomme ich die Schachtel zu fassen. Die mit dem leer gewaschenen Brief. Und dem abgeschnittenen Finger. Ich berühre den Umschlag. Ich sehe Hannah vor mir. Ihre braunen Augen, die sich wirklich für mich interessiert haben und wahrscheinlich für jeden anderen verlorenen Menschen.

Ich denke an unsere letzte Begegnung.

»*Den Schlüssel zu was?*«

»*Den Schlüssel zur 1 Milliarde.*«

Ihre Stimme klingt in meinem Ohr, als würde sie gerade neben mir stehen.

Die Schachtel liegt in meinen Händen, sie zerfällt fast, so sehr hat ihr das Salzwasser zugesetzt.

»Was ist das?«, fragt Brent. Alle kommen näher.

»Ein Geschenk von Hannah, Maggies Mutter«, antworte ich heiser.

Ich drehe die Schachtel so, dass die anderen hineinschauen können. Sie starren erst die Schachtel und dann mich an.

»Das ist Hannahs Finger«, sage ich schließlich.

31

Dorian

»Und warum schneidet sie ihren verdammten Finger ab?!«, fragt Brent vorwurfsvoll. »Oder warst du das?«

»Hä, was? Nein!« Ich erschrecke mich so, dass mir fast die Schachtel herunterfällt. »Sie hat mir die Box hier gegeben und gesagt, darin befindet sich der Schlüssel zur 1 Milliarde, und jetzt …«

Plötzlich löst sich Jenna aus ihrer Starre. »Ein Finger«, sagt sie. »Genau das ist es.« Sie greift in die Schachtel, nimmt den Finger heraus und geht zu den Bildschirmen.

»Was machst du da?!«, ruft Brent. »Vielleicht ist der irgendwie präpariert …«

»So ein Quatsch«, murmelt Jenna. »Die hatte den Finger ein paar Jahrzehnte an ihrem Körper und Dorian hat ihn die halbe Pazifikküste hochgeschleppt. Wenn da was präpariert gewesen wäre, würde das eh nicht mehr funktionieren.«

Es ist, als hätte jemand einen Schalter umgelegt. Jenna wirkt jetzt wie eine Maschine, die auf Sieg programmiert ist. Eryn hält die winzige Kuh hoch.

»Stell sie auf den Tisch. Auf die Beine. So, dass die leichte Delle im Rücken nach oben zeigt.« Auf einmal macht Jenna die Ansagen und Eryn führt sie aus.

»Was auch immer dieses Ding ist, sie haben sich offensichtlich für eine veraltete Sicherungstechnologie entschieden.« Eine dramatische Pause entsteht, von der ich nicht ganz sicher weiß, ob Jenna das so beabsichtigt. Vielleicht hofft sie auch nur, dass jemand anderes es sagt.

»Ein Fingerscanner«, sagt Eryn. »Aber nicht für eine Tür.«

Jenna nickt Eryn zu und legt den Finger auf den Rücken des winzigen Glastierchens. Es ist totenstill im Raum. Das einzige Geräusch sind die immer wiederkehrenden Explosionen aus der großen Halle. Es passiert … nichts.

»Oder halt nicht«, sagt Brent, und ich glaube fast, er freut sich, dass Jenna unrecht hatte.

Sie wirft ihm nur einen scharfen Blick zu und beginnt, den Finger zu kneten und zu drücken.

»O Gott, ich kotze gleich«, stöhnt Joy und setzt sich bei Ray auf den Schoß. »Fahr mich bitte weit weg von hier, Ray«, sagt sie und vergräbt ihr Gesicht in seinem Nacken. Er lacht nur und gibt ihr einen Kuss, was mich ein bisschen überfordert. Ich bin küssende Menschen einfach nicht gewöhnt. Jedenfalls nicht so direkt neben mir.

»So wird das nichts«, sagt Jenna frustriert. »Hat hier jemand warmes Wasser?«

Brent blickt fragend zu Eryn und sagt: »Wir können dahinten welches aus der Leitung lassen?«

Eryn nickt und ich merke, wie die Stimmung kippt. Etwas Fiebriges, Hoffnungsvolles schleicht sich in den Raum, lädt die Luft sirrend auf, ein Leuchten ohne Licht erfüllt die Zwischenräume.

Brent holt das Wasser, Joy bringt ein Handtuch, Jenna befühlt das Wasser, schüttet ein wenig Kühles dazu und dann hält sie den Finger hinein.

Wieder eine Erschütterung. Aber dieses Mal ist es anders. Ein dumpferer, tieferer Schlag. Es ist etwas Entscheidendes zu Bruch gegangen.

»Eryn, die Tür!«, schreit Brent, der auf die Bildschirme schaut, und ich hab das Gefühl, dass ich vor Angst gleich ohnmächtig werde. Von Old LA bis hierher, nur um in New Valley von einer OrderUnit umgelegt zu werden? Ich beiße mir auf die Zunge, um nicht zu schreien vor Zorn.

»Dahinten sind noch ein Dutzend Drohnen! Schickt sie den Flur runter! Das kauft uns ein paar Minuten!«, ruft Eryn, und sofort stürzen ein paar Leute los.

»Haben wir noch Munition?«, höre ich Brent fragen.

»Ist doch egal!«, ruft Ray und zieht sich wieder seinen Helm auf. »Wir fliegen die Dinger in ihre Steuerungselemente!« Dann rollt er mit ein paar anderen durch die Tür.

»Wie weit bist du?«, zischt Eryn Jenna zu.

»Ich weiß nicht, ob es reicht, wenn die Haut sich erwärmt, oder ob der Finger ganz durchwärmen muss.« Jennas Stimme klingt konzentriert und kühl. »Haben wir noch ein paar Minuten?«

»Nicht sehr viele.«

Wortlos verlässt Joy den Raum, kommt mit ein paar schwarzen pistolenartigen Waffen zurück und teilt sie aus. »Das sind RoboTaser«, erklärt sie uns. »Sie machen alle Computer und Roboter für einige Zeit funktionsunfähig.«

Ich nehme eins der Dinger in die Hand. Sie fühlen sich plump und billig an.

»Man kann leider nur einen Schuss abfeuern.«

Ich schlucke. Wir haben sechs von den Tasern. Und zu uns auf dem Weg sind Dutzende OrderUnits.

Die Sekunden verstreichen. Wir schweigen, die Luft scheint zu knistern, bis Jenna endlich sagt: »Probieren wir's.«

Alle folgen ihr und dem Finger in einer ehrfürchtigen, etwas chaotischen Prozession zurück zum Tisch mit den Bildschirmen.

Aus dem Leuchten ist ein unsichtbares Feuer geworden. Jeder von uns brennt. Für Jenna und den Finger.

»Dann wünscht uns mal Glück«, sagt sie. »Wir können es wirklich gebrauchen.« Sie drückt den Finger auf den Rücken der gläsernen Kuh. Erst sanfter, dann verstärkt sie den Druck nach und nach. Wir anderen halten den Atem an, als könne der zarteste Lufthauch unsere Chancen zerstören.

Ein Klicken, ein Sirren, sonst scheint nichts zu passieren. Jenna studiert die Kuh, konzentriert und schnell. Ich hätte nicht eine Sekunde gewusst, was das für ein Ding ist.

»Krass«, sagt sie schließlich und zeigt in die Luft. »Das ist ein Lasermodul. Die Daten werden per Laserstrahl übertragen.« Sie streicht ein wenig Staub vom Rahmen der Bildschirme, lässt ihn vor der Kuh herabrieseln, und dann sehen wir es auch. Ein feiner Lichtstrahl, der aus der Kuh heraustritt, flirrend brechen die kleinen Partikel das Licht.

»Hast du einen Zugang dafür?«, sagt Jenna zu Eryn.

»Ich habe einen generalisierten Datenzugang, ja. Ich denke, das müsste klappen. Halt das Licht einfach auf das Kameraauge, sie müsste das lesen können.«

Jenna nickt und hebt die Kuh vorsichtig in Richtung der Kamera.

Plötzlich werden alle Bildschirme schwarz.

Eine Schrift blinkt auf:

This is a one time solution.
General Shutdown of the MegaGood Project?
For Yes, press once.
For No, remove finger.
Security Note: Process is irreversible.

»Warte!«, ruft Eryn.

»Worauf sollen wir warten, Eryn? Die OrderUnits sind grad dabei, uns die Tür einzutreten!«, sagt Joy.

»Ja, aber was bedeutet das?« Eryn zeigt auf die Schrift.

»Dass der Scheiß dann endlich vorbei ist!«, flüstert Jenna und drückt den Finger fest auf das Glas.

Um uns herum wird es schwarz.

EPILOG

Maggie

Mir gefällt es in New Valley. Das Meer ist nah und wir können immer dorthin, wenn wir wollen. Ich bin sogar schon hineingegangen, habe in den Wellen gestanden, die eiskalt und weich zugleich sind. Das Sonnenlicht flirrt in ihnen, als sei es lebendig, und wenn ich das Wasser in die Luft schleudere, sodass die Tropfen fliegen, dann tanzen sie zusammen. Das Licht, das Wasser und der Wind.

Es ist so seltsam, wie anders das Meer jetzt ist. Auf der Reise mit Dorian hat es mir oft solche Angst gemacht, aber jetzt, wenn ich hinter mir das sichere Ufer weiß, wenn ich weiß, dort liegt ein Handtuch und ein bisschen weiter sind Eryn und Joy und Brent, dann ist das Meer wunderschön und der beste Ort der Welt. Wer weiß, vielleicht lerne ich eines Tages sogar richtig gut schwimmen.

Und ich mag die Wolken, die hier über das Land ziehen, ein endloser Strom runder Gebirge über unseren Köpfen, immer in Bewegung.

Ich glaube, es ist ein guter Ort, um Hannah zu beerdigen. Oder wenigstens ihren Finger. Ich vermisse sie sehr, so sehr, dass es manchmal in meiner Brust schmerzt, als würde eine OrderUnit versuchen, mich in zwei Teile zu zerreißen. Aber dann passiert irgendetwas anderes, ich entdecke eine Blume, die ich noch nicht kenne, jemand holt mich zum Spielen ab – und all das Dunkle löst sich auf wie das Gefühl in einem eingeschlafenen Arm. Ich glaube, Hannah ist froh, dass ich hier bin. Und ich weiß, sie freut sich, dass der Schmerz so leicht vergeht.

Ich glaube, es würde ihr hier auch sehr gefallen. Wie grün es ist und was es für Tiere gibt! Von den meisten wusste ich gar nicht, dass sie überhaupt existieren. Möwen, Hasen, ja, ich habe sogar schon einen Elch gesehen. Oder war das ein Hirsch? Ich kann es mir einfach nicht merken.

Außerdem haben mich Dorian und Jenna zu einer Klinik gebracht, wo ich eine neue Schiene für mein Bein bekommen habe. Sie ist ganz leicht und viel angenehmer zu tragen.

New Valley gefällt mir wirklich gut. Obwohl wir es jetzt nicht mehr New Valley nennen. Denn die Ex-1-Milliarde verkraften das nicht, sagen die anderen.

New Valley ist in ihren Augen gestorben. Und das kann man vielleicht verstehen. Für sie sah New Valley immer bunt und schön aus, die perfekte Kopie vom zerstörten San Francisco. Aber alles, was jetzt übrig ist, sind die weißen Wohnblöcke. Alles andere, die Farben, die schönen Schnitzereien, das waren nichts weiter als Computersimulationen. Selbst viele der Geschäfte, ja, sogar einige Menschen wurden simuliert, hat Eryn mir erklärt. Sie hat sowieso immer große Geduld, mir Sachen zu erklären. Und deshalb verstehe ich es so gut. Der Ort, an dem wir jetzt leben, hat mit New Valley wohl nicht mehr viel zu tun.

Also nennen wir ihn jetzt White City.

Überhaupt, die Leute, denen New Valley mal gehörte, sie sind ganz schön anstrengend. Ständig steht jemand von ihnen irgendwo herum und heult. Die Hubots helfen da sehr. Sie nehmen die Heulenden einfach in den Arm und warten, bis es vorbei ist. Eryn sagt, sie haben geübt, andere zu ertragen. Das war ein wichtiger Teil ihrer Ausbildung. Damit sie wirklich wie Roboter sind. Ich glaube, irgendwann werden wir uns um die Hubots kümmern müssen. Sie kümmern sich um alles und denken kaum an sich. Auch White City würde ohne sie nicht funktionieren. Wie viel wir ihnen zu verdanken haben, scheint nur Joy wirklich zu verstehen. Vielleicht, weil sie selbst einmal eine Hubot war. Ich weiß auch nicht, ob die 1 Milliarde das je wiedergutmachen können. Sie sagen immer, sie hätten das alles nicht gewusst.

Eryn sagt, wir müssen Geduld haben, die Leute seien noch auf Entzug vom EmotionManagement, und sie sagt, dass es schwer ist zu verstehen, dass man in einer Lüge gelebt hat. Eine Lüge, die so groß war, dass sie deine ganze Welt ausgemacht hat. Die Menschen hier haben geglaubt, dass EQUILON alles fair berechnet hat. Dass sie ihr schönes Leben irgendwie verdient hatten, dass irgendein Computer-Gott gesagt hat, dass das schon seine Richtigkeit hat, ihr schönes Leben und unser Leben im Dreck.

Aber am Ende hat EQUILON einfach nur gelogen. Und ihr schönes Leben war nur eine Illusion. Sie haben sich mit statisch aufgeladener Luft zugedeckt, die sie für Decken hielten, haben bunte Häuser bewundert, die in Wahrheit weiße Blöcke sind, und wurden anstatt von Robotern eigentlich von Menschen bedient. Und sie hatten zu nichts ein Recht. Nie.

Manchmal sehe ich immer noch Menschen, die weinend eine der weißen Plastikwände streicheln und irgendetwas vor sich hin murmeln.

Ich weiß nicht, vielleicht würde ich an ihrer Stelle auch heulen. Aber ich kann einfach kein Mitleid haben. Eigentlich will ich ihnen nur zubrüllen: Kommt klar! Die Welt braucht euer Geflenne nicht!

Und ich glaube ihnen nicht, dass sie nichts gewusst haben. Ich glaube, das ist eine sehr bequeme Lüge. Aber mich fragt ja niemand. Ich bin ja nur ein Kind.

Eryn, Joy, Brent und einige andere hatten wohl gehofft, jetzt kommt das totale Paradies. Stattdessen haben wir ein ziemliches Chaos.

Für mich ist das okay. So ist es jetzt eben. Ich bin Chaos gewöhnt. Und ich glaube, je älter man wird, desto schlechter kommt man mit Chaos klar.

Dorian sagt, es gibt so viel zu tun. Wir müssen der Welt eine Ordnung zurückgeben. Ich glaube ja nicht, dass es die je gegeben hat, und auch nicht, dass das so schnell zu machen ist, aber, wie gesagt, mich fragt ja keiner.

Nachdem Jenna einfach den Knopf gedrückt hat, ist tatsächlich das gesamte System heruntergefahren, inklusive Strom. Einfach alles. Als hätte jemand den Stecker gezogen: ZAPP! Dunkelheit. Ein paar Taschenlampen hatten wir schnell, aber so unter der Erde zu sitzen mit so vielen Leuten, ohne Strom, das war heftig. Die Tiere haben Panik bekommen.

Diese Dunkelheit. Das Dröhnen der trampelnden Tiere. Die Hitze, die von Minute zu Minute größer wurde, weil die Lüftungen nicht mehr gearbeitet haben. Und wir hatten ja keine Ahnung: War das nur das Licht? Was ist mit den OrderUnits? Kommen die vielleicht wieder? Und auch da waren es die Hubots, die uns alle gerettet haben.

Ich glaube, ohne sie hätten wir es nicht geschafft. Aber die Hubots wissen einfach, wie die Stadt läuft. Denn sie kümmern sich ja schon seit Jahren um alles. Sie haben den Strom ziemlich schnell wieder zum Laufen bekommen, denn unter ihnen sind auch die, die Wartungsroboter imitiert haben.

Das Schöne war, dass die OrderUnits hinüber waren. So wie eigentlich alles andere von Computern Gesteuerte in New Valley. Jenna hat mir erklärt, mithilfe von Hannahs Finger hätte sie sozusagen die unterste Technikebene von New Valley ausgeschaltet. So wie wenn man die Platte unter einem gedeckten Tisch wegzaubert. Es geht einfach alles, was daraufsteht, kaputt. Sehr effektiv. Aber eben auch sehr kaputt danach.

Dann haben wir die Tiere hinausgebracht. Das war das Allerschönste an der ganzen Sache. All die Kühe, Hühner, Schweine, die das erste Mal die Sonne gesehen, Wind gespürt, Gras gefressen haben.

Ich habe zwei Hühner getragen, während wir durch einen dunklen Tunnel gegangen sind. Es war eine seltsame Stille. Ich glaube, alle hatten auch ein bisschen Angst davor, was die Tiere tun, wenn sie hinauskommen.

Und dann ging das Tor nach draußen auf. Es führte auf ein paar Wiesen vor der Stadt. Die Sonne war noch nicht ganz aufgegangen. Noch stand Nebel über dem Gras, auf den Halmen glitzerten die Wassertropfen. Und die Tiere erstarrten. Sie kannten ja nichts außer ihrer kahlen Welt unter der Erde.

Ein paar Kinder von den Hubots und ich, wir sind rausgegangen. Wir haben uns die Wiesen angeschaut, sind ein bisschen rumgelaufen, haben Fangen gespielt. Die Sonne ging langsam auf und die Vögel begannen zu singen. Und dann, nach und nach, kamen die Tiere einfach hinterher. Haben Gras gefressen, die Luft geschnuppert, ihre Beine ausprobiert. Seitdem sind sie dort draußen. Einige wandern auch durch die Straßen von White City. Wir lassen sie, sie stören ja keinen. Und zum Essen gibt es eh genug Nahrungsblocks.

Mit den Menschen war es schon schwieriger. Nachdem Jenna das System abgeschaltet hatte, waren eben auch diese BrainDots nur noch nutzlose Metallscheiben. Ihre ganzen Illusionen waren dahin – und offensichtlich dauert das sehr, sehr lange, das mit dem Gewöhnen bei Erwachsenen. Eryn sagt, dass ihre Gehirne erst wieder lernen müssen, ihre Gefühle auszuhalten. Auch das Traurigsein. Die Wut. Es geht zurzeit ziemlich viel kaputt in der Stadt. Brent will auch nicht gern, dass ich allein unterwegs bin. Die Menschen würden manchmal nicht nur Sachen kaputt machen, sagt er. Sie tun auch manchmal anderen weh, vor allem Menschen wie uns, die Braune oder Schwarze Haut haben.

Einige von der 1 Milliarde sind abgehauen, in die Berge und Wälder, weil sie meinen, alles sei besser, als in der leeren Stadt zu bleiben. Vor allem die, die vorher die Chefs waren, die MegaGoods.

Nun diskutieren wir, ob wir vor dem Winter nach ihnen suchen sollen. Eigentlich müssten sie vor ein Gericht gestellt werden oder so etwas in der Art. Oder ob wir sie einfach sich selbst überlassen sollen. Vielleicht erledigt sie einfach die Kälte und der Nahrungsmangel in den Bergen. Aber Brent sagt, die MegaGoods, die haben bestimmt irgendwo ein sicheres Plätzchen. Denen geht es immer gut.

Am schwierigsten ist es herauszufinden, was sonst in der Welt los ist. Die Dinge sind nämlich viel komplizierter als gedacht. Obwohl ich früher gar nicht drüber nachgedacht habe, was mit dem Rest der Welt ist.

Aber auch Jenna und Dorian haben lange nicht gewusst, wie alles organisiert ist. Sie dachten, die MegaGoods sind eine Einheit, die gemeinsam die Welt verwalten, so ungefähr.

Aber die MegaGoods sind über verschiedene Weltregionen verteilt, jede Region war für eigene Grenzländer und Wastelands zuständig. Und sie verstehen sich untereinander nicht besonders gut. Ich habe mir gemerkt, dass es North China gibt, Nova Sirbia, Ice-Skandia und New Greenland. Es ist jedenfalls sehr kompliziert.

Was einfach ist: Uns, die Rebellen von White City, hassen sie wohl alle. Noch wissen wir nicht, was das für uns bedeutet. Vermutlich nichts Gutes.

Jenna und Dorian sind vor ein paar Tagen nach Old LA aufgebrochen. Sie wollen dort mit den Leuten reden. Denn auch in den Grenzländern sind viele nicht glücklich, dass es die 1 Milliarde nicht mehr gibt. Sie haben halt immer darauf gesetzt, dass sie es eines Tages schaffen. Oder wenigstens ihre Kinder. Und jetzt hat sich das alles – puff – in Luft aufgelöst.

Dorian und Jenna wollen in Old LA Menschen finden, die mit ihnen etwas Neues aufbauen. Eine neue Welt, sagt Dorian. Als gäbe es nicht schon alles.

Dorian sagt, ich bin noch zu klein, um alles zu verstehen, aber manchmal denke ich, vielleicht sind die andern einfach zu alt und kapieren es deshalb nicht.

Das Beste hier sind vielleicht doch die Apfelbäume. Auch die kannte ich noch nicht. Und gerade werden die Früchte reif. Sie hängen da einfach am Baum, rund und rot und süß. Und ich muss nur hinaufklettern und kann sie essen. Zum Glück habe ich die neue moderne Schiene bekommen, sonst könnte ich solche Sachen wahrscheinlich nicht machen.

Es gibt einen Baum, der steht nicht weit von der Stelle, wo wir am allerersten Morgen die Tiere hingebracht haben. Wenn ich dort bis zum höchsten Ast klettere, der mich noch trägt, dann kann ich das Meer sehen. Und manchmal, wenn mir das alles zu viel wird, die weinenden Menschen in den Straßen, die Angst der anderen vor einem Krieg mit den MegaGoods-Staaten oder vor einem Überfall aus den Grenzländern oder von den Leuten, die in die Wälder geflohen sind. Wenn ich schreien könnte, weil Dorian einfach mit Jenna abgehauen ist, »weil es so viel zu tun gibt«, und Joy mich damit nervt, dass ich meine Klamotten waschen und was anderes als Nahrungsblöcke essen soll, ich meine, ich kann echt auf mich selbst aufpassen. Jedenfalls, wenn mir alles nur noch furchtbar vorkommt und ich das Gefühl habe, ich kann nicht mehr atmen, dann komm ich einfach hierher, setze mich in die Astgabel und schaue auf das Meer. Der Wind trägt seinen Geruch zu mir, streift die Blätter des Baumes und von der Ferne sehen die Wellen aus wie glitzernde Seide. Und dann weiß ich es wieder. Es wird alles gut, ganz bestimmt! Denn habt ihr so etwas Grandioses schon einmal gesehen? Diesen Himmel? Dieses Meer? Und darüber das Leuchten der Sonne? So etwas Schönes wie diese Welt, das kann doch gar nicht untergehen.

NEW VALLEY-RETRO-PLAYLIST

1. Nothing is gonna hurt you, Cigarettes after Sex, 2012
2. Jumpin' Jack Flash, Rolling Stones, 1968
3. Lights in the Sky, Nine Inch Nails, 2008
4. Rhythm is gonna get you, Miami Sound Machine, 1987
5. Be sure to wear some flowers in your hair (San Francisco), Scott McKenzie, 1967
6. The beautiful people, Marylin Manson, 1999
7. Where is my mind, The Pixies, 1988
8. My Favourite Game, The Cardigans, 1998
9. Stand by me, Ben E. King, 1961
10. Fire Water Burn, Bloodhound Gang, 1997
11. Yellow Submarine, The Beatles, 1966
12. Open your Eyes, Guano Apes, 1997
13. Is this it, The Strokes, 2001
14. You know what to do, Carly Simon, 1983
15. Haul, Christian Löffler featuring Mohna, 2019
16. Take me to the mountains, LCMDF, 2011
17. Empty Note, Ghostly Kisses, 2017
18. Face your fear, Curtis Harding, 2017
19. Know your enemy, Rage against the Machine, 1992
20. Love on the Brain, Rihanna, 2016

21. Crying is laughing in minor key, Cherazade, 2021
22. Feelharmonia, Christian Löffler, featuring Gry, 2012
23. The end of the World, Venus, 2021
24. Can I kick it?, A tribe called Quest, 1990
25. Overdrive, Siiickbrain, 2021
26. Cosmic Bruise, Clara Luzia, 2015
27. Purge, Willow Smith, featuring Siiick Brain, 2022
28. Disparate Youth, Santigold, 2012
29. Love the way you lie, Eminem, featuring Rihanna, 2019
30. Picture a vacuum, Kae Tempest, 2016
31. Galvanize, Chemical Brothers, 2004
32. You're somebody else, Flora Cash, 2017

DANKSAGUNG

Immer an Malte, für alles.

An Rita Sedat, die meine Bücher zu gleichen Teilen erliest, wie ich sie erschreibe.

An Betty Marth für die so vielen Informationen, Gespräche, Gedanken und Lektionen in den letzten 20 Jahren. Dieses Buch würde es ohne dich so wohl nicht geben.

To Victor for telling me so much about the experience of having to flee one's country and travelling dangerous routes. I should have given my thanks to you in the last book, I am sorry it took so long to understand how fundamental your distribution to my work is.

An Silke Weniger, die an die Autorin in mir glaubte, auch über die langen Durststrecken, und nie lockergelassen hat, bis sie mich dort hatte, wo sie fand, dass ich hingehöre.

An Susanne Stark für das feine Textgespür, die guten Gespräche und genau die richtige Mischung aus: Guck doch noch mal … und … du machst das schon.

An die Igel- und die Argh-Chatgruppe, die in der Not immer den nötigen Schulterklopfer und Rat spendiert haben.

An Sascha Meier und Dr. Elmar Pitschke, die mir als Beginnerin wirklich jede Frage zum Programmieren und zu Computern beantwortet haben. Es war immer ein Vergnügen und ein großer Spaß, mit euch zu arbeiten.

An Gunhild für regelmäßigen Zuspruch und Bestärkung und Kinderbetreuung in der Not.

An Elisabeth Ruge und Mimi Wulz, die immer auch mitgefiebert haben.

An @schlimmehelena, Viktor Funk und meine Bubble auf twitter. Maybe it's a sewer – but you people sparkle.

An Judith C. Vogt für schriftstellerischen Rat und Unterstützung.

An Gerd und Irma, Elisabeth und Boris für den so nötigen room of one's own, als ich keinen hatte.

An Victoria Linnea für ihren Blog vickieunddaswort.de, die Seiten über Hautfarbenbeschreibung haben sehr geholfen.

An alle Buchhändler*innen, die auch Bücher jenseits der Bestseller-Sticker in ihre Regale stellen und sie zu den Lesenden bringen.

An alle, die lesen und schreiben und damit dieses feine Netz weben, in dem wir uns bewegen.

Last, but not least, to San Francisco, this beautiful city, and especially the wonderful people of Excelsior. I learned so much within your streets, it feels like a lifetime full of wonders.

Anmerkung der Autorin:

Zentrale Themen dieses Buches sind struktureller und expliziter Rassismus, Klimarassismus, Ableismus, Sexismus und Transfeindlichkeit.

Es gibt explizite Schilderungen von Gewalt, sowohl gegen Menschen als auch gegen Tiere, ebenso Polizeigewalt. Die Erfahrung, misgegendert worden zu sein, wird beschrieben. Schwere Erkrankung, Krebs und Tod sind Themen dieses Buches. Teil der Handlung sind überdies zwei Selbsttötungsversuche, Schilderungen psychotischer Zustände sowie versuchter Femizid im Rahmen einer toxischen, immer gewaltvoller werdenden Beziehung.

Ich hoffe, dass ich diese Elemente sensibel und angemessen behandelt habe.

Stell dir vor, die digitale Welt ist von heute an offline ...

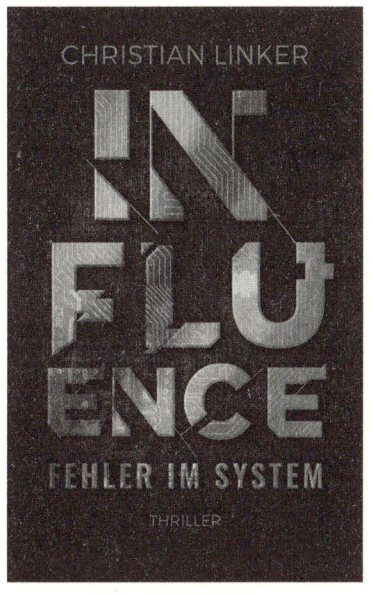

ALLE LIEFERBAREN TITEL, INFORMATIONEN UND SPECIALS FINDEN SIE ONLINE

Auch als eBook   www.dtv.de dtv